전 세계를 울린
강렬한 사랑 이야기

당신의 눈물샘을 자극할 새로운 소설.《미□□□□□□□□□□□□□□□□□□□□
명 깊게 읽은 사람이라면 반드시 이 우□□□□

장대한 사랑의 서사. ─〈레드북〉

놀라울 정도로 비범하다. ─ 에밀리 기핀

첫사랑의 추억에 대한 로맨틱하고 감동적인, 그리고 놀라울 정도로 매력 넘치는 이야기. ─〈도미노〉

끝나지 않는 감동의 질주. ─〈US 위클리〉

이 감동적인 이야기는 각자의 사랑과 꿈을 위해 감수해야만 하는 우리의 희생을 완벽하게 이해하고 있다. ─〈리얼 심플〉

손수건은 준비했는가…… 첫 장부터 우리의 심장을 파고드는 이 책은 다 읽고 난 후에도 한동안 깊은 여운을 남길 것이다. ─〈버슬〉

다른 연애소설을 권하는 친구가 있다면 이번에는 먼저《라이트 위 로스트The Light We Lost》를 한번 권해보라. ─〈더 스킴〉

질 산토폴로는 열정과 운명, 사랑, 그리고 진정 훌륭한 한 사람의 인간이 되는 것이 어떤 것인지에 대한 의문을 찾아 길을 떠난다…… 독자들을 매혹시킬 아름답고도 열정적인 소설. ─〈커커스 리뷰〉

아름답고 강력하며 매혹적인 소설……. 질 산토폴로는 놀랍도록 아름다운 사랑의 이야기를 우리에게 전하며 우리를 유혹하고 놀라게 만들다가 결국은 감동시킨다. — 토마스 크리스토퍼 그린, 《내가 그대를 잊는다면If I Forget You》의 저자

한 번 펼쳐들면 도저히 멈출 수 없는 책……. 질 산토폴로는 잃어버린 기회와 우리가 내렸던 선택을 돌아보게 만드는 후회와 불확실성의 여정으로 우리를 안내한다. 루시와 게이브의 이 사랑 이야기는 다 읽고 난 후에도 한동안 우리의 마음속을 떠나지 않을 것이다. — 리즈 펜턴 & 리사 스테인키, 《모든 것들의 상태The Status of All Things》의 저자

이 책이 품고 있는 야망의 깊이는 질 산토폴로의 흠잡을 데 없는 글 솜씨와 아주 잘 어울린다. 9/11 사건과 사랑, 남녀의 육체관계, 전쟁, 셰익스피어, 그리고 미국의 대외 정책 등이 이 《라이트 위 로스트The Light We Lost》에 모두 다 들어 있다. 지난 15년 동안 이어진 우리 세대의 모습은 물론 언론 속에 비춰진 우리의 인생에 대해 잘 조명하고 있다. 이 책은 쌍둥이 빌딩의 붕괴에서부터 이스라엘에서 날아오는 연애편지에 이르기까지 우아하면서도 비극적으로 펼쳐지는 두 연인의 인생을 통해, 진정한 사랑은 물론 미국과 미국 국민들의 심리적인 집단 정체성까지 파헤치려 한다. 우리의 인생과 너무나 밀접하게 맞닿아 있기 때문에 더욱 매혹적이면서도 기억에 남을 이야기가 되었다. — 닉 시프린, 〈PBS 뉴스아워〉 특파원, NPR 특파원

이 가슴을 울리는 소설은 사랑의 기쁨과 고통을 동시에 노래하고 있다. 질 산토폴로는 자신이 창조한 주인공들에 대해 뜨거운 애정을 지니고 있는 게 분명하며 나 역시 그런 애정을 느낀다. 특히 남자 주인공 게이브가 사진기자라는 설정이 나에게는 매력적이었는데, 작가 본인이 놀라울 정도로 날카로운 시각을 가지고 두 연인의 감정들을 마치 사진을 찍듯 자세히 바라보고 있기 때문이다. 파란만장했던 10여 년의 세월 동안 이어진 루시와 게이브의 관계에 대해 다시 넓은 시야로 바라보면서 그들이 선택한 인생의 소소한 길들을 살피는 것 역시 사진을 찍는 듯하다. 나는 눈물이 흔한 사람은 아니지만 이 책을 덮으며 결국 눈물을 흘리고 말았다. — 제인 오코너, 《진심에 가까운 고백Almost True Confessions》의 저자

라이트 위 로스트
The Light We Lost

the light we lost

라이트 위 로스트

light

we

lost

질 산토폴로 장편소설

우진하 옮김

문학사상

·· 차례 ··

··차례··

우리는 인생의 거의 절반을 서로 알고 지내왔어.

나는 당신이 밝게 웃으며 더없이 행복하게 지내는 모습도 보았지.

때로는 좌절하고 또 때로는 상처입고 쓰러지기도 했지만, 이런 모습은 지금까지 한 번도 본 적이 없었어.

당신은 내게 아름다움을 찾는 법을 가르쳐주었어.

당신은 절망과 어둠 속에서도 항상 밝은 빛을 찾아낼 줄 아는 사람이었지.

지금 이곳에서 어떤 아름다움을, 그리고 어떤 빛을 찾을 수 있을지 모르겠지만 나는 포기하지 않을 거야. 당신을 위해 절대로 포기하지 않겠어.

왜냐하면 당신도 나를 위해 똑같이 했을 거라는 사실을 나는 잘 알고 있으니까.

우리가 함께했던 삶에는 지금보다도 훨씬 큰 아름다움이 자리 잡고 있었어.

어쩌면 내가 첫걸음을 내딛어야만 할 곳은 바로 거기일지도 몰라.

1

첫 만남

　때로는 우리 인간이 아니라 주변 사물들이 진정한 역사의 증인이 아닐까 하는 생각이 들 때가 있다. 나는 컬럼비아대학교 4학년 때 크레이머 교수님의 셰익스피어 강의를 들으며 우리가 둘러 앉아 있던 나무 책상이 우리 학교만큼이나 오래된 것이 아닐까 상상해보곤 했다. 대학이 세워진 1754년부터 그 자리를 지키며 수많은 세월 동안 우리 같은 학생들의 손길을 거쳐 닳고 닳은 책상들. 물론 그건 말도 안 되는 생각이지만, 어쨌든 그런 광경을 마음속으로 그려보곤 했던 것이다.

　미국 독립전쟁과 남북전쟁, 그리고 두 번의 세계대전과 한국전쟁, 베트남전쟁, 가까이는 걸프전쟁에 이르기까지 얼마나 많은 학생들이 그 자리를 거쳐 갔을까.

　묘한 일이지만 그날 누구와 함께 강의를 들었냐고 물어본다면 정확하게 대답할 자신은 없다. 분명 주변에 있던 다른 학생들의 얼굴을 똑똑히 볼 수 있었을 텐데도, 13년이 흐른 지금 내가 기억할 수 있는 건 크레이머 교수님과 게이브뿐이다. 심지어 수업 시간에 늦어 허겁지겁 강의실로 들어왔던 조교의 이름조차 기억이 나지 않는다. 그녀가 게이브보다도 더 나중에 들어왔는데도 말이다.

게이브가 강의실 문을 열고 들어왔을 때 크레이머 교수님은 이제 막 출석을 다 부른 참이었다. 그는 나를 보자 빙그레 웃어 보였다. 야구 모자를 벗어 뒷주머니에 쑤셔 넣는 순간 보조개가 슬쩍 드러났다. 그는 재빨리 빈자리를 찾아 시선을 돌리더니 내옆에 와서 앉았다.

"학생 이름은?" 크레이머 교수님은 게이브가 가방에서 노트와 필기도구 등을 꺼내려 하자 이렇게 물었다.

"게이브." 그가 대답했다. "그러니까 게이브리얼 샘슨입니다."

크레이머 교수님은 앞에 놓인 출석부에 표시를 하고는 이렇게 말했다. "샘슨, 다음 시간부터는 꼭 '제시간에' 출석하도록 하세요. 수업은 9시에 시작하니까, 사실 그보다는 '좀 더 일찍' 강의실에 도착해야겠지만."

그는 알았다는 듯 고개를 끄덕였고, 크레이머 교수님은《줄리어스 시저Julius Caesar》를 펼쳐 들고 그날 배울 부분을 찾아 읽기 시작했다.

"지금 절정에 오른 우리의 사기도 곧 꺾일 수 있소." 교수님의 낭독이 이어졌다. "인간사에도 밀물과 썰물이 있는 법. / 밀물을 타게 되면 행운에 이를 수 있거니와 / 만일 그렇지 못하게 되면 우리의 인생 항로는 / 얕은 여울에 부딪쳐 불행을 맞이하게 될 것이오. / 우리는 지금 밀물이 꽉 들어찬 바다 위에 떠 있으니 / 우리에게 유리한 이 물결 위에 올라타지 못한다면 / 우리의 거사는 필경 실패하고 말 것이외다.' 자, 모두들 이 부분을 미리 다 읽어왔으리라 믿어요. 이 대목에서 브루투스가 말하고자 하는 운명과 자유 의지의 차이점이 어떤 것인지 설명할 수 있는 사람?"

나는 이 대목만은 언제나 기억할 수 있다. 왜냐하면 그날, 그러니까 크레이머 교수님의 셰익스피어 수업에서 게이브와 내가 만난 것이 과연 운명의 장난이었는지 그 후로도 수없이 생각을 했었으니까. 그날의 만남은 정말로 지금까지 우리를 이어준 숙명이었을까, 아니면 우리 스스로 내린 결정이었을까. 그것도 아니라면 두 가지가 모두 합쳐져 '우리에게 유리한 이 물결 위에' 올라탈 수 있도록 해준 것일까.

교수님이 질문을 던지자 앞쪽에 있던 학생들 몇 명이 책을 뒤적이기 시작했다. 게이브는 손가락으로 자기 고수머리를 어루만졌고 머리카락은 잠시 펴졌다가 이내 다시 원래 모습으로 되돌아갔다.

"그러니까." 그가 입을 열자 나를 포함한 나머지 모든 학생들이 다 그를 쳐다보았다.

그렇지만 게이브는 이야기를 계속할 수 없었다.

내가 이름을 기억하지 못하는 그 조교가 강의실로 뛰어 들어왔기 때문이었다. "늦어서 죄송합니다." 여자 조교가 이렇게 말했다. "비행기 한 대가 세계무역센터 건물 중 한 곳에 충돌했어요. 막 학교로 출발하려는데 텔레비전에서 뉴스가 시작되어서요."

당시에는 어느 누구도, 심지어는 그녀 자신까지도 자기가 지금 무슨 말을 하고 있는지 제대로 알아차리지 못했다.

"조종사가 무슨 음주 비행이라도 한 건가요?" 크레이머 교수님이 물었다.

"잘 모르겠어요." 조교가 자리를 잡고 앉으며 이렇게 말했다. "계속 텔레비전을 지켜봤지만 방송국도 사정을 잘 모르는 것 같더군요. 그냥 소형 비행기 한 대가 충돌한 게 아닌가, 뭐 그렇게 말하던데요."

요즘에 그런 사건이 있었다면 아마 그 소식을 전하느라 모두들 갖고 있는 스마트폰에서 불이 났을 것이다. 트위터며 페이스북 같은 SNS, 그리고 〈뉴욕 타임스〉 같은 언론사에서 새 소식을 전하는 알림 소리가 요란했겠지만 당시만 해도 그런 스마트폰은 아직 선을 보이기 전이었다.

셰익스피어 수업은 그대로 진행이 되었다. 우리는 모두 그저 어깨를 한 번씩 으쓱했을 뿐이고 교수님은《줄리어스 시저》에 대한 설명을 이어갔다. 나는 게이브가 오른손 손가락으로 별다른 의미 없이 책상 위 나뭇결을 문지르고 있는 것을 보며 그 엄지손가락과 지저분한 손톱 모양 따위를 노트 위에 낙서처럼 끼적였다. 아마 그때 그 노트가 고전문학이나 현대문화사 교과서들과 함께 지금도 어딘가에 남아 있을 것이다. 분명 그대로 남아 있을 거라고 나는 믿고 있다.

2
특별한 날

그날 강의실이 있는 필로소피 홀Philosophy Hall을 나서면서 게이브와 나눴던 이야기를 나는 결코 잊을 수 없을 것이다. 별로 특별한 말은 오가지 않았지만 그날의 대화는 내 기억 속에 생생하게 남아 있다.

건물을 나온 우리는 함께 계단을 내려가기 시작했다. 나란히는 아니고 서로 앞서거니 뒤서거니 하면서. 공기는 상쾌했고 하늘은 푸르렀다. 그리고 모든 것이 달라져 있었지만 우리는 아직그 사실을 알아차리지 못했다.

주위를 둘러보니 모두들 정신없이 떠들어대고 있었다.

"무역센터 쌍둥이 빌딩이 무너졌대!"

"학교는 임시 휴교에 들어간다며?"

"분명 피가 부족할 텐데, 나 헌혈해야겠어. 혹시 어디서 할 수 있는지 아는 사람?"

나는 게이브를 돌아보았다. "도대체 무슨 일이지?"

"나는 이스트 캠퍼스East Campus 기숙사에 살고 있어." 그가 기숙사 쪽을 가리키며 이렇게 말했다.

"가서 무슨 일인지 한번 알아보자. 네 이름은 루시 맞지? 넌 어디 살아?"

"호건Hogan 기숙사." 내가 대답했다. "그리고 내 이름은 루시가 맞아."

"만나서 반가워, 루시. 난 게이브리얼이라고 해." 게이브는 이렇게 말하며 손을 내밀었다. 나는 얼떨결에 그 손을 잡고 흔들며 그의 얼굴을 올려다보았다. 그의 얼굴에는 다시 보조개가 피어났고 눈동자는 파랗게 반짝거렸다. 그러자 그날 처음으로 이런 생각이 들었다.

'이 남자는 정말 아름답구나.'

우리는 게이브의 기숙사로 가서 다른 학생들과 함께 텔레비전을 보았다. 게이브의 룸메이트들은 애덤과 스캇, 그리고 저스틴이라고 자신들을 소개했다.

텔레비전 화면에서는 건물 밖으로 떨어지는 사람들과 검게 그을린 돌 무더기 사이에서 하늘로 피어오르는 연기, 그리고 쌍둥이 빌딩이 무너지는 모습 등이 반복해서 흘러나왔다. 그 처참한 모습에 우리는 아무런 말도 할 수 없었다. 눈으로는 텔레비전을 지켜보면서도 화면 속 상황과 우리가 처해 있는 현실을 도무지 일치시킬 수 없었다. 여기 뉴욕에서, 그것도 지금 우리가 앉아 있는 곳에서 불과 10킬로미터 남짓 떨어져 있는 곳에서 저런 일이 벌어졌다는 사실이, 그리고 저기 떨어지는 사람들이 진짜 살아 있는 사람들이라는 사실이 여전히 믿기지 않았던 것이다. 다른 사람들은 몰라도 적어도 나는 이것을 현실이라고 생각할 수 없었다.

휴대전화가 모두 먹통이 되었기 때문에 게이브는 기숙사에 있는 유선전화로 애리조나에 살고 있는 어머니에게 전화를 걸어 자신이 무사하다는 소식을 알렸다. 나도 코네티컷의 부모님에게 전화를 걸었는데 두 분은 내가 빨리 집으로 돌아오기를 바라시는 것 같았다. 알고 지내는 어떤 분의 딸이 무역센터에서 근무하는데 아직까지 아무런 연락도 되지 않는다는 것이었다. 또 누구누구의 사촌이 무역센터 꼭대기 층에 있는 고급 음식점의 조찬 모임에 참석하러 갔다는 소식도 있었다.

"맨해튼 밖으로 빠져나오는 게 더 안전할 것 같구나." 아빠가 이렇게 말했다. "탄저균이나 다른 생화학 무기 공격이 있을 수도 있잖니? 아니면 신경가스 같은 것 말이다."

나는 지하철 운행이 중지되었고 아마 열차도 마찬가지일 거라고 말했다.

"그럼 내가 차를 몰고 그곳으로 가마. 지금 당장 출발할 수 있어." 아빠가 이렇게 말했다.

"별일 없을 거예요. 친구들 몇 명과 같이 있는데 다들 무사해요. 나중에 다시 전화 드릴게요." 전화를 끊으면서도 나는 여전히 아무것도 실감이 나지 않았다.

"그러니까 말이지." 내가 전화를 끊자 스캇이 입을 열었다. "만일 내가 테러 공격을 할 거라면 그냥 하늘에서 폭탄을 하나 떨어트릴 것 같은데."

"저 자식 지금 대체 뭐라는 거야?" 애덤이 대꾸했다. 애덤은 뉴욕 경찰로 일하는 삼촌의 연락을 기다리고 있는 중이었다.

"아니, 내 말은 상식적으로 생각을 해보자면……" 스캇은 계속 뭔가 말을 하려 했지만 그렇게 할 수 없었다.

"그 입 다물어." 저스틴이 말했다. "스캇, 이거 농담 아니야. 때와 장소를 좀 가리라고."

"난 그만 가볼게." 나는 게이브에게 이렇게 말했다. 사실 그때만 해도 그가 누군지도 잘 몰랐고 그의 친구들도 처음 만난 자리였으니까. "내 룸메이트들도 지금쯤 아마 나를 찾고 있을 거야."

"그러면 전화를 해." 게이브는 이렇게 말하며 내게 전화기를 넘겼다. "전화해서 지금 윈Wien 기숙사 지붕으로 간다고 해. 만나고 싶으면 그리로 오라고 하고."

"지금 어디를 간다고?"

2 특별한 날 19

"나랑 같이 원 기숙사로." 게이브는 그렇게 말하며 내 머리카락을 쓰다듬었다. 그건 그야말로 친밀한 행위 그 자체였다. 사람 사이의 거리감을 다 허물어트린 후에야 할 수 있는 그런 일. 다른 사람이 먹고 있던 음식을 말도 없이 가져다 먹는 일과 비슷하다고나 할까. 그리고 바로 그 순간, 나는 게이브와 내가 서로 이어져 있다는 것을 느꼈다. 내 머리 위를 지나가는 그의 손이 그저 무심하지만은 않은, 나름대로 긴장하고 있었던 것과 마찬가지로.

몇 년의 세월이 흐른 뒤, 나는 머리카락을 기증하기로 결심하고 미용실에 가서 머리를 잘랐다. 미용사가 머리를 다 자른 후 평소보다 더 짙은 갈색으로 보이는 내 머리카락을 비닐에 싸서 건네줄 때, 나는 그때 일을 생각했다. 당시 게이브는 아득히 먼 곳에 있었지만 나는 내가 그를 배신하고 있는 듯한 기분이 들었다. 머리를 자름으로써 마치 두 사람을 연결해주고 있는 끈을 끊어버린 듯한 기분이 들었던 것이다.

어쨌든 바로 그날, 게이브는 그렇게 내 머리카락을 만지고 난 후 자기가 지금 무슨 일을 했는지 뒤늦게 알아차린 것처럼 이내 손을 거둬 자기 무릎 위에 올렸다. 그리고 나를 보며 다시 빙그레 웃어보였지만 그의 두 눈은 웃고 있지 않았다.

나는 어깨를 한 번 으쓱하며 이렇게 말했다. "그러지 뭐."

나를 둘러싼 세상에 금이 가고 있는 것만 같았다. 깨진 거울

안으로 들어가 모든 것이 뒤죽박죽된, 우리를 감싸고 있는 벽이며 껍질이 모조리 무너져버린 그런 곳으로 걸어 들어가고 있는 듯한 기분이었다. 그리고 그곳에서는 뭐든 "안 돼"라고 대답할 만한 이유를 찾을 수 없었다.

3
첫 키스

우리는 엘리베이터를 타고 원 기숙사 11층으로 올라갔다. 게이브는 11층에 내리자마자 복도 끝에 있는 창문 하나를 열어젖혔다. "내가 2학년 때 누가 이곳을 알려주더라고." 그가 말했다. "뉴욕 어디를 가도 이만한 풍경은 찾아볼 수 없다고 말이야."

우리는 창문 밖으로 기어나가 지붕 위에 올라섰고, 나는 순간 너무 놀라 숨을 몰아쉬어야 했다. 맨해튼 남쪽 끝에서 연기가 뭉게뭉게 솟아오르고 있었다. 하늘은 온통 회색빛으로 물들었고 도시는 재로 뒤덮였다.

"세상에 이럴 수가." 그렇게 중얼거리는데 나도 모르게 눈물이 고였다. 그곳의 원래 모습을 떠올려보았지만 쌍둥이 빌딩이 있던 자리에는 텅 빈 잔해만이 남아 있었다. 그제야 겨우 상황을 깨닫게 된 나는 이렇게 말했다. "건물 안에 사람들이 있었을 텐데."

게이브가 손을 내밀어 내 손을 잡았다.

우리 두 사람은 그 자리에 서서 건물이 무너진 자리를 바라보았다. 둘 다 눈물이 뺨을 타고 흘렀다. 얼마나 오래 그러고 있었는지는 기억이 나지 않는다. 분명 지붕 위에는 우리 말고 다른 사람들도 올라와 있었을 텐데 지금 머릿속에 남아 있는 건 게이브와 피어오르는 연기뿐이다. 그리고 그 기억은 내 머릿속에 낙인이 찍힌 듯 남게 되었다.

"도대체 무슨 일이 벌어진 거야?" 나는 겨우 이렇게 속삭였다. 눈으로 확인하고 나니 공격의 규모가 얼마나 대단한 것이었는지 짐작할 수 있었다. "이제 어떻게 되는 거지?"

게이브가 나를 돌아보았다. 여전히 눈물이 멈추지 않은 우리 두 사람의 눈에 다른 것은 아무것도 들어오지 않았다. 우리는 마치 무언가에 홀리기라도 한 것 같았다. 게이브의 손이 내 허리 쪽으로 미끄러져 내려왔고 나는 발끝으로 서서 그의 입술을 찾았다. 우리는 서로의 몸을 부서져라 꼭 끌어안았다. 앞으로 무슨 일이 벌어지든 그렇게 하고 있으면 안전할 것 같았다. 서로를 끌어안고 입술을 맞대고 있는 것만이 우리를 구원해줄 유일한 방법처럼 느껴졌다. 게이브의 몸이 나를 감싸는 순간 그 따뜻하고 든든한 품 안에서 나는 내가 안전하다고 느꼈다. 그의 몸이 팽팽하게 긴장하는 것이 느껴졌고 나는 그의 머리카락 속에 내 손가락을 파묻었다. 게이브도 손바닥으로 내 머리를 감싸 안으며 나를 끌어당기다가 내 얼굴을 서서히 뒤로 기울였다. 그 때 나는 모든 것을 다 잊었다. 바로 그 순간 이 세상에는 오직 게 이브와 나만 존재했다.

꽤 오랫동안 그때 일만 생각하면 마음이 그리 편치 않았다. 불타고 있는 도시를 내려다보며 첫 키스를 나눈 것, 그리고 그 런 순간에 누군가에게 그렇게 빠져버릴 수 있었다는 사실이 내 내 마음에 걸렸던 것이다. 그렇지만 나중에 알고 보니 우리만 그랬던 것이 아니었다. 테러 공격이 있었던 바로 그날 잠자리를 같이했다거나 공교롭게도 임신을 했다는 사람, 그리고 약혼을 했다고 내게 고백한 사람들이 있었다. 그 와중에 처음으로 사랑 한다고 속삭인 사람들도 있었다고 한다. 타인의 죽음 속에는 남 은 사람들을 살아남도록 이끄는 무엇인가가 있었던 것이 아닐 까. 우리는 그날 죽지 않고 살아남고 싶었고, 그 일에 관해서는 이제 더 이상 어느 누구도 비난하고 싶지 않다.

잠시 떨어져 숨을 몰아쉬면서 나는 내 머리를 게이브의 가슴 속에 파묻었다. 규칙적으로 울려 퍼지는 그의 심장 고동 소리를 들으며 내 마음은 점점 편안해졌다.

게이브도 그때 내 심장이 뛰는 소리를 들으며 마음을 가라앉 혔을까? 지금도 그럴 수 있을까?

4

그날, 우리가 했던 일

점심을 먹자는 게이브의 말에 우리는 다시 그의 기숙사로 돌아갔다. 그는 점심을 먹고 나면 카메라를 들고 다시 윈 기숙사 지붕으로 가겠다고 했다. 사진을 몇 장 찍겠다는 것이었다.

"어디 잡지에라도 보내게?" 내가 물었다.

"언론사에 기고하는 거? 그런 건 아니야. 그냥 나 혼자 보려고." 그가 대답했다.

기숙사 주방에서 그의 사진들을 본 나는 완전히 정신을 빼앗기고 말았다. 흑백으로 인화한 사진 속에는 학교 캠퍼스의 온갖 풍경이 다 담겨 있었는데 환한 빛에 휩싸여 있는 모습이 특이하면서도 대단히 아름다웠다. 늘 익숙한 풍경들을 이리저리 확대해서 찍은 모습은 마치 현대 미술 작품 같기도 했다.

"여긴 어디야?" 내가 이렇게 물었다. 한동안 들여다본 후에야 나는 그게 새의 둥지를 확대해 찍은 모습이라는 사실을 알 수 있었다. 둥지에는 신문이며 잡지, 그리고 프랑스 문학 수업 과제물처럼 보이는 종이들이 드문드문 섞여 있었다.

"아, 그거 대단하지?" 게이브가 대꾸했다. "혹시 제시카 조라고 알아? 아카펠라로 노래하는 앤데. 데이비드 블룸의 여자 친구 말이야. 제시카가 자기 방 창문에서 누군가의 과제물로 만들어진 새 둥지가 보인다는 거야. 그래서 직접 확인해 보러 갔다가 창문에 매달린 끝에 겨우 그 사진을 찍을 수 있었어. 제시카도 내가 밖으로 떨어질까 봐 겁이 났는지 데이비드를 시켜 내 발목을 잡고 있게 하더라고. 어쨌든 떨어지는 사고 없이 사진을 찍을 수 있었지."

그 이야기를 듣고 나니 새삼 게이브가 다르게 보였다. 예술을 위해서 저렇게 열정적이고 용감하게 행동하다니. 돌이켜보면 그는 내가 그렇게 생각하게끔 유도한 것이 아닐까 하는 생각도 든다. 그때 게이브는 나에게 뭔가 깊은 인상을 주려고 애쓰고 있었지만 당시에는 그걸 알아차리지 못했다. 나는 그저 '와, 이 사람 꽤 대단하네' 정도로만 생각했었다. 그러나 그날 이후 그를 알아가면서 깨닫게 된 진실은 그가 어디서든 아름다운 것들을 찾아낼 수 있다는 사실이었다. 게이브는 다른 사람들이 알아차리지 못하는 걸 꿰뚫어보는 재주가 있었고 그 재주야말로 내가 항상 그에 대해 감탄해 마지않는 것이었다.

"사진작가가 되고 싶은 거야?" 내가 사진들을 가리키며 이렇게 물었다.

게이브는 고개를 저으며 말했다. "그냥 취미생활이야. 진짜 예술가는 우리 어머니지. 화려하면서도 거대한 작품 같은 것도 빚어낼 수 있는 분이야. 하지만 어머니는 먹고 살려고 작은 캔버스에 애리조나의 일몰 같은 걸 그려서 관광객들한테 팔고 있어. 나는 그렇게 살고 싶지 않아. 팔기 위해 무언가를 창조하는 삶은 싫어."

나는 주방 조리대에 몸을 기댄 채 나머지 사진들을 살펴보았다. 돌로 된 긴 의자에 스며든 녹물이며 대리석에 간 금, 그리고 녹슬어가는 금속 난간 등등. 그전까지는 아름다움이 이런 곳에 숨어 있을 것이라고는 생각도 하지 못했다. "아버지도 예술가셔?" 내가 물었다.

그러자 그의 얼굴에서 표정이 사라졌다. 마치 그의 두 눈 뒤로 문이 쾅 하고 닫히는 모습이 보이는 것 같았다. "아니." 그가 대꾸했다. "아버지는 아니야."

나는 미처 있는지도 몰랐던 그의 약한 부분과 우연히 마주친 느낌이었다. 나는 일단 그 생각을 접어두었다. 나는 게이브의 여러 가지 면모에 대해 조금씩 알아가는 중이었고 그렇게 서로 알아갈 만한 사람이기를 이미 마음속 깊이 바라고 있었다. 자연스럽게 서로를 탐색하고 싶었던 것이다.

게이브는 말이 없었고 나 역시 마찬가지였다. 텔레비전만이 여전히 요란하게 떠들고 있었다. 뉴스 아나운서가 국방부 건물이며 펜실베이니아에 추락한 비행기에 대해 이야기하고 있는 게 들려왔다. 지금 처해 있는 상황에 대한 두려움이 다시금 몰려왔다. 나는 보고 있던 게이브의 사진들을 제자리에 내려놓았다. 지금은 그렇게 아름다움에 대한 생각이나 하고 있을 때가 아닌 것 같았다. 그렇지만 이제와 돌이켜보면 그때 정말로 했어야 하는 일들이란 바로 그런 것들이 아니었을까.

"아까 점심 먹자고 하지 않았어?" 배는 전혀 고프지 않았지만 나는 이렇게 물었다. 사실은 텔레비전 화면 속을 스쳐 지나가는 장면들 때문에 속이 다 울렁거릴 지경이었다.

그의 두 눈 뒤에 닫혀 있던 문이 다시 열렸다. "그랬었지." 그는 이렇게 대답하며 고개를 끄덕였다.

주방에 있는 재료를 살펴보니 간단한 멕시코 음식 정도는 해먹을 수 있을 것 같았다. 그래서 나는 기계적으로 토마토를 썰고 녹슨 깡통 따개로 콩 통조림을 땄다. 그동안 게이브는 일회용 은박 접시를 하나 꺼내 토르티야 칩tortilla chip을 담고 강판으로 치즈를 갈아 이 빠진 시리얼 그릇에 담았다.

"너는 뭘 좋아해?" 게이브가 마치 우리의 대화가 끊어진 적이 없었던 것처럼 갑자기 이렇게 물어왔다.

"어?" 그때 나는 안쪽으로 밀려들어간 통조림 뚜껑을 다시 비

집어 꺼내는 중이었다.

"너도 예술 쪽에 관심이 있어?"

나는 통조림 뚜껑을 완전히 잘라내어 조리대 위에 올려놓았다. "아니." 내가 대답했다. "내가 한 것들 중에 창조적인 것이라곤 기숙사 룸메이트들한테 써준 짧은 이야기가 전부일걸."

"음, 무슨 이야기인데?" 게이브가 고개를 한쪽으로 곧추세우며 이렇게 물었다.

나는 고개를 숙였고 덕분에 내 얼굴이 붉어진 걸 들키지 않을 수 있었다. "좀 창피한데." 내가 이야기를 계속했다. "그냥 해밀턴이라는 이름을 가진 애완용 꼬마 돼지 이야기야. 토끼를 따라 우연히 대학에 입학하게 된 돼지 이야기."

게이브가 뜻밖이라는 듯 소리 내어 웃었다. "꼬마 돼지 해밀턴이라, 알겠어. 재미있겠는데."

"고마워." 나는 다시 고개를 들고 이렇게 말했다.

"그러니까 대학을 졸업한 후에도 글 쓰는 일을 하고 싶은 거야?" 게이브는 살사salsa 소스가 들어 있는 병을 들고 와서는 뚜껑이 헐거워지도록 조리대 위에 대고 툭툭 내리쳤다.

나는 고개를 저었다. "꼬마 돼지 해밀턴 이야기를 들어줄 만한 사람들이 대학 밖에도 있을 것 같지는 않아. 졸업을 하면 광고 회사에서 일하고 싶다고 줄곧 생각해왔지만 오늘은 그런 말을 하는 게 바보처럼 느껴져."

"뭐가 바보처럼 느껴지는데?" 게이브가 병뚜껑을 열며 이렇게 물었다. 뚜껑이 열리면서 퍽 하는 소리가 났다.

나는 텔레비전이 있는 쪽을 흘깃 바라보았다. "지금 광고 회사 같은 게 무슨 의미가 있을까? 사회생활을 시작하고 평생을…… 강판에 간 치즈며…… 토르티야 칩 같은 걸 사람들에게 팔기 위해 보냈는데, 오늘이 이 세상의 마지막 날이라면 그렇게 보낸 인생이 정말 가치 있게 느껴질 수 있을까?"

게이브가 입술을 깨물었다. '나도 지금 그 생각을 하고 있어.' 그의 눈은 그렇게 말하고 있었다. 나는 게이브라는 사람에 대해 좀 더 알게 된 것 같았다. 아마도 그도 나에 대해 더 알게 되지 않았을까. "그럼 어떻게 보내는 인생이 가치 있는 인생일까?" 그가 물었다.

"나도 바로 그걸 알고 싶어." 내가 대답했다. 그리고 계속 대답을 이어가는 동안 뭔가 생각이 떠올랐다. "내 생각인데, 뭔가 긍정적인 방향으로 세상에 흔적을 남기는 인생이 되어야 하지 않을까? 우리가 알고 있는 세상보다 조금이라도 더 나은 세상을 만드는 거." *게이브, 난 여전히 그때 했던 말을 믿고 있어. 내가 평생에 걸쳐 하고 있는 일이 그것이고 너 역시 그렇게 해왔다고 생각해.*

그 순간 게이브의 얼굴이 활짝 펴지는 것이 보였지만 그게 무슨 의미인지는 잘 알 수 없었다. 나는 아직 그에 대해 충분히 알지 못했던 것이다. 그렇지만 이제는 그 표정의 의미가 무엇이었는지 안다. 그의 마음속에서 뭔가 세상을 바라보는 시각이 달라지고 있었다.

게이브는 토르티야 칩을 살사 소스에 묻혀 내게 내밀었다.

"맛 좀 볼래?" 그가 물었다.

나는 그가 내민 칩을 반 정도 입에 물었고 그가 나머지 반을 자기 입 속에 밀어 넣었다. 게이브의 두 눈이 내 얼굴을 요모조모 뜯어보더니 이내 내 몸을 훑고 내려갔다. 나는 그가 나를 여러 가지 다른 각도와 시점에서 관찰하고 있다는 걸 느낄 수 있었다. 그러다가 그는 손가락 끝으로 내 뺨을 쓰다듬었고 우리는 다시 키스했다. 이번에는 그의 입술에서 소금과 매운 고추 맛이 났다.

내가 다섯 살인가 여섯 살이 되었을 무렵, 나는 내 방 벽에 빨간색 크레용으로 그림을 그린 적이 있었다. 아마 이 이야기는 게이브에게는 한 번도 한 적이 없는 것 같지만, 어쨌든 그렇게 벽 위에 하트와 나무와 태양과 달과 구름을 그리고 있을 때 나는 내가 뭔가 혼이 날 짓을 하고 있다는 걸 알고 있었다. 마음속 깊은 곳에서부터 그런 예감이 들었지만 하던 짓을 멈출 수는 없었다. 나는 아주 못된 짓을 하고 싶었다. 내 방은 이미 분홍색과 노란색으로 꾸며져 있었지만 내가 진짜 좋아하는 색은 바로 빨간색이었다. 나는 내 방을 온통 빨간색으로 꾸미고 싶었다. 빨간색의 방이 필요했던 것이다. 벽에 빨간색으로 그림을 그리는 건 정말로 잘하는 일인 동시에 결코 해서는 안 될 일이라고 느껴졌다.

게이브를 만난 그날도 정확히 그런 기분이 들었다. 죽음과 비극이 벌어지고 있는 한복판에서 그에게 키스하는 일은 정말로 잘하는 일인 동시에 결코 해서는 안 될 일이라는 생각이 들었다. 그렇지만 나는 언제나 그래왔던 것처럼 잘하고 있다는 느낌에 집중하기로 했다.

나는 손을 뻗어 그가 입고 있는 청바지 뒷주머니에 밀어 넣었고 그도 역시 똑같이 내 바지 주머니에 손을 넣었다. 우리 두 사람은 그렇게 더 힘껏 서로를 끌어안았다. 그의 방 쪽에서 전화벨 소리가 들려왔지만 무시했다. 그러자 이번에는 스캇이 쓰는 방의 전화가 울리기 시작했다.

잠시 뒤 스캇이 주방으로 들어와 헛기침을 했다. 우리는 서로 떨어져 그를 바라보았다. "게이브, 스테파니가 찾아." 스캇이 말했다. "전화 끊지 말고 기다리라고 했어."

"스테파니?" 내가 물었다.

"아무것도 아니야." 게이브가 이렇게 대꾸하자 스캇도 별것 아니라는 듯 말했다. "그냥 옛날 여자 친구야."

그러고는 스캇이 게이브를 보며 말을 이었다.

"그런데 스테파니가 지금 울고 있어."

게이브는 괴로운 표정을 지으며 스캇에게서 내 쪽으로 시선을 돌렸다가 다시 스캇을 바라보았다. "미안한데, 내가 이따가 다시 전화하겠다고 좀 전해줄래?" 그가 스캇에게 이렇게 말했다.

스캇은 고개를 끄덕이더니 방으로 되돌아갔고 그러자 게이브는 내 손을 움켜쥐고는 손가락으로 깍지를 꼈다. 기숙사 지붕 위에서 그랬던 것처럼 두 사람의 눈동자가 마주쳤고 나는 그의 눈길을 피할 수 없었다. 심장이 빠르게 고동치기 시작했다.

"루시." 게이브가 마치 뭔가를 원하는 것처럼 내 이름을 불렀다. "너를 이렇게 여기로 불러놓고 이렇게 말하는 게 분명 불편하게 느껴지겠지만 스테파니가 괜찮은지 가봐야겠어. 우리는 대학 시절 내내 사귀다가 겨우 지난달에 헤어졌거든. 그런데 오늘 같은 날은……"

"이해할 수 있어." 내가 대답했다. 기묘한 일이지만 나는 이제는 더 이상 스테파니와 사귀지 않는 그가 여전히 그녀를 걱정하고 있다는 사실을 알고 그가 더 좋아졌다. "어쨌든 나도 룸메이트들에게 돌아가 봐야 하니까." 물론 돌아가고 싶은 마음은 없었지만 나는 그렇게 대답했다. "오늘 여러 가지로 참 고마웠어……" 나는 말을 시작해놓고 어떻게 마무리를 지어야 할지 알 수 없었다. 그리고 결국 하던 말을 끝맺을 수 없다는 사실을 깨달았다.

게이브가 깍지 낀 손에 힘을 주었다. "오늘을 이렇게 특별한 날로 만들어주어서 고마워." 그가 말했다. "루시라는 이름은 스페인어로 하면 루스Luz가 되고 그건 빛이라는 뜻이지. 내 말이 맞아?" 그가 말을 멈추자 나는 고개를 끄덕였다. "이렇게 깜깜한 날을 빛으로 채워줘서 고마워."

게이브의 그 말에는 나로서는 뭐라 형용할 수 없는 그런 기분이 담겨져 있었다. "너도 나에게 똑같이 해줬으니까." 내가 말했다. "나도 고마워."

우리는 다시 키스했다. 그의 몸과 떨어지는 일은 힘이 들었고 이렇게 떠나는 건 더 괴로웠다.

"내가 전화할게." 게이브가 말했다. "기숙사 전화번호부에서 번호쯤은 쉽게 찾을 수 있겠지. 제대로 점심 대접을 해주지 못해 미안해."

"잘 있어." 내가 말했다. "점심이야 언제든 또 같이 먹으면 되지 뭐."

"그래, 네 말이 맞아." 그가 대답했다.

나는 그의 기숙사를 나왔다. 지금껏 경험해본 적 없는 가장 끔찍한 날에 어떻게 이런 작은 행운이 함께할 수 있었는지 나는 도무지 알 수가 없었다.

헤어진 지 몇 시간이 지나지 않아 게이브에게서 전화가 걸려왔다. 그렇지만 내가 기대했던 대화는 아니었다. 게이브는 미안하다고, 정말 미안하다고 하며 스테파니와 다시 사귀기로 했다고 말했다. 무역센터에서 일하던 스테파니의 큰오빠가 실종되었고 그녀는 지금 자기를 필요로 하고 있다는 것이었다. 그러고는 내가 그런 사실을 이해해주기 바란다며 그 끔찍했던 오후에 자신에게 빛을 밝혀줘서 또 한 번 고맙다고 말했다. 그 자리에 나와 함께 있을 수 있었다는 게 자신에게 얼마나 소중한 일이었는지를 말하고 다시 한 번 미안하다고도 했다.

그러지 말았어야 했는데, 나는 그만 무너져 내리고 말았다.

그해 가을 학기가 다 지나도록 나는 게이브에게 한마디 말도 건네지 않았고 이듬해 봄 학기가 시작되었어도 나는 계속해서 입을 다물었다. 크레이머 교수님의 수업 시간에는 자리를 바꿔 게이브 옆에 앉는 일을 피했다. 그렇지만 나는 게이브가 셰익스피어 작품의 대사와 배경 속에서 아름다운 것들을 어떻게 찾아냈는지 이야기할 때마다 빠지지 않고 그의 말을 경청했다. 그는 심지어 가장 추악하고 사악한 장면 속에서도 아름다운 것들을 찾아냈다.

"아아!" 게이브가 큰 소리로 《타이터스 앤드러니커스Titus Andronicus》의 한 대목을 읽기 시작했다. "저 뜨거운 피가 붉은 강이 되어 흐르는구나 / 마치 바람에 부글부글 용솟음치는 샘물 같은 피여 / 그 피가 그대의 붉은 입술 사이에서 뿜어져 나오나니." 나는 그저 게이브의 입술이 내 입술을 뜨겁게 짓누르던 모습을 떠올리고 있을 뿐이었다.

나는 그날 일을 잊으려고 애썼지만 불가능한 일이었다. 나는 뉴욕과 미국, 그리고 세계무역센터 쌍둥이 빌딩 안에 있던 사람들에게 그날 무슨 일이 벌어졌는지를 도저히 잊을 수가 없었다. 그리고 게이브와 나 사이에 어떤 일이 일어났었는지도. 심지어는 지금까지도 누군가 "무역센터가 무너지던 날 혹시 뉴욕에 있었어?"라든가, 혹은 "그날 어디 있었는데?" 그리고 "그때 분위기가 어땠어?"라고 물어올 때마다 나는 제일 먼저 게이브에 대한 생각이 떠오른다.

살다 보면 인생의 궤적을 바꿔버리는 순간들이 있다. 그날 뉴욕에 살고 있던 대부분의 사람들에게는 9월 11일이 바로 그런 순간이었다. 그날 내가 했던 모든 일들이 다 중요한 의미가 있었고 내 마음을 불태웠으며 내 심장에 깊이 각인되었다. 나는 내가 그날 게이브를 왜 만나게 되었는지 그 이유를 알 수 없다. 하지만 그날의 만남으로 인해 게이브가 내 개인적인 역사에 영원히 한 부분을 차지하며 남을 수 있게 되었다는 것만은 확실하다.

<u>5</u>
졸업

5월이 되자 우리도 대학을 졸업하게 되었다. 졸업식이 끝나고 학사모와 졸업복을 반납하면서 우리 졸업생들은 각자의 이름이 라틴어로 새겨진 학위증을 수여받았다. 나는 엄마와 아빠, 할머니와 할아버지, 삼촌 그리고 오빠와 함께 르 몽드Le Monde라는 이름의 프랑스 식당에 갔다. 마침 우리 옆자리에 또 다른 졸업생 가족이 있었는데, 우리 가족보다 훨씬 숫자가 적은 그 사람들은 바로 게이브의 가족이었다.

우리가 자리를 잡고 앉으려는데 그가 나를 올려다보고는 손을 뻗어 내 팔을 잡았다. "루시!" 그가 말했다. "졸업 축하해!"

나는 몸이 떨려왔다. 그 일이 있은 지 몇 개월의 시간이 지났는데도 내 몸에 와 닿는 게이브의 살결이 나를 그렇게 떨리게 만들었던 것이다. 그렇지만 나는 아무렇지 않은 척 이렇게 대답했다. "너도 졸업 축하해."

"넌 이제 뭐 할 거야?" 게이브가 이렇게 물어왔다. "뉴욕에 그 대로 남아 있을 거야?"

나는 고개를 끄덕였다. "새로 생긴 텔레비전 프로그램 제작 회사의 기획부에서 일하게 되었어. 어린이용 프로그램을 만드 는 회사야." 나는 이렇게 말하며 나도 모르게 새어 나오는 웃음 을 참을 수가 없었다. 정식으로 채용되기를 기다리는 2개월여 동안 그 얼마나 간절히 바라고 고대하던 일자리였던가. 어린이 용 텔레비전 프로그램 기획은 쌍둥이 빌딩이 무너지고 난 후 얼 마 지나지 않아 내가 광고업무 같은 것보다는 좀 더 의미 있는 일을 원하고 있다는 걸 깨닫고 난 뒤 줄곧 생각해오던 바로 그 런 일이었다. 우리와 다음 세대를 이어주며 미래를 바꾸는 데 영향을 줄 수 있는 그런 일이었던 셈이다.

"어린이 프로그램이라고?" 그렇게 말하는 게이브의 입가에 가벼운 웃음이 스쳐 지나갔다. "뭐 〈앨빈과 슈퍼밴드Alvin and the Chipmunks〉 시리즈 같은 건가? 헬륨 가스를 흡입한 것처럼 재미있 는 목소리를 내는 거?"

"꼭 그렇지는 않은데." 나도 조금 소리 내어 웃으며 대답했다. 그러면서 내가 그런 일을 하게 된 건 그날 우리가 나눈 대화 덕 분이었다고 말해주고 싶었다. 우리가 그날 기숙사 주방에서 함 께 나눴던 시간이 내게는 그토록 큰 의미가 있었다고 말이다.

"그런데 넌 어때?"

"나는 맥킨지McKinsey에 취직했어." 게이브가 말했다. "알지? 맥킨지 경영 자문 회사. 앨빈도 슈퍼밴드도 없지만 말이야."

나는 그의 말에 조금 놀라고 말았다. 그날 그런 이야기를 나누고 크레이머 교수님 수업에서 그가 어떤 발표를 해왔는지 다 아는 나는 그런 대답을 기대하지 않았던 것이다.

그렇지만 나는 이렇게 말했다. "그거 정말 잘 됐네. 취업한 거 축하해. 그러면 뉴욕 어딘가에서 어쩌다 종종 마주칠 수 있을지도 모르겠다."

"그러면야 나도 좋지." 그가 대답했다.

대화를 마친 나는 가족들이 있는 자리로 가려고 돌아섰다. 그때 "저 여자 누구야?"라고 누군가 묻는 목소리가 들려와 나는 그쪽을 돌아보았다. 옅은 금발 머리를 등 중간까지 길게 기른 한 여자가 게이브 옆에 앉아 그의 허벅지에 손을 얹고 있었다. 누군지 알 수 없는 낯선 얼굴이었기에 나는 게이브의 얼굴만 쳐다보았다.

"그냥 같이 수업 듣던 애야, 스테파니." 게이브가 이렇게 말하는 소리가 들려왔다. 그래, 물론 나는 그냥 같이 수업 듣던 애였지. 그렇지만 그의 말은 내 가슴을 아프게 찔러왔다.

<u>6</u>

우연한 만남

뉴욕은 재미있는 도시다. 몇 년을 살아도 바로 옆집에 누가 살고 있는지 한 번도 보지 못할 수도 있지만 또 출근길에 지하철에 올라타다가 가장 친했던 친구를 우연히 만날 수도 있는 곳이 바로 뉴욕이다. 운명과 자유 의지가 대결하는 곳이랄까. 아니, 어쩌면 그 두 가지가 함께 공존하는 곳일 수도 있겠다.

대학을 졸업한 지 어느덧 1년 가까운 세월이 흘러 이듬해 3월이 되자 우리도 뉴욕의 일부가 되어버렸다. 나는 친구인 케이트와 함께 어퍼 이스트 사이드Upper East Side에 있는 커다란 아파트에서 살고 있었는데, 그 아파트는 원래 케이트의 할아버지와 할머니가 사시던 곳이었다. 우리는 중학교 시절부터 둘이서 함께 사는 일에 대해 이야기를 해왔었고, 어린 시절의 꿈이 마침내 이렇게 현실로 이루어진 셈이었다.

그동안 나는 직장 동료와 6개월 정도 썸을 타기도 했고 겨우 두어 번 만난 사람과 잠자리를 함께하기도 했으며, 또 몇 번인 가는 남자들을 정식으로 사귀어보기도 했다. 지금 생각해보면 그 남자들은 분명 그렇게 문제가 있는 사람들이 아니었음에도 당시의 나에게는 내 마음에 들 만큼 똑똑하지도, 또 그렇다고 잘생겼거나 나를 흥분시킬 만한 남자들로는 보이지 않았었다. 사실 그때 지금의 남편인 대런을 만났었더라도 당시의 나라면 아마 똑같은 생각을 했을 것이다.

시간이 흐르면서 함께 셰익스피어 강의를 들었던 강의실이 나 이스트 캠퍼스 기숙사에 대한 기억이 희미해졌고 게이브에 대한 생각도 그만하게 되었다. 적어도 어느 정도까지는 말이다. 우리 두 사람은 거의 1년여 동안 한 번도 만나지 못했는데 회사 에서 일을 하고 있을 때면 갑자기 게이브 생각이 날 때가 있었 다. 상사와 함께 새로운 프로그램의 줄거리를 정리할 때나 시청 자들이 받아들이고 인정할 만한 부분에 초점을 맞춰 지난 프로 그램들을 다시 검토할 때면 나는 게이브와 함께 있었던 주방을 떠올렸다. 그러고는 내가 결정한 진로에 대해 만족감을 느꼈다.

3월 20일 목요일은 내 스물세 번째 생일이었다. 나는 주말에 생일 파티를 열 생각이었지만 회사에서 제일 친하게 지내는 작 가실의 알렉시스와 미술부의 줄리아가 생일 당일에 같이 한잔 하자고 제안해왔다.

우리 세 사람은 그해 겨울부터 따뜻한 벽난로와 편안한 소파에 흠뻑 빠져 다른 곳은 가지 않고 페이시스 앤 네임스Faces & Names라는 이름의 술집에만 드나들었다. 내 생일은 기온이 영상 5도를 오르내리는 계절이었지만 셋이서 부탁을 하면 벽난로에 불을 지펴줄 것도 같았다. 지난 몇 개월 동안 부지런히 그곳을 드나든 덕분에 술집 지배인과 꽤 친해졌기 때문이었다.

줄리아는 나를 위해 종이로 왕관을 만들어와 자꾸 쓰라고 권했고 알렉시스는 우리 모두에게 애플 마티니 칵테일을 한 잔씩 돌렸다. 우리는 벽난로 바로 앞에 있는 소파에 앉아 각자의 잔을 들고 한마디씩 축배의 말을 늘어놓았다.

"모두의 생일을 위해!" 알렉시스가 먼저 소리를 높여 외쳤다.

"루시를 위해!" 줄리아가 뒤를 이었다.

"우리의 우정을 위해!" 그리고 내가 이렇게 마무리를 지었다.

급기야는 "종이 걸리는 일 없이 오늘도 잘 돌아가 준 복사기를 위해!" "병가 내고 결근하는 부장님들을 위해!" "멋지게 회의를 마무리 짓고 난 후 먹을 수 있는 공짜 점심을 위해!" "벽난로가 있는 모든 술집들을 위해" "애플 마티니를 위해!"라는 외침이 계속해서 이어졌다.

그때 웨이트리스가 칵테일 세 잔이 올라가 있는 쟁반을 들고 우리가 앉아 있는 소파 쪽으로 건너왔다.

"어, 그건 우리가 주문한 게 아닌데요?" 줄리아가 말했다.

종업원이 빙그레 웃으며 말했다. "여러분들을 남몰래 흠모하는 분이 계신가 봐요." 그러면서 그녀는 주문대가 있는 쪽으로 고갯짓을 해보였다.

거기에 게이브가 있었다.

순간 나는 내가 뭔가 헛것을 본 것이 아닌가 생각을 했다.

게이브는 우리에게 살짝 손을 들어 보였다.

"저기 계시는 신사분이 루시라는 분에게 생일 축하한다고 전해달래요."

알렉시스의 입이 딱 벌어졌다. "저 남자 알아?" 그녀가 물었다. "진짜 섹시하다!" 알렉시스는 종업원이 우리 탁자 위에 새로 가져다준 칵테일 중 한 잔을 집어 들었다. "루시의 이름을 기억하고 이렇게 대접을 해준 술집의 모든 멋진 남자들을 위해!" 그녀는 이렇게 말하며 잔을 높이 치켜들었다. 모두들 한 모금씩 칵테일을 마시고 나자 그녀는 다시 이렇게 덧붙였다. "이봐요, 오늘 생일인 아가씨. 가서 고맙다는 인사라도 해야지."

나는 칵테일 잔을 내려놓았다가 이내 마음을 바꿔먹고는 다시 잔을 들고 게이브 쪽을 향해 걸어갔다. 그때 약간 비틀거렸던 건 신고 있던 하이힐 탓이었다. 아마도 그랬을 것이다.

"고마워." 나는 바 쪽에 앉아 있던 게이브 옆으로 미끄러지듯 앉으며 이렇게 말했다.

"생일 축하해." 게이브가 말했다. "왕관이 멋지네."

나는 소리 내어 웃으며 머리에 쓰고 있던 종이 왕관을 벗었다. "이건 너한테 더 잘 어울리겠다." 내가 말했다. "한번 써볼래?"

게이브는 정말로 고수머리를 흐트러트리며 종이 왕관을 썼다.

"끝내주는데." 나는 게이브에게 이렇게 말했다.

그는 빙그레 웃으며 왕관을 벗어 바 위에 올려놓았다.

"누군지 못 알아볼 뻔했어." 그가 말했다. "헤어스타일이 달라져서."

"앞머리를 일자로 잘랐지." 나는 이렇게 대꾸하며 앞머리를 한쪽으로 쓸어 넘겼다.

게이브는 그날 주방에서 그랬던 것처럼 나를 모든 각도에서 요모조모 뜯어보았다. "무슨 머리를 하든 다 아름다우니까." 이렇게 말하는 그의 혀가 약간 꼬여 있는 것 같았다. 나는 그가 나보다 술을 더 많이 마셨다는 걸 알아차렸다. 목요일 저녁 7시인데 벌써부터 이렇게 혼자서 취해 있다니, 나는 그 이유가 궁금하지 않을 수 없었다.

"어떻게 지냈어?" 내가 물었다. "별일 없었지?"

게이브는 팔꿈치를 올리고는 손에 뺨을 기대며 이렇게 말했다. "잘 모르겠어. 스테파니와는 다시 헤어졌지. 하고 있는 일은 정말 마음에 안 들어. 거기에 미국은 이라크를 침공했고. 너를 만날 때마다 세상은 이렇게 허물어져 가는 것 같네."

나는 그런 그의 말에 어떻게 반응을 해야 할지 알 수가 없었다. 스테파니와 헤어졌다는 소식이나, 세상이 허물어져 가고 있다는 주장이나, 모두 말이다. 그래서 나는 다시 칵테일을 한 모금 더 마셨다.

게이브의 이야기는 계속되었다. "어쩌면 내가 오늘 밤 너를 필요로 하고 있다는 사실을 우주가 알아줬는지도 모르겠네. 루시 너는…… 페가수스Pegasus 같아."

"내가 《일리아드The Iliad》에 나오는 그 날개 달린 말 같다고?" 내가 되물었다. "그 하늘을 날아다니는 수말 말이야?"

"아니." 그가 대꾸했다. "너야 물론 당연히 여자지."

나는 가볍게 웃어 보였고 게이브는 이야기를 계속했다.

"그렇지만 그리스 신화의 영웅인 벨레로폰Bellerophon은 천마天馬 페가수스가 없었다면 괴물을 물리치지 못했을 거야. 페가수스가 그에게 힘을 더해준 셈이지." 그가 말했다. "벨레로폰은 모든 것을 뛰어넘어 마음껏 하늘을 날 수 있었어. 모든 인간의 고통과 상처도 극복할 수 있었지. 그래서 결국 위대한 영웅이 되었잖아."

나는 벨레로폰과 페가수스 신화를 게이브와는 다르게 이해하고 있었다. 나는 그 이야기를 협동과 단결, 혹은 단체정신의 하나로 생각했다. 나는 언제나 페가수스가 벨레로폰에게 자기 위에 올라타도록 허락해줄 수밖에 없었던 사연 부분이 제일 마음에 들었다. 그렇지만 나는 게이브에게 그런 자신만의 해석도 어쨌든 나름대로 의미가 있을 거라고 말해주었다. "어쨌든 고마워. 그거 칭찬 맞지? 물론 이왕이면 아테나나 헤라 같은 여신들과 비교해주면 더 좋았겠지만 말이야. 뭐 나쁜 쪽에 있는 메두사Medusa도 싫지는 않아."

게이브가 입꼬리를 추켜올리며 웃었다. "메두사라니 당치도 않아. 네 머리카락은 뱀이 아닌걸."

나는 머리를 어루만지며 말했다. "그건 내가 아침에 어떤 꼴인지 네가 한 번도 못 봐서 그래."

그는 마치 그걸 보고 싶어 하는 표정으로 나를 바라보았다.

"그런데 내가 미안하다고 사과를 한 적이 있었나?" 그가 물었다. "우리 사이에 있었던 일에 대해서 말이야. 그때 그렇게 키스한 일에 대해서 미안하다는 건 아니야. 그런데……" 게이브는 말을 멈추고 어깨를 으쓱해 보였다. "그 이후에 일어난 일에 대해서는 미안해. 나는 옳다고 생각하는 일을 하려고 노력해왔어. 스테파니 문제는, 그러니까 인생이란……"

"복잡한 거지." 내가 대신 말을 마무리 지었다. "괜찮아, 이제는 오래전에 다 지나간 일이니까. 그리고 넌 그때 이미 사과를 했어. 그것도 두 번씩이나."

"루시, 난 여전히 네 생각을 해." 게이브가 텅 비어버린 위스키 잔을 바라보며 이렇게 말했다. 나는 그가 위스키를 몇 잔이

나 마신 건지 궁금했다. "인생의 갈림길에 대해서 생각을 했어. 길이 두 갈래로 갈라지는데 다른 길을 선택했다면 인생이 어떻게 달라졌을까."

지금 또다시 우리 두 사람을 두고 갈림길 이야기를 한다면 소리 내어 웃을지도 모르겠지만 그때는 그 말이 참으로 로맨틱하게 느껴졌다. 게이브는 나에게 로버트 프로스트Robert Frost의 〈가지 않은 길The Road Not Taken〉이라는 시를 인용해보인 것이었다.

나는 알렉시스와 줄리아가 있는 쪽을 돌아보았다. 두 사람은 각자의 칵테일을 마시며 나와 게이브를 쳐다보고 있었다. '괜찮은 거지?' 줄리아가 소리 없이 입모양만으로 내게 이렇게 물어왔다. 나는 고개를 끄덕였다. 줄리아는 손목시계를 가리키며 어깨를 으쓱해 보였고 나 역시 똑같은 몸짓을 했다. 그녀가 고개를 끄덕였다.

나는 게이브를 바라보았다. 아름다우면서도 연약한, 그리고 나를 바라는 그 모습을. 어쩌면 이 우주가 내게 주었는지도 모를 내 생일 선물을.

"그 갈림길 말인데." 내가 입을 열었다. "그런 갈림길을 또다시 만날 때가 있겠지. 그리고 또 때로는 같은 길을 따라 내려갈 수 있는 또 다른 기회를 얻게 될지도 모르고."

아아, 이런. 우리는 정말 어설펐다. 아니, 어쩌면 그냥 아직은 너무나, 너무나도 어렸던 것이었을지도 모른다.

게이브는 내 쪽으로 시선을 돌리더니 똑바로 나를 바라보았다. 그의 푸른색 눈동자에는 별다른 표정이 없었지만 여전히 매력적이었다. "너에게 키스하고 싶어." 그는 이렇게 말하며 내 쪽으로 몸을 기울였다. 그리고 정말로 키스했다. 마치 생일에 빌었던 소원이 정말로 이루어진 것 같았다.

"루시, 오늘 밤 우리 집으로 갈래?" 그가 헝클어진 내 머리카락을 귀 뒤로 넘겨주며 이렇게 물어왔다. "오늘 밤은 집에 혼자 돌아가고 싶지 않아."

나는 그의 눈동자에 스며 있는 슬픔과 외로움을 보았다. 그리고 나는 그런 그를 달래주고 싶었다. 나는 게이브의 노예가, 반창고가, 그리고 해독제가 되고 싶었다. 나는 언제나 그를 위해 뭔가를 해주고 싶었고 지금도 그런 마음은 여전하다. 게이브야말로 내가 어쩔 수 없는 나의 가장 큰 약점인 것이다. 아니, 어쩌면 그는 나에게 페르세포네Persephone가 먹었다던 지하 세계의 석류 열매가 아닐까? 그리스 신화 속에 등장하는 페르세포네는 자기도 모르게 지하에서 자란 석류 열매를 먹는 바람에 지상으로 돌아가지 못하고 지하의 주인 하데스에게 영원히 매여 있는 신세가 되었다.

나는 게이브의 손을 내 입술로 가져와 키스했다. "그래." 내가 대답했다. "너네 집으로 함께 갈게."

7

함께한 시간

그렇게 그의 침대 위에 함께 누워 있게 되었을 때, 우리의 몸을 비춰준 건 커튼 틈으로 들어오는 희미한 도시의 불빛뿐이었다. 게이브는 내 뒤에서 두 팔로 나를 감싸고 있었다. 그의 손이 벌거벗은 나의 배를 어루만졌다. 우리는 조금 피곤했지만 아주 만족스러운 기분이었으며 술기운도 여전히 조금 남아 있었다.

"직장을 그만두고 싶어." 그가 이렇게 속삭였다. 마치 이런 어둠 속에서라면 그런 것을 입 밖으로 내어 말해도 안전할 것 같다는 말투였다.

"그래, 좋아." 나는 졸린 목소리로 역시 속삭이듯 대꾸했다. "그만두고 싶으면 그렇게 해야지."

게이브의 엄지손가락이 내 가슴 아래쪽을 문지르며 내려갔다.

"이제는 뭔가 의미 있는 일을 하고 싶어." 이렇게 말하는 그의 숨결이 따뜻하게 내 목덜미에 와 닿았다. "네가 전에 말했던 것처럼 말이지."

"으응." 나는 반쯤 잠이 덜 깬 상태로 웅얼거렸다.

"지금까지는 그렇게 하지 못했어."

"뭘 못했다고?" 내가 중얼거렸다.

"단지 아름다운 것들을 찾는 일이 문제가 아니야." 게이브의 이 말이 내 잠을 깨웠다. "그 모든 것들을 다 사진 속에 담고 싶어…… 행복과 슬픔, 기쁨, 그리고 절망 등 모든 것들을 다. 나는 내 카메라를 통해 내가 하고 싶은 이야기를 전달하고 싶은 거야. 루시, 넌 이해할 수 있지, 그렇지? 스테파니는 그렇지 못했어. 그렇지만 넌 그때 그 자리에 있었지. 그 일이 세상에 대한 관점을 어떻게 바꾸었는지 넌 잘 알고 있잖아."

나는 몸을 돌려 그를 마주보고 부드럽게 키스해주었다. "물론 나는 이해하지." 나는 그렇게 속삭이고 다시 잠에 빠져들었다.

당시 나는 게이브가 무슨 말을 하고 있는지, 그리고 그 말 때문에 그가 얼마나 멀리 가버리게 될지 정확히 알지 못했다. 그렇지만 바로 그때 그 말 때문에 게이브가 훗날 그런 일을 겪게 된 것은 아닐까. 나는 그때 술기운에 젖어 있었고 피곤했다. 그리고 그의 품에 안겨 있었다. 내가 수도 없이 상상하던 그런 모습이었다. 그러니 게이브가 당장 무슨 말을 한다 해도 다 괜찮다고 할 수밖에 없었을 것이다.

<u>8</u>

상처

게이브는 자신이 했던 말 그대로 직장을 그만두었고 사진을
배우기 시작했다. 우리는 계속해서 만남을 가졌고 우리의 육체
적인 관계 역시 함께 보내는 시간이 많아질수록 더 깊어져만 갔
다. 서로의 품 안에서 위안과, 희망과, 용기를 찾아내면서 말이
다. 집에 돌아갈 때까지 기다릴 수 없을 때는 식당 화장실에서
도 사랑을 나눴다. 건물 구석에서 서로를 끌어안고 키스할 때는
벽돌에 어깨가 부딪히기도 했다.

게이브와 나는 공원으로 소풍을 가기도 했는데 그때마다 빈
사과주스 병에 가득 채워온 화이트 와인을 다 마시고 같이 드러
누워 있곤 했다. 흙냄새와 깎은 지 얼마 되지 않은 풀 냄새, 그리
고 서로의 체취를 들이마시며.

"너희 아버지에 대해 더 알고 싶어." 다시 만난 지 몇 개월이

지난 후 나는 조심스럽게 이야기를 꺼냈다. 건드리지 말아야 할 부분을 건드리는 것 같았지만 그런 위험 정도는 기꺼이 감수할 수 있을 것 같았다.

"별로 할 말이 없어." 게이브는 이렇게 말하며 내 머리를 팔이 아니라 가슴 쪽으로 끌어안았다. 목소리는 여전히 그대로였지만 나는 그의 몸이 긴장하고 있는 것을 느낄 수 있었다. "아주 개자식이지."

"뭐가 어떻게 개자식이라는 건데?" 나는 이렇게 물으며 팔을 뻗어 그의 몸에 두르고 몸을 좀 더 밀착시켰다. 때때로 나는 우리가 결코 원하는 만큼 가까워질 수 없을 것 같은 기분을 느끼곤 했다. 나는 그의 살결 속으로, 그리고 그의 마음속으로 깊이 들어가고 싶었고 그렇게 해서 그에 대해 알아야 할 모든 것들을 속속들이 다 알고 싶었다.

"우리 아버지는…… 도무지 종잡을 수 없는 사람이었어." 그가 극도의 신중을 기해 할 말을 골라내듯 느릿느릿 입을 열었다. "내가 꽤 자란 후에야 어머니를 지켜드릴 수 있었지."

나는 그의 가슴에 파묻고 있던 머리를 불쑥 치켜들고는 그의 얼굴을 바라보았다. 무슨 말을 해야 할지, 그리고 어느 정도까지 물어봐야 할지 가늠할 수가 없었다. 나는 '꽤 자랐다'라는 말의 의미를 정확하게 알고 싶었다. 네 살? 열 살? 아니면 열세 살?

"이런, 게이브." 나는 고작해야 거기까지밖에 생각이 미치지 못했다. 지금 생각해도 미안한 일이지만 그냥 거기까지였다.

"아버지와 어머니는 예술 학교에서 만났어. 어머니는 아버지가 아름다운 조각가였다고 말씀하셨지만 나는 아버지의 작품을 한 번도 본 적이 없어." 게이브가 침을 꿀꺽 삼켰다. "아버지는 자기 작품을 하나도 남김없이 몽땅 다 부숴버렸대. 내가 태어난 후에. 무슨 기념물이나 거대한 설치미술 같은 걸 하고 싶어 했다는데, 아무도 그런 걸 주문하거나 부탁하는 사람이 없었대. 아버지의 작품을 사려는 사람도 없었고."

게이브는 몸을 돌려 나를 바라보았다. "정말로 힘들었겠지. 내가 상상할 수 없을 정도로……" 그는 고개를 내저었다. "아버지는 결국 포기하고 말았어." 그의 이야기가 이어졌다. "대신 화랑을 하나 운영해보려고 했는데, 사업 쪽으로는 영 재주가 없었나 봐. 영업이나 판매는 말할 것도 없고. 아버지는 언제나 화가 나 있었고 폭력을 휘둘렀어. 나는…… 나는 그런 포기나 좌절이 아버지에게 어떤 영향을 미쳤는지 이해할 수 없었어. 그 절망의 위력을 말이야. 언젠가 한번은 칼을 들고 와서 어머니의 그림을 찢어버렸어. 어머니가 4개월 동안이나 작업을 한 건데. 그런 일을 하느니 관광객에게 팔 그림을 그려야 한다는 게 아버지의 말이었어. 어머니는 그림이 아니라 자기 몸이 칼에 찔린 것처럼 우셨지. 그 무렵에 아버지는 우리를 떠났어."

나는 살며시 손을 내밀어 그의 손을 힘껏 움켜쥐었다. "그때가 몇 살이었는데?"

"아홉 살." 게이브의 목소리가 부드러워졌다. "경찰을 불렀지."

코네티컷 교외에 있는 아담한 전원주택에서 자란 나의 어린 시절은 게이브의 그것과는 사뭇 달랐다. 나는 어떻게 반응을 해야 할지 알 수가 없었다. 만일 같은 대화를 지금 나눌 수 있다면 게이브뿐만 아니라 그의 아버지가 겪었던 고통을 이해할 수 있었을 텐데. *네 아버지도 분명 힘든 시간을 보냈을 거야. 자신 안에 있는 악마와 싸웠을 거고, 그 악마가 너에게까지 이어져 유감이야.* 이렇게 말할 수 있지 않았을까. 실제로 정말 그 악마들은 그를 가만두지 않았던 것이 분명하다. 게이브는 인생의 대부분을 아버지와는 다른 사람이 되기 위해 노력했고 그런 사실을 의식하며 보냈다. 그러다가 결국 아버지를 삼킨 악마와 자신의 악마 모두와 맞서 싸워야 하는 상황에 직면하게 되고 만 것이다.

그렇지만 그런 이야기가 나온 그날은 게이브가 빠르게 내뱉은 말들을 제대로 알아들을 수 없었고 그저 그를 편하게 만들어주고 싶은 마음뿐이었다. 잠시 숨을 고른 후 나는 "넌 해야 할 일을 한 거야"라고만 말했다.

"나도 알아." 그가 대답했다. 그렇게 말하는 그의 눈빛이 아주 힘들어 보였다. "나는 절대로 아버지 같은 사람은 되지 않을 거야. 절대로 그런 식으로 너에게 상처주지 않겠어. 절대로 너의 꿈을 하찮은 것으로 취급하지 않을 거야."

"나도 마찬가지야. 게이브, 나 역시도 절대로 네 꿈을 하찮은 것으로 취급하지 않겠어." 나는 다시 그의 가슴에 머리를 기대며 이렇게 말했다. 입고 있는 티셔츠 위에 키스하며 내가 그에게서 느끼고 있는 나의 존경심과 동정심이 얼마나 깊은지 전달하려고 애를 썼다.

"네가 그러지 않을 거라는 걸 잘 알고 있어." 그는 이렇게 말하며 내 머리를 토닥였다. "내가 너를 사랑하는 이유는 아주, 아주 많지만 그것도 그 이유 중 하나지."

나는 몸을 일으켜 그를 다시 바라보았다.

"사랑해, 루시." 그가 말했다.

그가 나에게 사랑한다고 말한 건 그때가 처음이었다. 남자라면 누구든지 그렇게 처음으로 여자에게 사랑한다고 말한 때가 있었으리라. "나도 너를 사랑해." 나는 이렇게 대답했다.

나는 게이브가 그날의 일을 기억해주기를 바란다. 나 역시 결코 잊을 수 없는 날이었으니까.

2

밀회

게이브와 내가 서로에게 처음으로 사랑한다고 말한 지 몇 주
일이 지났을 때 케이트가 잠시 집을 비울 일이 있었다. 이 틈을
이용해 그와 나는 우리 집에서 둘만의 시간을 보내기로 했다.
그리고 둘만의 시간을 축하하기 위해 우리는 속옷만 입고 함께
춤을 춰보았다. 후텁지근한 7월의 열기 때문에 집 바깥은 찌는
듯이 더웠고 하루 종일 수영장 같은 곳에 몸을 담그고 있고 싶
을 지경이었다. 에어컨을 최대한도로 가동시켰지만 집은 여전
히 더웠다. 집이 너무 커서 어쩌면 에어컨을 하나 더 달아야 할
지도 모른다는 생각이 들었다.

"케이트의 할아버지, 할머니의 부동산 투자 실력이 정말 대단
한가 봐." 둘이서 반쯤 벌거벗은 채로 프라이팬 위의 달걀을 휘
젓고 있을 때 게이브가 말했다. "두 분은 언제 이 집을 사신 거

지?"

"잘 모르겠어." 잉글리시 머핀 몇 개를 토스터에 밀어 넣으며 내가 이렇게 대꾸했다. "케이트 아버지가 태어나시기도 전의 일이니까…… 한 1940년대쯤?"

게이브는 감탄한 듯 휘파람을 불었다.

그 집에 둘이서만 머물 수 있었던 기회는 그리 많지 않았지만 분명 게이브도 그때 그 집을 잘 기억하고 있으리라. 그만큼 기억에 남는 집이었다. 커다란 침실 두 개에는 욕실이 각각 딸려 있었고 주방 한쪽의 작은 식탁은 일하거나 공부할 때 책상이 되어주기도 했다. 천장의 높이는 3.5미터는 됨직했다. 물론 당시에는 그런 세세한 상황이나 조건보다는 그런 집에 살 수 있다는 사실 자체가 고마웠다. 당시 케이트는 뉴욕대학교 법학대학원에 다니는 중이었는데, 케이트의 아버지는 딸을 그 집에서 살게 해주는 게 학교에서 소개해주는 집에 보내는 것보다 더 싸게 먹힌다고 생각했던 것이다. 물론 나로서는 아주 잘된 일이었다.

"중학교 다닐 때 여기 살고 계시던 케이트 할머니를 찾아뵙곤 했어." 아침밥이 담긴 접시를 무릎 위에 놓고 소파에 앉았을 때 내가 게이브에게 이렇게 설명을 했다. "케이트 할머니는 병으로 일을 그만두시기 전까지 뉴욕 메트로폴리탄 미술관에서 안내인으로 일하셨어. 명문 여대인 스미스 칼리지Smith College에서 미술사를 공부하셨대. 대부분의 여성들이 대학은 꿈도 꾸지 못하던 그런 시절에 말이야."

"한 번 만나 뵙고 싶은데." 커피를 한 모금 마시고 게이브가 대꾸했다.

"아마 너도 그분을 좋아하게 될 거야."

우리는 서로의 허벅지를 바짝 붙인 채로 조용히 밥을 먹었다. 내 어깨도 그의 팔에 닿아 있었다. 우리 두 사람은 한곳에 같이 있으면 서로를 이렇게 탐하지 않고는 견딜 수 없었다.

"케이트는 언제 돌아오지?" 게이브가 씹던 음식을 다 삼키고는 이렇게 물었다.

나는 잘 모르겠다는 듯 고개를 저었다. 한 달 전쯤 케이트는 톰이라는 남자를 사귀게 되었고 아마 그날 밤이 그녀가 톰의 집에서 두 번째로 잔 날이었던 것 같다. "그럼 빨리 옷부터 입어야 할지도 모르겠네."

내 가슴에 와 닿는 게이브의 시선이 느껴졌다.

그는 다 비운 접시를 내려놓았다.

"루시, 너는 네가 나에게 어떤 의미인지 짐작할 수도 없을 거야." 나 역시 접시를 다 비우고 포크를 내려놓는 걸 보며 그가 이렇게 말했다. "오전 내내 이렇게 벌거벗은 채로 있는 네 모습을 보는 건 어쩌면 내가 상상 속에서나 꿈꿔 볼 수 있었던 장면들 중 하나야." 게이브는 손을 자기 무릎 쪽으로 뻗더니 천천히 속옷 속으로 손을 집어넣었다.

나는 그런 모습을 한 번도 본 적이 없었다. 그가 혼자 있을 때 무슨 일을 하는지 한 번도 볼 기회가 없었던 것이다.

"이제 네 차례야." 그는 자기 페니스를 속옷 밖으로 꺼내며 이렇게 말했다.

나는 접시를 내려놓고 이미 커다랗게 부풀어 오른 그의 페니스 쪽으로 다가갔다.

게이브는 고개를 흔들며 빙그레 웃어보였다. "아니, 그게 아니야."

나는 잠시 얼굴을 찌푸렸다가 이내 그가 뭘 원하는지 깨달았다. 나는 내 배를 따라 천천히 손가락을 아래쪽으로 뻗었다. 그도 당연히 내가 이렇게 하는 걸 한 번도 본 적이 없었겠지만 이런 행위는 묘하게 나를 흥분시켰다. 나는 두 눈을 감고 게이브의 모습을 머릿속으로 그렸다. 그리고 그가 나를 바라보고 있는 장면을 떠올렸다. 이렇게 극히 개인적인 순간에 서로를 바라보고 있다고 생각하니 흥분으로 몸이 떨려왔다.

"루시." 게이브가 부드럽게 내 이름을 불렀다.

내가 떨면서 눈을 뜨니 그가 더 힘차고 빠르게 자기 페니스를 흔드는 것이 보였다.

어쩌면 두 사람이 사랑을 나누는 것보다 더 서로가 가까워지는 것 같은 느낌이었다. 우리 두 사람이 평소라면 아무도 모르게 혼자서만 하는 일을 이렇게 서로를 마주보며 하게 되니, '너'

와 '나'를 가르는 경계선이 점점 희미해지면서 더 '우리'에 가까워지는 것 같았다.

내가 나의 깊숙한 그곳을 계속 문지르는 동안 게이브는 이제 속옷까지 완전히 다 벗어버리고 소파에 등을 기대고 몸을 뒤로 젖히고 있었다. 그의 두 눈은 나에게 완전히 고정되어 있었다. 우리의 손짓이 점점 더 속도를 내면서 숨결도 거칠어져 갔고 게이브가 입술을 깨물고 손에 더 힘을 주는 것이 보였다. 온몸의 근육이 팽팽하게 긴장되면서 절정에 다다르고 있는 것 같았다.

"아, 이런." 그가 이렇게 내뱉었다. "아, 루시."

나도 그와 함께 절정에 오르기 위해 더 빠르게 손가락을 움직였다. 그렇지만 그때 게이브가 손을 뻗어 내 허리를 감아왔다.

"내가 대신 해줄까?" 그가 물었다.

그의 목소리가 들리는 순간 온몸에 전율이 느껴졌다.

나는 그에게 화답하듯 고개를 끄덕였고 게이브는 몸을 일으켰다. 내가 소파 위에 몸을 펴고 눕자 그는 내 속옷을 벗겼다. 그가 가까이 다가올수록 다음 일에 대한 기대감으로 온몸이 움찔거렸다.

게이브는 손가락을 내 몸 안으로 밀어 넣으며 이렇게 말했다. "비밀이 하나 있어."

"무슨 비밀?" 내가 그의 손가락에 반응하듯 몸을 활처럼 휘며 겨우 이렇게 물었다.

"무슨 비밀이냐 하면……" 그도 나를 따라 곁에 누우며 입술을 내 귀 가까이 대고 말을 이었다. "혼자 자위를 할 때면 늘 네 생각을 해."

온몸에 전율이 훑고 지나갔다. "나도 마찬가지야." 나는 거칠게 숨을 몰아쉬며 이렇게 속삭였다.

30초쯤 후 나는 절정에 도달했다.

<u>10</u>
생일 선물

우리가 본격적으로 만나기 시작한 지 6개월이 지났다. 나는 게이브를 만날 때마다 매번 그에 대한 새로운 것들을 배워갔다. 놀랍고도 사랑스러우며 매력이 넘치는 모습들이었다.

그날도 나는 퇴근을 하고 그의 집을 찾았다. 게이브는 책상다리를 하고 앉아 있었다. 종이 뭉치가 그의 곁에 흩어져 있었는데 각각의 크기가 작은 포스트잇 메모지만 했다.

나는 주방 식탁 위에 가방을 올려놓고는 현관문을 닫았다. "뭐하고 있어?" 내가 물었다.

"2주 있으면 어머니 생일이거든. 9월 19일." 그가 종이를 정리하다 말고 나를 올려다보며 이렇게 말했다. "올해는 집에 못 갈 것 같아서, 뭔가 좀 의미 있는 선물을 보내드릴 수 없을까 궁리 중이야."

"그래서 지금 뭘 만들고 있는 거야? 무슨 종이로 된 모자이크 같은 거?" 내가 가까이 다가가며 물었다.

"뭐 비슷한 거야." 그가 대꾸했다. "전부 어머니와 내 사진들이야." 그가 종이 뭉치를 들어서 내게 보여주었다. 좀 더 가까이 다가가서 보니 고등학교 졸업식에서 찍은 그와 그의 어머니 사진이었다. 두 사람 다 반바지를 입고 있는 사진도 있었는데 게이브는 수영장에서 퐁당거리며 놀고 있었다. 또 집 현관 앞에서 엄마에게 손으로 토끼 귀를 만들어 보여주는 사진도 보였다.

"야, 대단한데." 내가 말했다.

"하루 종일 사진들을 이렇게 새로 인화하면서 시간을 보냈지." 그가 말했다. "그러면 이제 이 사진들을 색깔에 맞춰 다시 배치할 거야. 그런 다음 만화경萬華鏡 속 모습처럼 보이게 만들고 싶어."

나는 게이브 옆에 앉았고 그는 내게 살짝 키스해주었다.

"왜 하필 만화경이야?" 나는 이렇게 물으며 사진 한 장을 집어 들었다. 게이브와 그의 어머니가 서로 등을 마주대고 서 있는 사진이었는데 그가 약간 키가 더 컸다. 머리카락은 지금과 똑같은 금발의 고수머리였다.

"그건 내가 열네 살 때 찍은 사진이야." 그가 내 어깨 너머로 사진을 보며 말했다.

"너무 귀엽다." 내가 말했다. "내가 열네 살 때 열 네 살인 너를 만났다면 그때도 아마 흘딱 반했을 거야."

게이브는 웃으며 내 다리를 움켜쥐었다. "너의 열네 살 때 사진 같은 건 볼 필요도 없어. 다른 사람이 뭐라고 하던 지금은 내 쪽에서 너에게 흘딱 반했다고 말하고 싶으니까."

이번에는 내가 그 말을 듣고 그에게 웃어줄 차례였다. 나는 사진을 내려놓았다. "그런데 진짜 왜 만화경 보는 것처럼 만들려고 해?" 나는 재차 이렇게 물었다.

게이브는 손으로 이마를 문지르며 눈을 가리고 있던 머리카락을 쓸어 넘겼다. "이 이야기는 지금까지 누구에게도 해본 적이 없는데……" 그가 조용히 말했다.

나는 다시 사진 몇 장을 집어 들었다. 게이브의 어머니 생일에 두 사람이 케이크 위의 촛불을 불어 끄는 사진, 멕시코 식당 앞에서 그의 어머니가 아들의 손을 잡고 서 있는 사진 등이었다. "그렇다면 꼭 그 이유를 말해줄 필요는 없어." 나는 이렇게 대답했다. 그러면서 게이브가 아홉 살이 되기 전에는 게이브 아버지가 아내와 아들의 사진을 직접 찍어주었을까, 아홉 살이 넘어서는 누가 이런 사진들을 찍어주었을까, 하는 생각을 했다.

"그래, 그렇겠지." 게이브가 말했다. "그렇지만 말해주고 싶어." 그가 가까이 다가왔고 우리는 무릎을 맞대고 얼굴을 마주했다. "부모님이 헤어진 그해는 집안 사정이 정말로 어려웠어. 학교가 끝나고 집으로 돌아와 보면 어머니는 그림 그리는 날보다 우는 날이 더 많으셨지. 그래서 그해 돌아오는 내 생일에는 제대로 할 수 있는 게 하나도 없을 거라는 사실을 깨달은 거야. 나는 어머니에게 생일에 친구들을 부르고 싶지 않다고 말했어. 어머니가 돈 문제 때문에 걱정하는 게 싫었으니까."

나는 다시 한 번 우리의 어린 시절이 이렇게나 달랐구나 하는 생각을 했다. 나는 내 생일이 돌아온다고 해서 부모님이 돈 문제 같은 걸 걱정하실 거라는 생각은 단 한 번도 해본 적이 없었다.

"그렇지만 우리 어머니는……" 게이브의 이야기가 이어졌다. "그때 나에게 만화경이 하나 있었거든. 나는 그걸 무척이나 좋아해서 몇 시간이고 들여다보았어. 만화경을 눈에 대고 이리저리 돌리면 그 안의 모양도 따라서 이리저리 달라지는 거야. 그러면 우리 어머니가 지금 얼마나 슬퍼하는지, 또 그런 어머니를 행복하게 해드릴 수 없어 내가 얼마나 슬픈지, 내가 아버지를 얼마나 증오하는지 같은 생각들을 다 잊고 만화경에만 집중할 수 있었어."

그렇게 이야기가 이어지는 동안 게이브는 나를 제대로 바라보지 못하고 오직 자기가 하고 있는 말 한마디 한마디에 신경을 쏟았다. 나는 손을 그의 무릎 위에 얹고 힘을 주어 움켜쥐었다. 게이브는 그런 나를 보며 슬쩍 웃어보였다. "그래서 어떻게 되었어?" 내가 물었다.

게이브가 한숨을 내쉬었다. "어머니가 집 안 전체를 만화경처럼 꾸미셨어. 그건…… 그러니까 그 광경은 정말로 대단했어. 천장에 색유리 조각들을 매달고 그 밑에서 선풍기를 트니까 유리 조각들이 빙빙 돌더라고. 정신이 몽롱해질 정도로 대단했었지."

나는 그 광경을 상상해보려고 애를 썼다. 온통 만화경이 되어버린 집이라니!

"어머니와 나는 마룻바닥에 누워서 그 색유리 조각들을 바라보았지. 이제 열 살이 되었으니까, 그리고 그동안 최선을 다해 어머니를 돌봐드리고 있었으니까, 나는 이제 더 이상 어린아이가 아니라고 생각했었어. 하지만 나도 모르게 눈물이 터져 나오는 걸 어쩔 수 없더라고. 어머니가 갑자기 왜 그러냐고 물으시는데, 나도 내가 왜 우는지 모르겠더라고. 그냥 행복하다고 대답했지. 그러자 어머니가 이렇게 말씀하셨어. '저건 예술 작품이란다.' 그리고 지금 생각해보면 어머니 말이 맞지 않았나 싶어. 그건 분명 예술 작품이었지. 그런데 또 한편으로 생각해보면…… 잘 모르겠어."

"뭘 모르겠다고?" 나는 무의식적으로 그의 무릎을 손가락으로 문지르며 이렇게 물었다.

"지금 생각해보면 그건 일종의 구원이 아니었을까? 그리고 내가 울음을 터트린 건 아마도 어머니가 다시 진짜 엄마처럼 행동해주셨기 때문일 거고. 나를 배려하고 신경 써주셨으니까. 그리고 그렇게 어둡고 절망적인 상황 속에서도 여전히 아름다운 것들을 만들어낼 수 있는 능력을 가지고 계셨으니까. 나는 어머니가 만든 그 예술 작품이 어머니의 상황이 나아질 수 있다는 걸 알려준 게 아니었을까 생각해. 어머니와 내가 앞으로 잘 살게 될 거라고 알려주는 증거가 아니었을까 하고 말이야."

이제는 그의 손이 내 무릎 위에 올라와 있었다.

"어머니는 강한 분이셨구나." 내가 말했다. "그리고 너를 무척이나 사랑하셨고."

게이브는 웃었다. 마치 어머니의 사랑을 바로 이 자리에서 다시 느끼고 있는 것 같았다. 그는 다시 이야기를 계속했다. "어머니와 나는 그 자리에 쓰러져 함께 울었는데, 아버지에 대한 생각을 하지 않을 수가 없더라고. 아버지가 함께 있었더라면 그렇게는 할 수 없었을 거야. 아버지와 함께 산다는 건…… 전에도 네게 말했었지만 한 치 앞도 내다볼 수 없는 그런 생활이었지. 아마도 2차 세계대전 중에 영국 런던에 사는 것과 똑같았을 거라는 생각이 들 때가 있어. 분명 공습경보가 울려 퍼지고 나면 하늘에서 폭탄이 어딘가로 떨어질 거라는 것까지는 알고 있는데, 정확히 언제 어디에 폭탄이 떨어지는지는 아무도 절대 알 수 없는 거지. 나는 어머니에게 이렇게 속삭였어. '아버지가 없어도 잘해나갈 수 있어요.' 그러자 어머니가 대답했지. '나도 알고 있단다.' 그때 내 나이는 고작 열 살이었지만 그렇게 말하고 나니 마치 다 큰 어른이 된 것 같은 그런 기분이 들었어."

게이브의 이야기를 다 듣고 나니 눈물이 났다. 나는 마룻바닥에 어머니와 함께 누워 있는 열 살짜리 게이브의 모습을 마음속으로 그려보았다. 자신의 아버지에 대해 생각하고 어른이 된 것 같은 기분을 느끼며 어머니가 오직 자신을 위해 만들어준 예술 작품 속에 둘러싸여 어머니의 사랑을 느끼고 있던 한 소년의 모습을.

"그래서 이번 생일에는 뭔가 좀 특별한 걸 만들어드리고 싶은 거야. 직접 찾아뵐 수는 없으니까." 그가 이렇게 말했다. "뭔가 특별한 의미가 있고 내가 어머니를 얼마나 사랑하는지 보여줄 수 있는 그런 거. 내가 이렇게 멀리 떨어져 살고 있어도 언제나 어머니를 아주 많이 사랑하고 있다는 사실을 보여드릴 수 있다면 좋을 텐데, 그렇게 생각하고 있는데 오늘 아침 문득 옛날 사진을 모아 만화경 속에 보이는 모자이크처럼 만들어보자는 생각이 떠오른 거지."

나는 작은 사진들을 보며 눈을 깜빡거렸다. "정말 최고로 완벽한 선물이 될 것 같아."

게이브의 집은 그가 과거의 상처를 나와 함께 나누었다는 사실에서 뿜어져 나오는 뜨거운 감정으로 가득 찬 것만 같았다. 나는 게이브를 끌어안기 위해 몸을 숙였지만 이내 그 포옹은 키스로 이어졌다. 일단 서로의 입술이 맞닿게 되자 더 뜨거운 키스가 이어졌다.

"이야기를 들려줘서 고마워." 내가 부드럽게 말했다.

게이브가 다시 내게 키스했다. "내가 이야기를 들려주고 싶은 사람이 되어주어서 고마워."

그날 밤 늦게, 게이브는 사진들을 모아 모자이크처럼 붙이기 시작했다. 그 작업을 하는 순간의 그는 정말로 행복하고 만족스럽게 보였기 때문에, 나는 내가 하던 일을 잠시 멈추고 조용히 그의 카메라를 집어 들어 사진을 한 장 찍었다. 내가 유일하게 직접 찍었던 그 사진을 그가 지금도 여전히 간직하고 있는지 궁금하다.

<h1 style="text-align:center">11</h1>

<h1 style="text-align:center">마약 같은 남자</h1>

우리는 마치 하나가 된 듯 서로 편안함을 느꼈고 관계도 그만큼 깊어져 갔지만, 모임 같은 곳에 같이 참석하는 일에 익숙해지는 데는 얼마간의 시간이 더 걸렸다. 나는 언제나 게이브 뒤에 처져 혼자 부유浮游하는 듯한 느낌이 들었다. 그는 마치 사람들의 관심을 끌 수 있는 특별한 마법 같은 걸 몰래 감춰두고 있는 것 같았다. 우리 두 사람의 세계는 그를 중심으로 한 하나의 세계가 되었다가 급기야는 수많은 사람들이 모인 또 다른 세계로 확장이 되었는데, 그 안에서 나는 전과는 달리 아무런 존재감이 없었다. 모임이 있을 때면 나는 혼자 슬쩍 빠져나와 뭔가 마실 것을 찾거나, 따로 이야기할 사람이 없나 둘러봐야 했다.

가끔씩은 게이브가 뭘 하고 있는지 확인하고 그가 재미있는 이야기로 사람들의 관심을 끄는 모습을 지켜보기도 했다. 그러다가 마침내 그가 나를 찾을 때쯤이면 그는 이미 혼자서 술에 취해 정신이 없는 상태였다. 사람들을 매료시키는 그의 매력이 종국에는 그 자신의 활력까지 다 소진해버리는 것 같았다. 우리 둘만 남았을 때에야 비로소 게이브는 다시 기운을 회복할 수 있었고 그러면 다시 함께 밖으로 나가 사람들과 어울렸다. 그럴 때마다 사실 나는 내 자신이 특별한 존재라는 기분이 들었다. 그가 활력을 되찾기 위해 선택한 사람이 다름 아닌 바로 나였으니까.

모임에서 볼 수 있는 게이브의 행동은 대략 이런 식이었다.

어느 날 밤 우리는 파크 애비뉴Park Avenue에 있는 기드온이라는 친구의 부모님 집에서 열린 그의 생일 모임에 참석했다. 그 집에는 외부 손님은 사실상 출입이 허락되지 않는 특별한 목적의 서재가 하나 있었는데, 적어도 손에 마실 것 같은 것을 들고는 출입을 하지 말아야 하는 그런 곳이었다. 이미 몇 잔씩이나 마셔버린 칵테일에 취해 다들 발걸음까지 꼬여 있던 상태라 기드온은 혹시나 우리가 헤밍웨이의 초판본이나 나보코프의 친필 서명이 들어간 책을 망치지나 않을까 걱정하는 눈치였다. 그 날 생일 모임에 참석한 사람들이 먹고 마시는 품을 보아 하니 그의 걱정이 괜한 것은 아닐 듯싶었다.

나는 광고업계에 종사하고 있는 기드온의 여자 친구와 이야기를 나누고 있는 중이었다. 나 역시 이쪽 길로 나서기 전에는 광고업에 관심이 있었던 터라 그녀의 이야기를 듣는 것이 자못 흥미로웠다. 그렇게 각자 업무에서의 작품 구성과 전개 방식에 대한 차이점을 비교하고 있다가 문득 게이브 생각이 나서 고개를 돌려보니 그가 보이지 않았다. 나는 그가 화장실에 갔거나 아니면 빈 술잔을 채우러 갔을 거라고 생각했다. 그런데 5분이 지나고 10분이 지나고 20분이 지나도 게이브는 돌아오지 않았다.

"잠깐 실례할게요." 신경이 쓰여 더 이상 대화를 이어나갈 수 없게 된 나는 기드온의 여자 친구에게 이렇게 양해를 구했다.

그녀는 웃음을 터트렸다. "게이브라면 자주 있는 일이 아닐까 생각했어요."

나는 그녀를 따라 웃지 않았다. "왜 그런 말을 하는 건가요?" 내가 물었다.

그녀는 미안하다는 듯 몸을 움찔해 보였다. 뭔가 말실수를 했다는 걸 깨달은 듯했다. "아, 내 말은 그냥 게이브가 아주 멋진 남자라는 뜻이었어요. 사람들이 그를 붙잡고 놔주지 않는 거라고 생각한 것뿐이에요."

"글쎄요, 다른 사람들 생각은 모르겠지만 적어도 나한테는 매력이 넘치는 사람이 맞아요." 나는 이렇게 대꾸했다. 그렇지만 게이브가 지닌 매력에 대한 그녀의 생각은 틀리지 않았다. 모든 사람들이 그와 이야기를 나누고 싶어 했고 그의 말에 귀를 기울이고 싶어 했다. 그는 사람들로 하여금 자신에게 관심을 기울이도록 만드는 능력이 있었던 것이다. 아무에게나 자기 사진을 찍도록 허락하지 않는 사람들이 대부분 게이브에게만은 너그러워지는 이유를 두고 나는 언제나 게이브의 그런 매력이 일조를 하고 있다고 풀이했다. 게이브는 사람들이 시선을 즐기도록 만들었고 나 역시 그와 함께 있으면 그런 기분이 들었다.

나는 집 안 전체를 찾아 헤맸지만 어디에서도 게이브의 모습을 찾을 수 없었다. 그러다 예의 그 출입이 금지된 특별 서재 쪽에서 그의 목소리가 들려왔다. 서재 안으로 삐죽 고개를 내밀어보니 게이브는 내가 알지 못하는 어떤 여자와 이야기를 나누고 있는 중이었다. 그 여자의 붉은색 머리카락은 마치 사자의 갈기처럼 풍성하게 고양이를 닮은 매혹적인 얼굴을 감싸고 있었다. 무슨 말을 하든 상관없이 그 여자에게 완전히 홀린 듯한 모습을 한 게이브가 책장 쪽으로 몸을 기대는 걸 보고 나는 가슴이 덜컥 내려앉았다.

"여기 있었네!" 내가 말했다.

게이브는 고개를 치켜들었고 그런 그의 얼굴에는 미안한 기색이라고는 조금도 없었다. 그저 나도 안으로 들어오기를 바라는 듯 조금 웃어보였을 뿐이었다. 그렇지만 나는 이미 그 자리에 어울리지 않는 사람이었다.

"누구, 나 말이야?" 게이브가 말했다. "나는 너를 찾고 있었는데! 여기 레이첼이 방금 자기가 지배인으로 있는 식당에 대해 내게 설명하던 중이었어. 우리가 오면 특별대우를 해줄 수 있대. 정식定食 가격을 할인해준다는데?"

나는 레이첼이라는 여자를 쳐다보았다. 그 여자는 확실히 내가 나타난 것이 게이브에 비해 그다지 반갑지 않은 눈치였다. 레이첼도 게이브의 마법에 빠져버린 것이다. "그것 참 고마운 일이네요." 내가 이렇게 말했다.

레이첼은 거의 알아차리지 못할 정도로 아주 조금 웃어보였다. "게이브, 만나서 반가웠어요." 그녀는 이렇게 말하고 자신의 빈 잔을 들어보였다. "밖으로 가서 마실 것을 좀 더 찾아봐야겠군요. 그렇지만 아까 내 번호를 드렸으니까…… 아, 식당에 오시려면 예약을 먼저 해야 하니까요."

"다시 한 번 감사드립니다." 게이브는 레이첼에게 이렇게 말하며 내가 아닌 그녀에게 환한 웃음을 지어보였다. 그제서야 레이첼은 서재 밖으로 나갔다.

나는 도무지 무슨 말을 해야 할지 알 수가 없었다. 내가 목격한 건 그저 게이브가 누군가와 식당의 할인 가격 제안에 대해 이야기를 나누던 장면뿐이었다. 그렇지만 왜 이 은밀한 서재 안에 레이첼과 함께 있었던 것일까? 왜 게이브는 나를 찾지 않았던 거지?

"여기서 뭐하고 있었던 거야?" 나는 목소리를 밝게 내려고 애쓰며 이렇게 물었다.

게이브는 서재를 가로질러 가더니 씩 웃으며 서재 문을 닫았다. "이런 때를 기다려 적당한 장소를 찾고 있었지." 그는 이렇게 말하더니 내 손목을 잡고 머리 위로 들어 올렸고 그 상태로 나를 책장 쪽으로 밀어붙이며 거칠게 내 입술을 찾았다. "바로 이 서재에서 사랑을 나누고 싶었거든." 그가 이렇게 말했다. "밖에서는 모임이 한창일 때 말이야. 그리고 서재 문은 잠그지 않을 거야."

"그렇지만……" 내가 말했다.

게이브는 다시 키스했고 나는 온몸에 힘이 풀렸다. 나는 더 이상 게이브가 서재에서 레이첼과 단둘이 있었던 사실에 신경 쓰지 않기로 했다. 나는 그저 내 허벅지를 따라 내려가는 그의 손가락과 그의 바지 지퍼가 열리는 소리에만 온 정신을 집중했다.

나는 이제 더 이상 참을 수가 없었다. 아니, 어차피 그냥 참을 필요가 없는 일이었다. 게이브는 키스하며 나를 달랬고 피어오르는 쾌감과 함께 내 모든 염려가 다 사라졌다. 나는 그에게 아까 일에 대한 설명을 요구했어야 했으며 나에게 돌아오지 않고 다른 누군가와 시시덕거리고 있던 일에 대해 화를 냈어야 했다. 그렇지만 그는 나에게 마약과 같아서 일단 절정에 오르고 나면 아무것도 생각이 나지 않았다.

"쉿, 조용히." 그가 내 치마를 걷어 올리며 이렇게 말했다. 나는 내가 무슨 소리를 내고 있는지조차 알지 못했다.

나는 그에게 키스하고, 절정에 오를 때 입술을 꼭 깨물며 신음 소리를 내지 않으려 애썼다. 나중에 보니 우리 둘 다 입술이 붉게 물들어 있었다.

나는 그를 정말로 사랑했고 나에 대한 그의 사랑을 한 치도 의심하지 않았다. 그렇지만 동시에 스테파니를 한시도 잊지 못하던 나는 그런 일이 또다시 반복될까 걱정을 떨쳐버릴 수 없었다. 나는 게이브가 나 아닌 누군가를 만나 나를 떠나버리지 않을까 두려웠했던 그 무렵을 아직도 곰곰히 생각해보곤 한다. 게이브의 상대는 스테파나 레이첼, 혹은 그가 지하철이나 카페 혹은 상점에서 우연히 만나는 수많은 여자들 중 아무나 될 수 있었다. 마치 시소를 타는 듯한 우리 두 사람의 관계는 항상 균형이 맞는 것은 아니었다. 대부분은 서로 공평한 관계가 유지되었지만 이따금씩 나는 내가 아래쪽으로 기우는 것을 느끼며 그와 균형을 맞추기 위해 필사적으로 노력했다. 그가 훌쩍 날아올라 다른 사람에게로 가버릴까 봐, 그리고 나는 그대로 주저앉아 다시는 위로 올라가지 못하게 될까 봐 두려웠다. 그렇지만 내가 그날 그 서재에서 게이브에게 뭐라고 말을 했다 한들 어떤 변화가 있었으리라고는 지금도 생각하지 않는다.

왜냐하면 내가 정말로 걱정했어야 하는 건 다른 여자 문제가 아니었기 때문이다.

12

하고 싶은 일

그런 일들이 있었지만 내가 게이브를 의심하며 괴로워하는 것은 그리 자주 있는 일이 아니었다. 우리에게는 훨씬 더 중요한 일들이 많았다. 우리 둘을 단단히, 완벽하게 하나로 만들어 주는 그런 일들 말이다. 게이브와 나는 둘 다 언젠가 꿈꾸었던 장래에 대한 서로의 열정에 깊은 관심이 있었다. 그는 내가 참여하고 있는 텔레비전 프로그램인 〈우주를 너에게 줄게It Takes a Galaxy〉를 한 회도 거르지 않고 매회 시청했으며, 거기에 등장하는 외계인들을 통해 아이들에게 사회 상황을 어떻게 전달할 수 있을지에 대한 자신의 의견을 피력했다. 게이브가 많은 관심을 쏟았기 때문에 나는 다음 회가 제작에 들어가기도 전에 그의 생각을 물어보곤 했다.

물론 당시의 나에게는 제작에 관여할 실질적인 권한은 없었다. 프로그램 대본과 미리 요약한 줄거리 등을 확인하고 방송 이후의 반응을 상사에게 전달하는 것이 내가 하는 일이었다. 어쩌면 게이브로 인해 나는 필요 이상으로 내가 맡은 일에 대해 더 큰 책임을 느끼고 있었는지도 모른다. 대본을 가지고 집으로 돌아가면 게이브는 나와 함께 대본을 읽으며 연기를 했고 그러면 우리는 많은 의견을 서로 교환할 수 있었다. 그는 언제나 개구리를 닮은 작은 초록색 외계인 갤랙토Galacto 역을 하고 싶어 했으며, 나는 반짝이는 안테나를 달고 있는 짙은 자주색 외계인 엘렉트라Electra를 제일 좋아했다. 그런데 이 〈우주를 너에게 줄게〉라는 프로그램의 대본을 읽는 일은 어떤 식으로든 그가 자신의 꿈에 대해 이야기를 할 수 있도록 용기를 북돋워준 모양이었다. 〈우주를 너에게 줄게〉의 기획 의도는 아이들이 자신의 감정을 잘 전달할 수 있도록 돕는 것이었는데 지금 생각해보면 어른들에게까지 효과가 있었던 모양이었다. 어느 날 대본을 살펴보다가 우리의 꿈과 관련된 대화가 시작되었던 때가 기억난다. 때는 11월 초순이었고 〈우주를 너에게 줄게〉의 새로운 시즌이 막 시작되려는 참이었다.

갤랙토가 두 손에 얼굴을 파묻고 집 앞마당에 앉아 있다.
그때 엘렉트라가 등장한다.

엘렉트라: 갤랙토, 무슨 일이니? 굉장히 슬퍼 보인다!

갤랙토: 아빠는 내가 우주 야구단에 들어갔으면 하셔. 그렇지만 나는 우주 야구가 너무 싫어!

엘렉트라: 너희 아빠도 그 사실을 알고 계시니?

갤랙토: 아빠에게 도저히 말씀드리질 못하겠어. 내가 아빠만큼 우주 야구를 좋아하지 않아서 아빠가 더 이상 우리 아빠를 안 하겠다고 하면 어떻게 하지?

엘렉트라: 우리 아빠도 우주 야구를 좋아하시지만 난 아니야. 그래서 아빠랑 나는 서로 같이할 수 있는 다른 놀이를 찾았지. 너도 너희 아빠랑 함께할 수 있는 놀이가 있는지 한번 생각해보면 어떨까?

갤랙토: 그게 과연 효과가 있을까? 그렇게 하면 내가 싫어하는 우주 야구를 더 이상 안 해도 될 거라고 생각하니?

엘렉트라: 내 생각에는 한번 해볼 만한 일인 것 같아.

갤랙토: 그래, 나도 그렇게 생각해!

"어쩌면 엘렉트라가 우주 야구를 좋아하고 엘렉트라 아빠는 좋아하지 않는 걸로 대본을 바꾸는 게 더 낫지 않을까?" 대본 읽기를 마치고 나서 나는 게이브에게 이렇게 물어보았다. "그러니까 남자는 무조건 운동을 좋아하고 여자는 싫어한다는 편견을 조금 바꿔보는 게 어떨까 하는 거지. 한번 회사에 가서 제안해봐야겠다."

"그거 굉장히 좋은 생각 같아." 게이브는 평소보다 조금 더 길게 내 얼굴을 바라보며 이렇게 말했다. 그럴 때면 그가 단지 내가 하는 이야기뿐만 아니라 나라는 사람의 모든 면을 다 마음에 들어 하고 사랑하고 있다고 느껴졌다.

나는 대본에 몇 가지를 적은 후에 눈으로 다시 그 장면을 읽어보았다. "대본에 엘렉트라가 자기 아빠와 함께할 수 있는 놀이들을 몇 가지 언급하도록 해볼까? 그러면 갤럭토와 엘렉트라 사이의 대화 내용이 더 잘 와 닿을 수 있을 것 같은데?"

이번에는 게이브가 아무런 말도 하지 않았기에 나는 그를 돌아보았다. 그는 화재용 비상계단 위에 앉아서 구구거리는 비둘기 한 마리를 뚫어져라 바라보고 있었다. "그 사람처럼 될까 봐 두려워." 그가 말했다.

나는 대본을 내려놓았다. "누구처럼 된다고?" 우스꽝스러운 이야기이지만, 나는 처음에 그가 비둘기 이야기를 하고 있다고 생각했다.

게이브는 턱에 난 수염을 손으로 문질렀다. "우리 아버지처럼 될까 봐. 그리고 이렇게 내 미래에 대한 꿈만 꾸다가 하나도 이루지 못하게 될까 봐 두려워. 그 때문에 화를 내고 스스로를 괴롭히다가 무너져 내릴까 봐 두렵고 내 주변의 모든 사람들에게 상처를 주게 될까 봐 두렵다고."

"네 꿈이 뭔데?" 내가 물었다. "새로운 꿈이라도 생긴 거야?"

"스티브 매커리라는 이름 들어본 적 있어?"

나는 고개를 내저었다. 그러자 게이브는 내 노트북을 집어 들고는 인터넷 검색창에 뭐라고 입력을 한 뒤 나에게 보여주었다. 〈내셔널지오그래픽National Geographic〉의 표지에 올라와 있는 한 여자 아이의 얼굴이 보였다. 머리에 두건을 두른 아이는 초록색 눈동자로 정면을 뚫어져라 응시하고 있었다. 그녀의 표정은 무엇인가에 홀린 듯하기도 했고, 겁에 질린 듯하기도 했다.

그가 입을 열었다. "이게 스티브 매커리가 찍은 사진 중 하나야. 요즘 사진학교에서 매커리의 작품들을 공부하고 있거든. 나는 이것을 보고 느꼈어. 내 마음속에서, 내 영혼 속에서, 가장 뜨겁고 깊은 감정을 느낄 수 있는 내 모든 곳에서, 이거야말로 내가 진정 하고 싶은 일이다, 이거야말로 내가 해야만 하는 일이다, 바로 그런 걸 느낀 거야."

게이브의 눈에서 불꽃이 타올랐다. 그런 모습은 지금까지 한 번도 본 적이 없었다.

"뭔가 변화를 이끌어내려면, 진정한 변화를 이끌어내고 싶다면 나는 뉴욕을 떠나야 한다는 사실을 깨달았어. 너도 네가 하는 일을 통해 변화를 이끌어내려고 노력하고 있잖아. 내 카메라와 나는 다른 곳에 가서 좀 더 많은 일을 할 수 있을 거야."

"뉴욕을 떠나야 한다고?" 나는 그가 한 말을 반복했다. 그가 한 모든 말들 중에서 오직 그 한마디 말만이 내 머릿속에 자리를 잡고는 마치 응급실 표시에 불이 들어오듯 그렇게 번쩍였다. "그게 도대체 무슨 말이야? 그러면 우리는 어떻게 되는 건데?"

게이브의 얼굴에서 잠시 표정이 사라졌고 나는 내 질문이 그가 기대하던 반응은 아니었다는 사실을 깨달았다. 그렇지만 도대체 게이브는 나에게서 어떤 반응을 기대했단 말인가?

"나는…… 나는 우리 문제에 대해서는 생각을 안 해봤어……. 루시, 이건 내 꿈이니까." 게이브는 호소하는 듯한 목소리로 이렇게 말했다. "나는 드디어 내 꿈이 뭔지 알게 되었어. 그렇게 되었는데 너는 행복하지 않아?"

"네가 꾸는 꿈에는 내가 없는데 어떻게 행복할 수가 있겠어?" 내가 되물었다.

"거기에 네가 없는 게 아니야." 그가 말했다.

나는 몇 개월 전에 게이브가 자기 부모님에 대해서 이야기해주었던 일을 떠올렸다. 나는 그때 일을 잊어버리려고 애쓰는 동시에 '떠난다'라는 말이 나의 세상에서 어떤 의미를 갖고 있는지, 그가 아무 말도 없이 떠나버릴 수도 있다는 사실을 애써 무시하려고 했다. "드디어 네 꿈이 뭔지 알게 되었다고?" 나는 그가 한 말을 되풀이했다. "그리고 너의 꿈은 그냥 무시해버릴 수 있는 건 아니겠지."

나는 그의 속눈썹에 눈물방울이 맺히는 걸 볼 수 있었다. "나는 전 세계 모든 사람들이 비슷한 꿈을 꾸고 있다는 사실을 여기 있는 모든 사람들에게 알려주고 싶어. 우리는 모두 다 같은 사람들이라는 걸 말이야. 만일 내가 그렇게 할 수 있다면, 만일 내가 어떤 연결 고리를 만들어낼 수 있다면……" 게이브는 고개를 흔들었다. 아마도 적당한 말을 찾지 못한 것이리라. "그렇지만 나는 사진도 좀 더 찍고 싶고 사진과 관련된 수업도 좀 더 듣고 싶어. 떠나기 전에 먼저 최고의 실력을 갖출 필요가 있으니까."

그렇게 우리는 잠시 시간을 번 셈이었다. 그리고 아마도 우리 사이의 관계는 게이브와 그의 어머니 사이의 관계와 비슷하게 되지 않을까 싶었다. 멀리 떠나 있는 동안에도 여전히 나를 사랑할 수 있으며 그다음에 원했던 일을 다 끝마치고 나면 다시 나에게로 돌아오는 것이다. 생각해보니 그 정도면 그리 심각해 보이지는 않았고 실제로도 가능한 일인 것 같았다.

나는 두 손을 뻗어 그의 손을 꼭 잡았다. "그렇게 될 거야." 내가 말했다. "네가 원하는 게 그런 거라면, 분명히 그렇게 될 수 있을 거야."

그런 다음 우리는 소파 위에 앉아 서로를 꼭 끌어안았고 서로의 숨결을 느끼며 각자의 생각 속에 빠져들었다.

"뭐 하나 이야기해도 돼?" 내가 물었다.

그가 고개를 끄덕이는 게 느껴졌다.

"난 내가 우리 엄마랑 똑같은 사람이 될까 봐 두려워."

게이브가 내 얼굴을 바라보았다. "그렇지만 넌 어머니를 사랑하잖아?"

그의 말이 맞았다. 나는 엄마를 사랑했고 지금도 여전히 그 마음은 변하지 않았다. "우리 엄마랑 아빠가 법학 대학원에서 처음 만났다는 사실을 알고 있어?" 내가 게이브에게 물었다. "그 이야기 내가 한 번 한 적이 있었나?"

그는 고개를 저었다. "어머니가 변호사셔?"

"예전에는." 나는 이렇게 대답하며 그의 턱 아래에 내 머리를 기댔다. "엄마는 제이슨 오빠와 내가 태어나기 전에는 맨해튼에서 피고인 담당 변호사로 일하셨어. 그러다 아이를 갖게 되면서 일을 그만두셨고 나머지 인생을 누구누구의 무엇으로 살아가시게 된 거지. 누구의 아내나 누구누구의 엄마처럼 말이야. 대부분의 여성들이 그런 인생을 살아. 그런데 나는 그런 일이 내게도 벌어지는 걸 원치 않아."

게이브가 내 눈을 똑바로 바라보았다. "루시, 네가 꼭 그런 인생을 살 필요는 없어. 넌 인생에 대한 열정이 있을 뿐만 아니라 자기가 무엇을 원하고 있는지 잘 알고 있어. 게다가 그 누구보다도 열심히 살고 있잖아." 말을 마친 게이브가 나에게 키스해 주었다.

나도 그 키스에 화답했지만 속으로는 엄마도 그렇게 열정도 있고 열심히 사신 똑똑한 분이셨을 거라는 생각을 했다. 그런데 그게 다 무슨 소용이란 말인가. 어찌됐든 엄마는 자신의 정체성을 다 잃어버렸는데. 나는 그것 역시 엄마가 원해서 한 선택이었는지 궁금했다.

<u>13</u>
선택

때때로 우리는 그 순간 꼭 필요해 보이는 판단을 내리지만, 훗날 그때 일을 되돌아보면 분명히 실수였다는 사실을 깨닫곤 한다. 그리고 또 어떤 판단이나 결정들은 나중에 가서야 옳은 것이었다는 것이 밝혀지기도 한다.

모든 사람들이 그렇게 하지 말라고 말하고 그 결과가 뻔히 보이는데도, 나는 1월의 눈 내리는 어느 날 그의 집으로 함께 살러 들어갔다. 그리고 그때 일을 지금도 여전히 잘한 결정이라고 생각하고 있다.

"그러니까 게이브가 떠나고 싶다고 말했다는 거잖아." 주방 한쪽 구석에 마련된 식탁 위에 커피 잔을 올려놓고 편안한 의자에 앉은 채 케이트가 이렇게 말했다.

"그렇지만 떠나는 날짜가 정해진 건 아니야." 내가 이렇게 케이트의 말을 가로막았다. "게이브는 아직 직장을 얻지 못했고 제대로 된 직장을 찾으려면 꽤 오랜 시간이 걸릴 수도 있어. 그리고 설사 직장이 생긴다고 해도 거기 얼마나 다니게 될지 누가 알겠어? 잠시 나를 떠나 원하는 일을 해보다가 다시 내게 돌아올 수도 있는 거라고."

케이트는 그런 나를 물끄러미 바라보았고, 나는 그런 그녀가 자기가 다니는 법률 회사에서 동료들을 대하는 표정으로 나를 보고 있는 게 아닌가 생각했다. 즉, 아무것도 말하지 않고 표정으로만 말하는 것이다. '너 지금 진심으로 하는 소리야? 지금 나더러 네가 하는 말을 믿으라고?'

"바로 다음 달에 직장이 생긴다고 해도 말이야." 나는 계속해서 케이트에게 이야기했다. "그래서 몇 년 동안 나를 떠나 있게 된다 해도, 나는 그가 떠나기 전까지는 할 수 있는 한 많은 시간을 함께 보내고 싶어. 그러니까 내 말은, 내일 지구가 멸망한다 해도 지금 함께하는 시간이 소중하고 의미가 있다는 거지. 내가 교통사고가 나서 일주일 안에 세상을 떠날 수도 있는 거잖아? 나는 지금 현재를 중요하게 여기며 살고 싶다고."

"루시." 케이트가 톰에게서 받은 티파니 목걸이를 손가락으로 훑어가며 입을 열었다. 그녀는 그 목걸이를 자신의 몸에서 하루도 떼어놓지 않았다. "지금 현재를 중요하게 여기고 살겠다는 말의 문제는 뭐냐 하면, 말 그대로 네가 미래를 위한 계획을 전혀 세우지 않는다는 거야. 그리고 내일 당장 지구가 멸망한다 거나 너에게 교통사고가 일어날 확률은 극히 적은 반면에 게이 브가 사진 전문 기자 같은 일자리를 얻어서 먼 나라로 떠나고 그런 과정에서 너를 가슴 아프게 만들 확률은 대단히 크다는 거 지. 나는 그저 네가 여기 남아 겪게 될 아픔을 극복하는 데 도움 을 주고 싶을 뿐이라고. 어쨌든 그냥 지금 상태를 유지하는 게 네게는 훨씬 더 좋을 거 같아."

모든 사람들에게 나의 선택에 대해 변명하는 건 참으로 지루 한 일이었다. 나는 이미 지난밤에 엄마와 비슷한 이야기를 나누 었고 그 며칠 전에는 오빠인 제이슨과, 그리고 회사에서는 알렉 시스와 내 결정에 대해 이야기를 나눈 터였다. 알렉시스는 내가 아는 모든 친구들 중에서 가장 흥미로운 결론을 내려주기는 했 다. 그녀는 개인적으로 '인생 뭐 있어?'라는 좌우명을 가지고 있 었기에 이미 밤을 함께 보낸 남자들의 숫자가 셀 수 없이 많았다.

"케이트, 내가 하고 싶은 말은 있잖아……" 내가 말했다. "나 는 이미 마음의 결정을 내렸어. 그러니 내가 게이브와 함께 살 게 되든 그렇지 않든 간에 그가 여기 뉴욕에 머무는 동안 그 시 간을 마음껏 즐기는 게 나로서는 최선의 선택이야."

케이트는 잠시 말이 없다가 이내 내 쪽으로 몸을 굽혀 나를 꼭 안아주었다. "아, 이런." 그녀가 말했다. "루시, 네가 무슨 일 을 하든 나는 널 사랑하지만…… 혹시나 나중에 네가 마음의 상처라도 받게 될까 봐 걱정이 되는 건 사실이야. 그래, 좋아. 네가 하고 싶은 대로 해. 나중에 그런 때가 오면 그땐 그걸 잘 견뎌낼 방법을 찾아보면 되니까. 그렇지만 난 아무래도 뭔가 좀 찜찜해."

물론 케이트의 생각은 틀리지 않았다. 그렇지만 당시의 나에게는 우리가 가는 길의 방향을 바꿀 수 있을 만한 방법이 아무것도 없었다. 그가 가는 길, 내가 가는 길, 그리고 우리가 가는 길 모두를 말이다. 나는 그렇게 결정을 내렸고 심지어 지금까지도 그때의 결정을 잘했다고 생각한다. 나는 그때 우리 두 사람이 함께 살았던 5개월만큼 내가 살아 있다는 실감을 느낀 적이 단 한 번도 없었다. 게이브, 그는 내 인생을 바꿔준 사람이었다. 나는 그때 우리가 그런 선택을 내린 것에 지금도 감사하고 있다. 운명을 거슬러 우리의 자유로운 의지를 따른 것이니까.

<u>14</u>
그 사진

함께 살게 된 지 얼마 지나지 않아 게이브는 새로운 사진 수업에 등록했다. 거기서 받은 과제는 사진을 통해 또 다른 느낌이나 개념을 포착하는 것이었다. 일주일간 작업한 '아름다움 찾기'라는 과제에서 게이브는 당연하다는 듯 최고 성적을 기록했고 그다음에는 '슬픔 찾기'라는 과제가 이어졌다. 그런 시간들 속에는 분명 행복과 절망과 재탄생의 과정이 있었다. 그중 어느 것이 먼저였는지 순서는 기억할 수 없지만 게이브가 목도리와 모자로 온몸을 감싸고 카메라를 든 채 맨해튼을 배회하던 모습은 지금도 기억이 난다. 때때로 나 역시 외투 지퍼를 턱 밑까지 끌어 올리고는 가장 따뜻한 귀마개를 한 뒤 그를 따라 나서곤했다. 그가 한 과제물과 관련된 작업 대부분은 내 사진으로 마무리되는 경우가 많았다. 예컨대 하얀색 베게 위에 이리저리 뒤

엉킨 짙은 색 머리를 늘어트린 채 자고 있는 내 모습 같은 것들 말이다. 정말 고요하고 평화로운 사진이라고 지금도 생각한다. 나는 여전히 그 사진을 가지고 있는데, 액자에 넣어 갈색 종이로 잘 싸서 상자에 넣은 후 내 침대 아래에 보관하고 있다. 훗날 대런과 함께 살게 되었을 때도 감히 그 사진을 치워버릴 생각은 하지 못했다. 심지어 대런과 결혼을 하게 되었을 때도 그랬다. 어쩌면 이제는 그 사진을 꺼내서 내 사무실 벽에 걸 때가 된 것은 아닐까. 그러면 게이브도 마음에 들어 할까.

그날 게이브가 받은 과제는 고통을 사진에 담아오는 것이었다.

"어디에 가서 사진을 찍어야 할지 알겠어." 토요일 아침, 게이브는 카메라 배터리가 제대로 충전이 되어 있는지 확인하며 이렇게 말했다. "쌍둥이 빌딩이 무너진 자리인 그라운드 제로 Ground Zero로 가봐야지."

나는 접시에 남아 있는 와플의 마지막 조각을 삼키며 고개를 흔들었다. 그는 자기 어머니가 보내주신 그 와플 기계를 아직 기억하고 있을까? 어머니는 재고 정리 매장에서 그 기계를 보고 충동적으로 사들였고 우리는 가능한 한 자주 그 와플 기계를 사용하기로 약속을 했었다. 그는 여전히 그 와플 기계를 간직하고 있을까? 아니, 와플 기계뿐만 아니라 우리가 함께했던 시간들을 상기시켜줄 다른 기념품들을 마치 지금 내가 하고 있는 것처럼 간직하고 있을까? 혹시 그렇게 여러 곳을 떠돌아다니는 동안 필요 없어진 성냥갑이나 머그잔처럼 우리의 추억들을 다 잊어버린 것은 아닐까? 나는 여전히 그 와플 기계에 대해 생각하고 있다. 아주 쓸 만한 기계였다.

"가고 싶으면 가." 내가 말했다. "그렇지만 난 안 갈래."

"고통이 주제이기는 한데……" 그가 말했다. "어쨌든 수업 때문이니까."

나는 또다시 고개를 흔들며 남아 있는 시럽을 먹기 위해 포크로 접시 위를 휘저었다. "네가 듣는 수업이지 나하고는 상관없어." 내가 그에게 말했다.

"이해가 안 가는데." 그가 말했다. "왜 가고 싶지 않다는 거야?"

나는 어깨를 으쓱해 보였다. "나는 그저…… 굳이 거기까지 가서 그 자리를 볼 필요가 없는 것 같아서."

"아니, 함께 가봐야지! 우리 모두가 다 그 일을 기억할 필요가 있어. 그날 그 자리에서 죽은 사람들과 남겨진 사람들, 그리고 그런 일이 일어나게 된 이유까지 모든 것을 다 말이야. 절대로 잊어서는 안 되는 일이야."

"나는 그 일을 기억하기 위해 굳이 그 자리까지 가서 찾아볼 필요는 없다고 생각해." 내가 말했다. "그날은 이미 내 인생의 일부나 마찬가지야. 앞으로도 그럴 거고."

"그럴수록 가서 그런 마음을 표현해야지." 게이브가 말했다.

"묘지를 찾아가는 거나 마찬가지잖아."

나는 포크를 내려놓았다. "어떤 일에 대해, 아니면 누군가에 대해 마음을 표현하는 유일한 방법이 꼭 무슨 일이 일어났던 곳을 찾아가는 거라고 생각하는 거야? 정말로 그래? 사람들이 묻혀 있는 곳을 찾아가는 거? 진담으로 하는 말은 아니겠지?"

게이브도 이제 화가 난 것 같았지만 그런 모습을 보이지 않으려고 애를 썼다. "아니." 그가 말했다. "꼭 그렇다는 건 아니야. 그렇지만 나는 그저 우리가 뭔가 충분히 하고 있지 않다는 생각이 들어서 그래. 그 일을 기억하고 이해하기 위해 뭔가를 충분히 하고 있지 않다는 말이야."

나는 입술을 꼭 깨물었다. "우리가 그렇다는 말이야?" 내가 물었다.

"모든 사람들이 다." 게이브가 대답했다. 그는 양손 주먹을 꽉 쥐고 있었다. "미국이 이라크와 전쟁을 벌이고 있는데 어떻게 사람들은 아무 일도 일어나지 않은 듯 그렇게 돌아다닐 수 있는 거지? 인도네시아에 있는 호텔에서는 폭탄 테러가 일어나고 있는데? 뉴욕에서 어떤 일이 벌어졌는지 바로 이 자리에서 목격했던 사람들이 어떻게 나와 같은 감정을 느끼지 않을 수 있지? 왜 그 사람들은 뭔가를 더 해보려고 하지 않는 거야?" 마지막 말을 내뱉는 그의 목소리는 갈라져 있었고 나는 그가 자신의 감정을 억제하기 위해 최선을 다해 애를 쓰고 있다는 걸 알 수 있었다.

어쨌든 그의 말은 틀리지 않았다. 대부분의 사람들은 게이브와 같은 감정을 느끼지 않고 있었으며 나도 마찬가지였다. 최소한 그렇게 매일 매순간을 그 일만 생각하며 보내지는 않았던 것이다. 게이브가 그랬던 것처럼 그때 그 일이 내 마음과 정신 모두를 다 삼키고 지배하고 있지는 않았다.

"어쩌면 무슨 일이 일어났는지 기억하기 위해 억지로 고통을 상기시킬 필요는 없다고 생각하는지도 모르지. 그 사람들이 너와 같은 방식으로 행동하지 않는다고 해서 아무것도 안하고 있다고 생각하는 건 잘못된 생각이야. 내가 그라운드 제로에 가보고 싶지 않다고 해서 내가 아무런 생각도 하지 않고 있는 게 아니라고."

나는 게이브의 대답을 기다리지 않았다. 나는 메이플 시럽으로 끈적거리는 접시를 들고 주방 쪽으로 걸어갔다. 주방의 그릇들은 그의 것이었고 포크는 내가 가져온 것이었다. 주방은 그와 내가 그렇게 뒤섞여 있는 공간이었다.

나는 개수대로 가 설거지를 하기 시작했다. 눈물이 하염없이 넘쳐흘러 내 두 뺨을 적셨다. 나는 알고 있었다. 나는 게이브가 어느 날 갑자기 나를 떠나게 되리라는 사실을 온몸으로 느끼고 있었다. 그가 품고 있는 꿈은 언젠가 다가올 막연한 것이 아니라 지금 당장 이루어야만 하는 꿈이었다. 그는 뉴욕에서는 절대로 행복할 수 없었다. 그는 그저 나랑 함께 있는 것만으로는 절대로 행복해질 수 없는 사람이었다. 그는 편안해지기 위해 이 세상에 대한 스스로의 실망감에 맞서 그것을 뚫고 나갈 필요가 있는 사람이었다. 나는 그런 게이브를 이해했다. 그리고 그저 그가 나에게 돌아올 수 있기만을 바랐다.

게이브가 소리 없이 다가왔기 때문에 나는 카메라가 찰칵 하는 소리를 듣기 전까지 그가 곁에 있는지를 알아차리지 못했다. 뒤를 돌아보니 그가 내 사진을 찍는 중이었다. 눈에서 흘러넘친 눈물이 막 내 뺨을 타고 흐르는 바로 그 순간이었다. "게이브!" 내가 팔로 눈물을 훔치며 그의 이름을 불렀다. 나는 그런 순간에 그가 내 사진을 찍고 있다는 사실을 믿을 수 없었다. 우리의 말다툼을 예술로 승화시키려 하고 있다니.

"나도 다 알아." 그가 카메라를 옆에 올려놓고 이렇게 말했다. 그리고 내 이마에 키스했다. 그다음에 내 눈에, 코에, 마지막으로 내 입술에 키스했다. "정말 미안해. 그리고 네가 뭘 걱정하는지 잘 알아. 널 사랑해, 루시."

나는 씻고 있던 접시를 내려놓고 세제 거품이 묻은 손으로 그의 티셔츠를 붙잡았다. "그래, 게이브." 내가 말했다. "나도 널 사랑해."

게이브는 그날 혼자서 그라운드 제로를 찾아갔고 수십 장이 넘는 사진을 찍어왔다. 그 일이 그에게 얼마나 중요한 의미를 갖고 있는지 잘 알고 있었기에 나는 함께 사진들을 보며 제일 잘 나온 사진을 고르는 일을 도와주었다. 물론 나는 9월 11일, 뉴욕 하늘을 떠돌던 매캐하고 시커먼 연기 냄새를 맡았던 때를 계속 생각하고 있기는 했다.

늦게까지 작업하던 게이브는 결국 사진을 고르는 일을 포기했다. 고통이라는 주제로 그가 택한 사진은 바로 눈에 눈물을 머금은 채 설거지를 하고 있는 내 사진이었다. 나는 그 사진을 결코 좋아할 수 없었다.

지금 내가 그의 사진을 찍는다면 그는 그 사진을 마음에 들어 할까?

15

쌍둥이 별

게이브에게서 게이브의 어머니, 그리고 그 생일날 만들었던 만화경 이야기를 듣고 난 후, 나는 사려 깊으면서도 진심에서 우러나오는 축하를 바라는, 그리고 그만큼 요란스러운 뭔가를 바라는 그의 마음에 대해 이해할 수 있게 되었다.

그해 2월 말 게이브의 생일에 우리는 헬리콥터를 타러 갔고 유명한 식당가에 있는 한 식당에서 스무 가지 요리가 나오는 정식을 시켜 먹었다. 식당 이름은 잘 기억이 나지 않지만 게이브는 아마 기억하고 있을 것이다. 열한 가지쯤 요리가 나왔을 때 나는 이미 배가 불렀고 게이브가 내 음식을 몇 가지 대신 먹어주기도 했다. 결국 게이브는 스물두 가지 요리를 먹어치웠고 나는 열여덟 가지 요리를 먹은 것이다. 어쨌든 나로서는 지나치게 많은 양이었고 한 번에 잔뜩 먹고 겨울잠을 자러가는 곰이 된 기분이었다. 하지만 게이브는 행복해했다. 그는 이번 생일을 만족스럽게 잘 보냈다고 말했다. 특히 집으로 돌아오는 택시 안에서 둘이 사랑을 나눈 것도 만족스러웠던 모양이었다.

그리고 내 생일 전날에는 회사로 게이브가 꽃다발을 보내주었다. 스타게이저stargazer 백합꽃 수십 송이로 엮은 꽃다발이었다. 나는 지금도 그 꽃다발과 함께 온 쪽지를 침대 및 상자 안에 있는 사진과 함께 아무도 모르게 소중히 간직하고 있다. '별빛으로 가득 찬 나의 루시를 위해. 생일 축하해. 행복한 하루가 되기를. 오늘 밤이 너무나 기다려져. 사랑해. 게이브.'

집으로 돌아와 보니 침대 위에 커다란 상자 하나가 놓여 있었다.

"한번 열어봐." 그가 얼굴 가득 커다란 웃음을 지으며 말했다.

상자 안에는 내가 가장 좋아하는 BCBG의 정장 드레스 한 벌이 들어 있었다. BCBG는 70퍼센트 파격 할인 행사를 할 때나 가볼 수 있는 상점이었다. 게이브가 사온 옷의 상의는 청록색 실크로 되어 있었고 소매는 없이 앞과 뒤가 V자로 깊게 파여 있었다. 스커트는 검은색에 몸에 딱 붙는 스타일이었고 길이도 꽤 짧았다.

"이 옷이 너에게 정말 잘 어울릴 거라 생각했지." 그가 말했다. "〈아폴로Apollo〉 발레 공연을 보러갈 때 입으면 딱 맞을 것 같아서 말이야. 그리고 내 생각에는…… 우리가 다시 만났던 페이시스 앤 네임스 술집에 다시 가보는 게 어떨까. 아마 그 술집에서 가장 매력적인 여자로 보일 거야."

나는 고마움의 표시로 팔을 뻗어 그를 힘껏 안아주었다. 게이브의 선물은 정말로 나에게 꼭 맞는 사려 깊은 선물이었다. 나는 완벽한 오늘 밤의 외출을 위해 유명한 뉴욕 생활 정보지인 〈타임 아웃 뉴욕Time Out New York〉을 샅샅이 뒤지고 BCBG 안으로 들어가는 그의 모습을 마음속으로 상상해보았다. 아마도 그곳에서 약간은 어색한 모습으로 실크며 새틴 천을 만져보았겠지. 어떤 옷이 내 몸에 꼭 맞을까 생각하면서. 그리고 나를 환히 빛나게 만들어줄 색깔로 골랐으리라.

"나는 정말이지 운이 좋아." 내가 말했다. "정말로, 그리고 진심으로 너와 함께 있어서 나는 이 세상에서 가장 운 좋은 여자야."

"아니지, 오히려 그 반대지." 그가 말했다. "나야말로 행운아야. 지금 여기에 너와 함께하는 일이 얼마나 놀라운 경험인지 할 수만 있다면 더 표현하고 싶을 정도야."

"그래." 나는 게이브의 허리띠를 잡아 내 쪽으로 끌며 이렇게 말했다. "그러면 네가 나를 위해 뭘 더 할 수 있을지 내가 한번 생각해보도록 하지."

그날 우리는 침대까지 가지도 않았다. 대신 마룻바닥이 닳도록 우리의 사랑을 증명해 보였다.

옷은 아무렇게나 벗어 던져놓고 서로 나란히 누운 채 게이브가 입을 열었다. "누군가를 사랑한다는 게 이런 느낌일 거라고 상상이나 해본 적이 있어?"

나는 게이브에게 몸을 더 가까이 가져갔다. 그의 팔이 내 어깨를 단단하게 감싸 안았다. "별별 상상을 다 해봤지만 이런 건 꿈도 못 꿔봤어." 내가 대꾸했다.

"루시, 너는 나의 별이자 태양이야. 너의 빛과 너의 인력引力…… 네가 나에게 어떤 의미인지 제대로 설명할 방법이 없을 정도야."

"나는 그냥 우릴 쌍둥이 별binary star이라고 할래. 서로를 마주 보며 돌고 있는 두 별 말이야." 내가 손가락으로 그의 허벅지를 천천히 쓰다듬으며 이렇게 말했다. 나는 게이브에게서 손을 뗄 수가 없었다. 내 스스로를 억제하기가 힘들었다. "서로를 마주 보면서 서로의 인력에 이끌려 그렇게 빙빙 돌고 있는 거야."

"루시, 정말 대단해." 그가 말했다. "네가 하는 생각은 네 몸만큼이나 정말 아름다워." 그는 자기 팔꿈치 쪽으로 머리를 기울여 내 얼굴을 마주보았다. "너는 카르마karma라는 걸 믿어?"

"카르마? 힌두교나 불교에서 말하는 운명 같은 거? 아니면 내가 남의 택시를 먼저 가로채면 언젠가 내가 한 짓과 똑같은 일을 당하게 된다는 그런 인과응보?" 내가 되물었다.

게이브는 얼굴에 가볍게 웃음을 지어 보였다. "여기 뉴욕에서라면야 그런 택시 카르마가 분명 존재하겠지. 그렇지만 내가 지금 이야기하는 건 전혀 다른 거야. 아니, 사람들이 보통 이야기하는 카르마하고는 전혀 다른 의미일지도 모르겠다……. 우리가 이렇게 서로 사랑에 빠지게 된 것이, 이렇게 강렬하고 뜨겁게 사랑하게 된 것이 우리 아버지가 나쁜 사람이었기 때문이라는 생각이 들어. 그런 인생을 견뎌낸 것에 대한 보상 같은 거. 그래서 이렇게 너를 만나게 된 것이 아닐까?" 그가 자신과 나의 벌거벗은 몸을 동시에 가리키며 말했다. "아니면 지금 이런 행복을 누린 대가로 나는 나중에 다른 고통을 겪게 되지는 않을까? 우리는 이 세상에서 허락된 행복을 이미 모두 다 써버린 건 아닐까?"

나는 몸을 일으켜 세우고 고개를 흔들었다. "이 세상은 그런 식으로 돌아가지 않아." 내가 말했다. "내 생각에 인생은 그냥 인생이야. 우리가 어떤 상황에 처하게 되면 그때 우리는 선택을 하게 되지. 우리 주변에서 일어나는 일들은 다 그런 식으로 진행이 되는 것이 아닐까? 우리에게 밀려온 이 유리한 물결 위에 올라타느냐 마느냐 하는 선택 말이야. 기억나지? 크레이머 교수님 수업 시간에 들었던 이 말. 인간의 가장 오래된 고민거리."

게이브는 말이 없었다.

"그렇지만 내가 어떻게 생각하고 싶어 하는지 알아?" 나는 우리 사이에 감돌고 있는 침묵을 메워나가듯 이야기를 계속했다.

"나는 힌두교에서 말하는 카르마가 더 맞는 말 같아. 어쩌면 전생에 내가 누군가에게 대단한 선행을 베풀었기 때문에 이번 생애에서 너를 만난 것일 수도 있어. 나는 그런 카르마가 이 세상에서 우리가 받을 행복이 한정되어 있다는 네 카르마보다 더 좋아."

게이브는 다시 웃었지만 이번에는 어딘지 모르게 슬픈 듯한 웃음이었다. 나는 그가 내 말을 믿지 않는다고 생각했다. "나도 그런 쪽의 카르마가 더 마음에 들어." 그가 말했다. "나는 그저⋯⋯ 모든 것을 다 누리는 일은 불가능한 것이 아닌가 걱정이될 뿐이야. 인생의 모든 부분이 다 이렇게 대단하고 아름다울 수는 없는 거 아닌가 하고 말이지."

나는 잠시 생각에 잠겼다. "나는 그럴 수도 있다고 봐." 내가 말했다. "어쩌면 모든 것이 한 번에 다 오지는 않겠지만, 내 생각에는 사람들이 생을 마감하기 전까지 자신들이 일생 동안 바라던 것 모두를 다 누려볼 수도 있을 것 같아." 그리고 나는 그런 내 생각을 지금까지도 여전히 믿고 있다.

"나도 네 생각이 맞았으면 좋겠다." 그가 말했다.

우리는 그 이후에 그 문제에 대해서는 다시는 이야기를 꺼내지 않았다. 그렇지만 나는 어느 누구도 원하는 모든 것을 다 가질 수 없다는 생각을 그가 여전히 하고 있다는 느낌을 받았다. 나는 내가 인생에 대한 그의 관점을 바꿀 수 있는 방법을 알아낼 수 있었다면 좋았을 거라고 생각한다. 왜냐하면 그때 그가 말하고 그가 믿었던 건 결국 무엇을 얻기 위해서는 또 다른 무엇인가를 희생할 수밖에 없다는 의미였기 때문이다. 이 사랑을 얻기 위해 저 사랑을 희생한다. 이 행복을 얻기 위해서는 또 저 행복을 희생한다. 그것이야말로 의식적으로든 무의식적으로든 그가 어떤 것을 결정하게 하는 커다란 이론이었으며, 거기에 영향을 받아 그는 장차 자신이 떠나야 할 곳을 결정했다. 그리고 우리의 관계를 오늘날에 이르도록 만들었다.

그렇지만 나는 진심으로 그건 사실이 아니라고 믿고 싶다. 누구든 자신을 사랑해주는 아버지와 역시 자신을 사랑해주는 여자 친구를 동시에 가질 수 있다. 마찬가지로 사회생활에 성공하면서 동시에 개인적인 인생을 누릴 수도 있는 것이다. 그렇지만 아마 게이브는 자신에게 사랑이나 성공이 오면 대신 자신의 건강이나 재산, 혹은 신만이 아시는 다른 어떤 것을 포기할 수밖에 없다고 말하고 싶은 것 같았다.

게이브, 그런 생각을 바꿔본 적 있어?

그렇다고 대답해주면 얼마나 좋을까.

16
새로운 소식

내 생일을 그렇게 보내고 얼마 뒤에 게이브는 피트라는 이름의 강사가 가르치는 수업을 듣게 되었다. 게이브가 뉴욕을 떠난 후에 두 사람이 언제까지 서로 연락을 하고 지냈는지 나는 항상 궁금했다. 나는 게이브에게 피트가 얼마나 중요한 사람이었는지 잘 알고 있다. 피트는 게이브가 새로운 일을 시작하게끔 만들어준 사람이었다. 나는 또한 게이브가 자기 아버지에게서 기대했던 길잡이나 후원자 역할을 마침내 피트에게서 찾게 된 것은 아닌지 늘 궁금하게 생각했다. 게이브는 피트의 수업을 들을 때 가장 행복해했으며 그의 도움으로 〈빌리지 보이스Village Voice〉라는 잡지에 사진을 판매할 수도 있었다. 그렇게 되자 나는 잠시 어쩌면 나도 틀렸고 게이브도 틀렸을지 모른다는 생각을 하기도 했다. 어쩌면 게이브는 이곳 뉴욕에서도 행복한 시간을 보낼 수 있을지도 몰랐다.

이 무렵 게이브는 혼자서 종종 저녁 식사를 준비하게 되었다. 내가 직장 상사인 필이 일을 끝마칠 때까지 함께 사무실에 남아 있을 수밖에 없게 되었기 때문이다. 필은 〈우주를 너에게 줄게〉를 위한 새로운 소재 발굴에 열을 올리면서 늦게까지 퇴근하지 않고 일을 계속했다. 내가 평소보다 늦게, 그러니까 거의 9시가 다 되어 집에 돌아왔던 그날 밤을 게이브는 기억하고 있을까? 그때 게이브는 직접 만든 페스토 소스로 파스타를 요리했는데, 거기에 와인까지 한 병 곁들였고 자기는 벌써 한 잔을 맛 본 뒤였다. 내가 집에 들어섰을 때 그는 식탁을 차리고 있는 중이었고 그의 노트북 스피커에서는 엘라 피츠제럴드Ella Fitzgerald의 재즈가 흘러나오고 있었다.

"아, 어서 와." 그가 말했다. 그가 살짝 입을 맞추자 말벡Malbec 와인 냄새가 났다.

"오늘 밤은 기분이 아주 좋은가 봐?" 내가 걸치고 있던 데님 재킷을 벗으며 이렇게 말했다.

"〈뉴욕 타임스〉에 실릴 사진이 대체 누구 작품인지 한번 맞춰 봐." 그가 말했다.

나는 놀라서 숨을 몰아쉬었다. "설마?"

"그래 맞아!" 그는 들뜬 목소리로 말했다. "피트가 〈뉴욕 타임스〉 담당자하고 나를 연결시켜줬는데, 내가 우리 동네에서 찍은 사진을 실어주기로 했어. 거리 한복판에서 수도관이 터진 걸 찍은 사진 말이야. 뉴욕의 공공시설 문제를 다루는 특집 기사와 함께 실릴 거래."

나는 들고 있던 가방을 내던지고는 두 팔을 번쩍 들고 그에게 달려갔다. "축하해. 넌 역시 재능 넘치고 똑똑한 내 남자야."

그는 나를 번쩍 들어 올리더니 소파 위에 눕혔다. 나는 어쩌면, 정말로 어쩌면 이런 순간이 오래 계속될지도 모른다고 생각했다. 어쩌면 그는 결국 이곳을 떠나지 않게 될지도 모를 일이었다.

그날 저녁 우리는 반쯤 벌거벗은 채 저녁을 먹었고 식사를 마치고 나서 나도 내 새로운 소식을 전해주었다. 핍이 내게 〈우주를 너에게 줄게〉의 다음 시즌을 위한 새로운 소재를 찾는 일을 도와달라고 부탁한 것이다.

"지금부터가 시작이야." 나는 게이브에게 이렇게 말했다. "미국의 아이들이 보고 배우고 또 이해하는 문제에 대해 나도 실질적인 영향을 미칠 수 있는 기회를 잡은 거야."

게이브는 그날 밤 늦게까지 나와 함께 있으면서 내가 짜내는 새로운 생각들에 대한 조언을 아끼지 않았다. 그의 조언은 놀라울 정도로 큰 힘이 되어주었다. 그렇지만 나는 내가 준비한 내용들이 그리 마음에 들지 않았다. 그때 그런 내 눈앞에 게이브의 카메라가 보였다.

"게이브." 내가 말했다. "저 카메라 안에 뭔가 좋은 게 있지 않을까? 어떤 사진들이 저장되어 있어?"

게이브가 카메라를 들고 왔고 우리는 한 장 한 장 그가 찍은 사진들을 살펴보았다. 그러다가 한 어린 여자아이가 아파트 1층 창가에 서서 창살을 두 손으로 꼭 쥐고 있는 사진을 보게 되었다.

"이 아이에게는 무슨 사연이 있는 걸까?" 내가 물었다.

"외로움?" 그가 대답했다. "엄마랑 아빠가 일하러 간 사이에 혼자 집에 남아 있는 아이? 아니면 뭔가 다른 것을 열렬히 갈망하고 꿈꾸는 아이?"

"꿈이라! 다음 이야기로 꿈에 대한 내용을 다뤄봐야겠어."

결국 〈우주를 너에게 줄게〉의 두 번째 시즌의 첫 번째 이야기는 꿈에 대한 내용이 되었다.

그리고 다음 분기가 시작되자 나는 승진을 했다. 그렇지만 그 두 가지 일이 이루어지기도 전에 게이브는 나를 떠나고 말았다.

17
그날의 일

게이브의 사진이 〈뉴욕 타임스〉에 실린 지 얼마 지나지 않아 〈우주를 너에게 줄게〉가 에미Emmy상 주간 방송 부문 수상 후보에 올랐고, 나도 그 시상식 행사에 파트너와 함께 초대를 받았다.

나는 시상식에 어울리는 옷을 사기 위해 블루밍데일 Bloomingdale 백화점에 게이브를 끌고 갔다. 그런데 막상 가보니 게이브도 백화점 나들이를 즐기는 것 같았다. '끌고 갔다'는 나의 생각은 전혀 맞지 않는 듯했다. 그도 그때 일을 기억하고 있을까? 그는 탈의실 근처 소파에 앉아 내가 펼치는 개인 패션쇼의 관객 노릇을 해주었다. 먼저 내가 어깨에 끈 없이 레이스만 달리고 스커트의 오른쪽 부분이 갈라져 오른쪽 다리가 훤히 보이는 옷을 입고 나서자 게이브가 이렇게 말했다.

"섹시한데, 정말로 죽여준다."

"그렇지만 내가 좋아하는 스타일은 아니야. 최소한 이번 시상식에는 어울리지 않는 것 같아."

그다음에는 화려한 분홍색 드레스를 입어보았다.

"사랑스러워." 그가 말했다. "꼭 동화 속 공주님 같아."

그 옷 역시도 시상식에는 어울리지 않는 것 같았다.

나는 다른 색이 섞이지 않고 네이비블루로만 된 드레스를 골랐다.

"수수한 옷인데." 그가 말했다. "그렇지만 아름답고 냉정해 보여."

나는 주위의 다른 여자들이 우리를 지켜보고 있는 것을 깨달았다. 나이 든 여자들은 관대한 표정으로 웃고 있었고 좀 더 젊은 축들은 질투가 나는 모양이었다. 그런 그들의 시선을 의식하게 되자 나는 짐짓 웃음기를 거두려고 애쓰며 내 안에서 솟구쳐 오르는 감정도 슬며시 가라앉혔다. 사실 나는 '모든 것이 다 내 뜻대로 돌아가고 있다'고 외치고 싶었던 것이다. 그날의 행복은 마치 우리 두 사람, 그러니까 게이브와 내가 숙명적으로 하나로 이어져 있는 듯한 느낌이 들도록 만들어주었다.

나는 몇 벌의 옷을 더 입어본 후 마지막으로 붉은색 실크 드레스를 골랐다. 등이 허리까지 깊게 파인 홀터넥halter neck 드레스였는데, 위쪽은 타이트하게 상체를 감쌌지만 아래로 갈수록 넓게 퍼지는 스타일이었다. 내가 움직이니 옷 아랫부분이 살랑 살랑 움직였다. 그런 내 모습을 보고 무슨 말을 했는지 게이브는 기억하고 있을까. 나는 지금 당장이라도 그가 뭐라고 말했는지 분명히 기억해낼 수 있다. 옷이 내 몸의 선을 따라 흔들리는 것을 본 그의 눈이 뜨겁게 타올랐다.

"그 드레스……" 그가 말했다. "정말 대단한데. 정말 아름다워."

게이브가 소파에서 몸을 일으키더니 내 손을 잡았다. 그리고 블루밍데일 백화점의 예복 매장 한복판에서 내 몸을 빙빙 돌렸다. 마지막으로 그는 내 몸을 살짝 기울이더니 키스했다. "이게 좋아." 그가 두 사람의 몸을 바로 세우며 이렇게 속삭였다. "더 생각하지 말고 어서 사버려. 그런데 이 백화점에는 우리가 몰래 사랑을 나눌 만한 화장실이 있을까? 아니면 그냥 택시를 타고 집으로 가는 게 좋을까?"

옷의 지퍼를 내리는 걸 도와주는 그를 향해 나는 웃으며 이렇게 속삭였다. "택시를 타자."

18
사랑이란 그런 것

그날 집 앞에 내리자마자 게이브는 나와 가방들을 품 안에 그러안고는 두 개 층을 단숨에 뛰어올랐고, 내가 깔깔대고 웃으며 그의 목에 매달려 있는 사이 한 손으로는 열쇠를 더듬어 찾았다.

"뭐하고 있어?" 내가 말했다. "바보처럼 문 하나 못 열고."

"마음이 급해서 말이야." 그는 이렇게 말하며 마침내 문을 밀치고는 나를 침대 위로 던졌다. 가방을 소파 위에 내던지고 다시 침대로 돌아온 그는 이미 셔츠를 머리 위로 벗고 있었다. "백화점에서 옷을 갈아입고 있는 동안 네가 그 탈의실 안에서 벌거벗고 있을 거라고 생각하니…… 참을 수가 없었어."

나도 입고 있던 티셔츠를 벗어던지고 브래지어를 풀었다. 브래지어마저 어깨 위로 벗어던지고 나자 그가 신음을 내뱉듯 내 이름을 불렀다. "루시."

게이브가 침대 위로 올라왔다. 그의 입술과 손가락이 내 온몸 위를 부드럽게 방황하자 내 입에서도 신음이 터져 나왔고, 내 등은 부드러운 곡선을 그리며 휘어졌다. 마침내 그가 내 안을 가득 채울 듯 파고들었고 그와 함께하는 절정의 순간에는 언제나 그랬던 것처럼 나는 모든 것을 완전히 이룬 듯한 만족감에 젖었다.

"게이브리얼." 나는 숨을 몰아쉬며 말했다. "너는 나를 완전한 존재로 만들어."

그가 머리를 숙이더니 다시 거칠게 키스했다. "너도 나를 천하무적으로 만들어." 그가 속삭였다.

사랑이란 그런 것이다.

사랑은 사랑에 빠진 이들을 두려움이라곤 알지 못하는 완전한 존재로 만들어준다. 마치 모든 세상이 내 앞에 열려 있는 것 같고 무슨 일이든 다 가능하며 매일 매일이 새로운 놀라움으로 가득하다는 생각이 드는 것이다. 어쩌면 사랑은 스스로 마음을 열고 누군가를 그 안에 들이는 행위 그 자체인지도 모른다. 아니면 다른 사람을 진심으로 염려하면서 자신의 마음까지 열어가는 행위일지도 모른다.

나는 많은 사람들이 누군가를 이토록 사랑하게 될 줄은 몰랐다고 말하는 것을 자주 들었다. 그들이 그 사실을 깨닫게 되는 순간은 보통 조카가 태어나거나, 자기 자신이 아이를 갖거나,

혹은 입양을 하게 될 때였다. 그렇지만 나는 게이브를 만나고 나서야 비로소 누군가를 이토록 사랑할 수 있다는 것을 겨우 깨닫게 되었다.

　나는 그걸 절대로 잊을 수 없다.

19

완벽한 날

아마도 그날 나는 아주 환하게 빛났으리라.

나는 나를 불꽃처럼 뜨겁게 사랑해주는 한 남자를 사랑하고 있었다.

그는 내가 거둔 성공을 축하해주는 시상식에 내가 입고 나갈 옷을 골라줄 줄 아는 남자였다.

나는 그가 떠나고 싶어 한다는 사실을 잊고 있었다.

겉으로 보이는 기쁨 속에 감춰진, 진정으로 행복하지 않은 그의 마음을 알면서도 그 사실을 잊고 있었던 것이다.

왜냐하면 그날은 모든 것이 완벽해 보였던 날이었으니까.

20

그의 마음

시상식이 열리던 날 아침, 나는 머리에 웨이브를 풍성하게 넣어 화려하게 다듬고 드레스 색에 맞춘 아이섀도와 립스틱으로 화장을 마무리했다. 그리고 준비해놓은 실크 드레스를 입고 나니 마치 마법에라도 걸린 듯 짜릿한 흥분이 몰려들었다. 대학을 졸업한 후 지금까지 해온 모든 일들이 마침내 그 진정한 가치를 인정받게 된 듯한 기분이었다.

"재색을 겸비한 공주님이 여기 계셨군." 게이브는 나를 보자 반쯤 장난기 어린 목소리로 이렇게 말했다.

"너도 뭐 나쁘지는 않아." 나도 이렇게 대꾸했다. 게이브는 조끼 위에 싱글 버튼 턱시도를 갖춰 입고 넥타이를 매고 있었다. 곱슬거리는 머리카락은 그가 중요한 일이 있을 때만 사용하는 헤어 젤 같은 것으로 잘 다듬어서 마치 지금 막 미용실에서 나온 듯한 향기가 났다. 때때로 나는 길을 걷다가 누군가에게서 그때와 비슷한 향기를 맡을 때가 있는데, 그럴 때면 지금까지도 그날의 기억이 생생하게 되살아난다. 게이브도 그럴까? 게이브도 누군가에게서 나를 연상시키는 향기를 맡으면 그날을 떠올리곤 했을까?

그날 시상식이 열리는 록펠러 센터Rockefeller Center로 가면서, 그리고 시상식에 도착해 회사 동료들을 만나고 정해진 자리에 앉으면서도, 나는 그의 마음이 다른 곳에 가 있다는 사실을 알고 있었다. 그는 모든 사람들에게 잊지 않고 박수를 보냈고 아랫입술을 살짝 깨문 채 나에게서 시선을 거두지 않았지만, 사실 그 표정은 그가 뭔가 다른 문제를 마음속으로 계속해서 심각하게 생각하고 있을 때 나오는 표정이었다. 그때 그는 정확하게 무슨 생각을 하고 있었던 것일까?

마침내 우리와 관련된 시상 순서가 시작되었고 우리 프로그램이 수상작으로 발표되었다! 나는 그야말로 숨도 제대로 쉴 수가 없었고 온 세상이 기쁨으로 가득 찬 것처럼 느껴졌다. 나는 엄마와 아빠가 시상식을 보며 눈물을 글썽이고 계시는 모습을 상상했다. 물론 아빠는 안 그런 척을 하시겠지만. 제이슨 오빠가 환호성을 내지르고 케이트가 박수갈채를 보내는 모습이 그려졌다. 필을 선두로 나와 다른 관련 직원들이 무대 위로 올라갔다. 필이 수상 소감을 말하는 동안 나는 바로 그의 옆에 서 있었다. 너무 환하게 웃고 있느라 뺨이 다 얼얼할 지경이었다. 나는 사람들 사이에 섞여 있는 게이브를 줄곧 응시하고 있었다. 그리고 그도 내가 느끼는 이 행복감을 함께 느껴주기를 바랐다. 그렇지만 그의 두 눈동자에는 지친 기색과 함께 지루함까지 담겨 있었다. 뭔가를 회상하고 있는 듯한 표정도 아니었다. 순간 나는 무슨 일이 벌어지고 있는 건 아닌지 당혹스러웠다. 그렇지만 바로 그때 시상이 끝났고 우리는 모두 몸을 돌려 무대를 걸어 내려왔다. 내가 내 자리로 돌아오자 바로 옆자리에 앉아 있던 게이브가 내게 부드럽게 키스하며 "사랑해"라고 속삭였다.

시상식이 끝나자 모두들 축하 행사 자리로 이동했다. 수상의 기쁨으로 한껏 흥분이 고조된 상태였다. 우리는 먹고 마시며 춤을 추고 웃음을 터트렸고 게이브는 내 동료들의 아내와 친구들, 그리고 약혼자들과 한담을 나누었다. 그렇지만 그 모든 시간 동안에도 그의 마음은 그 자리가 아닌 다른 곳에 가 있는 것 같았다.

21

이별 통보

집으로 돌아오자마자 나는 구두를 벗어던지고 소파 위로 허물어지듯 몸을 던졌다. 게이브는 내 옆에 앉아 하이힐을 신고 여덟 시간이나 버티느라 고통을 겪은 내 발을 손으로 주물러주었다.

"아, 이런." 내가 신음 소리를 냈다. "게이브, 이게 섹스보다 더 좋은 것 같아."

그렇지만 내 예상과는 전혀 다르게 게이브는 웃지 않았다.

"루시." 그가 계속해서 내 왼쪽 발바닥을 주무르며 말했다. "이야기를 좀 해야 할 것 같아."

나는 몸을 일으켜 그의 손에서 발을 빼내고 자세를 바로 했다.

"무슨 이야기?" 내가 물었다. "괜찮은 거지? 너랑 나 모두 별일 없는 거지? 오늘 모든 게 다 완벽했다고 생각했는데 뭔가 좀 찜찜한 생각이 들어서……"

"루시." 그가 정색을 하고 내 이름을 불렀다. "잠깐만." 그러더니 그는 깊은 한숨을 몰아쉬었다. "이 문제를 어떻게 말해야 할지 잘 모르겠어. 그러니 그냥 있는 그대로 솔직하게 말할게. AP 통신사에서 함께 일해보지 않겠냐는 제안을 받았어. 내가 이라크로 가주길 바라더라고. 우선은 파병 부대와 함께 가는 자유기고가 자격으로 말이야. 제대로 월급을 받는 자리에 오를 수 있는지는 나중에 두고 보겠다는 거야. 피트가 여기저기 연락을 해서 선을 대주었어. 그는 내가 해외로 나가고 싶어 하는 줄 잘알고 있었으니까."

잠시 동안 나는 숨도 제대로 쉴 수가 없었다.

"언제 가겠다고?" 내가 속삭이듯 말했다. "그러니까 얼마나 오래 가 있는 건데?"

"AP 통신사에서는 3주 안에 떠나주길 바라고 있는데 가면 최소한 2개월은 있어야 할 거야. 어쩌면 더 오래 있게 될지도 모르고."

"그 AP 통신사에 언제까지 확답을 주어야 해?" 내가 물었다. 나는 정신없이 머리를 굴렸다. '2개월이라면 어떻게든 해낼 수 있을 거야. 어쩌면 더 길어져도 괜찮겠지. 그 정도는 견뎌낼 수 있어.'

"대답은 이미 했어." 그가 자기 손가락들을 내려다보며 이렇게 대답했다. "가겠다고 했다고."

"뭐라고?" 내가 소리쳤다. 마치 누군가 욕조의 마개를 뽑아버려서 우리 두 사람의 인생이 휘몰아치는 그 물결 속에 휩쓸려 내려가버리는 느낌이었다. 문득 케이트가 했던 말이 머릿속을 스쳐 지나갔다. 언젠가 게이브가 나를 떠나 내 마음에 상처를 입히게 될지도 모른다고 했던가.

게이브는 여전히 내 시선을 피하고 있었다.

"한동안은 계속 준비 중이었는데……" 그가 말했다. "그런데 오늘 갑자기 모든 서류 작업이 다 처리되었어. 나도 그렇게 될 줄은 몰랐어. 사실 가능성이 희박해 보였거든. 모든 게 확실해질 때까지는 너에게 아무런 말도 하고 싶지 않았어. 피할 수만 있다면 너에게 상처를 주는 일 같은 건 정말 하고 싶지 않았으니까."

나는 심장이 두방망이질을 치는 것이 느껴졌다. 피가 온몸을 타고 흐를 때마다 울리는 맥박 소리를 하나도 빠짐없이 다 느낄 수 있었다. 나는 입을 열었지만 아무런 말도 할 수 없었다. 아무리 애를 써도 무슨 말을 해야 할지 도무지 알 수가 없었던 것이다.

"몇 개월 전에 AP 통신사에서 타전한 아부그라이브교도소에 대한 기사를 처음 보았어. 그 순간 거기야말로 내가 가야 할 곳이라는 사실을 깨달은 거야. 사진은 사람들의 관점을 바꿔놓을 수 있어. 생각도 바꾸고 의견도 바꿔놓을 수 있지. 나는 그냥 뒷

짐만 지고 서서 다른 사람들이 그 일을 대신해주겠거니 믿고만 있을 수는 없어. 내가 그 일이 얼마나 중요한지 깨달은 이상 말이야. 루시, 내가 언젠가는 떠나게 될 거라고 말했었잖아. 그게 결국 내 계획이라는 사실을 너도 알고 있었잖아."

물론 그랬다. 그렇지만 나는 그의 말을 정말로 이해한 것은 아니었다. 이건 서로 양보할 수 있는 문제가 아니었고 우리가 함께 해결책을 찾기 위해 노력할 수 있는 문제도 아니었다. 그리고 다른 무엇보다도, 나는 준비가 되어 있지 않았다. 특히나 그날 밤에는 더욱 더. 그날은 나에게 축하의 밤, 행복의 밤, 그리고 성공의 밤이었어야 했다. 그날 나는 내 인생에 있어 그 어느 때보다 높이 하늘 위를 날고 있었다. 내가 참여한 작업이 에미 상을 수상했고 이제 모든 긴장이 다 풀어졌다. 나는 이 행복한 기분에 완벽하게 빠져들 준비가 되어 있었다.

피트가 그동안 꾸미고 있었던 일에 대해 어떻게 내게 아무런 말도 해주지 않을 수 있었을까? 그동안 피트와 나누었던 전화 통화에 대해서도, 혼자서 세우고 있던 계획에 대해서도 내게는 한마디도 해주지 않았다. 나랑 의논도 없이 도대체 어떻게 그런 결정을 내릴 수 있었단 말인가? 그때 일은 지금도 여전히 나를 화나게 만든다. 게이브는 나에게 아무런 의논도 하지 않았다. 우리 두 사람은 서로를 마주 보며 돌고 있는 쌍둥이 별이 아니었던가. 나에게 아무런 말도 하지 않기로 결정한 순간 그는 그

궤도를 바꿔버린 것이다. 그는 이제 더 이상 내가 아니라 다른 사람, 다른 무엇인가를 중심으로 돌고 있었다. 그가 자신의 선택을 비밀로 한 그 순간부터 우리에게 남은 기회는 모두 사라지고 말았다.

갑자기 두 눈에서 눈물이 터져 나왔다. 분노와 슬픔, 그리고 혼란과 상처의 눈물이었다. "게이브, 아, 게이브." 나는 그의 이름을 부르고 또 불렀다. "네가 어떻게 그럴 수가 있어?" 나는 간신히 입을 열었다. "도대체 그동안 왜 내게는 아무런 말도 하지 않은 거야? 어떻게 오늘 같은 밤에 내게 그런 이야기를 할 수 있어?"

그가 내게 손을 뻗어왔지만 나는 뿌리쳤다. 나도 미처 알지 못했던 거센 힘이 그의 손을 밀어내버렸다.

"내게 미리 말해줬다면 이렇게 고통스럽지는 않았을 거야." 내가 말했다. "이 문제에 대해 미리 서로 이야기만 했었더라도. 이해가 안 돼? 우리는 한 몸이었다고. 그런데 너는 나를 떼어내버린 거야. 어떻게 나랑 의논도 없이 그런 계획을 세울 수 있어? 어떻게 그럴 수 있었냐고?"

그도 역시 울고 있었다. 눈물과 콧물이 범벅이 되어 그의 입술까지 흘러내렸다. "미안해." 그가 말했다. "나는 그저 제대로 살려고 노력했을 뿐이야. 너에게 상처를 주고 싶지는 않았어. 미안해."

"그렇지만 결국 넌 내게 상처를 줬어." 내가 쥐어짜듯 이렇게 말했다. "네가 생각했던 것보다 훨씬 더 많이, 네가 필요한 것보다도 훨씬 더 많이 내게 상처를 줬어. 마치 내가 너에게 아무런 존재도 아닌 것처럼 행동했다고."

"그건 사실이 아니야." 그가 얼굴을 문질러 눈물을 닦아내고 다시 내게 손을 내밀었다.

"하지 마." 내가 말했다. "나 건드리지 마."

"루시, 제발." 이제 게이브는 나보다도 더 서럽게 울고 있었다. "제발 나를 이해해줘. 일이 이렇게 되기를 바란 건 아니야. 꼭 이렇게밖에 할 수 없었다고 생각하고 싶지는 않아. 내가 유일하게 선택할 수 있는 방법이 이거 하나만 남기를 바라지는 않았어. 나는 절대로 너에게 상처 주는 걸 바라지 않아. 이건 너하고는 상관없는 문제야."

"그렇겠지." 내가 말했다. "나하고는 상관없는 문제겠지. 그렇다고 이게 너만의 문제란 말이야? 이건 우리 두 사람 사이의 문제야. 네가 우리 두 사람 사이의 관계를 허물어뜨리고 있는 거라고."

그는 내가 마치 따귀라도 올려붙인 것 같은 표정으로 나를 바라보았다. 그리고 나는 정말로 그를 때리고 싶었다.

"아니야." 그가 말했다. "루시, 이건 우리 두 사람의 문제가 아니야. 절대 그렇지 않아. 그냥 내 문제지. 나는 내 자신을 위해 이 일을 할 필요가 있어. 내 마음속 무엇인가가 무너져 내렸고 그걸 다시 고치려면 이 방법뿐이야. 너라면 이해해줄 줄 알았어. 너는 항상 나를……"

그렇지만 이번만큼은 나도 그를 이해할 수 없었다.

"왜 여기 머물 수 없는 거야?" 내가 그의 말을 가로막았다. "뉴욕을 사진에 담으면 되잖아. 여기에도 전할 수 있는 사연이 얼마든지 있어. 너도 〈뉴욕 타임스〉에서 네 사진을 실어줬을 때 그렇게 기뻐했었잖아."

게이브는 고개를 내저었다. "다른 곳에 가면 더 많은 일을 할수 있어. 더 나은 일을 할 수 있다고. 더 많은 변화를 이끌어낼수 있단 말이야. 부정하고 싶지만 사실이 그래. 그게 나에게 어떤 의미인지 너도 잘 알잖아."

"그래, 알아. 그렇지만 분명 다른 길이 있을 거야."

"아니, 그런 건 없어." 그가 말했다.

"그냥 짧게 출장처럼 다녀와. 그렇지만 그 일을 다 마치고 나면 반드시 집으로 다시 돌아와." 나는 그에게 매달렸다. 그게 어떤 의미인지 알고 있었지만 나는 상관하지 않았다.

"그렇게는 할 수 없어." 그가 말했다. "피트 말이 그 일을 진정으로 하고 싶다면 모든 걸 걸고 전력을 다해야 한다고 했어."

"뭐? 피트가 그렇게 말했다고?" 나는 급기야 분노에 휩싸였다. "그러니까 지금까지 피트랑 이 모든 일들을 다 상의한 거로

구나. 내가 아니라!"

"루시⋯⋯" 그가 다시 뭔가 말하려고 했다.

"그거 알아?" 내가 말했다. "넌 진짜 개자식이야." 분노가 손 끝에서 발끝까지 차고 흘러넘쳤다. 나는 침대로 가 그가 쓰는 베개를 집어 던지고 담요 하나를 소파에 던졌다. "오늘 밤은 거기에서 자."

"루시, 아직 이야기가 끝나지 않았어." 그가 이불을 손에 쥔 채 말했다.

"아니, 다 끝났어." 나는 이렇게 말하며 옷을 벗고 방의 불을 꺼버렸다.

당연한 이야기이지만 그날 밤 우리 두 사람 중 어느 누구도 제대로 잠들 수 없었다. 나는 우리가 방금 나눴던 대화를 마음속으로 곱씹고 또 곱씹었다. 그가 미운만큼 나는 여전히 방을 가로질러 걸어가 소파 위 그의 옆자리에 가서 품에 안기고 싶었다. 그리고 그의 단단한 육체를 내 바로 옆에서 느끼고 싶었다. 게이브는 나의 안식처이자 고통의 근원이었다.

얼마나 시간이 지났을까. 그가 소파에서 일어나 침대 옆에 와서 섰다. "좋은 생각이 났어." 그가 말했다.

나는 아무런 대답도 하지 않았다.

"안 자고 있는 거 다 알아." 그가 말했다. "다 느껴지니까."

방에 커튼을 치지 않았기에 그의 등 뒤로 도시의 불빛이 환하게 빛나는 것이 보였다. 마치 그에게 무슨 후광이라도 생긴 것 같았다. 추락한 천사. 나는 문득 그런 생각이 들었다.

"뭔데?" 마침내 내가 이렇게 물었다.

"어쩌면…… 어쩌면 너도 나와 함께 갈 수 있을지도 몰라." 그는 머뭇거리며 손을 내밀었다. "어쩌면 그렇게 문제를 해결할 수 있을지도 모르겠어."

나는 그의 손가락을 잡았다. 잠시나마 그럴 듯한 생각으로 여겨졌다. 그렇지만 이내 게이브가 지금 뭘 말하고 있는지 생각을 해보았다. 이라크에 가자고? 그렇다면 비자는? 살 집은? 지금 하고 있는 일은? "그렇지만…… 어떻게?" 내가 물었다.

게이브는 여전히 내 손을 쥔 채 침대 위에 걸터앉았다. 그리고 어깨를 으쓱해 보였다. "방법을 찾을 수 있을 거야."

"그렇지만 게이브, 내가 가면 어디에 살아? 내가 가서 뭘 할 수 있지? 내가 지금 하고 있는 일은 어떻게 하고?" 아까 느꼈던 분노가 다시 몸 안에서 올라왔다. 게이브는 지금 자신을 위해 내 꿈을 포기하라고 말하고 있었다. 자기는 나를 위해 절대로 그렇게 해주지 않을 거면서. 아니, 그는 심지어 다른 방법을 찾아볼 생각도 하지 않았고 나와 그 문제에 대해 상의를 하려 들지도 않았다.

그는 고개를 저었다. "나도 잘 모르겠어." 그가 말했다. "그렇지만 분명 다른 사람들처럼 그럭저럭 해낼 수 있을 거야. 어쩌면 다른 직업을 찾을 수 있게 될지도 모르지. 언론에 기사를 쓰면서 세상에 변화를 가져올 수 있는 일을 할 수 있지 않을까. 우리가 함께 글과 사진을 만들어내는 거야. 진즉에 이런 식으로 생각을 해봤어야 했는데. 완벽한 계획이잖아?"

"게이브, 내가 가진 꿈을 그렇게 쉽게 바꿀 수는 없어." 내가 말했다. 나는 그를 사랑했다. 그때도 그랬고 지금도 그렇다. 그것도 아주 많이. 그렇지만 그때 게이브는 나에게 불공평한 일을 강요하고 있었다. 그 일은 그때도 지금도 내게는 상처일 뿐이었다. 그는 나를 염두에도 두지 않고 떠날 결심을 했고 다른 방법은 없을지 찾아볼 생각도 하지 않았던 것이다.

"나는 절대로 그런 뜻이 아니었어." 그가 말했다.

나는 한숨을 내쉬었다. 상황은 이미 내가 감당하기 어려울 만큼 수렁으로 빠져들고 있었다. "그 문제는 내일 아침에 다시 이야기하자." 내가 그에게 말했다.

"그렇지만……" 그가 다시 이야기를 시작하려 하다가 결국 입을 다물었다. "알겠어." 그가 말했다. 그렇지만 그는 움직이지 않고 그대로 침대 옆에 앉은 채로 있었다. 내 손을 잡은 손도 풀지 않고 있었다.

"게이브?" 내가 그의 이름을 불렀다.

그가 내 얼굴을 돌아보았다. 마침 밖에서 경찰차가 빠르게 지나가면서 번쩍이는 불빛이 그의 눈동자에 반사되었다. "루시, 나는 너 없이는 잠들 수 없어."

내 눈에 눈물이 다시 고이기 시작했다. "너무해." 내가 말했다. "네가 어떻게 그런 소릴 할 수 있어? 너에게는 그럴 권리가 없어."

"그렇지만 사실은 사실이야." 그가 말했다. "그래서 너도 나랑 함께 이라크에 가면 좋겠어."

"아하, 그러니까 내가 없으면 잠도 잘 안 오니까 나도 이라크에 가자고?" 나는 그의 손을 뿌리쳤다.

"그런 말이 아니잖아." 그가 말했다. "내 말 뜻은, 내가 너를 사랑한다는 거야. 그리고 미안하다는 뜻이고. 진심으로 너랑 함께하고 싶다는 뜻이라고." 게이브는 여전히 상황을 이해하지 못하고 있었다.

나는 자리에서 일어나 침대 옆에 놓인 전등을 켰다. 그 희미한 불빛 아래에서 우리는 서로를 곁눈질했다. 내 시선의 끝에 그의 얼굴에 깊이 새겨진 고통이 들어왔다. 그는 자신의 고통을 감추려 하지 않았다. 상처를 입은 그는 비통하고 비참해 보였다. 페이시스 앤 네임스에서 우리가 다시 만났던 밤과 비슷한 모습이었다. 그리고 또 거기에 마치 하데스의 유혹에 넘어간 페르세포네처럼 내가 삼켜버린 석류 열매, 지금도 여전히 그를 잊지 못하게 만드는 그의 일부가 있었다. 그가 자신의 약한 모습을 내비칠 때마다 나는 일종의 책임감을 느끼곤 했다. 자신이 진정으로 아끼고 염려하는 사람에게만 자기의 진짜 모습을 드러낼 수 있다는 것을 나는 잘 알고 있었기 때문이다. 우리의 관계가 그토록 빠르게 진전된 것도 아마 그 때문일 것이다. 9월 11일, 우리는 아무런 거리낌 없이 서로에게 그 자리에서 자신의 비밀스러운 부분을 내보여주었고 그것은 결코 되돌릴 수 없는 일이었다. 그렇지만 그날 밤은 그것만으로는 충분하지 않았다. 그는 나에게 더 많은 것을 보여주어야 했다. 이해와 정직과 양보가 필요했고 나를 향한 그의 헌신이 필요했다. 그것이 없다면 이렇게 싸울 가치도 없었다.

나는 그의 손을 잡았다. "나도 너를 사랑해." 내가 말했다. "그렇지만 너와 함께 갈 수는 없어. 너도 그 사실을 잘 알고 있잖아. 네 꿈은 거기에 있고 내 꿈은 바로 여기에 있어."

"네 말이 맞을지도 모르겠지만……" 그가 목이 멘 듯한 소리로 말했다. "내일 아침 다시 이야기해보자."

나는 그가 느릿느릿 방을 가로질러 나가 소파에 누워 길쭉한 몸을 접는 것을 지켜보았다. 나는 불을 끄고 내가 그와 함께 이라크에 갈 수 없는 모든 이유들에 대해 생각했다. 그러다 가야 하는 이유도 한 가지 떠올랐다. 게이브가 없는 나의 인생이란 상상조차 할 수 없다는 것이 바로 그것이었다.

* * *

지독한 두통을 느끼며 억지로 눈을 떠보니 게이브는 이미 일어나 소파에 앉은 채 나를 바라보고 있었다.

　"네가 함께 갈 수 없다는 건 잘 알겠어." 그의 조용한 목소리에 내 눈이 크게 뜨였다. "그렇지만 약속할게. 너와 계속 연락을 주고받고 뉴욕에 다시 돌아오면 반드시 너를 만나러 오겠어. 그리고 언제나 너를 사랑할 거야." 목이 멘 듯 그의 목소리가 잠시 또렷하게 들리지 않았다. "그렇지만 나는 이 일을 꼭 해야 해. 그리고 나 자신을 위해 너의 꿈을 무시하려고 했다는 건, 결국 나는 아버지와 똑같은 사람이라는 거야. 나는…… 내가 없어야 네가 더 잘 지낼 거라 생각해."

　머리가 터질 것처럼 욱신거리고 눈가가 뜨겁게 달아올랐다. 이제 마침내 진짜 헤어지게 되었구나. 나는 쉬지 않고 몸을 흔들며 흐느꼈다. 내 입에서 흘러나오는 소리는 원시인의 그것 같았다. 언어를 구사할 줄 몰랐던 원시 선조로부터 이어받은 고통의 표현이 아직 우리 유전자에 깊이 새겨져 있었던 것일까. 이제 게이브는 정말로 떠나려 했다. 정말로 나를 떠나려는 것이다. 나는 언젠가 이런 일이 일어나리라는 사실을 잘 알고 있었다. 그렇지만 막상 그런 일이 벌어졌을 때 어떤 식으로 진행이 될지 감히 단 한 번도 상상하지 못했다. 그러다 마침내 악몽 같은 순간이 찾아왔다. 마치 유리그릇으로 된 내 심장을 누군가 바닥에 집어던져 산산이 깨부수고 그렇게 흩어진 수많은 조각들을 발로 지근지근 짓밟는 것 같았다.

자기와 함께 가자던 그의 제안은 사실 많은 의미를 지니고 있었다. 지금까지도 나는 그 의미를 곱씹고 있다. 그렇지만 그건 진지하게 심사숙고해서 나온 진심 어린 제안이 아니었다. 그저 한밤중에 나온 사과의 행위였을 뿐이다. 나를 떠나려는 과정 속에서 내게 더 빨리 알리지 않고 비밀로 했던 실수를 만회해보려는 시도에 불과했던 것이다. 그러나 지금도 내 마음속 한 구석에는 그때 함께 가겠다고 했다면 우리가 어떻게 되었을까 하는 생각이 자리하고 있다. 우리 두 사람의 인생이 완전히 달라지는 계기가 되었을까? 아니면 그래도 결국 우리 관계는 끝나버리고 나 혼자 이 방에 남겨지고 말았을까? 더 이상 이 방에 혼자 있고 싶지 않다고 울면서 그래도 난 그와 함께 떠날 필요는 없었다고 속으로 되뇌고 있었을까? 아마도 우리 둘은 절대로 그 해답을 알 수는 없을 것이다.

그 주가 다 가기 전 게이브는 그의 어머니와 함께 시간을 보내기 위해 짐을 꾸려 나를 떠났다. 그리고 나는 한때 우리 두 사람의 보금자리였던 텅 빈 집에 홀로 남아 통곡했다.

22
고통과 더불어 사는 방법

우리는 그 후에 이 일에 대해서는 단 한 번도 이야기를 나누지 않았다. 내가 얼마나 가슴이 무너졌는지, 그의 책이 사라져 텅 빈 책장을 어떤 눈으로 바라보았는지, 그러면서도 내 책으로 그 빈자리를 감히 채울 수 없었던 일 같은 것을 절대 그에게 말하지 않았다. 나는 와플을 먹을 때마다 울음이 터져 나왔고, 그가 콜럼버스 큰 거리Columbus Avenue의 벼룩시장에서 사준 나무 목걸이를 할 때도 계속 울었다. 그날 우리는 우연히 벼룩시장을 찾았고 오후 내내 그곳을 돌아다니며 옥수수빵 안에 모짜렐라 치즈가 잔뜩 들어 있는 모짜레파mozzarepa와 크레페를 먹었다. 그리고 우리의 상상 속에 있는 스키 별장에 깔 새로운 카펫이 필요한 척하며 물건들을 구경하기도 했었다.

게이브가 떠나고 2주가 지난 어느 날 밤, 나는 주방 개수대 위쪽 선반에서 그가 좋아하던 위스키 한 병을 발견했다. 분명 그가 남겨두고 간 것이리라. 나는 혼자서 그 위스키를 한 잔 또 한 잔, 계속해서 마셨다. 처음에는 얼음을 넣어 마셨지만 냉장고의 얼음이 다 떨어지자 그냥 마시기 시작했다. 한 모금씩 마실 때마다 입술이 불타오르는 것 같았다. 하지만 그 맛은 그와의 키스를 떠올리게 했고 내가 겪고 있는 고통을 잠시 잊게 해주었다. 그가 떠난 후 처음으로 나는 그날 밤 편히 잠을 잘 수 있었다. 비록 다음 날 아침 숙취로 지옥 같은 기분을 경험하면서 결국 결근을 하기는 했지만. 그러나 다음 주에도 또 그다음 주에도 나는 술을 마셨다. 고통과 더불어 사는 방법을 배우면서 그럭저럭 회사도 빠지지 않고 나갔다.

거리에는 내가 감히 그 앞을 지날 수 없는 상점들과 차마 들어갈 수도 없는 식당들이 있었다. 나는 한 달가량 바닥에서만 잠을 잤다. 침대 위에서 자려고만 들면 그의 부재가 온몸으로 느껴졌기 때문이다. 에미상을 받았던 그날 밤을 떠올리게 하는 소파는 더 최악이었다. 나는 내가 가진 옷의 절반을 자선단체에 기부했고 우리가 함께 벽에 붙여두었던 그림 같은 것들은 다 떼어내서 내다 버렸다.

게이브가 떠난 지 6주가 지났을 무렵 나는 거의 텅 비어버린 집에 앉아 케이트에게 전화를 걸었다. "여기 더 이상 못 있겠어." 내가 말했다.

"그래, 그럴 필요 없어." 케이트가 대답했다. "이쪽으로 와서 나랑 함께 지내자."

그래서 나는 2주일에 걸쳐 남은 짐들을 꾸렸다. 케이트가 빈 집의 임대 문제를 해결해주었고 나는 브루클린으로 이사를 했다. 아무것도 할 수가 없었던 나는 새로운 장소에서 새롭게 출발할 필요가 있었다. 나는 케빈과 새라의 결혼식 피로연이 열렸던 버비스Bubby's도 갈 수 없었고 우리가 미국 독립 기념일을 기념하며 찾았던 맛집인 레드 훅 로브스터 파운드Red Hook Lobster Pound도 피해야 했다. 그의 흔적이 남아 있지 않은 곳이 없었다. 우리가 함께 지냈던 기간은 겨우 14개월이었지만 그 14개월은 나의 세계를 바꿔버렸다.

내가 보냈던 이메일을 그는 혹시 기억하고 있을까? 나는 내가 어떤 기분인지, 내가 어떻게 무너져 가고 있는지 그에게 말하지 않았다. '알렉시스랑 햄프턴 휴양지에 있는 어느 별장에 놀러 가기로 했어! 휴가철이 끝물이지만 그래도 재미있을 거야.' 나는 짐짓 즐겁게 지내고 있는 척 이메일을 썼다. '서머스테이지SummerStage 음악 축제에서 벤 폴즈Ben Folds가 공연하는 걸 봤지. 너도 그걸 봤으면 아주 좋아했을 텐데. 거기는 어때?' 그리고 나는 그의 답장을 기다리고, 기다리고, 또 기다렸다. 하지만 한 번도 답장이 온 적은 없었다. 나는 그가 연락을 계속 주고받을 거라고 했던 말을 계속해서 생각했다. 이메일에 답장 한 번

안 하면서 어떻게 언제나 날 사랑할 거라고 말했을까. 이메일을 확인할 때마다 나는 분노와 슬픔을 동시에 느꼈고 평생 겪어본 적 없었던 큰 실망감을 맛보았다. 나는 실제로 그를 비난하는 이메일을 쓰기 시작했다가 보내기 전에 결국 삭제해버렸다. 그렇게 먼 곳에 있는 그에게 화를 냈다가 그야말로 정말 완전히 연락이 끊어질까 봐 두려웠던 것이다. 그리고 그런 내 고통스로운 노력에도 불구하고 나는 다시는 그의 소식을 들을 수 없었다. 나는 이 상황을 어떻게 해결해야 할지 도저히 알 수 없었다.

지금은 그를 이해할 수 있다. 그때는 게이브 역시 상처를 받았을 것이며, 자기가 나아갈 길을 찾기 위해 애쓰고 있었을 것이다. 그럴 때 내가 뉴욕에서 보내는 이메일은 마치 저 멀리 있는 다른 행성에서 들려오는 소식처럼 느껴졌음에 틀림이 없다. 서머스테이지 음악 축제? 햄프턴 휴양지? 그런 내용들을 그가 어떻게 받아들이고 생각했을지 나는 상상조차 할 수 없다. 그렇지만 그래도 어떻게 그럴 수가 있었을까. 나는 게이브가 나를 그렇게 무시할 수 있다는 사실을 도저히 이해할 수가 없었다. 나를 안아 돌리며 키스하고 내 덕분에 천하무적이 될 수 있다고 말하던 사람이 갑자기 그렇게 사라져버릴 수 있다니.

게이브가 떠난 지 2개월이 지나고 나서야 나는 그에게서 이메일 한 통을 받을 수 있었다. 그가 이라크로 떠난 후 처음 받는 소식이었다. '잘 지내고 있다니 기쁘다! 여기는 온통 난장판이야. 더 빨리 답장을 보내주지 못해 미안해. 적응하는 데 꽤나 시간이 걸렸지만 하는 일은 아주 마음에 들어. 일단 맡은 일은 끝냈고 본사에서는 여기 좀 더 머무르게 해준대. 뉴욕에서 잘 지내기를 바라!'

나는 그의 이메일을 백 번도 더 읽었다. 어쩌면 이백 번쯤 되지 않았을까. 나는 단어 하나하나는 물론 마침표까지 다 분석했다. 어디 숨겨진 다른 뜻이 있을까 눈에 불을 켜고 찾아보았고, 그가 어떤 기분인지 혹은 뭘 생각하고 있는지 알려줄 만한 것들을 꿰뚫어보려고 했다. 그가 나를 그리워하고 있는지, 아니면 누군가 다른 새로운 사람을 찾았는지 확인하려고도 노력했다.

그렇지만 결국 내가 내린 결론은 그 이메일에는 숨겨진 비밀이나 소식도, 이중의 의미도 없다는 것이었다. 그건 그냥 바쁜 와중에 서둘러 보낸 답장에 불과했다. 내가 2개월이 넘게 기다린 게 이런 것이었나. 나는 내 이메일 폴더에 '재앙'이라는 이름의 새 메일 폴더를 만들고 이번 메일까지 포함해 게이브에게서 받은 모든 이메일을 그곳으로 옮겼다. 나는 답장을 하지 않았다. 그가 다시 나를 무시한다면 더 이상 견딜 수 없을 거라는 사실을 잘 알고 있었기 때문이다.

23

수소와 산소

나는 정작 중요한 사실들을 훨씬 나중에야 깨닫는 사람이라는 말을 종종 듣곤 한다. 특히 제이슨 오빠가 그런 소릴 자주 했다. 우리 남매가 일상에 대한 시시콜콜한 이야기가 아닌 더 중요한 문제에 관해 이야기를 나눌 때, 제이슨이 내게 무슨 말을 하려고 했었는지 제대로 이해하는 데 몇 년이 걸린 적도 있었다. 게이브가 나를 떠난 지 몇 주가 지났을 무렵 제이슨이 내게 전화를 걸어왔다. 당시 스물여덟 살이었던 제이슨은 바네사라는 여자와 1년 정도 사귀고 있었다. 두 사람은 제약 회사 연구소에서 만났는데 제이슨은 내가 아무리 설명을 들어도 이해하지 못하는 항암 치료법을 개발 중이었고 바네사는 홍보 업무를 맡고 있었다.

"안녕, 루시." 휴대전화를 집어 들자 제이슨의 목소리가 들려왔다. "내가, 어, 그러니까 어떻게 지내나 한번 연락을 해본 거야. 어머니 말씀이 좀 힘들게 지내는 것 같다고 하셔서 말이야."

"그래, 맞아." 내가 말했다. 제이슨의 목소리를 들은 순간부터 이미 내 눈에는 눈물이 고이고 있었다. "오빠, 게이브가 너무 보고 싶어. 그를 사랑하면서도 밉고 그냥 막…… 다 너무 엉망진창이야." 목소리가 떨려왔다. 나는 그와 함께 떠나지 않기로 한 나의 결정에는 후회가 없었다. 오히려 잘한 일이었다고 생각했다. 그렇지만 머릿속으로 그와 나누었던 대화를 수십 번 수백 번 되풀이해서 생각하는 것을 도저히 멈출 수가 없었다. 내가 무슨 말을 했어야 그를 붙잡을 수 있었을까. 그가 자기 계획에 대해 입을 다물었던 건 결국 나 때문이었을까. 나는 생각하고 또 생각했다. 나는 게이브가 내가 아닌 다른 사람과 사귀었다면 다르게 행동했을까 궁금했다. 케이트는 어쩌면 그가 더 빨리 떠났을 수도 있다고 말했다. 그때는 그 말을 믿지 않았지만 이제는 어쩌면 케이트의 말이 맞을지도 모른다는 생각을 한다.

"아, 루시." 제이슨이 말했다. "울리려고 전화한 건 아니었는데 말이야. 나는 그냥…… 그게…… 전에는 우리가 남녀관계에 대해 이야기를 나눈 적은 없었던 것 같기는 한데, 혹시 지난번에 내가 조슬린과 헤어졌던 거 기억나?"

나는 우리가 조슬린에 대해 이야기를 나눈 적이 있었는지 기억이 나지는 않았다. 조슬린은 제이슨이 대학 시절에 만나 졸업한 후에도 계속 만나던 여자 친구였다. 두 사람은 프린스턴대학교 2학년 때 처음 만났는데, 헤어졌다 만났다가 또 헤어졌다 만났다를 반복하며 5년여를 함께 보냈다. 그러다 조슬린이 스탠퍼드대학교에 가서 의학을 전공하기로 결정했고, 두 사람은 잠시 장거리 연애를 해보려고 애쓰다가 결국은 헤어지고 말았다. 그렇지만 나는 5년여에 걸친 두 사람의 연애도 게이브와 내가 알고 지낸 시간과는 비교할 수 없다는 생각이 들곤 한다. 그런데 우리가 알고 지낸 시간이 얼마나 되었을까……. 13년? 아니 11년으로 계산을 해야 하나?

"잘 기억하고 있지." 사실은 제대로 기억하지도 못하면서 나는 이렇게 말했다. 그때는 나도 대학에 다니고 있던 중이라 내 생활만으로도 바빠서 제이슨이 어떻게 지내는지 다 알고 있지는 못했다.

"내가 조슬린과 완전히 끝낼 수 있었던 건 우리 두 사람이 젤리 실험과 비슷하다는 사실을 깨달았기 때문이었어. 내가 1학년 때 우리 학교로 놀러온 너한테 실험실에서 한 번 보여줬던 것 같은데. 시험관에 염소산칼륨을 넣은 다음에 거기에 우리가 흔히 먹는 그 쫀득쫀득한 젤리를 넣으면, 이 두 가지가 완벽하게 합쳐지면서 폭발하는 거 말이야. 단 한 번도 예외는 없지. 조슬린과 내가 그랬거든. 우리 두 사람은 만날 때마다 그렇게 폭발했어. 어떻게 보면 그만큼 짜릿하고 재미있기는 했지. 그렇지만 누가 그렇게 쉴 새 없이 폭발하는 관계를 계속 이어가고 싶겠어?"

"아, 그래." 나는 게이브와 나의 관계를 생각하며 대답했다. 우리 두 사람은 그렇게 헤어졌다 만났다를 계속 반복했던 사이는 아니었지만 어쨌든 우리의 관계 역시 짜릿하고 재미있기는 했다. 우리는 각자 떨어져 지낼 때보다 함께 있을 때가 더 좋았던 한 쌍이었다.

"어쨌든 간에 그러다 바네사를 만났는데, 완전히 다르더라고. 그건 마치…… 낫소 시간차 반응Old Nassau experiment과 비슷했어. 그거 기억 나? 세 가지 무색의 용액으로 하는 실험인데, 처음 두 가지를 섞은 후 다시 세 번째 용액을 섞으면 처음에는 아무 일도 일어나지 않다가 용액의 요오드산칼륨 반응 때문에 주황색으로 변하지. 그리고 좀 더 있으면 또 색이 변해. 이번에는 검은색이 되는 건데, 왜 알잖아? 내가 검은색 좋아하는 거. 모든 색을 다 섞으면 결국에는 검은색이 되기 때문에 내가 그 색을 좋아하는 거거든. 그렇게 용액은 검은색으로 계속 남아 있게 되지."

제이슨은 잠시 말을 끊었고 나도 아무런 말도 하지 않았다. 사실 나는 뭘 어떻게 대답해야 할지 전혀 알 수가 없었다.

"루시, 내가 무슨 말을 하고 있는 거냐면, 관계란 오래 지속될수록 더 나아지는 것 같다는 거야. 젤리 폭발 말고 시간차 반응처럼 말이지. 무슨 말인지 이해할 수 있겠어?"

그때는 무슨 말인지 제대로 이해하지 못했지만 지금의 나는 그 말이 무슨 뜻인지 알고 있다. 대런 덕분이었다. 아마도 대런 이라면 사랑이란 좋은 와인 같은 거라서 시간이 지날수록 더 그 향취가 깊어지는 거라고 말하겠지. 어쨌든 그때 나는 "그렇지만 나는 게이브를 너무나 사랑해"라고 제이슨에게 말했다.

"나도 알아." 제이슨이 말했다. "나도 조슬린을 사랑했어. 지금도 그렇고. 어쩌면 그런 마음이 조금쯤은 영원히 남아 있지 않을까. 그렇지만 나는 바네사를 조금 다르게 사랑하고 있어. 내가 하고 싶은 말은 누군가를 사랑하는 데는 수많은 방식이 있고, 앞으로 네가 누군가 다른 사람을 다시 사랑하게 되리라는 사실을 나는 알고 있다는 거야. 똑같은 감정이 아니더라도, 어떻게 보면 더 나은 사랑을 하게 될지도 모르지."

"그런 건 필요 없어." 내가 속삭이듯 말했다. 나는 오직 게이 브만 사랑하고 싶었다. 그리고 그보다 더 나은 사랑 같은 건 상상조차 할 수 없었다.

제이슨은 잠시 말이 없었다. "어쩌면 이런 이야기를 꺼낸 게 너무 이른 일이었는지도 모르겠네. 미안하다. 이런 거에는 영 재주가 없어서 말이야. 그렇지만 아마도…… 지금 이야기한 것들이 네 신경세포 속에 남아 있다가 네가 가장 필요로 할 때 기억이 나면 좋겠어."

"그래." 내가 대답했다. "알겠어. 전화 걸어줘서 고마워."

"사랑해, 루시. 수소가 산소를 사랑하듯 사랑해. 이건 완전히 다른 종류의, 가장 근원적인 감정이야."

그 말을 듣자 나는 눈물을 흘리면서도 새어나오는 웃음을 참을 수 없었다. 이 세상에서 그렇게 화학 공식을 대입해 사랑에 대해 설명할 수 있는 사람은 오직 나의 오빠 제이슨밖에 없으리라.

24
더 많은 시간

그해 여름 내내 알렉시스는 나를 끌고 술집과 음악회, 그리고 각종 모임과 극장을 돌아다녔다. 우리는 매일 밤 멋진 옷을 차려입고 브루클린과 맨해튼, 사우샘프턴을 돌아다녔고 칵테일도 엄청 마셨다. 덕분에 나는 조금이나마 고통을 잊을 수 있었다.

케이트는 톰을 맨해튼에 남겨둔 채 케이프 코드_{Cape Cod}에 있는 자기 부모님 집에 일주일 정도 나를 데려갔다. 나를 스파_{spa}로 데리고 가서 머리부터 발끝까지 마사지를 받게 하기도 하고, 미용실에도 데리고 가서 자기 언니에게 받은 프랑스 잡지 속의 모델처럼 제일 잘 나가는 헤어스타일을 하게 해주기도 했다. 머리카락을 잘라 기부를 한 것도 바로 그 무렵의 일이었다.

줄리아는 내게 자기도 '루시를 돕는 모임'의 일원이 되겠다고 말하고 언제든 내가 필요로 할 때 달려오겠다고 했다. 우리는 치즈를 잔뜩 얹은 마카로니를 먹으며 수많은 밤을 함께 보냈다. 그리고 찾을 수 있는 것 중에서 가장 거칠고 폭력적인 영화를 골라 함께 봤다.

그때 당시 그들이 게이브를 얼마나 증오했는지를 생각하면 내 친구들의 배려는 실로 놀라운 것들이었다. 케이트나 알렉시스가 나를 그렇게 떠나버린 그를 용서했는지는 지금도 알 수 없지만, 어쨌든 용서를 한 줄리아도 그와 내가 함께 어떤 것들을 공유하고 나누었는지 이해하는 데는 좀 시간이 걸렸다. 훗날 게이브의 사진 전시회가 열리고 그걸 본 후에야 비로소 줄리아도 우리를 이해하게 된 것이다.

엄마는 온종일 내게 문자 메시지를 보내거나 격려가 될 만한 글들을 추려서 이메일로 보내주었다.

오빠 제이슨은 나를 찾아와 마이너리그 팀인 브루클린 사이클론스Brooklyn Cyclones 경기에 데려가기도 했고 콜라에 멘토스 사탕을 집어넣어 폭발하는 것도 보여주었다.

사실상 내가 알고 있는 모든 사람들이 자신들이 알고 있는 모든 수단과 방법을 동원해 나를 즐겁게 해주려고 노력을 한 셈이었다. 그리고 나는 내가 할 수 있는 한 최선을 다해 게이브와의 일을 극복하려고 애를 썼다. 그렇지만 내게 진짜로 필요했던 건 단 하나, '시간'이었다.

25
새로운 만남

여름의 끝자락, 그러니까 내가 게이브의 이메일을 받고 새 메일 폴더를 만든 지 2주일쯤 지나서 나는 대런을 만나게 되었다.

대런에 대한 이야기를 꺼내면 게이브가 불편해할까? 하지만 대런 역시 우리 이야기를 할 때 빼놓을 수 없는 부분이다. 게이브가 대런과 관련된 이야기를 마음에 들어 하지 않는다 해도, 대런이라는 사람이 없었다면 우리가 가는 길이 지금과 같지는 않았을 테니까. 게이브에겐 미안하지만 나는 이야기를 해야겠다.

근로자의 날이 낀 주말이었다. 휴양지인 햄프턴의 별장에서 눈을 뜬 내가 커피나 한 잔 마시려고 방에서 나왔을 때였다. 한 남자가 거실 한가운데 있는 소파 위에서 잠을 자고 있었다. 그렇게 나는 그날 대런을 처음 만나게 되었는데, 아마도 내가 자러 간 사이에 이곳을 찾아온 모양이었다. 알렉시스의 친구인 사브리나는 이런저런 친구들을 이곳으로 불러들이곤 했으니 소파 위든 의자 위든, 그것도 아니면 그냥 거실 바닥에서든 이렇게 자고 있는 사람을 발견하는 건 그리 놀랄 일도 아니었다.

나는 다른 사람들도 마시게끔 커피를 넉넉히 끓여놓아야겠다고 생각하며 발끝으로 조심히 걸어 주방으로 갔다. 게이브가 나를 떠난 후 내 잠자는 습관은 완전히 달라져 있었다. 일단 잠에서 깨면 그때가 몇 시든 혹은 아직 숙취나 피곤이 남아 있든 상관없이 바로 자리에서 일어났다. 게이브 없이 침대 위에 그대로 누워 있는 건 정말 비참한 기분이 들었기 때문이다. 그렇게 해서 여름 내내 커피를 끓이는 일은 내 담당이 되었다.

이 별장은 함께 나눠 쓰는 사람들로 언제나 북적거렸고 나는 지금 방금 침대에서 일어난 사람처럼은 보이지 않기 위해 어느 정도 신경을 썼다. 그날 아침 나는 여름 내내 즐겨 입던 빨간색 비키니에 짧게 찢은 청바지를 입고 반다나bandanna를 머리에 두른 채 왼쪽 눈 위로 앞머리를 내리고 있었다. 햄프턴에서 지내는 내내 일광욕을 하고 바닷가에서 자전거를 탔기 때문에 내 피부는 생각보다 더 검게 타 있었다. 그래도 그해 여름 거울에 비친 내 모습은 꽤 괜찮아 보였다. 이 모습을 보면 게이브가 뭐라고 생각할까, 그도 마음에 들어 할까 하는 궁금증이 너무 자주 들어 그때마다 생각을 하지 않으려고 애를 써야 했다.

커피 머신에서 커피가 내려오기 시작하자 대런이 잠에서 깨어났다. 그는 주방으로 걸어 들어오더니 생전 듣도 보도 못한 형편없는 솜씨로 작업을 걸며 내게 인사를 했다. 아니, 어쩌면 작업을 걸었다는 건 그냥 내 착각이었을지도 모르겠다. 대런은 자신은 절대로 그런 적이 없다고 딱 잡아떼고 있으니까. 어찌되 었든, 그가 뭐라고 한마디도 하지 않았다면 그것도 그것대로 이 상한 일이었을 것이다.

"지금 내가 죽어서 커피 천국에 와 있는 건가요?" 그가 물었 다. "당신은 꼭 커피 천사 같은데요."

나는 나도 모르게 웃음을 터트리고 말았다.

대런의 머리는 뻣뻣한 생머리였지만 한쪽으로 쏠려 있었다. 분명 소파 팔걸이에 한쪽 머리를 기대고 잤기 때문일 것이다. 그는 사각 팬티 위에 '뉴저지: 강한 자만이 살아남는다'라고 적 혀 있는 티셔츠 한 장만 걸치고 있었다. 나머지 옷가지들은 다 어디로 사라졌는지 몹시 궁금해지는 차림이었다.

나는 처음 내린 커피를 그에게 한 잔 내밀었고 그는 커피를 받아 한 모금 마셨다.

"나는 천사가 아니에요." 내가 그에게 말했다. "그냥 루시에 요, 천사가 아니라."

"대런입니다." 그가 손을 내밀며 이렇게 대답했다. "커피 맛이 끝내주는군요."

"어제 갈아놓은 원두예요." 내가 말했다. "시내에 새로 생긴 공정무역 커피 가게에서 사온 거구요."

그는 다시 커피 한 모금을 맛봤다. "당신 남자 친구는 행운아로군요." 그가 말했다. "이런 커피를 끓일 수 있는 여자 친구가 있다니."

그러자 나도 모르게 눈가에 눈물이 고였다. "남자 친구는 없어요."

"정말인가요?" 그는 이렇게 말하며 커피를 더 마셨다. 그의 눈이 커피 잔 너머로 내 눈빛을 살피는 것이 느껴졌다.

나는 그런 대런을 게이브와 비교해보았다. 대런의 뻣뻣한 생머리와 게이브의 고수머리를. 대런의 짧고 탄탄한 근육질 몸매와 게이브의 길고 여윈 몸을. 대런의 갈색 눈동자와 게이브의 푸른색 눈동자를. 대런이 나와 친해지고 싶어 한다는 걸 눈치챘지만 나는 그럴 수 없었다.

"물건들을 챙겨서 바닷가로 나가 봐야겠어요." 내가 그에게 말했다. "다시 집으로 돌아오기 전에 떠날 거라면 여기서 인사를 해야겠네요. 만나서 반가웠어요."

대런은 고개를 끄덕이더니 커피 잔을 들어 올려 보였다. "커피 고마웠어요, 루시." 그가 말했다.

26

초대

대런은 내가 다시 별장으로 돌아오기 전에 그곳을 떠났다. 아니, 그보다는 내가 대런과 그의 친구가 떠났다는 말을 들은 후에야 돌아왔다는 말이 더 정확할 것이다. 그렇지만 그는 사브리나에게 나에 대해 이것저것 물어본 모양이었다. 다음 날이 되자 그에게 페이스북으로 친구 요청이 들어왔고 공정무역 커피 원두를 파는 가게 이름을 알려달라는 메시지도 와 있었다.

우리는 페이스북 메신저로 시답잖은 농담을 몇 마디 나누었고, 그는 브루클린 근처 파크 슬로프Park Slope에서 커피와 초콜릿 시식 행사가 열린다는 소식을 듣고는 나를 거기에 초대했다. 행사가 열리는 건 일요일 오후였고, 데이트로 생각할 필요 없이 편하게 만날 수 있을 것 같았다. 무엇보다 휴일 오후에 별다른 할 일이 없어서 결국 나는 그의 초대에 응했다.

그를 만나러 나가면서 게이브에 대한 생각을 전혀 하지 않았
다면 그건 분명 거짓말일 것이다. 솔직히 게이브 생각은 엄청나
게 많이 났다. 그렇지만 그날은 즐거운 일들이 아주 많았다. 재
미있는 농담들이 오갔을 뿐더러 대런은 시식과 관련된 설명을
듣다가 너무 크게 웃는 바람에 마시던 커피를 코로 뿜어낼 뻔하
기도 했다. 지난 몇 개월 동안, 정확히 말하면 슬픔으로 얼룩졌
던 지난 몇 개월 동안 가장 즐거웠던 시간이었다.

그래서 일주일 뒤 대런이 저녁 식사에 초대했을 때 나는 그
초대에도 응했다. 그는 게이브가 아니었지만 잘생겼고 똑똑했
다. 그리고 나를 웃게 해주었고…… 무엇보다 나를 원했다. 그
리고 게이브에 대해 잊을 수 있도록 해주었다. 적어도 얼마 동
안이라도.

27

높은 점수

대런은 굳이 우리 집까지 와서 나를 데리고 가겠다고 고집을 부렸다. 그날 데이트를 위해 우리 집을 찾은 그는 정장을 갖춰 입고 깔끔하게 머리를 빗어 넘긴 상태였다. 나는 지금도 즐겨 입는 노란색과 하얀색이 섞인 가벼운 원피스에 샌들 차림이었는데 대런은 그런 나보다 훨씬 더 격식을 갖춘 옷차림으로 보였다.

그는 내가 자기 옷차림에 대해 신경 쓰는 걸 느꼈는지 이렇게 말했다. "아, 은행에서 일할 때는 이렇게 입어요. 오늘은 갈아입고 올 시간이 없었네요."

나는 빙그레 웃으며 이렇게 말했다. "정장을 입으니 멋지네요." 그렇게 말을 해놓고 보니 새삼 그에게 정장이 잘 어울린다는 사실을 깨달았다. 그는 넓은 어깨와 날씬한 허리를 가지고 있었고 그가 입은 정장은 그런 체형을 강조하듯 완벽하게 몸에 잘 맞았다.

나는 더 나은 옷으로 갈아입고 나오겠다고 말할 뻔했는데 미처 말을 하기도 전에 대런이 이렇게 말했다. "그렇게 입으니 훨씬 더 멋져 보이네요. 사실 각자의 옷이 갖고 있는 멋쟁이 요소에 대해 완벽하게 어울리는 사람을 찾는 조사가 있다면 당신이 뽑힐 겁니다."

나는 터져 나오는 웃음을 참을 수가 없었다. "각자의 옷이 갖고 있는 무슨 요소요?" 나는 그가 한 말을 되풀이했다.

"그건 업계 전문 용어예요." 그가 대꾸했다.

대런은 게이브가 아니었다. 절대로 그럴 수는 없었다. 그는 나이도 더 많은 스물아홉 살이었고 훨씬 안정되고 침착한 모습이었다. 성실하고 믿을 수 있는 사람이라는 것이 줄리아의 평가였다. 그리고 대런은 게이브가 떠난 이후 나를 웃게 만들어준 유일한 사람이었다. 그것만으로도 그는 높은 점수를 받을 만했다.

대런이 팔짱을 끼라는 듯 팔을 내밀며 이렇게 말했다. "그럼 가실까요?" 나는 팔짱을 끼고 현관문을 닫았다. 그리고 정말로 그와의 저녁 식사가 기대되기 시작했다.

<u>28</u>

좀 더 밝아진 세상

그날 밤 저녁 식사를 마친 후 대런은 함께 걸어서 집까지 바래다주겠다고 말하며 그래야 제대로 된 신사라고 덧붙였다. 그는 심지어 같이 걸을 때 나를 위해 차도 쪽으로 걸으며 차가 혹시나 웅덩이를 지나며 물을 뿌릴 때를 대비하기도 했다. 물벼락은 내가 아니라 자기가 맞으면 된다는 것이 그의 설명이었다.

"그렇군요." 내가 말했다. "그럼 그렇게 대접을 받는 숙녀는 뭘 하면 되는 건가요?"

"그야 지금까지 해온 대로만 하면 돼요." 그의 말은 또다시 나를 웃게 만들었다.

그러자 대런이 목소리를 가다듬었다. "모르셨겠지만 나는 펜실베이니아주에서는 관광안내원으로 일했었고, 프로스펙트 하이츠Prospect Heights에서도 관광안내원 자격증을 받았답니다."

"아, 정말로요?" 나는 그가 하는 말이 농담인지 진담인지 미심쩍어하며 이렇게 대꾸했다.

그러자 그는 마치 대학에 건물 하나 정도는 기부할 능력이 있는 것 같은 상류층의 억양으로 이야기를 하기 시작했고 나는 그 즉시 터져 나오는 웃음을 참을 수가 없었다. 그의 억양은 마치 스케메르혼Schermerhorn이나 하버메이어Havermeyer, 혹은 하틀리Hartley 가문을 연상시켰다. 모두 각각의 이름을 딴 건물을 컬럼비아대학교에 기증한 명문가들이었다. 나는 대학에 다닐 때 언제나 그런 부자들의 생활에 대해 궁금해하곤 했다. 아마도 그런 사람들은 아몽크Armonk 같은 곳에 있는 대저택에 살며 휴가는 마서스 빈야드Martha's Vineyard 같은 최고급 휴양지에서 보내지 않았을까. 나는 검게 그을린 피부에 주걱턱을 한 스케메르혼이 근처 마을 어부들과 똑같은 붉은색 바지를 입은 모습을, 반면에 하버메이어 부인은 양쪽 귀에 3캐럿이 넘는 다이아몬드 귀걸이를 하지 않고는 집에서 한 발자국도 나서지 않는 모습을 상상해보았다. 그녀의 세 자녀는 각기 다른 세 명의 보모가 맡아 키우고 각기 완전히 다른 성격을 갖고 성장하지 않았을까. 하버메이어 부인은 또한 3이라는 숫자에 이상하리만큼 집착을 했다는데 그 이유가 뭐였을까. 하틀리 가문은 영국 여왕과 비슷하게 반려견, 특히 코기Corgi 종류에 대해 각별한 애정을 보였다는데 어느 정도였을까.

문득 지금이라도 인터넷으로 그 사람들에 대한 이야기를 제대로 한번 찾아볼까 하는 생각이 든다. 그러나 그렇게 하면 당시 내가 상상했던 모습이나 생각 들을 모두 망치게 되겠지. 어쨌거나 나는 꽤 오랫동안 그때 일들은 잊어버리고 있었으니까 말이다.

대런은 나를 돌아보며 스케메르혼 같은 목소리로 이렇게 말하기 시작했다. "저 거대한 갈색 석조 건물은 켄싱턴 리즈Kensington Leeds 가문의 애쉬턴 크랜스턴 웰링턴 리즈 4세Ashton Cranston Wellington Leeds the Fourth의 집이올시다. 가문 중에서도 특히 더 서열이 높지요. 글래스고 리즈Glasgow Leeds 가문이 도박꾼에 사기꾼 집안이라는 걸 모르는 사람은 없을 터, 그 사람들은 티스푼으로 수프를 퍼마시고 정찬용 포크로 후식을 먹었답니다. 그 얼마나 천인공노할 짓거리인지. 사실 켄싱턴-리즈, 이렇게 이름 사이에 슬그머니 붙임표를 하나 넣으려는 시도가 있었던 것도 다 그럴 만한 이유가 있는 것이지요. 그 뿌리를 슬며시 감추고 차별을 두기 위해서였답니다."

나는 그 말을 듣고 너무 크게 웃느라 콧김까지 뿜을 뻔했다. 그리고 그럴 뻔했다는 생각에 아까보다 더 크게 웃고 말았다.

대런은 예의 그 스케메르혼 같은 목소리로 이야기를 계속했다. "듣자 하니 줄리아 루이-드레퓌스Julia Lois-Dreyfus가 굳이 이름 중간에 붙임표 하나를 집어넣은 것도 바로 그런 이유 때문이라지요? 나머지 다른 드레퓌스 가문 사람들이 하도 개망나니들이라서 말입니다. 월-마트도 마찬가지 아니겠어요? 사람이 문제인지 가게 자체가 문제인지는 모르겠지만. 그러니 다른 사람들과 차별을 두는 게 그 얼마나 중요한 일이냐 바로 이겁니다."

나는 뭐라고 대꾸를 하려고 할 때마다 하도 웃음이 나와서 말도 제대로 하지 못할 지경이었다. 대런과 나는 그럭저럭 골목을 돌아 우리 집 쪽으로 향했다. 그는 집 건물 앞에 멈춰 섰고 나도 발걸음을 멈췄다.

그가 나를 바라보는 눈길이 느껴지자 더 이상 웃을 수가 없었다. 그는 나에게 키스하려고 했고 당혹감에 숨도 쉬지 못할 것 같았다.

나는 게이브가 나를 떠난 이후 누구하고도 키스한 적이 없었고, 누구하고도 키스하고 싶다는 생각을 해본 적이 없었다.

"나는……" 나는 입을 열었지만 뭐라고 말을 해야 할지 도무지 알 수가 없었다.

그렇지만 대런은 내 얼굴에 떠오른 표정을 분명히 읽은 것 같았다. 그는 내 입술에 키스하는 대신 몸을 숙여 내 이마에 가볍게 입을 맞추었다.

"즐거운 저녁 시간을 보내게 해주어서 정말 고마워요." 그가 말했다. "다시 또 만날 수 있었으면 좋겠군요."

나는 고개를 끄덕였고 그는 환하게 웃었다.

"나중에 전화 드리지요." 그가 말했다.

나는 그제야 겨우 다시 숨을 몰아쉴 수 있었다.

"기다릴게요." 내가 대답했다. 나도 그와 보낸 오늘 밤이 상당히 즐거웠다는 걸 부정할 수 없었다. 또 그냥 혼자 집 안에 앉아 있거나 알렉시스와 쓸데없는 짓을 하는 것보다는 그와 함께 시간을 보내는 것이 훨씬 나을 거란 것도 알고 있었다.

대런이 사라지자 나는 그가 떠나버린 사실에 실망하고 있는 내 자신을 깨달았다. 그가 나와 함께 있는 동안 나의 세상은 아마도 좀 더 밝아졌으리라. 나는 그 사실이 정말 좋았다.

나도 몸을 돌려 집으로 걸어 들어갔다. 그리고 또다시 게이브 생각을 했다.

<u>29</u>
기회

"대런한테 내 이야기 뭐라고 한 거야?" 다음 날 나는 알렉시스에게 전화를 걸어 이렇게 물었다. "네 이야기?" 그녀가 되물었다. "아무 말도 안 했는데?"

나는 한숨을 내쉬었다. 오전 내내 대런이 이마에 한 키스 생각이 머릿속에서 떠나지 않았고 누군가 분명 그에게 뭐라고 이야기를 해준 게 틀림없다는 생각을 하게 되었다. 분명 누군가 진도를 너무 빨리 나가지 말라고 충고를 해준 것임에 틀림없었다.

"그래, 넌 아니라 이거지?" 내가 말했다. "그럼 사브리나는 어때? 사브리나는 뭐라고 한 거야?"

알렉시스는 깊은 한숨을 내쉬었다. 알렉시스가 전화를 받으며 한쪽 손으로 머리를 쓸어내리는 모습이 자동적으로 떠올랐다. 지난번 로스앤젤레스에 출장을 다녀온 이후 사브리나를 못

본 지 대략 1년이 지났다. 사브리나는 한때 내 삶에서 대단히 중요한 부분을 차지하고 있었지만 지금은…… 더 이상은 그렇지 않다. 그런 사브리나가 이젠 별로 보고 싶지 않다는 건 좀 서글픈 일이다. 사람들도 변하고 인생도 변한다. 게이브와 나는 그 누구보다도 그런 사실을 잘 알고 있다.

"사브리나는 대런에게 네가 막 심각한 상태를 벗어난 것 같다고 말했어." 전화기 너머로 알렉시스의 목소리가 들려왔다. "인내심을 가지라고 충고했지. 너를 움츠러들게 만들지 말라고 말이야."

사브리나가 한 말은 어쩌면 맞는 말이었지만 나는 그 말을 듣고 진저리를 쳤다.

"그래서 대런은 뭐라고 했대?" 내가 물었다.

"대런은 널 움츠러들게 만들 생각은 전혀 없고 네가 다시 앞으로 나올 수 있도록 같이 돕겠다고 했대."

나는 소파 등받이에 머리를 기댔다. "그래?" 내가 말했다. "그것 참 패기 넘치는 말이네. 그래서 뭘 어떻게 하겠다고? 자기가 무슨 구원자라도 된다는 거야? 사람들을 구하는 영웅이라도 되고 싶대?"

"대런은 정말 좋은 남자야." 알렉시스가 내게 말했다. "대런의 친구들은 멍청이들만 모여 있는지 모르겠지만 대런만은 정말로 다른 사람이라니까. 물론 게이브도 좋은 사람이었지만, 그런데…… 나는 그냥 무슨 말을 하고 싶은가 하면…… 루시, 대런에게 기회를 한번 줘봐."

게이브의 이름을 듣는 순간 다시 눈물이 눈가에 고이는 것이 느껴졌다. 본격적으로 눈물이 흐르기 전에 막아야 했지만 어떻게 해야 할지 전혀 알 수가 없었다.

"그렇게 할 수 있을지 잘 모르겠어." 손등으로 코를 문지르며 내가 말했다.

"남자에게 받은 상처는 남자로 치료해야지." 알렉시스가 말했다. "그리고 나를 한번 믿어봐. 내 말이 맞을 테니까."

나는 짧게 무슨 소리를 내뱉었지만 그게 웃음인지 울음인지 알 수 없었다.

"진짜라니까." 알렉시스가 말했다. "대런에게 기회를 한번 줘보라고. 적어도 이 세상에는 루시 너를 정말로 멋지다고 생각하는 성격 좋고 똑똑한 사람이 있다는 사실을 깨닫게 해줄 거란 말이야."

나는 보이지도 않는 알렉시스를 향해 고개를 끄덕였다. "그래, 그렇게 해보자." 내가 그녀에게 말했다.

"다른 건 아무것도 부탁하지 않을 테니까……" 그녀가 말했다. "다음 주 금요일 밤에 시간을 좀 비워두는 게 어떨까? 내가 지하철에서 만났다고 소개했던 그 멋진 남자 기억나지? 그 남자가 로어 이스트 사이드Lower East Side에서 무슨 행위 예술 공연을 한다는데 거기 나랑 같이 갈 수 있어?"

"그 초록색 머리 남자 말하는 거야?" 내가 물었다.

"아, 아니." 알렉시스가 대답했다. "내가 소개 안 했던가? 저녁 식사 자리에서 코를 킁킁거리던 남자 말이야. 아니다, 그건 됐고. 그 뿔테 안경 쓰고 턱수염을 길렀던 사람인데."

"아, 알겠어." 내가 말했다. "금요일 밤에 너 따라갈게." 정말로 피하고 싶은 일이 있다면 그건 알렉시스가 지하철에서 만난 자칭 괴짜 예술가의 행위 예술을 보러 가는 일이었겠지만, 그냥 게이브만 생각하면서 혼자 있는 것보다는 차라리 그게 더 나을 것 같았다.

30

핼러윈 파티

대런은 나에게 다시 키스하려 하지 않았다. 다시 만나 시간을 보냈을 때도, 또 그다음에도. 그러다 시간이 흘러 어느새 핼러윈Halloween이 가까워졌다.

"이번 주말에 핼러윈 파티가 있는데 같이 갈래요?" 마지막으로 만난 지 며칠이 지나 대런이 전화로 이렇게 물어왔다. "분명 재미있을 겁니다. 내가 보장하지요."

물론 그랬다. 대런과 함께라면 뭐든 언제나 재미있었으니까. 그와 함께할 때면 늘 편안한 기분이 들었다. 그야말로 내 모든 긴장이 풀어지는 기분이었다. 그리고 나는 내가 계속해서 점점 더 많이 그를 만나보고 싶어 한다는 사실을 깨달았다. 그런 반면에 게이브에 대한 생각은 점점 더 사라져갔다. 나쁘지 않은 일이었다고 생각한다. 게이브에게서는 다시 아무런 소식도 들을 수 없었으니까. 아니, 사실은 나 스스로가 그에게 다시 연락을 하려 하지 않았다. 게이브의 소식을 기다리지 않게 되면서 나는 점점 더 제정신이 돌아오는 것처럼 느껴졌다. 그래도 아직까지는 나의 인생에서 그가 완전히 사라져버린 건 아니었다. 이따금 〈뉴욕 타임스〉에 실린 그의 사진을 볼 수 있을 때가 있었다. 지하철을 타고 가다 본 그의 이름은 다른 무엇보다도 내 눈에 금방 들어왔다. 그런 일이 있을 때마다 내 심장은 두방망이질 쳤고 그날 하루를 하릴없이 기운이 빠진 채 보내게 마련이었다. 그렇지만 나는 대런에게는 결코 그런 감정을 느끼지 못했다.

"핼러윈 파티요?" 내가 물었다. "좋아요. 재미있겠네요. 따로 핼러윈 의상을 차려입어야 할까요?"

"따로 핼러윈 의상을 차려입어야 하냐고 물어보는데!" 그는 마치 우리가 나누는 전화 통화에 대해 다른 사람과 이야기하고 있는 듯 이렇게 말했다. 물론 그도 나처럼 혼자 살고 있었다. "그야 당연히 옷이 필요하지요." 그가 말했다. "나는…… 해리 포터 옷을 입어볼까 생각 중이었는데요. 둘이서 해리 포터와 헤르미온느가 되면 어떨까요? 아니면 나는 스파이더맨이 되고 당신은 그 여자 친구인 메리 제인이 되면요?"

이야기가 오고 가는 그 짧은 순간에 나는 게이브라면 해리 포터나 스파이더맨 옷 같은 건 평생에 걸쳐 절대로, 단 한 번도 입어보자고 하지 않았을 거란 생각을 하지 않을 수 없었다. 1년 전

핼러윈에 우리가 입고 나갔던 옷은 전기 플러그와 콘센트가 그려진 옷이었다. 그게 게이브가 좋아하는 모습이었고 사실 우리 둘이 모두 좋아하는 모습이기도 했다.

"그런 거 좋아하시나 봐요? 영화 주인공 같은 거?" 내가 대런에게 이렇게 물었다.

"아, 그럼 내가 고백 하나 해도 될까요?" 그가 되물었다.

갑자기 심장이 덜컹 내려앉는 기분이었다. "그러세요……." 간신히 대답을 했지만 그가 무슨 말을 할지 전혀 알 수가 없었다. 이미 그와 키스를 하지 않은 걸, 그때 더 적극적으로 나가지 않은 걸 후회하고 있는 상황이었다.

"핼러윈 의상에 대해 딱히 좋은 생각이 떠오르지 않더라고요. 그래서 인터넷에 '핼러윈 인기 의상'이라고 검색을 해본 겁니다. 그런데 만일 당신에게 더 좋은 생각이 있다면 무조건 귀를 기울이도록 하지요. 음, 사실 귀만 기울이는 게 아니라 코도 기울이고 입도 기울이고…… 또…… 몸의 다른 부분도 기울일 생각입니다만."

나는 웃음이 터져 나왔다. 이상하리 만큼 편안한 기분이었다. "몸의 다른 부분을 기울인다고요?" 내가 물었다. 그를 만난 후 처음으로 나도 진지하게 그와 그런 농담을 나누고 싶다는 생각이 들기 시작했다. 그리고 심지어 그걸 즐기고 있는 내 자신을 발견했다. "정말인가요?"

전화기 저쪽의 대런은 말이 없었다. 나는 그의 얼굴 표정을 상상했다. 눈이 크게 벌어지고 뺨은 붉게 물들어가고 있지 않을까. "그런 뜻으로 한 말은 아닌데요⋯⋯." 그가 말했다.

"프로이트에게 속마음을 들킨 척해볼까요?" 내가 물었다. "그러니까 핼러윈 의상 말이에요. 내가 '나의 속마음'이라고 쓰인 슬립Freudian slip, 무의식적으로 본심을 드러낸 실언을 뜻하는 농담을 입는 거예요. 당신은 프로이트 박사가 되고요. 프로이트 하면 생각나는 시가는 내가 찾아볼게요."

대런이 웃음을 터트렸다. "그거 재미있겠군요!" 그가 말했다. "당연히 스파이더맨이나 메리 제인보다 더 낫겠어요."

"파티는 몇 시에?" 내가 물었다.

"9시." 그가 대답했다. "개빈과 아지트의 집에서요. 햄프턴에서 만났던 아지트 혹시 기억하시나요?"

"아니요, 잘⋯⋯"

"뭐, 그럼 오늘 밤 두 사람과 다시 인사를 하면 되겠군요. 내가 8시에 그리로 가면 어떨까요? 피자를 사들고요. 그 친구들이 제대로 된 음식을 차려낼 수 있을지 잘 모르겠으니까 가기 전에 좀 배를 채우고 가는 게 좋을 것 같아요."

"네, 난 괜찮아요. 입고 나갈 만한 슬립이 집 어딘가에 있을 거예요. 아니면 내일 쇼핑하러 한번 가보죠, 뭐."

"그럼 내가 입에 물고 있을 시가는요?" 대런이 말했다. "그냥 내가 피우는 걸 들고 나갈까요?"

"아, 설마 시가 같은 걸 피우세요?" 내가 물었다.

아마도 내 농담이 다시 그를 당혹스럽게 만든 것 같았다. "그게……" 그가 웅얼거리는 것이 들려왔다.

"그냥 농담한 거예요. 그러면 토요일 밤에 만나요."

토요일 밤이 되자 대런이 프로이트 같은 하얀색 수염에 도수 없는 안경, 그리고 단추가 세 개 달린 회색 정장과 수수한 줄무늬 넥타이 차림으로 집 앞에 나타났다. 그는 한 손에는 피자 상자를, 그리고 다른 한 손에는 시가 한 개비를 들고 있었다.

"프로이트 박사 같나요?" 그가 물었다.

"판박이네요." 내가 대답했다. "그러면 나는 상담을 받으러 온 환자처럼 보이나요?"

나는 머리카락을 풍성하게 늘어뜨리고 무릎까지 내려오는 레이스가 달린 하얀색 슬립을 입고 있었다. 옷 위에는 붉은색 매직으로 '내 속마음'이라고 적혀 있었다. 나는 여기에 어떤 신발을 신어야 어울릴지 자신이 없어서 그냥 굽 없는 은색 플랫 슈즈를 찾아 신었다. 립스틱 색깔은 글자 색깔에 맞춰 글리터가 들어간 붉은색이었다.

가짜 수염을 단 대런의 얼굴에 환한 웃음이 피어올랐다. "정말 그렇게 보여요." 그가 말했다. "완벽한데요."

그날 밤 우리 사이는 어딘지 모르게 확실히 달라져 있었다. 신사인 척하며 팔짱을 끼라고 팔을 내미는 대신 대런은 내 손을 잡고 걸어서 그의 친구 집으로 향했다. 우리는 자연스럽게 술을 마시고 빈 술잔을 뒤집는 놀이에 빠져들었고 그렇게 한 잔 또 한 잔 마시다 보니 그도 술에 취한 것 같았다. 나는 대런보다 한 박자 더 빨리 취기에 빠졌다.

그날 모임 장소에서 대런은 어디에 있든 눈으로는 내 모습을 쫓았다. 마치 내가 아무 일 없는지, 그리고 내가 어디 가지 않고 그 자리에 있는지 확인하고 있는 것 같았다. 게이브와 함께 그런 모임에 참석했던 기억이 났다. 그때 나는 지금 대런이 그렇게 하는 것처럼 그에게서 눈을 떼지 못했었다. 입장이 바뀌고 보니 그것도 나쁘지 않았다.

점점 어색함이 줄어들고 분위기가 편안해지자 대런이 자연스럽게 내 곁으로 다가왔다. 그때 나는 집주인의 여자 친구들과 뭔지도 모르는 이야기를 한창 나누고 있던 중이었다. "조금 피곤하군요." 그가 말했다.

나는 그를 돌아보았다. "나도 그래요. 그러면 이만 가볼까요?"

그가 고개를 끄덕였다. "외투를 가져올게요. 문 앞에서 만납시다."

나는 여자들에게 잘 있으라고 인사를 한 후 대런이 개빈과 이야기를 나누고 있는 곳으로 향했다. 이미 내 소개를 한 것 같은데 이제야 비로소 처음 얼굴을 마주하게 된 것이다.

"이쪽은 루시야." 내가 가까이 다가가자 대런이 말했다.

"아, 당신이 그 종이 인형인가요?" 개빈이 말했다.

"종이…… 뭐요?" 내가 물었다.

대런이 개빈을 흘낏 쳐다보는 것이 내 눈에 보였다. "아름다우십니다." 그가 재빨리 이렇게 말했다. "그러니까 인형처럼 아름다우십니다."

"고마워요." 나는 웃으며 대답했다.

뭔가 빠트리고 나온 게 있는 것 같았지만 상관하지 않았다. 그날 밤, 우리가 핼러윈 파티에 참석했던 그날 밤, 나는 사랑받고 있는 듯한 기분을 느꼈고 행복했다. 그리고 대런이 나의 손을 잡고 함께 서늘한 가을밤 속으로 걸어 나왔을 때는 완벽할 정도로 흥분해 있었다.

"집까지 걸어갈까요?" 그가 물었다.

"그래요." 내가 대답했다. 나의 시선이 하얀 프로이트 수염에 감춰져 살짝 드러나 보이는 그의 입술에 고정되었다. 만일 3주 전에 그가 나에게 키스하려고 했다면 아마 나는 크게 당황했을 것이며, 아마도 다시는 그를 보지 않았을지도 모른다. 그렇지만 지금은 그걸 원하고 있었다. 나는 그를 원했다. 대런은 게이브가 아니었고 결코 그가 될 수는 없었지만 다정하고 친절하며 재미있고 똑똑하고 사랑스러웠다. 그리고 그런 모든 것들이 다 대단하게 생각되었다.

집 앞에 도착하자 대런은 발걸음을 멈췄고 나도 멈춰 섰다. 우리는 서로의 얼굴을 마주 보았다. 그는 가짜 수염을 떼어버렸고 나는 다시 그의 입술을 쳐다보았다.

"루시." 그가 내 이름을 불렀다. "너무 빨리 앞서 나가고 싶지는 않지만, 나는 당신에게……"

"키스해주세요." 내가 말했다.

그가 눈을 크게 치켜떴다.

"나에게 키스하고 싶잖아요." 내가 다시 말했다. "괜찮아요, 그러니 그렇게 해요."

대런이 몸을 숙이자 우리의 입술이 맞닿았다. 밤공기 속에 맛보는 서로의 입술은 부드럽고 따뜻했다. 우리는 서로의 몸을 밀착시켰다. 그에게서는 케네스 콜 리액션Kenneth Cole Reaction 향수 냄새가 났다. 그해 들어서 회사에서 만나는 남자들의 절반 정도가 이걸 사용하기 시작했나 싶을 정도로 익숙한 향기였다.

대런의 냄새는 게이브의 그것과는 달랐다. 맛도 달랐고 느낌도 달랐다. 나는 눈 한 구석에 고인 눈물을 털어냈다.

그때 두 사람의 입술이 떨어졌고 대런은 나를 바라보고 웃었다.

문득 그를 집 안으로 들여야 하나 하는 생각이 들었다. 그게 적절한 행동일까. 나는 정말로 그렇게까지 하고 싶지는 않았다. 하지만 그렇다고 나중에 그에게 전혀 관심이 없다는 문자 같은 걸 보내고 싶지도 않았다. 내가 어떻게 할지 결정하기 전에 대런이 먼저 입을 열었다. "그만 가보는 게 좋겠군요⋯⋯. 그렇지만 오늘 밤은 정말 재미있었습니다. 혹시 다음 목요일에 시간이 되나요?"

나는 빙그레 웃으며 대답했다. "그럼요."

대런은 몸을 숙여 다시 한 번 내게 키스했다. "전화할게요." 그는 이렇게 말하고 걸어서 멀어져 갔다. 나도 집으로 들어왔다.

게이브가 떠난 후 처음으로 누군가 다른 사람을 생각하게 되었다.

31

제자리에 다시 서기

누군가 다른 사람들과 똑같은 경험을 한다는 건 재미있는 일이다. 그들이 어떻게 반응하는지, 그리고 우리의 기대를 어떻게 만족시켜주는지, 아니면 어떻게 뒤엎는지를 볼 수 있으니까. 대런과 나는 그런 재미있는 일을 많이 겪었다. 나는 게이브가 남자의 표준이라고 생각했고 그가 하는 행동이 결국 모든 남자들이 하는 행동이라고 여겼다. 그런데 실상은 표준 같은 건 존재하지 않았다.

대런과 내가 처음으로 같이 운동을 하러 나간 아침은 그가 우리 집에 두 번째로 머문 날 아침이었다. 그는 퇴근을 하고 돌아올 때 운동용품 같은 걸 넣은 가방을 들고 왔는데 실제로는 한 번도 체육관 같은 곳에 가져가 본 적은 없다고 했다. 대런은 아침에 출근하면서 먼저 체육관에 들르려고 했지만 지하철이 늦어져 그렇게 못했다고 설명했고, 나는 그런 그의 말을 믿었다. 그렇지만 다음 날 아침 함께 조깅을 하면서 그는 사실을 고백했다. 그는 내가 자기를 집 안으로 불러줄 것을 기대하며 가방을 꾸렸다는 것이다. 그래서 늘 입는 정장 말고 다른 옷가지들을 그 가방에 넣어 왔던 것이다.

"당신을 집 안에 불러들이지 않았으면 어쩌려고 그랬어?" 내가 그에게 물었다.

"그러면 아마 가방은 그대로 집으로 가져갔을 거고 내 슬픔을 프레첼pretzel에 담아 땅콩버터에 푹 찍었겠지."

"프레첼을 땅콩버터에?" 내가 물었다. "그거 정말이야?"

"그러면 오묘한 맛이 나." 대런이 대답했다. "정말이야. 조깅 마치고 나면 한번 사서 먹어보자고."

대런은 나보다 더 빨리 달릴 수 있었지만 그런 걸 별로 티내지 않았다. 내가 달릴 준비가 끝날 때까지 기다렸다가 내 옆에서 보조를 맞추며 달렸다. 그런 식으로 우리는 별다른 어려움 없이 이야기를 나눌 수 있었다. 기분 좋은 깜짝 선물 같은 시간이었다. 내가 함께 달리는 일 같은 걸 별로 달가워하지 않았다는 거 혹시 게이브는 알고 있었을까. 우리는 그런 이야기는 한 번도 같이 해본 적이 없었지만 어쩌면 진작에 해야 했을지도 모른다. 게이브와 내가 함께 달릴 때면 나는 언제나 내가 하늘 높이 훨훨 날고 싶어 하는 그를 잡아끌고 있다는 기분이 들었다.

달리는 속도가 조금씩 처지기 시작하자 대런이 이렇게 물었다. "당신 괜찮아?"

나는 고개를 끄덕이며 다시 기운을 차렸다. "좀 더 달릴 수 있어." 내가 말했다.

"굳이 그렇게 할 필요는 없어." 그가 달리기를 멈추고 걸으면서 이렇게 대답했다.

"당신은 계속 갈 수 있잖아." 나도 속도를 늦춰 걸으면서 그에게 말했다. "하던 걸 그냥 계속해." 내가 지쳐 나가떨어졌을 때 게이브는 그렇게 했었다.

대런은 고개를 내저었다. "혼자서 달리느니 그냥 당신이랑 같이 걸어가는 게 더 낫지. 그리고 걷기도 달리는 것 못지않게 아주 훌륭한 운동이라고. 1킬로미터를 달리는 거랑 걷는 거랑 사실 소모되는 칼로리 양은 똑같다는 사실을 알고 있어? 달리면 그저 시간만 절약되는 정도야."

나는 그를 곁눈질했다. 지금 저 사람 말은 과연 진심일까? 적어도 그는 진심으로 보였다. "그렇지만 뛰어야 심장이 튼튼해지지." 내가 말했다.

그는 어깨를 으쓱해 보였다. "심장보다야 당신과 함께 시간을 보내는 게 더 중요하지."

그날 오후 나는 처음으로 대런과 사랑을 나누었다. 물론 그

느낌 역시 게이브랑 할 때와는 달랐다. 누가 더 잘하고 못했다는 게 아니라 그저 다른 느낌이었다. 대런은 천천히 신중하게 움직이며 내가 자기 행위를 마음에 들어 하는지, 또 내가 원하는 다른 것이 있는지 확인했다. 처음에는 그게 좀 이상하다는 생각이 들었지만 마무리를 할 때쯤 되자 결국 그가 하는 방식에 익숙해지고 말았다. 나는 그에게 지시를 내리기 시작했다. 게이브에게는 한 번도 해본 적이 없는 일이었다.

"내 다리를 당신 어깨 위에 걸쳐 봐." 내가 그에게 말하자 그는 내 말대로 따르며 내 안으로 좀 더 깊숙이 미끄러져 들어왔다.

"아, 이런." 그가 좀 더 속도를 내며 신음했다.

나는 두 눈을 감았고 그가 내 몸 깊숙이 자리하고 있는 그곳을 두드리는 것을 느꼈다. 나를 절정에 달하게 만들어줄 수 있는 곳이었다. "제발 계속 해줘. 나 금방이라도 갈 것만 같아." 내가 그에게 말했다.

"나도 그래." 그가 대답했다. "우리 같이 가는 거야, 루시."

질끈 감았던 눈을 뜨자 나를 응시하는 그의 눈이 바로 보였다. 원래 짙은 색이었던 그의 눈동자는 이제 거의 검은색으로 보였다.

내 숨소리가 점점 더 거칠어졌고 그도 마찬가지였다. 우리는 둘 다 절정에 가까워지면서도 서로를 위해 기다리고 있었다.

"지금?" 그가 물었다.

"지금." 내가 대답했다.

그리고 우리는 둘 다 절정의 순간을 맞았다. 바로 그때 두 눈에서 눈물이 넘쳐흘렀다. 뜨거운 눈물이 내 얼굴을 적시고 뺨을 따라 귓가로 흘러들어가는 것이 느껴졌다.

"당신 괜찮아?" 그가 물었다. 그는 콘돔을 빼고 침대 위 내 옆에 누웠다.

"그냥 괜찮은 정도가 아니야." 내가 그에게 말했다. "정말 기분이 좋아."

"나도 마찬가지야." 그가 말했다. "그냥 기분이 좋은 정도가 아니야."

그는 팔로 내 몸을 감싸 안았고 우리는 그렇게 잠시 아무 말 없이 그저 숨만 몰아쉬며 함께 누워 있었다.

나는 잠시 게이브를 떠올리며 그와 대런이 얼마나 다른지 실감했다. 그렇지만 나는 상처받지도 또 허물어지지도 않았다.

어쩌면 알렉시스의 말대로 남자에게 받은 상처는 남자로 치료해야 할지도 모른다. 아니면 그는 내가 다시 제자리에 서는 것을 도와주고 있는 것일까.

32

당사자

아직 결혼하지 않은 연인들이 다른 사람의 결혼식에 참석한 모습을 보는 건 항상 재미있다. 친구인 신랑이나 신부가 결혼 선서를 하는 걸 지켜보면서 서로를 끌어안고 더 진하게 사랑을 표현하는 사람들이 있는가 하면, 자신의 다른 반쪽에게는 무심한 채 결혼식이 진행되는 내내 앞만 똑바로 쳐다보다가 피로연장에서 곧 술에 곯아떨어지는 사람들도 있다. 겉으로야 아주 즐겁게 피로연을 즐기는 것처럼 보여도 그들 마음속은 아마도 우울하기 그지없을 거라고 나는 생각한다. 자신이 맺고 있는 관계가 불안할 때, 결혼식은 때로 감당하기 힘든 시간이 되기도 한다.

대런과 내가 서로 사귄 지 얼마 되지 않아, 그러니까 대략 3개월쯤 되었을 때 오빠 제이슨과 바네사의 청첩장이 도착했다. 제이슨은 원한다면 다른 손님과 함께 와도 상관없다고 말했다. 누구든 상관없이 내가 원하는 사람을 데리고 오라는 것이었다. 남자라도 상관없고 케이트나 알렉시스, 아니면 줄리아도 상관없었다. 나를 가장 행복하게 해줄 수 있는 사람이라면 누구라도 괜찮았다.

나는 케이트와 이 문제에 대해 몇 시간이 넘도록 이야기를 나눴다. 물론 그녀는 함께 가도 괜찮다고 했다. 그렇지만 가족 결혼식에 남자 친구가 아니라 어린 시절부터 알고 지낸 가장 친한 친구를 데려간다는 건 어딘지 어색할 것 같았다. 나는 부모님의 친구들이 나를 안쓰럽게 바라보는 모습이 그려졌다. 그리고 나는 그런 시선을 받는 쪽이 되고 싶지는 않았다.

나는 그냥 혼자 갈까도 생각을 해보았지만, 누군가 옆에 아무도 없는 채로 혼자 버텨낼 수 있을지가 의문이었다. 게이브와 내가 헤어진 지 7개월이 지났지만 나는 여전히 그에 대해 이야기할 때면 눈물부터 앞섰고, 와플은 될 수 있으면 쳐다보지도 않았다.

"그러면 대런과 함께 가." 케이트는 반복해서 이야기를 했다.

나는 그래도 될지 확신이 없었다. "서로 알게 된 지 고작 3개월밖에 되지 않았는데……" 내가 케이트에게 말했다. "게다가 이런 관계가 언제까지 지속될 수 있을지도 모르겠고."

"고작 3개월이라고?" 케이트는 앵무새처럼 내가 한 말을 반복했다. "게이브하고 같이 살게 된 건 만나고 얼마나 지나서였더라?"

"그건 이야기가 다르지." 내가 말했다. "우리는 그전부터 이미 알고 있던 사이였어." '그리고 서로를 미친 듯이 사랑했지.' 마지막 말은 그냥 내 마음속으로만 생각했다. 대런은 좋은 사람이었지만 게이브를 만나던 그때 같지는 않았다.

"끄응." 케이트의 신음 소리가 전화기 너머로 들려왔다. 마치 고집 센 늙은 할머니가 내는 소리 같았다. "대런과 잘 지내고 있잖아?" 그녀가 물었다.

"그야 그렇지."

"그러면 제이슨 결혼식에 함께 가서도 잘 지낼 수 있을 거라는 생각은 안 해?"

그 생각은 이미 해봤다. "그래." 내가 말했다. "그렇게 생각은 하지."

"그러면 된 거야." 그녀가 말했다. "그럼 이야기는 끝났어. 결혼식에 대런과 함께 가."

나는 다시 한 달가량을 더 기다린 후 제이슨과 바네사가 구체적으로 결혼식에 참석할 사람들의 숫자를 확인하기 바로 전날이 되어서야 그 사실을 대런에게 말했다.

"정말?" 그가 물었다. "당신 오빠 결혼식에 같이 가자고?"

나는 얼굴이 달아오르는 것이 느껴졌다. 케이트와 이야기를 나누는 내내 나는 당연히 대런도 함께 가고 싶어 할 거라고 생각했었다. "음, 좀 그런가?" 내가 물었다.

"아니, 아니야!" 그가 말했다. "그야 나도 당연히 가고 싶지. 당신 오빠 결혼식이라니, 기꺼이 참석해야지. 함께 가자고 해줘서 정말 고마워." 그러고 나서 그의 얼굴에는 그가 표현할 수 있는 가장 행복하고 환한 웃음꽃이 피어올랐다. 입가가 완벽한 반원형이 되면서 두 줄의 치아가 그 안을 채우고 있는 모습은 누군가와 거의 똑같을 정도로 흡사했다.

"뭐, 내가 더 고맙지." 내가 말했다. "같이 가면 재미있을 거야."

그가 손가락 하나를 치켜들었다. "그런데 결혼식이 한 달 뒤라고 그랬지?"

나는 고개를 끄덕였다.

"당연히 내 말이 이상하다고 생각하겠지만 말이야." 그가 말했다. "그래도 내 생각에 이건 하늘의 뜻 같은데?"

"뭐가 하늘의 뜻이야?" 내가 물었다.

대런은 서류 가방 안에 손을 넣어 화려한 색상의 광고지 한 장을 꺼냈다. "바로 이거 말이야!" 그가 광고지를 내게 내밀며 이렇게 말했다. "오늘 회사 근처 지하철역에서 누가 이런 걸 나눠주더라고. 그리고 이걸 보는 순간 버리지 말자는 생각이 떠올랐지. 뭔가 꼭 필요할 것 같아서 말이야."

그가 내민 광고지는 두 사람이 함께하는 4주짜리 춤 강습 과정 홍보용 전단지였는데, 50퍼센트 할인권이 붙어 있었다. '절

반으로 할인된 가격에 연인끼리 폭스트롯과 차차차, 탱고, 그리고 자이브를 배우세요!'

나는 웃음이 터져 나왔다. "이걸 정말로 하고 싶다고?" 내가 그에게 물었다. 게이브였다면 백만 년을 함께 지내도 이런 걸 함께하자고 말하지는 않았으리라.

"진담이라니까!" 그가 말했다. "물론 내가 춤을 잘 추는 건 아니지만 이거 무척 재미있을 것 같아. 게다가 50퍼센트나 할인해주잖아! 누가 이런 기회를 그냥 지나칠 수 있겠어?"

그러면서 그는 어깨를 으쓱해 보였다. 그리고 그의 어깨가 귀까지 와 닿는 바로 그 모습이 왠지 모르게 내 마음을 울렸다. 나는 그에게 키스해주었다. 그리고 팔을 뻗어 그의 어깨를 감싸 안고 내 머리를 그의 머리에 기댔다. 어째서인지 기분이 정말로 좋았다.

4주 동안이나 함께 춤 강습을 받았지만 우리의 실력은 처음 시작했을 때와 별반 달라진 것이 없었다. 아마도 가장 춤을 못 추는 수강생들이었음에 틀림없다. 그렇지만 그와 동시에 그 강습에서 가장 행복한 시간을 보낸 두 사람이 아니었을까. 대런과 나는 너무나 자주 웃어댔고 강사는 강습 내내 우리보고 좀 조용히 하라고 주의를 주었다. 탱고를 배울 때는 그렇게 장난삼아 춤을 배우러 온 거라면 아예 그만두라는 소리까지 들었을 정도였다.

결혼식장에서 나는 나머지 다른 신부 들러리들과 함께 서 있었고 결혼식이 진행되는 내내 대런에게서 눈을 떼지 않았다. 그는 식순이 적혀 있는 결혼식 안내장과 나를 번갈아가며 바라보았고, 제이슨과 바네사에게는 이따금씩만 시선을 돌렸다.

피로연이 시작되자마자 대런은 나를 피로연장에 마련된 무도회장으로 이끌고 가 폭스트롯과 탱고, 그리고 차차차를 추기 시작했다. 서로의 발을 밟는 실수가 이어지며 웃음이 터져 나왔다. 차차차를 추는 도중에는 구두굽이 치마 뒷자락에 걸려 몸이 앞으로 기우는 바람에 대런의 품 안에 뛰어들기도 했다.

"아하." 그가 말했다. "이렇게 서로에게 빠지는 방법도 있군." 그는 내가 다시 바로 설 수 있도록 부축해준 다음 무릎을 꿇고 구두 굽에서 치맛자락을 빼주었다.

"고마워." 나는 이렇게 말하며 한 손으로 치맛자락을 모아 쥐고 끌어올려 다시 발에 걸리지 않도록 했다.

"천만에요, 부인." 그가 말했다. 나는 더 이상 웃음을 참을 수 없어 킥킥거렸다.

"자, 그러면……" 우리 옆에 서 있던 조지 삼촌이 말을 걸어왔다. 삼촌은 바네사가 식장 여기저기에 미리 준비해둔 일회용 카메라 중 하나를 집어 들고 사진을 찍고 있었다. "이제는 두 사람

차례인가?"

순간 나는 얼굴이 붉게 달아오르며 대런 쪽을 바라보았다. 나는 그야말로 크게 당황했다. 그리고 서로 알게 된 지 5개월 만에 듣게 된 이런 이야기가 그를 당황시키지 않기를 바랐다. 그렇지만 그는 아무렇지 않은 듯 빙그레 웃으며 이렇게 말했다. "제가 운이 좋아야 하겠지요."

나는 여전히 당혹스러워서 어쩔 줄 몰라 하고 있었다. 나는 아직 미래에 대한 생각 같은 걸 할 준비가 되어 있지 않았다. 그렇지만 그가 누구든 대런과 짝이 되는 여자는 정말 행운일 거라는 생각을 하지 않을 수 없었다. 내가 바로 그 당사자가 되고 싶은지는 잘 알 수 없었지만.

<u>33</u>
밸런타인데이

나는 늘 밸런타인데이가 어색하게 느껴지곤 했다. 초등학교를 다닐 때는 같은 반 친구들 모두에게 카드를 써서 직접 풀과 스테이플로 만든 하트 모양의 종이 우편함에 넣어두어야 했다. 나는 고민 끝에 만화 〈스누피The Peanuts〉의 주인공들이 그려진 카드를 반 친구들 모두에게 나눠주기로 결심했다. 스누피나 찰리 브라운, 아니면 내가 제일 좋아하는 루시가 그려진 카드였다. 당시는 그 주인공들과 머리 모양이 대단히 인기가 있었다. 내 가장 친한 친구들에게는 루시 카드를 선물했다.

어른이 되고 나서는 밸런타인데이가 새해 전날 밤이나 독립기념일과 비슷한 공휴일처럼 느껴졌다. 그날이 되기 전에는 좋은 일이 생길 것처럼 가슴이 두근두근하다가 막상 그날이 되고 나면 무슨 일을 하든지 그전에 품었던 기대가 다 무너지고 마는 것이다. 결국에는 사람들로 북적이는 술집에 홀로 있거나 혹은 이불을 깔고 누워 구름 낀 밤하늘을 바라보며 이렇게 생각하게 된다. '누가 이럴 줄 알았겠어? 훨씬 더 재미있는 날이 될 줄 알았지.'

대학교를 졸업하고 맞은 첫 번째 밸런타인데이, 그러니까 내가 게이브와 다시 만나게 되기 한 달 전 그날, 나는 알렉시스와 줄리아, 그리고 사브리나와 함께 외출해 이런저런 칵테일을 잔뜩 마시고 엉망으로 취했었다. 줄리아는 다음 날 오후 2시까지 잠에서 깨어나지 못했고 알렉시스는 토할 때마다 우리 모두에게 휴대전화로 문자를 보냈다. 내 기억에 그날 하루만 여섯 번은 넘게 문자를 받았던 것 같다. 나는 열한 시간 넘게 두통을 앓았다. 사브리나는 물론 아무렇지도 않았다.

그리고 게이브를 만났다. 그가 준비한 밸런타인데이는 그야말로 환상적이었고 우리는 그날 믿을 수 없을 정도로 황홀한 시간을 함께 보냈다. 그만이 내게 해줄 수 있는 일이었다. 그날 퇴근을 하고 집에 돌아와 보니 게이브는 우리 사진을 작은 별모양 종이 안에 오려 붙여 천장에 매달고 있었다.

"그대를 전해줄 터이니 받아서 작은 별로 만들어다오. / 그러면 온 하늘이 참으로 아름답게 빛날게 아닌가. / 그래서 온 세상도 이 밤, 그 하늘과 사랑에 빠지겠지. / 그리고 누구도 저 찬란한 태양을 숭배하지는 않으리라." 그가 집 안에 해놓은 걸 보고 나는 이렇게 《로미오와 줄리엣》의 한 대목을 읊었다.

게이브는 두 팔로 나를 감싸 안으며 이렇게 말했다. "아, 그대를 정말로 사랑하오."

"그 사랑을 그대로 되돌려드리리다." 나도 화답했다. 그는 내 이마에 키스했고 나는 사방을 둘러보았다.

게이브는 집 안의 가구를 옮겨 한가운데 커다란 소풍용 담요를 깔 수 있는 공간을 만들었다. 담요 끝에는 송로버섯과 치즈를 넣어 그릴에 구운 샌드위치 접시가 있었고, 다른 한쪽 끝에는 작은 통에 얼음을 가득 채우고 그 안에 샴페인 한 병을 넣어두었다. 외투를 벗고 있으려니 그가 셰익스피어의 소네트를 가사로 해서 만든 노래를 틀어주었다.

"게이브, 정말 대단한데." 외투를 옷장에 걸면서 내가 이렇게 말했다. 그가 한 모든 일들은 나를 깜짝 놀라게 만들었지만 동시에 어딘지 모르게 초라한 기분이 느껴지도록 만들기도 했다. 나 같으면 밸런타인데이에 이런 엄청난 계획 같은 건 감히 상상도 하지 못했으리라.

"생각해보니 이렇게 추운데 별빛 아래 소풍은 무리겠더라고. 그래서 대신 별들을 이렇게 가져왔지. 셰익스피어의 별들을."

나는 그에게 뜨겁게 키스했고 담요 위에 그와 함께 앉았다.

"이게 너와 나의 밸런타인데이를 축하하기 위해 내가 생각할 수 있는 최선이었어." 그가 말했다. 그는 그릴에 구운 샌드위치

한 쪽을 집어 들었다. "배고프지 않아?" 그가 물었다.

나는 고개를 끄덕이고 그가 들고 있는 샌드위치를 한 입 베어 물었다. 그러자 그도 샌드위치를 한 입 베어 물었다.

나는 입 안에 든 샌드위치 조각을 씹어 삼키고 나서 그를 올려다보았다. "내가 준비한 선물은 그다지…… 대단한 것이 되지 못해서……" 내가 말했다. 나는 방을 가로질러가 침대 아래에서 포장된 꾸러미 하나를 꺼내 들었다. 그건 내가 지난 한 달 동안 회사에서 점심시간을 틈타 직접 짠 캐시미어 목도리였다. 목도리 색깔은 게이브의 눈동자 색과 똑같은 푸른색이었다.

"밸런타인데이를 축하해." 내가 준비한 선물을 그에게 내밀며 이렇게 말했다.

포장을 풀던 그의 얼굴에 환한 웃음이 번졌다. "네가 직접 만든 거야?" 그가 물었다.

나는 다소나마 준비한 선물에 대한 자신감을 회복하고 고개를 끄덕였다.

"정말 부드럽다." 게이브는 목도리를 자기 목에 두르고 그날 밤 내내 그대로 두었다. "정말 마음에 들어." 그가 말했다. "거의 너만큼이나 마음에 들어."

나는 게이브가 이라크로 떠날 때 그 목도리를 챙겨 가는 것을 보았다. 그곳에서도 그 목도리를 하고 있을까? 그리고 그걸 볼 때마다 내 생각을 할까? 만일 지금 그의 집을 찾아간다면 혹시 어떤 상자 밑바닥에 처박혀 있지는 않을까?

오빠 제이슨과 바네사의 결혼식이 끝난 지 거의 2주일쯤 지나고 2005년 밸런타인데이가 돌아왔다. 대런은 게이브처럼 정성을 기울인 밸런타인데이 소풍을 준비하는 그런 사람은 아니었지만 다정하고 친절한 사람이라 빼먹지 않고 뭔가를 준비할 거란 사실을 나는 잘 알고 있었다. 나는 내 자신이 그가 나를 위해 그렇게 해주길 원하는지 알 수 없었고 그와 헤어지는 게 더 나은 일인지도 알 수 없었다. 왜냐하면 그가 나를 생각하는 것만큼 나도 그를 깊게 생각하고 있는지 알 수 없었기 때문이다.

나는 케이트에게 연락을 해 내가 무슨 생각을 하고 있는지 말해주었다. "그냥 게이브와 함께할 때와는 다른 느낌이라서." 내가 말했다.

전화기 저쪽에서 케이트가 깊은 한숨을 몰아쉬는 소리가 들렸다. "대런에게 좀 더 공평하게 대할 필요가 있을 것 같은데." 그녀가 말했다. "왜냐하면 내 생각에 대런이 제이슨 결혼식에서 네 삼촌에게 그렇게 대답했을 때는 굉장히 진지했을 것 같거든."

"그건 나도 알아." 내가 케이트에게 말했다. "그것 때문에 지금까지 계속 생각하고 있는 거야. 게다가 밸런타인데이도 바로 코앞이고."

"대런과 함께 밸런타인데이를 보내고 싶은 거야?" 케이트가 물었다.

"응, 그래." 내가 대답했다.

"대런과 함께 있으면 행복하고?" 그녀가 다시 이렇게 물어왔다.

"행복하지." 내가 대답했다.

"그건 좋은 일이네. 그런데도 네가 대런에게 빠졌다는 사실을 모르겠단 말이야?"

나는 생각했다. 나는 대런에 대해, 그리고 그의 다정함과 친절함, 그의 재치 있는 말솜씨에 대해서 생각했다. 그와 함께 아침에 운동을 하고, 모임에 참석하고, 집에서 같이 음식을 만들던 일들에 대해서 생각을 했다. 내 옆에 누워 있던 그의 벌거벗은 몸에 대해서도 생각을 했다.

"그를 사랑할 수 있을지도 몰라." 내가 말했다.

"그러면 결혼도 할 수 있지 않을까?" 케이트가 물었다. "왜냐하면 말이지, 너도 잘 알고 있겠지만 대런 나이가 이미 서른에 가깝거든. 아마 결혼 문제에 대해서라면 빨리 서둘러야겠다고 생각하게 될지도 몰라. 아니면 벌써 그렇게 생각하고 있거나."

나는 그 모습을 상상해보았다. 나, 대런, 결혼식, 아기, 매일 밤 퇴근하고 집으로 돌아오는 대런의 모습을.

"어쩌면 그럴 수도 있겠지." 내가 말했다. "어쩌면, 하지만 지금은 잘 모르겠어."

케이트는 잠시 아무런 말도 하지 않았다. "그러면 네가 대런과 헤어지고 싶어 하지는 않는 거라고 생각할게." 그녀가 말했다. "만일 네가 아니라고 대답했다면 너는 그를 사랑할 수 없거나 아니면 그와 결혼한 너의 모습을 상상할 수 없는 거겠지. 그러면 아마 나는 그렇게 해야만 한다고 말했을 거야. 그렇게 해야 공평한 일이라고 했겠지. 그런데 네가 어쩌면 다 할 수 있을지도 모른다고 대답했으니까, 내 생각에 너는 그걸 두 사람 사이의 문제라고 보고 상황을 조금 더 지켜보려고 하는 것 같아. 그러니 한 번에 한 걸음씩만 나가보자고."

"좋아." 내가 대답했다. "그게 이치에 맞는 것 같아. 상황을 조금 더 지켜보자."

"아, 그리고 한 가지 더." 케이트가 덧붙였다. "톰과 내가 밸런타인데이에 저녁 모임을 가지려고 하는데 대런과 함께 올 수 있겠어?"

나는 아주 잠깐 내가 대런과 헤어지지 않았으면 하고 케이트가 바라는 이유가, 그래야 둘이서 함께 밸런타인데이 저녁 모임에 참석할 수 있어서 그러는 게 아닐까 하는 생각을 해보았다. "대런한테 물어보고 결정되면 알려줄게." 내가 말했다.

대런에게 물어보니 그는 좋다고 대답했다. 그리고 이렇게 덧붙였다. "그렇지만 그 전날에, 그러니까 일요일쯤에는 둘이서만 함께 보낼 수 있을까?"

"그야 당연하지" 내가 그에게 말했다. "그날 뭐할지 미리 좀 생각해두어야 할까?"

"몇 가지 계획은 있지." 그가 대답했다.

대런이 생각한 밸런타인데이 계획은 첼시에 있는 자전거 가게를 찾아가는 것이었다.

"그러니까……" 그가 말했다. "밸런타인데이에 당신에게 가장 잘 어울리는 선물이 뭐가 좋을지 생각해보다가…… 뭔가 둘이 함께라는 그런 느낌을 줄 수 있는 게 좋겠더라고. 그래서 이 자전거 가게까지 왔다가 광고판을 보게 된 거지." 그가 가리킨 광고판에는 이렇게 적혀 있었다. '밸런타인데이 특별 행사! 연인끼리 자전거를 즐기세요!' "이걸 보자마자 바로 이거다, 라는 생각이 들었다니까. 그리고 무엇보다도 밸런타인데이를 기념해 연인용 자전거 두 대를 한 대 가격으로 구입할 수 있는 기회니까 말이야!"

나는 깜짝 놀라서 그를 바라보았다. "나한테 자전거를 사주고 싶어?"

그가 어깨를 으쓱해 보였다. "글쎄." 그가 말했다. "우리 두 사람을 위해 자전거를 사고 싶은 거라고 해두자. 그리고 어쩌면 이번 여름에 함께 자전거를 타러 나갈 수도 있고. 이 근처도 괜찮고 햄프턴 휴양지에 다시 가보는 것도 나쁘지 않을 것 같은

데. 해변가를 자전거를 타고 함께 달리면 아주 재미있을 거야."

나는 다시 깜짝 놀랐다. 처음 대런이 내게 자전거를 한 대 사주고 싶어 한다는 사실을 알았을 때는 그저 대런답게 기묘한 선물이라고만 받아들였는데, 그게 사실은 아주 사려 깊은 선물이라는 사실을 깨닫게 되었기 때문이다. 대런은 봄은 물론 여름까지도 둘이서 함께 지내기 위한 계획을 세우고 있다는 사실을 나에게 알리고 싶어 한 것이다. 그리고 내가 자전거를 받는다면 그건 내가 그의 생각에 동의한다는 뜻이 된다. 나는 그의 생각에 따르고 싶은 걸까? 나는 그와 함께 자전거를 타는 일에 대해 생각을 해보았다. 아마도 그의 말처럼 아주 재미있으리라. 그리고 나 혼자가 아니라 대런과 함께 그 휴양지를 다시 방문한다는 것도 정말로 매력적인 일로 여겨졌다. 나는 대런과 함께하는 나의 인생이 마음에 들었고 그렇게 계속해서 마음에 들어 할 것이라고 확신했다. 사실은 점점 더 좋아하는 마음이 커져갈 것 같았다.

"너무 거창한 선물이네." 내가 말했다.

"당신 자전거는 사실 내 거보다 좀 작거든." 그가 대꾸했다.

나는 소리 내어 웃었다. "색깔도 꼭 짝을 맞춰야 해?"

그가 머리를 긁적였다. "꼭 그럴 필요는 없을걸." 그가 말했다. "그렇지만 그럴 수 있는지 한번 물어볼까?" 그는 마치 나에게 물어보듯 말했다. 내가 그 자전거 선물을 받을 거라고

100퍼센트 확신하지도 못하고, 자전거 가게 안에 함께 들어가 보자는 제안도 받아들여질지 잘 모르겠다는 것처럼.

나는 그의 장갑 낀 손을 잡았다. "그래, 한번 물어보자." 내가 말했다. "그리고 잊어버리기 전에 미리 말할게, 고마워."

나는 대런에게 밸런타인데이 선물로 그가 좋아하는 버번위스키 한 병을 줄 계획이었지만 재빨리 마음을 고쳐먹었다.

"그런데 말이야……" 내가 자전거 가게 문을 열고 들어가면서 광고판을 둘러보며 말했다. "당신에게 주려고 했던 밸런타인데이 선물은 취소해야겠어."

그는 무슨 말인지 궁금하다는 눈빛으로 나를 돌아보았다.

"대신 당신 선물에 어울리게 나는 자전거 안전모를 선물해야겠어." 나는 광고판을 가리켜 보였다. '동절기 할인 판매: 하나의 가격으로 두 개의 상품을!'

그는 빙그레 웃으며 몸을 숙여 내 뺨에 키스했다. "과연 당신은 나하고 딱 맞는 여자야." 그가 말했다.

나도 그의 말이 맞다고 생각하기 시작했다.

<u>34</u>
반칙

밸런타인데이를 그렇게 보낸 후 일주일이 지나 휴대전화가 울렸다. 어디선가 걸려온 국제전화였다. 번호만 보고는 어느 나라인지 알아볼 수 없었고 놀랍게도 그걸 보고 머릿속에 처음 떠오른 사람은 게이브가 아니었다. 나는 누군가 유럽 어디쯤에 있는 방송국 관계자가 우리 프로그램에 대한 저작권을 문의하려고 전화를 걸었다가 필이 자리에 없어서 대신 나에게 연락해온 것이라고 생각했다. 물론 그런 일이 실제로 있었던 적은 없었다. 어쨌든 나는 평소 직장에서 늘 하던 식으로 전화를 받았다.

"여보세요, 루시 카터입니다." 내가 말했다.

아무런 소리도 들리지 않았다.

"여보세요?" 내가 다시 말했다.

"루시?" 바로 게이브였다. 게이브의 목소리가 전화기 너머로 들려왔다. 나는 몸 속 깊은 곳에서 무엇인가가 끓어오르는 것이 느껴졌다. 게이브의 입술을 통해 흘러나온 나의 이름이 내 온몸을 훑고 지나갔고 나는 내가 의자 위에 앉아 있다는 사실을 다행으로 생각했다. 두 다리가 후들거려 서 있었다면 아마 도저히 버텨내지 못했을 것이다.

"게이브?" 내가 말했다.

나도 모르게 울먹이고 있었다.

"게이브, 무슨 일 있는 건 아니지? 어떻게 된 거야?"

"한쪽 눈에 멍이 들었어." 그가 말했다. "그리고 뺨에는 상처가 생겼고. 입술은 갈라졌고 갈비뼈 쪽에도 이상이 있는 것 같아."

가슴이 두방망이질 치기 시작했다. "지금 어디 있어? 무슨 일이 벌어진 거야?"

"그놈들이 내 카메라를 빼앗아가려고 하더군. 그렇지만 그걸 순순히 내줄 수 있나. 그래서 미군들이 와서 막아줄 때까지 마구 두들겨 맞으면서도 버텼지."

"너 지금 바그다드에 있어?" 내가 물었다.

"그래, 맞아." 그가 말했다. "지금은 안전 지역에 있어. 나는 괜찮아. 안전해. 하지만 그냥…… 그냥 네 목소리가 듣고 싶었어. 이렇게 전화해도 괜찮은지 모르겠지만."

"그야 당연히 괜찮지." 내가 말했다. 그가 다치고 피를 흘린 상태에서 나와 이야기하고 싶어 한다고 생각하니 눈물이 흘러 넘치기 시작했다. 만일 내가 그렇게 상처받고 지쳐 있다면 나를 위로해줄 수 있는 사람은 과연 누구일까 궁금했다. 게이브일까 아니면 대런일까. 아니면 케이트나 우리 부모님일까. "내가 뭐 도와줄 일이 없을까?" 내가 물었다.

"이미 그렇게 하고 있잖아." 게이브가 말했다. "거기 그렇게 있으면서 나하고 이야기를 하고 있으니까. 그놈들이 나를 이렇게 만들 때 내 머릿속에는 온통 한 가지 생각뿐이었어. 다시는 루시의 목소리를 들을 수 없으면 어떻게 하지? 그렇지만 나는 괜찮아. 이렇게 네 목소리를 들을 수 있으니까 말이지. 세상은 역시 아름답군."

나는 그에게 뭐라고 말을 해야 할지 알 수가 없었다. 도대체 뭐라고 해야 하지? 그렇게 오랫동안 연락 한 번 없었으면서 이제 이렇게 성치 않은 몸으로 내 목소리가 듣고 싶다고 하는 그에게 뭐라고 하지?

"이제 뉴욕으로 돌아올 거야?" 내가 물었다.

"이번 여름쯤에는 돌아갈 수 있을 것 같아." 그가 말했다. "AP 통신사에서 다음 주에 나를 좀 쉬게 해줄 모양이야. 그러면 어머니를 보러 가려고. 그런 다음에는 여름이 되면 휴가를 받을 수 있어. 그때쯤 뉴욕에 갈 수 있을 것 같아. 다들 보고 싶어. 물론 네가 제일 보고 싶고."

나는 완전히 귀국하는 거냐고 묻고 싶었다. 그렇게 모두가 다 보고 싶다면 이라크에서의 인생을 이제 그만 포기하고 싶은 생각이 들지 않을까. 내가 그렇게 제일 보고 싶었다면 돌아올 수도 있지 않을까. 그렇지만 나는 이렇게만 말했다. "게이브, 나도 네가 보고 싶어."

그때 필이 내 책상 앞에 나타나 이렇게 말했다. "루시, 어제 예산안 회의 때 받았던 서류 가지고 있어?"

그래서 나는 필에게 고개를 끄덕여 보이고는 게이브에게 지금 가봐야 한다고 말했다. 그러자 게이브는 곧 다시 연락하겠다고 했고 나는 알겠다고, 그러니 나중에 더 이야기하자고 대답했다.

그렇지만 나는 다시 연락을 받지 못했다. 그리고 게이브는 자기 어머니를 만나러 갔다가 다시 돌아가는 날이 되어서야 서둘러 쓴 이메일 한 통을 보내왔다. 거기에는 자신은 상태가 훨씬 좋아졌으며 바그다드로 돌아갈 날을 학수고대하고 있다고 적혀 있었다. 그러자 게이브에 대한 모든 염려와 걱정이, 내가 그의 목소리를 들었을 때 느꼈던 간절한 마음이 차가운 분노로 변해버렸다. 어떻게 나에게 그런 식으로 전화를 걸 수 있었을까. 다시 제대로 연락을 하지도 않을 생각이었으면서 옛날 감정을 다시 되새기게 만드는 그런 전화를. 그가 나에게 한 말과 행동을 생각해봤을 때, 그건 공평하지 못했다. 우리의 인생이 어떤 운동 경기라고 하고 내가 심판이었다면 나는 아마 벌떡 일어나서 이렇게 소리쳤을 것이다. "반칙! 처음부터 다시!" 마치 어린 시절 여름 캠프 때 친구들과 내가 그랬던 것처럼 말이다. 그렇지만 실제 인생에는 심판 같은 건 없었고 '처음부터 다시'도 절대 있을 수 없었다.

그날 밤 나는 대런에게 평소보다 더 진하게 키스했다.

그렇지만 나는 머릿속에서 게이브에 대한 생각을 지워버릴 수 없었다. 나는 그가 모든 사람들에게 보여주고 싶어 하는 것에 대해 계속해서 생각했다. 그는 자신이 다치면서까지 폭력에 맞설 수 있다는 희망을 잃지 않고 우리 모두가 다 같은 사람이라는 사실을 보여주려고 애썼다.

거기에는 어떤 호소나 교훈이 담겨져 있어야만 했고 다음 세대와 함께 나눌 수 있는 지혜가 필요했다. 나는 어떤 식으로든 게이브의 뜻을 이곳에서도 이어가기 위해 끔찍한 현실을 바탕으로 뭔가 도움이 되는 이야기를 만들고 싶었다.

몇 주가 지난 후 나는 〈우주를 너에게 줄게〉의 새로운 줄거리를 구상해냈다. 회색 외계인인 록시가 자신의 책《남들을 보살피는 법》을 만드는 데 필요한 사진을 찍기 위해 다른 행성을 찾아간다. 이 책은 록시가 친구나 이웃들과 함께 보는 일종의 작은 안내 책자로 앞선 이야기에서 먼저 소개된 바 있었다. 록시가 목적지인 행성에 도착해 사진을 찍기 시작하자 그 행성의 주민들은 무슨 일이 벌어지고 있는지, 왜 록시가 와서 자신들의 사진을 찍고 있는지 이해를 하지 못한다. 그래서 주민들이 록시를 때리고 괴롭힌다는 내용이었다. 이 이야기는 사무실 내에서 큰 논쟁거리가 되었지만 아이들 사이에서 벌어지는 폭력은 점점 더 그 강도를 더해가고 있었고, 필은 내 기획안을 밀어붙이기로 결정했다.

나는 게이브가 이 이야기와 관련된 기사를 한 번이라도 본 적이 있는지는 알 수 없다. 그렇지만 〈우주를 너에게 줄게〉가 방영되는 동안 가장 사람들 입에 많이 오르내리고 화제가 된 내용임에는 분명했다. 공중파 텔레비전에서 방영하는 어린이용 만화에 처음으로 물리적인 폭력 행위가 등장한 것이다. 인터넷에서는 뜨거운 논쟁이 벌어졌고 각계 전문가들이 뉴스에 등장해 이 문제에 대해 이야기를 했다. 덕분에 우리 방송의 인기는 올라갔고 다른 민감한 주제들에 대해서도 다룰 수 있는 기회가 주어졌다. 이번 일을 계기로 해서 〈우주를 너에게 줄게〉는 완전히 다른 방향으로 나아가게 되었고 나는 다시 승진을 했다.

어쩌면 나는 이 일을 할 수 있도록 영감을 준 게이브에게 감사해야 할지도 모르겠다. 좀 더 일찍 그렇게 못한 것이 미안하지만 지금이라도 나는 그에게 감사의 말을 전하고 싶다.

35

버킷 리스트

재미있는 일이다. 게이브와 내가 함께 있었을 때 나는 이따금
우리의 미래에 대한 몽상을 해보곤 했지만 진지하게 생각한 적
은 없었다. 하지만 그럴 때면 나의 몽상은 꼬리에 꼬리를 물고
이어져서 게이브의 어머니를 만나는 장면을 상상하기도 했다.
물론 애석하게도 실제로는 단 한 번도 직접 만나본 적이 없었지
만. 혹은 우리 두 사람이 더 큰 집으로 이사를 가서 게이브에게
자기만의 서재가 생기는 상상을 했고, 또 함께 긴 휴가를 즐기
러 떠나는 상상도 했다. 역시 애석하게도 실제로는 단 한 번도
누려보지 못한 것이었다.

대런과 함께할 때 미래는 그렇게 꿈속에서만 존재하는 것은
아니었다. 우리는 몇 번이고 계속해서 실제로 의논을 했다. 그
에게는 언제나 계획이 있었다. 대런은 체스를 즐겼는데, 나는

그가 인생을 어느 정도는 체스처럼 대하고 있다는 사실을 나중에야 깨닫게 되었다. 여섯 수나 여덟 수, 아니면 열 수 이상을 앞서 생각을 하기 때문에 자신을 위해 세운 목표가 어떤 것이든 반드시 그 목표에 도달하고 마는 것이었다. 계획이 완료되면 여왕을 잡고 장군을 부른다.

우리가 본격적으로 사귀기 시작한 첫해, 내 생일이 몇 주 앞으로 다가오자 대런은 나에게 '버킷 리스트bucket list'가 있느냐고 물어보았다.

"뭐가 있냐고?" 내가 되물었다.

"그거 있잖아." 그가 말했다. "죽기 전에 꼭 해야 할 일이나 달성하고 싶은 것들을 적어 놓는 거." 대런은 품 안에서 자기 지갑을 꺼내 그 안에 들어 있던 종이 한 장을 펼쳐 보였다. "나는 무려 5년 전부터 이걸 만들기 시작했다고. 스물다섯 살이 되던 생일에 말이야. 그리고 뭔가 달성을 하면 그걸 지워버리고 계속해서 새로운 걸 추가했지."

나보다 다섯 살이 많은 남자를 사귀게 되면 좋은 점도 있었다. 사회생활을 어떻게 하는지, 사람들이 만나 짝을 이루는 건 어떤 건지, 그리고 일을 어떻게 좋게 마무리할 수 있는지 등을 보고 배울 수 있는 것이다. 그렇지만 이따금 그 차이가 더 크게 느껴질 때도 있다. 나보다 훨씬 더 다양한 인생을 살았다는 걸 깨달았을 때다. 이번에도 바로 그런 경우였다.

대런은 몬태규_{Montague} 거리에 있는 테레사_{Teresa}라는 이름의 식당에서 식탁 위에 그 종이를 펼쳐 놓았다. 테레사는 그가 일요일 저녁 식사를 즐기기 위해 종종 찾는 곳이었다. 나는 그 종이를 살펴보았다.

나의 버킷 리스트

1 세그웨이_{Segway} 타보기

2. ~~마라톤 해보기~~

3. ~~그리스 해안가의 섬들 여행하기~~

4. ~~스쿠버 다이빙 배우기~~

5. ~~크루즈 여행 가기~~

6. 반려동물 입양하기

7. ~~중국어 회화 배우기~~

8. 경주용차 몰아보기

9. 결혼하기

10. 아빠 되기

11. 오스트레일리아 가보기

12. 철인 3종 경기 참가하기

13. 바닷가 별장 구입하기

14. 브루클린에서 몬토크곶_{Montauk Point}까지 자전거 타고 가보기

"보기만 해도 놀라운데 그중에 벌써 해본 것들이 있다니 더 놀랍네. 그리스는 어땠어?"

"아름다웠지." 그가 말했다. "사촌인 프랭크와 함께 갔거든. 프랭크는 실리콘밸리에 살고 있어. 좋은 녀석이지. 우리는 그리스 전통술인 우조ouzo를 진탕 마셨고, 바다에서는 배도 타고 잠수도 했어. 맛있는 음식도 실컷 먹었지."

"그럼, 다음 계획은 뭐야?" 이렇게 물으면서 나는 그가 '결혼하기'라고 대답하지 않기를 속으로 바랐다. 그 자리에서 바로 이런 식으로 나에게 프러포즈를 하게 되는 건 바라지 않았기 때문이다.

대런은 종이를 훑어보았다. "세그웨이나 자전거 타기쯤이 될 거 같은데." 그가 말했다. "아니면 철인 3종 경기나. 그렇지만 그걸 정말 하려면 굉장히 훈련을 많이 해야 돼."

"브루클린에서 몬토크곶까지는 얼마나 멀어?" 내가 물었다.

"한 200킬로미터쯤?" 그가 대답했다. "어떤 길을 따라갈지는 확인해뒀는데 갈 준비가 되었는지는 아직 잘 모르겠어."

"그렇지만 이제는 새 자전거가 있으니까……" 내가 웃으며 말했다.

그가 놀란 듯 눈을 치켜떴다. "나랑 같이 자전거 타고 가고 싶어?"

나는 어깨를 으쓱해 보였다. "당신 생일을 기념해서 가보면 어떨까?" 내가 제안했다. "그러면 지금부터 6월까지 체력 단련을 할 시간이 있다는 거잖아. 3개월은 연습할 수 있겠어."

그는 탁자 앞으로 몸을 숙여 내게 키스했다. "내 서른 번째 생일을 축하하기에는 더할 나위 없이 좋은 계획처럼 들리는데. 그렇지만 당신 생일에 하고 싶은 일을 먼저 물어봤잖아. 당신이 정말로 해보고 싶은 일이 있어?"

그렇지만 딱히 제일 먼저 머릿속에 떠오르는 생각 같은 건 없었다. "어쩌면 그 버킷 리스트라는 걸 나도 먼저 한번 만들어보는 게 좋겠다." 내가 그에게 말했다. 그러면서 가방 속에서 오래된 드웨인 리드Duane Reade 편의점 영수증 한 장과 볼펜을 꺼냈다. 그날 이후부터 내 버킷 리스트는 여전히 그 영수증 뒷면에 적힌 채로 남아 있다. 게이브에게는 한 번도 보여준 적이 없다. 그러니 어쩌면 거기에 하고 싶은 일을 바로 당장 한 가지 더 적는 게 좋지 않을까. '이 버킷 리스트를 게이브에게 보여주기' 아니면 '게이브에게 자기 버킷 리스트를 만들어보라고 하기' 같은 것 말이다. 그렇지만 그런 걸 적어 넣는다고 해도 아마 그 일을 완수했다고 그 위에 줄을 그어 표시를 할 일은 없을 것 같다. *게이브, 제발 그런 일이 일어나도록 해줄 수 없을까.*

나는 영수증 뒷면 제일 위쪽에 일단 '나의 버킷 리스트'라고 썼다. 그리고 내용이나 형식은 대런의 것을 조금 참고했다. 다만 내 것은 그냥 소망보다는 실제로 이루어질 수 있는 것 위주로 적어 나갔다.

1 오스트레일리아 가보기

2. 결혼하기

3. 엄마 되기

4. 엠파이어스테이트빌딩 꼭대기에 올라가 보기

5. 모터보트 운전해보기

6. 그냥 파리에 가서 주말을 마음껏 즐기고 오기

7. 텔레비전 어린이 프로그램 총괄 기획자 되기

8. 마놀로 블라닉Manolo Blahnik 구두 한 켤레 장만하기

9. 개 키우기

10.

"더 이상 생각이 안 나네." 나는 10번을 비워둔 채 대런에게 이렇게 말했다.

"더 생각날 거야." 그가 말했다. "나도 항상 나중에 더 떠오르더라고. 하지만 이것만으로도 굉장해." 대런은 내가 적은 종이를 자기 앞으로 끌어당겼다. "이 몇 가지는 금방 할 수 있겠는데! 당신 생일에 할 일이 떠올랐어. 엠파이어스테이트빌딩 꼭대기 올라가기! 그건 지금 당장이라도 해냈다고 표시를 할 수 있을 거야."

"그래?" 내가 말했다.

"아, 물론이지." 그가 대답했다.

마치 그의 머릿속이 팽팽 돌아가는 게 눈에 보이는 것 같았다. 그 밖에도 자신이 해줄 수 있는 게 뭔지 생각하느라 애쓰는 모양이었다. 나는 혹시 그가 함께 파리에 가보자고 하지 않을까 생각했다. 그러면 거기서 내게 프러포즈를 할 수 있을 거라 생각하지는 않을까. 아니면 벌써 내 서른 번째 생일 선물로 오스트레일리아 여행을 계획하고 있는지도 모를 일이었다. 마놀로 블라닉 구두를 사주는 것도 포함해서. 대런은 정말로 계획을 잘 세우는 사람이었다. 그리고 그 계획이 실행 가능하다고 생각을 하면, 때가 될 때까지 기다리는 것도 마다하지 않는 사람이었다. 그런 성격이야말로 내가 진짜로 경탄해 마지않는 것이었다.

그렇지만 그때 그가 내 일곱 번째 소원을 읽었다.

"텔레비전 어린이 프로그램의 총괄 기획자가 되고 싶다고?" 그가 물었다.

"응, 그래." 내가 고개를 끄덕였다.

그가 웃으며 말했다. "귀엽다."

나는 순간 뭘 잘못 들었는지 어리둥절했다. "뭐라고?" 내가 되물었다.

"당신이 하는 일이 사랑스럽고 귀엽다고." 그가 말했다. "그야 물론 당신 자체도 그렇고."

나는 눈을 깜빡거렸다. 이건 마치…… 뭔가 우습게 보는 듯한 그런…… 하지만 나는 대런이 그런 의미로 하는 말이 아니라는 사실을 잘 알고 있었다. 아니, 최소한 그러지 않기를 바랐다. 그런데 순간 그가 나의 꿈을 얼마나 진지하게 받아들이고 있는가에 대해 생각해보지 않을 수 없었다. 나의 꿈이 그에게는 얼마나 중요한 일이 될 수 있을까.

"내가 하는 일은 귀여운 일이 아니야." 내가 말했다. "사랑스러운 일도 아니고."

대런은 잠시 할 말을 잊은 듯했다. 내가 그를 깜짝 놀라게 만든 것이다. 그는 자기가 무슨 말실수를 했는지 전혀 알아차리지 못한 것 같았고 그게 분위기를 더 안 좋게 만들고 말았다.

"〈성범죄 전담반Law & Order〉 같은 인기 드라마 시리즈의 총괄 기획을 맡고 있는 남자 앞에서…… 그렇게 그 사람 하는 일보고 귀엽다고 할 수 있겠어?" 내가 물었다. "도대체 뭐가 내가 열심히 하고 있는 일을 귀엽다는 생각이 들도록 만드는 거야?"

대런이 목소리를 가다듬었다. "이런, 진정해." 그가 말했다. "나는 절대 그런 뜻으로 한 말이 아니야. 내가 말을 좀 잘못했어. 내가 당신을 얼마나 사랑스럽다고 생각하고 있는지 잘 알잖아. 당신과 관련된 일이라면 모두 다 사랑스럽다고 느끼는 거지. 당신이 신고 있는 구두, 당신이 쓰는 솔빗, 그리고 당신 주머니에 들어 있는 껌까지 말이야. 전부 다 그래. 왜냐하면 모두 당신과 연결되어 있는 것들이니까."

나는 볼펜을 내려놓고 포크를 집어 들었다. 그리고 이미 식사를 다 끝냈다고 생각했지만 다시 조금 남은 파스타를 먹기 시작했다. 그냥 대런에게 지금 당장 뭐라고 대답해야 할지 몰랐기 때문이었다. 내가 정말 하고 싶었던 말은 '나는 그냥 사랑스러운 사람이 되고 싶지는 않아. 나는 내가 하는 일이 나에게 얼마나 중요한지 당신이 이해해줄 수 있었으면 좋겠어'였다. '나는 당신이 나에게서 자기가 원하는 모습만 말고 나라는 사람 자체를 사랑해줬으면 좋겠다고.' 그렇지만 대런은 장점이 훨씬 더 많은 사람이었고 그런 그가 지금 사과를 하고 있었다. 그는 나에게 상처를 줄 의도가 전혀 없었을 뿐더러 영리한 사람이기도 했다. 나는 시간이 흐르면 그가 이해할 수 있을 거라고 생각했다.

나는 입 안 가득히 넣은 파스타를 삼키고 이렇게 말했다. "내가 그저 사랑스러운 것 이상을 바라는 사람이라고 생각해주기를 바라."

"그야 물론이지!" 대런이 대답했다. "당신은 아름다울 뿐만 아니라 다정하고 재미있고 영리한 사람이야. 더 계속해볼까? 당신을 표현할 말은 얼마든지 차고 넘친다고."

나는 웃었다. "그래, 그렇다면 조금 더 해보시던가……."

대런도 안심한 듯 웃었다. "음, 매력이 철철 넘친다면 어때? 아니면 사려 깊은 사람은?"

"그것도 나쁘지 않네." 내가 말했다.

때때로 나는 그때 그 대화를 좀 더 진지하게 이어갔더라면 어땠을까 생각하곤 한다. 그때 좀 더 파고들었더라면, 그리고 내가 마음속으로 생각하고 있던 걸 모두 다 입 밖으로 내서 이야기했었더라면 어땠을까. 왜냐하면 대런은 여전히 지금까지도 진심으로 다 이해하고 있지 못하기 때문이다.

36

자전거 여행

대런의 생일을 준비하면서 우리는 자전거 안장에 다는 가방을 샀다. 그리고 자전거용 반바지를 세 벌씩 샀고 세이빌Sayville과 사우샘프턴의 민박집을 예약했다. 우리는 조금 일찍 그의 생일을 축하하고 현충일Memorial Day이 낀 주말에 자전거를 타러 가기로 했다. 그해 여름휴가를 몬토크곶에서 보내려고 미리 빌려둔 별장이 있었기 때문에 자전거 여행의 마지막 밤을 그곳에서 보내고 집으로 돌아올 때는 기차를 타기로 했다. 모든 계획이 다 완벽하게 진행되고 있었다. 정확하게는 대런이 원하는 방식대로였다.

우리는 3월 말부터 자전거 타는 연습을 시작했다. 윈체스터나 조지 워싱턴 브리지George Washington Bridge까지 가보기도 하고 때로는 코니아일랜드Coney Island까지도 갔다. 대런은 가벼운 먹을거리며 담요, 그리고 물까지 챙겨 갔기 때문에 어디를 가든 그 길이 곧 소풍가는 길이 되었다. 게다가 그렇게 짐을 꾸리니 자전거에 적당한 무게의 짐을 싣고 가는 훈련도 되었다. 마지막 연습 주행에서 우리는 브루클린 브리지를 넘어 맨해튼에 들어간 후 클로이스터즈 미술관the Cloisters까지 갔다. 하늘은 맑고 공기는 서늘한 아주 멋진 날이었다. 우리는 참 별것도 아닌 일에 웃고 또 웃었다. 그렇지만 분명 그날은 어디에나 즐거운 일들뿐이었고 우리도 그런 분위기에 휩싸였다.

"당신을 만나게 되어서 정말 행운이야." 그날 집으로 돌아오자 대런이 이렇게 말했다.

"우리 둘 다 행운이지." 내가 대꾸했다. "이렇게 서로를 만나게 되었으니." 그 순간만큼은 정말 그렇게 느껴졌다. 정말로 그랬다.

대런의 생일을 축하하며 몬토크곶까지 자전거를 타고 달리기로 한 날 아침, 나는 평소보다 좀 일찍 잠에서 깨어났다. 마지막 연습을 위해 달렸던 장거리 주행을 마음속으로 되새기던 나는 오늘 떠날 자전거 여행 때문에 마음이 들떠 있었지만 약간 걱정이 되기도 했다. 이번 여행은 대런과 내가 둘만 보내는 시간 중 가장 긴 시간이 될 터였다. 이건 마치 우리의 미래를 위한 일종의 예행연습처럼 느껴졌다. 여행 중에 서로에게 실망하는 일이 벌어지면 어떻게 될까? 아니면 오히려 그 반대가 된다면?

그렇지만 바로 그때 대런이 잠에서 깨어나 내 옆으로 몸을 붙여 와서 우리는 같은 베개 위에 머리를 나란히 하게 되었다. "함께 자전거를 타겠다고 해줘서 고마워. 아주 멋진 날이 될 거야. 그리고 혹시 가다가 쉬고 싶거나 더 이상 가기 힘들다고 생각되면 언제든지 내게 알려줘. 정말 나는 아무 상관없으니까. 우리 둘 다 절대 부담 갖지 말고 가자고, 알겠지?"

조금쯤 긴장하고 있던 마음이 가볍게 풀어졌다. 나는 그에게 키스하고는 이렇게 말했다. "그렇지만 꼭 목적지까지 가게 될 거야."

첫날은 50킬로미터쯤 달렸다. 아주 재미있었지만 시작은 조금 지루했다. 우리는 별반 이야기를 나누지 않았고 오직 자전거를 타는 일에만 집중했다. 길을 잘 알고 있는 대런이 앞장섰고 내가 그 뒤를 따라갔다. 그러면서 그의 뒷모습이며 티셔츠, 그리고 그가 다리를 움직일 때의 속도 등을 기억해두었다. 나는 머릿속에 떠오르는 노래들을 흥얼거렸다. 그러는 중에 대런이 "샌드위치 먹고 가자!"라고 소리쳤다.

아침에 나오기 전에 대런은 땅콩버터와 잼을 바른 샌드위치를 열 개 만들었다. 나를 위해서는 아무것도 들어 있지 않은 땅콩버터를 발랐고 자기 빵에는 땅콩 알맹이가 든 것을 발랐다. 함께 바른 딸기잼은 우리 둘 다 좋아하는 것이었다.

"부인!" 가던 길을 멈추고 자전거를 길가 풀밭 위에 세우자 그가 나를 불렀다. "혹시 샌드위치를 좀 드시겠사옵니까?"

나는 굳었던 몸을 펴며 큰 소리로 웃었다. "지금은 하나만 맛보겠사옵나이다."

우리는 안전모와 장갑을 벗었다. 그리고 손을 씻고 나서 자리에 앉아 샌드위치를 먹었다.

"소화도 시킬 겸 좀 쉬었다 갈까?" 그는 그렇게 말하며 몸을 뒤로 젖히고 풀밭 위에 누웠다. 머리 밑에는 베개 대신 자전거 안장에 단 가방을 가져다 벴다.

"그래, 좀 쉬었다 가자." 나는 고개를 끄덕이고 그의 가슴에 머리를 기댔다.

"정말 좋다." 그가 말했다. "내가 혹시 말한 적 있었나? 작년 내 생일 때 내년 생일에는 아름답고 사랑스럽고 재미있고 똑똑한…… 그런 멋진 여자를 만나게 해달라고 소원을 빌었던 거. 그런데 3개월이 지나 그 바닷가 별장에서 당신을 만난 거잖아."

나는 몸을 일으켜 그를 바라보았다. "그러면 올해는 생일에 소원 빌 때 좀 조심해야겠네. 당신 소원이 그렇게 잘 들어맞으니 말이야." 내가 그에게 말했다.

"아, 그거라면 벌써 뭘 빌지 생각을 해뒀는데."

그 말을 들은 나는 빙그레 웃음이 나왔다. "당신이라면 물론 그랬겠지."

그도 소리를 내어 웃었다. "그렇지만 그게 무슨 소원인지는 말해줄 수 없어. 입 밖으로 내서 말해버리면 소원이 이루어지지 않는다는 걸 당신도 잘 알잖아."

"그렇지. 그러니 계속 비밀로 해둬."

그는 내 앞머리를 옆으로 쓸어 넘겼다.

"아마 밤이 되면 몸이 좀 쑤실 거야." 그가 말했다. "그렇지만 내가 통증용 연고와 진통제를 가져왔어. 엉덩이에 바를 로션도 가져왔고. 살이 까질 수도 있으니까."

"응?" 내가 되물었다.

"아, 엉덩이 살이 벗겨진 채로 자전거에 올라타고 싶지는 않거든." 그가 대꾸했다. 그렇게 말하며 왠지 쑥스러워하는 것 같은 그의 표정에서 나는 그가 여섯 살이나 여덟 살 무렵에 어떤 모습이었을까 바로 상상이 되었다. 나는 그 표정에서 그의 인생 전부를 볼 수 있었다. 그는 그때나 지금이나 다정한 사람이었다.

"당신을 사랑해." 내가 말했다. 우리 두 사람 사이에서 사랑한다는 말이 나온 건 그때가 처음이었다.

대런이 나를 똑바로 바라보았다. 그렇게 잠시 바라보다가 슬며시 웃으며 이렇게 말했다. "나도, 나도 당신을 사랑해."

그가 몸을 일으켜 나에게 키스했다. "비밀 하나 이야기해줄까?" 그가 말했다.

나는 그가 무슨 말을 할지 전혀 알 수가 없었지만 고개를 끄덕였다.

"당신에게 사랑을 느낀 지 꽤 되었어. 우리가 당신 오빠 결혼식을 위해 춤을 배웠을 때 말이야. 그때부터 당신을 사랑하게 되었지."

"그런데 왜 아무런 말도 하지 않았어?" 내가 물었다.

"왜냐하면 당신이 깜짝 놀라서 나를 떠날까 두려웠거든." 그가 말했다.

그의 솔직한 고백은 새롭고 신선했으며 나를 무장해제시켰다. 그의 말이 틀리지 않았기에 나는 다시 그에게 키스했다. 만약 그가 그때 사랑 고백을 했더라면 나는 움츠러들며 뒤로 물러났을 것이다.

대런은 나에 대해 아주 많은 부분을 이해하고 있었다. 그는 처음부터 그런 사람이었다. 당연히 그는 나와 게이브 사이의 관계를 절대로 이해할 수 없겠지만, 나는 그걸 가지고 대런을 탓할 생각은 전혀 없다.

37
예전 남자 친구

세상을 살아가다 보면 우리를 완전히 떠나버린 사람들을 우연히 다시 마주칠 때가 있다. 그렇지만 그 사람들을 다시 본다고 해도 그 만남은 그저 빠르게 스쳐 가는, 인사말이나 나누는 의미 없는 만남일 때가 많다. 그런데 그렇게 마주칠 때마다 헤어지기 전의 좋았던 관계를 떠올리게 하는 사람들도 있다. 그때의 편안함은 마치 그동안 시간이 하나도 흐르지 않은 것 같은 느낌을 준다.

게이브를 다시 만났을 때가 그랬다. 그가 나를 떠난 지 1년이 조금 넘었고 전화를 걸어온 지는 몇 개월쯤 지났을 무렵의 일이다. 게이브에게서 이메일이 왔다.

안녕 루시, 나 게이브야.

지금 막 존 F. 케네디 공항에 내렸어. 이번 주에는 많이 바쁜가? 괜찮으면 한번 만났으면 좋겠는데. 수요일이나 목요일쯤 만나서 한잔하는 게 어때?

추신: 비행기를 타고 오면서 〈우주를 너에게 줄게〉를 봤어. 그 꿈에 대한 이야기를 풀어 나가는 과정이 정말 마음에 들더라.

이메일을 받았을 때 나는 대런의 집에 있었다. 그날은 일요일이었고 몬토크곶까지의 자전거 여행을 마치고 막 돌아온 참이었다. 그날 밤에 나는 바로 집으로 가고 싶었다. 집에 가면 빨래를 하고 다음 날 출근을 대비해 몇 가지를 준비할 예정이었다. 하지만 대런이 냉장고에 먹을 것이 있나 찾으며 함께 식사를 하고 싶어 했다. 결국 나는 집에 가지 않고 대런의 집에 있기로 했다. 대런은 바닷가의 소금물이 묻은 옷이나 물건들이 상하지 않게 빨리 꺼내 욕조에 담가두었고 나는 그 사이 주방 찬장에 먹을 만한 게 더 있는지 둘러보았다. 그런 후 가방에서 전화기를 꺼내 기차를 타고 돌아오는 동안 혹시 회사에서 무슨 연락이라도 있었는지 살펴보았다. 회사에서는 아무런 연락도 없었지만 대신 게이브가 보낸 이메일이 도착해 있었다. 나는 대런이 마침 다른 방에 가 있는 것을 다행이라고 생각했다.

게이브의 메일을 확인하자 정말 기이하다 싶을 정도로 몸이 먼저 뜨겁게 반응했다. 사실 그를 처음 만난 이후로도 나는 계속 그래 왔기에 어느 순간부터는 더 이상 그렇지 않은 척을 해 왔다. 아니, 그렇지 않게 되기를 바랐는지도 모르겠다. 그렇지만 달라진 것은 아무것도 없었다.

보낸 사람의 이름을 확인하자마자 속에서 뭔가가 치밀어 올랐다. 나는 이메일을 열었다. 마음 한 구석에서는 별로 좋은 생각이 아니라고 말하고 있었지만 나는 내가 그를 만나게 되리라는 것을 알고 있었다. 나는 게이브가 보고 싶었고 그동안 어떻게 지냈는지 듣고 싶었다. 그리고 이 이야기를 대런에게 해야만 한다는 사실도 잘 알고 있었다. 그에게 굳이 허락을 구할 일은 아니었지만 말을 하지 않는다면 잘못이라는 기분이 들었다.

내가 예전 남자 친구로부터 방금 이메일을 받았다고 말을 했을 때 대런의 얼굴은 완벽하리만큼 침착했다. 만나서 술 한잔할 생각이라고 말했을 때는 약간 떨떠름한 표정이 되기도 했지만 이내 아무렇지 않은 표정으로 되돌아갔다.

"그럼 언제 만날 건지 나한테 말해줄 거야?" 그가 물었다.

"그야 물론이지." 내가 대답했다.

"그런 다음에는 다시 여기로 올 거고?"

나는 게이브와 같이 잘 생각도 없었고 늦게까지 함께 있을 생각도 없었다. 그렇지만 그날 밤 아마도 혼자 있고 싶지는 않을 거라는 느낌은 있었다. 그래도 대런을 위해서 조금은 다르게 생각해야 할 필요가 있다는 걸 알았다. 왜냐하면 나는 그를 사랑하고 있었으니까.

"당연히 올 거야." 내가 그에게 말했다.

대런은 그 대답에 만족해하는 듯했다. 그리고 우리의 이야기는 다른 주제들로 넘어갔다.

최근에 알렉시스가 남자 친구를 새로 사귀었는데, 일주일 전 디치 플레인스Ditch Plains에서 만난 서퍼라는 이야기를 해주었다. 또 올해 여름에는 대런의 친구들이 셋이나 결혼식을 올려서 거기에도 참석해야 했다. 브래드와 트레이시의 결혼식에 참석하기 위해 필라델피아까지 가려면 아마 차를 빌려서 직접 타고 가거나 아니면 기차를 타고 간 뒤 역에서 택시를 타게 되리라.

나는 대런과 이런저런 이야기들을 나누면서 겉으로 보기에는 아무렇지도 않은 척했다. 그렇지만 속으로는 게이브가 다른 이메일을 보냈는지 빨리 확인하고 싶어 안달이 나 있었다. 언제 정확히 다시 그를 만나게 될지 알고 싶었다. 차라리 아무런 연락이 없을 때가 더 편했다. 기다림은 언제나 이렇게 사람을 고통스럽게 만든다.

목요일 아침 나는 네 차례나 옷을 갈아입었다. 처음에는 몸의 라인이 드러나지 않는 헐렁한 원피스를 입었다. 아마도 그렇게 하면 누군가를 만났을 때 서로 육체적인 면에 끌리지 않는 분위기를 만들 수 있다고 생각한 것이다. 그렇지만 나는 다시 거울을 보았다. 나는 게이브를 1년 이상 보지 못했고 나를 자기 관리도 못하고 사는 여자로 생각하게 만들기는 싫었다. 그래서 좀 더 몸에 딱 붙는 옷을 입었지만 이번에는 또 지나치게 뭔가를 의식하는 듯한 느낌을 주는 것 같았다. 세 번째로 꺼내 입은 옷은 여름 바지와 민소매 티셔츠였다. 그렇지만 이번에는 또 게이브가 치마 입는 걸 좋아했었다는 기억이 떠올랐다.

나는 길고 폭이 좁은 치마에 소매가 없는 실크 블라우스를 입고 앞이 오픈된 힐을 신었다. 그렇게 차려입자 비로소 당당하고 자신감 넘치는 성공한 여자 같은 기분이 들었다. 사실 이건 회사에서 뭔가 발표를 해야 할 일이 있을 때 내가 챙겨 입는 복장이었다. 나는 머리카락을 쭉 펴고 평소보다 시간을 더 들여 앞머리를 다듬었다.

그날 나는 〈우주를 너에게 줄게〉의 새로운 대본들을 점검하고, 정확히 어떤 내용이 나오는지 확실하게 알기 위해 대본 중 하나는 네 차례 이상 읽어둬야 했다. 하지만 나는 하루 종일 회사 일에 제대로 신경을 쓸 수 없었다.

퇴근을 하고 나는 천천히 걸어서 유명한 이탈리아 맛집인 파짜 노티Pazza Notte로 향했다. 조금 일찍 도착했기에 주변을 좀 돌아다녀 볼까 하다가 그냥 안으로 들어가 2인용 테이블에 자리를 잡고 앉았다. 게이브에게서 조금 늦겠다는 문자가 왔다. 그로서는 드문 일이었지만 어쨌든 나는 먼저 와인 한 잔을 시켰다. 잔을 반쯤 비웠을 때 게이브가 도착했다. 활짝 핀 보조개와 늦어서 미안하다는 사과가 함께 이어졌다.

"루시, 다시 만나서 반가워." 그가 나를 끌어안으며 말했다.

나도 답례라도 하듯 그를 힘껏 끌어안았다. 그리고 그의 향취가 전혀 달라지지 않았다는 사실을 깨달았다. 과학자들은 사람의 기억을 다시 떠올리게 하는 가장 강력한 계기 중 하나가 바로 그 사람의 향취라고 말하는데 나로서는 그 말을 전적으로 믿을 수밖에 없다. 그의 셔츠에 얼굴을 묻자 마치 시간을 거꾸로 거슬러 온 것 같았다.

힘껏 안았던 팔을 풀자 그는 오랫동안 내 얼굴을 바라보았다. "정말 눈을 떼질 못하겠네." 그가 말했다. "루시…… 정말 멋지다. 헤어스타일이 정말 멋져."

나는 얼굴이 붉어지는 것을 느꼈다. "고마워." 내가 말했다. "너도 보기 좋다." 정말 그랬다. 멀리 떨어져 지내는 동안 게이브는 체중이 조금 줄은 듯했고 덕분에 얼굴 라인이 더욱 또렷해 보였다. 예전보다 짧아진 머리카락은 숱은 더 많아졌지만 여전히 곱슬거렸고 그을린 피부를 덮은 앞머리는 색이 더 짙어진 것처럼 보였다.

나는 게이브라는 안개에 푹 휩싸여 그날 밤 우리가 무슨 이야기를 나누었는지 기억조차 나지 않는다. 게이브도 그럴까. 아마도 내가 하던 일과 그의 일, 그리고 가족에 대한 이야기를 나누었겠지만 확실하지는 않다. 그저 유일하게 기억이 나는 건 내가 그날 밤 완전히 살아 있다는 기분을 느꼈다는 사실이다. 내 온몸의 세포 하나하나가 깨어나 기지개를 켜고 활발하게 움직이는 것 같았다. 그가 그 자리에 있으니 내가 살아 있다는 실감을 제외한 모든 감정이 다 사라져버리는 것 같았다. 그는 내 앞에 그렇게 있었다. 이 세상에 존재하는 어느 누구도 보여줄 수 없는 그런 웃음을 얼굴 가득 머금고.

나는 대런 몰래 다른 짓을 하고 싶지 않았고 그렇게 할 수도 없었을 것이다. 그렇지만 게이브가 그냥 덤덤하게 있자 아주 약간 실망스러운 기분이 든 것도 사실이었다. 뺨에 닿은 입술이 내 입술로 내려가거나 손으로 내 허벅지를 만지는 일 같은 건 없었다.

때때로 나는 만일 그때 게이브가 그렇게 했다면 어떻게 되었을까 궁금해지곤 한다. 그로 인해 하나라도 무슨 변화가 일어났을까? 아니면 모든 것이 다 달라져버렸을까?

대런이 별일 없냐는 문자를 한 번 보냈고 나는 내가 게이브와 함께 있는 것이 그를 불편하게 만들고 있다는 사실을 깨달았다. 대런은 아마 집에서 조금 걱정을 하고 있을 터였다. 얄궂은 일이지만 그때 그는 사실 그런 걱정을 할 필요가 없었고 오히려 나중에 더 염려를 했어야 했다. 어쨌든 내 생각에 대런은 내가 게이브와 밤을 보내는 일 같은 건 아마 거의 염두에 두고 있지 않았을 것 같다. 그는 내가 완전하게 자신의 것이라고 생각하고 있었으니까.

그렇지만 그는 한 번도 내 전부를 가져본 적이 없다.

38

사랑의 종류

게이브를 만나고 며칠이 지나서 나는 케이트와 함께 쇼핑을 하러 갔다. 케이트가 문자를 보내왔는데, 톰과 함께 처음으로 멀리, 그것도 아주 멀리 가보겠다는 것이었다. 열흘 동안 스페인에 간다고 하면서 그 전에 멋진 옷가지들을 좀 준비하고 싶다고 했다.

"뭐가 필요한데?" 한때는 나도 함께 지냈던 케이트의 집에 오랜만에 들어서며 내가 이렇게 물어보았다. 케이트는 톰과 함께 동거는 하지 않고 있었고 적어도 약혼반지라도 손가락에 끼기 전까지는 누구와도 함께 살고 싶지 않다고 말해두었다고 한다. 그 이야기를 들었을 때 나는 게이브와 나에 대해서 뭔가 변명을 하지 않을 수 없었다. 그녀의 그런 계획을 나는 잘 알고 있었지만 누군가 정말로 멋진 사람을 만난다면 마음을 바꿔먹을 것이라는 게 내 생각이었다. 톰은 정말로 멋진 남자였다. 침착하고 사려 깊으면서 다정했다. 그런데도 케이트는 마음을 바꿔먹지 않았던 것이다.

케이트는 휴대전화에 저장해놓은 물건들의 목록을 보며 줄 줄 읊었다. "수영복 두 벌, 가볍게 걸칠 옷 한 벌, 산 세바스티안 San Sebastian과 바르셀로나 Barcelona에서 멋진 시간을 보낼 때 필 요한 제대로 된 정장 한 벌. 그리고 아마도 마드리드 시내를 걸 어 다닐 때 필요할 거 같은 웨지힐 wedge heel 한 켤레 등등. 커다란 밀짚모자도 하나 준비할까? 어때? 하나 쓰면 아주 멋져 보일 것 같지 않아?"

나는 케이트를 보고 빙그레 웃어보였다. "그런 모자를 쓰면 유명한 영화배우처럼 보일지도 모르지." 내가 그녀에게 말했다. "그러니까, 음, 뭐랄까, 그레타 가르보 같은?"

케이트는 슬쩍 나를 흘겨보았고 우리는 둘 다 웃음을 터트렸 다.

"사실 넌 그레타 가르보가 어떻게 생겼는지도 전혀 모르잖아. 내 말이 맞지?" 그녀가 팔을 내 어깨 위에 걸치며 이렇게 말했 다.

"누구든 알게 뭐야." 내가 말했다. "그런데 물론 아주 멋진 배 우였겠지?"

케이트가 한숨을 몰아쉬었다. "대단했지. 그렇지만 차라리 헤디 라마르라고 해주지 그랬어. 커다란 챙이 있는 모자를 쓴 라마르는 정말로 대단했었거든."

"그래, 그럼 헤디 라마르라고 해." 나는 이렇게 말하며 팔로 케이트의 허리를 감싸 안았다. "그런데 어디로 갈까? 필요한 걸 찾아 전문점을 따로 한 곳씩 찾아갈까? 아니면 그냥 백화점으로 갈까?"

"백화점으로 가자." 케이트가 한 치의 망설임도 없이 바로 대답했다. "블루밍데일 백화점이 제일 가깝지? 그런 다음에 점심으로 요거트를 먹자."

블루밍데일 백화점은 게이브를 떠올리게 하는 곳 중 하나였고, 덕분에 난 벌써 1년 이상 그곳을 찾은 적이 없었다. 브루클린에 살고 있어서 거길 피하는 것은 딱히 어려운 일도 아니었다. 그렇지만 나는 이제 게이브와 관련된 일들을 다시 그대로 내 인생에 받아들이기로 결심했기 때문에 케이트의 그런 결정에 아무런 말도 하지 않았다. 다만 "점심에 요거트라, 좋은데"라고만 대답했을 뿐이었다.

백화점에 도착한 우리는 먼저 수영복 매장을 찾았다. 케이트는 아직 사지 않은 그 '헤디 라마르'풍의 모자에 어울리는 그런 수영복을 원했고 그래서 우리는 좀 더 수수한 색상의 예스러운 수영복들을 살펴보기 시작했다. 이윽고 예닐곱 벌쯤 수영복을 골라 들고 탈의실로 향했다.

나는 의자 위에 앉아 수영복들을 내 무릎 위에 올려놓고 케이트에게 게이브를 만나 술을 한잔했다는 말을 처음으로 전했다.

"어땠어?" 케이트가 조심스럽게 물어왔다.

"이상했어." 내가 대답했다. "나는 대런을 사랑해. 정말이야. 그리고 그 사실을 추호도 의심하지 않아. 그렇지만 게이브와는 정말로 다른 느낌이야. 그렇다고 해서 내가 대런을 게이브보다 덜 사랑한다거나 다른 수준으로 사랑한다는 뜻은 절대 아니야……. 톰은 어때? 톰이 없을 때보다 함께 있을 때 좀 더 자신이 살아 있다는 그런 기분이 들지 않아?"

케이트는 굉장히 진지한 표정으로 나를 바라보았다. 마치 그런 내 질문에 대해 어떻게 대답을 해야 좋을지 곰곰 생각하는 것 같았다. 나는 그런 점에서 케이트를 참 좋아했다. 그녀는 심지어 우리가 어렸을 때부터 언제나 그렇게 아주 신중하게 말을 골라서 해왔다.

"아니." 케이트가 마침내 이렇게 대답했다. "나는 그냥 지금 살아 있다는 기분이 들어. 여기, 이 탈의실에 너와 함께 있을 때나 톰과 함께 있을 때나 내가 느끼는 기분은 다 똑같아."

나는 그런 그녀에게 다른 수영복 한 벌을 내밀었다.

"나는 이 세상 어느 누구보다도 게이브와 함께할 때 내가 더 살아 있다는 기분을 느껴." 나는 케이트에게 말했다. "그렇다고 내가 너를 사랑하는 마음이 그보다 덜하다거나 뭐 그런 건 아니야." 내가 이렇게 덧붙였다.

"그러면 대런은?" 그녀가 물었다.

"그건…… 약간은 다른 거지." 내가 말했다. "나는 대런에 대한 나의 감정이 부족한 건 아닐까 걱정돼. 내가 게이브에게서 느끼는 감정은 아주 소중하고 절대 변치 않을 만한 것이라서, 다른 건 그 어느 것도 거기에 비교할 수가 없을 것 같거든."

케이트는 수영복을 입고 끈에 팔을 끼워 넣었다. "어때 보여?" 그녀가 자신의 모습을 거울에 비춰보며 이렇게 물었다.

"솔직하게 말해줘?" 내가 대답했다.

"언제는 안 그랬나 뭐." 그녀가 말했다.

"솔직하게 말해서, 그걸 입으니까 엉덩이가 반으로 쪼개진 것 같아."

케이트는 한 바퀴 돌아보더니 머리를 돌려 자신의 뒷모습을 거울에 비춰보았다. "어머, 진짜 그러네. 너무 웃기다."

케이트는 수영복을 벗기 시작하며 이렇게 말했다. "올해 초에 언니랑 남녀관계에 대해서 이야기한 적이 있는데, 언니가 재미있는 이야기를 해주더라고."

케이트의 언니 리즈는 브라운대학에 다녔는데, 모든 점에서 케이트와는 완전히 반대인 사람이었다. 리즈는 대단히 창의적이고 예술가 기질이 넘쳐났다. 그런 개성을 살려 대학을 졸업한 후 파리로 가서 패션 잡지인 〈보그Vogue〉에 입사했다. 케이트와 내가 열여섯 살 무렵의 일이었다. 리즈는 남자와 여자를 가리지 않고 사랑을 나눴고, 지금까지도 내가 아는 사람들 중에 가장 흥미로운 사람으로 남아 있다.

"리즈 언니가 뭐라고 했는데?" 내가 물었다.

"언니 말이, 자기는 자기가 겪었던 모든 사랑이 마치 불의 종류 같다는 거야. 어떤 사랑은 들불처럼 삽시간에 타올라 강력하고 매혹적이며 위풍당당하대. 그리고 위험하대. 그런 사랑 속에서는 자신이 타고 있는지 미처 알아차리기도 전에 그 불길에 휩싸여버린다는 거야. 또 어떤 사랑은 난롯불 같아서 안정적이면서도 편안하고 자신을 만족시켜준대. 그 밖에도 또 뭐라더라…… 뭐 모닥불 이야기도 나왔고, 하룻밤 그냥 즐기는 건 반짝 타오르는 불꽃이라고도 했고…… 어쨌든 제일 기억나는 건 들불이랑 난롯불 이야기였어."

"그러면 톰하고 너는 난롯불인가?" 내가 물었다.

케이트가 고개를 끄덕였다. "그런 것 같아. 그리고 내 생각에 내가 원하는 사랑도 그런 게 아닐까 싶어. 안전하고 안정적이면서 따뜻한 거."

"대런과 나도 난롯불 같아." 내가 케이크가 방금 한 말을 곰곰 생각하며 이렇게 말했다. "그렇지만 게이브와 나는 들불 같았지."

"그래, 내 생각에도 그랬던 것 같아." 케이트가 말했다.

그녀는 빨간색에 하얀색 물방울무늬가 들어간 하이웨이스트 스타일의 비키니를 입어보았다. "아, 그거 굉장히 잘 어울리는데?" 내가 그녀에게 말했다.

케이트는 거울 앞에 자기 모습을 비춰보았다. "마음에 든다!" 그녀는 거울에 비친 자기 모습을 향해 고개를 끄덕여 보였다. "하나를 해결했으니 이제 한 가지만 더 하면 되겠네."

"그래서 리즈 언니는 어떤 사랑이 더 마음에 든대?" 내가 물었다.

케이트는 비키니 상의를 벗으며 고개를 흔들었다. "언니는 자기가 어떤 사람이고 또 자기가 무엇을 원하느냐에 따라 다르다던데. 난롯불 같은 사랑은 조금 지나니까 지루하더래. 그렇다면 들불 같은 사랑이 더 좋으냐, 그것도 아니고. 곰곰 생각해보니까 아마 그 중간쯤의 사랑을 원하는 게 아닌가 싶더래. 아, 그게 아마 모닥불 같은 사랑을 말하는 거였나? 모든 것을 다 태울 듯 뜨겁게 타오르기는 하는데 딱 정도를 지키는 거. 지금까지 그런 사랑은 한 번도 만나보지는 못했지만 그래도 꼭 그런 사랑을 해보고 싶다고 언니가 그랬어."

"넌 들불을 잡거나 난롯불을 더 활활 태울 수 있다고 생각해?" 내가 물었다.

"그건 잘 모르겠어." 비키니 하의를 벗으며 케이트가 대답했다. "리즈 언니는 자기는 사랑을 어떻게 바꿀 수 있는 그런 행운은 누려보지 못했대. 그렇지만 지금 우리가 하는 비유를 좀 더 넓게 펼쳐 보면, 그러니까 소방관은 들불을 잡을 수 있잖아. 그러면 사람도 사랑을 길들일 수 있지 않을까. 내 생각에, 문제는 불길을 완전히 꺼트리지 않으면서 적당히 잡을 수 있는가 하는 것 같아."

나는 케이트에게 다른 비키니 수영복을 건네주었다. 그러면서 머릿속으로는 모닥불 같은 사랑을 찾아봐야 하는 것이 아닌가 하는 생각도 들었다. 아니, 내가 어떤 사랑을 원하는지 결정하기 전에 온갖 종류의 사랑을 미리 다 경험해보는 게 더 좋지 않을까?

"내가 한 가지 염려하는 건 말이야……" 케이트가 말했다. "만일 우리가 모닥불 같은 사랑을 찾으려다 아주 멋진 난롯불 같은 사랑을 포기하게 되면 어떻게 되느냐는 거야. 그런 후에 모닥불 같은 사랑도 결국 내가 원하는 게 아니었구나 하고 깨닫게 되면 어떻게 하지? 그러면 원래 갖고 있던 난롯불 같은 사랑도 잃어버리는 거잖아."

"지금 너랑 톰에 대해서 이야기하는 거야?" 내가 물었다.

케이트는 어깨를 으쓱해 보였다. "뭐, 아마도. 그런데 잘 모르겠어."

"역시 복잡한 문제인 거 같네." 내가 말했다. "그런데 그 비키니는 상의가 너무 작다."

케이트가 옆으로 삐져나온 가슴을 내려다보았다. "아, 이건 안 되겠다." 그녀는 이렇게 말하면서 비키니를 벗었다. "그런데 남자들과 만날 때 무슨 위험 분석 같은 걸 해봐야 하는 거 아닐까? 만일 다른 누군가를 만나 더 큰 행복을 누릴 수 있는 가능성이 있다면 지금 누리고 있는 행복을 포기하는 게 이득일까, 아닐까, 뭐 그런 분석 말이야. 가능성만 보고 포기라는 위험을 감수할 수 있을지 나는 잘 모르겠어. 그러니까 기준을 어디다 두어야 하는 거지? 톰과의 행복지수가 85퍼센트인데 행복지수 90퍼센트의 남자를 만날 가능성을 찾아서 톰을 포기할 수 있을까? 그리고 우리가 누군가와 함께 누릴 수 있는 최대 행복지수는 얼마나 될까? 내 생각에 세상에 100퍼센트 행복은 없는 것 같아."

"그래, 당연히 세상에 완벽한 행복이나 사랑은 없겠지." 내가 말했다. "100퍼센트란 세상에 존재하지 않으니까." 나는 문득 게이브와의 행복지수는 얼마였을까 생각을 해보았다. 그리고 대런과의 행복지수는 또 얼마일까?

그러다가 또 나는 게이브나 대런이라면 이런 질문에 대해 어떻게 대답을 할지 궁금해졌다. 두 사람은 나와의 행복지수를 얼마쯤이라고 생각할까? 게이브라면? 그때 당시 그와 내가 각자 느낀 행복지수는 얼마였을까? 80퍼센트? 아니면 85퍼센트? 아마도 내가 게이브보다 더 큰 행복을 느끼지 않았을까. 왜냐하면 떠나고 싶어 떠난 사람은 바로 게이브였으니까. 그때 이런 식으로 생각을 하지 못했다 하더라도, 게이브가 더 큰 행복을 찾아 떠나는 위험을 택하려 한 건 분명한 사실이었다. 나랑 함께하는 인생보다 더 행복한 인생이 있는지 궁금해하며 자신이 원하는 길을 찾아 나선 것이다.

그래서 어떻게 되었을까? 정말로 더 행복해졌을까?

결국 그렇게 되지 못했다는 걸 나는 잘 알고 있다.

39

깜짝 선물

때때로 1년이 아주 작은 시간 단위로 잘게 쪼개지면서 영원처럼 느껴질 때가 있다. 각각의 조각들이 너무나 대단한 의미가 있어 마치 그 자체로 하나의 또 다른 인생처럼 느껴지기도 하는 것이다. 나에게는 2004년이 바로 그런 1년이었다. 게이브와 내가 함께 살았던 시간이 있었고 헤어진 이후의 시간들이 있었다. 그리고 내가 대런을 만난 이후의 시간들도 있었다. 굳이 구분하자면 2004년은 세 부분으로 나눌 수 있었지만 대런과 내가 만난 후 보낸 12개월은 그냥 한 덩어리처럼 느껴진다.

어느 토요일이었다. 줄리아와 아침 겸 점심을 먹고 대런의 집에 간 날 그가 한 말은 나를 깜짝 놀라게 했다.

"2주 있으면 우리가 만난 지 1년이 되는 날인데 뭐 특별하게 할 일 같은 거 생각해봤어?"

나는 당황해하며 급히 휴대전화의 달력을 확인해보려 했지만 그의 말이 맞을 거라는 걸 잘 알고 있었다. 그는 날짜 같은 걸 잊어버리는 사람이 아니었으니까. 게다가 여름이 다 저물고 있었다. 작년에 나는 살면서 가장 슬픈 여름을 보냈었고 그때 대런을 만난 것이었다.

"주말에 몬토크곶에 갈 수 있을까?" 내가 물이 담긴 유리잔을 쥐고 이렇게 물었다.

보통 우리가 보내는 주말 일정은 그가 계획을 했고 장소나 시간을 조정하는 것도 그가 맡아서 했다.

"당연히 갈 수 있지." 그가 대답했다.

더 나은 생각을 했어야 했을까. 대런은 아마도 이미 우리가 몬토크곶에 갈 수 있는 날짜를 확인해두었을 것이다.

"바닷가 야외 식당에서 해산물 요리를 저녁으로 먹는 건 어때?" 유리잔에 얼음을 넣으며 내가 이렇게 물었다. "선착장에 있는 그 멋진 식당 말이야. 있잖아, 주로 잘 차려입은 성인 남녀들이 오는 곳."

대런이 주방을 가로질러와 내게 키스했다. "우리는 이미 성인인데." 그가 말했다.

나는 웃으며 대꾸했다. "무슨 말인지 알면서 딴소리는."

그는 이번에는 내 코 위에 키스했다. "아주 좋은 생각이야. 그

런데 나한테 다른 생각이 또 있어." 그가 말했다. "선물에 대한
건데 말이야……"

　나는 혹시 그가 약혼반지 이야기를 꺼내지나 않을까 궁금했
다. 한 달 전에 사브리나가 약혼을 한 참이었다. 사실 임신을 한
게 결정적인 계기가 되긴 했지만, 어쨌든 약혼은 멋진 일처럼 여
겨졌다. 마치 오랫동안 애써 찾고 있던 퍼즐의 한 조각을 찾아
제자리에 맞추는 듯한 만족스러운 기분이랄까. 한 번 찾아서 맞
춘 퍼즐 조각은 다시 또 찾을 필요가 없으니까 말이다. 지금 당
장은 아닐지 몰라도 언젠가 나도 그런 날이 올 거라고 생각했다.

　"무슨 선물?" 내가 물었다.

　"글쎄." 그가 말했다. "우리가 만들었던 버킷 리스트에 대해
생각을 해봤어. 나는 '반려동물 입양하기'라고 적었고 당신은
'개 키우기'라고 적었잖아. 그리고 반려동물 문제는 지난 몇 년
동안 내가 생각해온 것이기도 하고. 그러니까…… 당신에게 깜
짝 선물을 준비했어. 조금 이르기는 하지만 일단 생각을 하고
나니까 한순간도 더 못 기다리겠더라고!"

　그는 평소답지 않게 문을 닫아 놓은 자기 방 쪽으로 걸어가더
니 안으로 들어갔다가 작고 꿈틀거리는 하얀색 털 뭉치 하나를
품에 안고 다시 나왔다. 털 뭉치가 짖었다. 강아지였다. 대런의
품에 강아지 한 마리가 있었다. 나는 그 자리에서 몸이 얼어붙
고 말았다.

"내가 뭘 가지고 왔는지 한번 봐!" 그가 말했다. "일단 우리 집에서 키울 수 있게 해뒀으니까 언젠가 당신이 나랑 함께 살게 되면 이 녀석이랑도 함께 살게 되는 거지."

"강아지?" 내가 말했다. "그러니까 나를 위해 강아지를 준비했단 말이야?" 나는 깜짝 놀라고 말았다.

"나도 함께 키울 수 있게 해주면 좋겠어." 대런이 말했다. "그러면 이 녀석은 바로 우리 강아지가 되는 거지."

대런이 내게 그 강아지를 내밀었고 나는 나도 모르게 그 녀석을 받아들었다. 강아지는 나의 목덜미와 턱과 코를 핥았다.

"반려동물협회에서 소개해준 녀석들 중에서 제일 귀여운 녀석이야." 그가 말했다. "내가 가서 한 놈 한 놈 다 만나봤거든."

내가 강아지를 바라보자 그 녀석이 "멍멍" 하고 짖었다. 나도 "안녕" 하고 인사를 했다.

여기에는 중요한 사실 한 가지가 있었다. 나에게 강아지를 선물하겠다는 대런의 계획은 대단히 사려 깊었을 뿐더러 정말 그다운 방식으로 이루어졌다. 그렇지만 여전히 그가 나에 대해서 이해하지 못하고 제대로 깨닫지 못한 점이 있었다. '나'도 반려동물협회에서 소개해주는 개들을 모두 다 만나보고 싶었다. '나'도 어떤 개를 데려올지 결정을 할 때 그 자리에 있고 싶었다. 아니, 애초에 개를 데려오는 문제 자체를 함께 결정하고 싶었던 것이다. 아마도 대런은 나에게 이런 깜짝 선물을 하는 게 대단히 잘하는 일이라고 생각했겠지만 이건 어딘지 모르게…… 마치…… 나를 어린애 취급을 하는 것 같았다. 아니, 뭐랄까…… 좀 주제넘은 짓이랄까? 마치 나의 의견은 자신이 결정하는 데 있어 아무런 필요가 없다는 식이었다. 게이브는 절대로 이런 식으로는 행동하지 않았다.

"나도 함께 가서 어떤 녀석들이 있나 만나봤으면 좋았을 걸." 내가 대런에게 말했다. "정말 고마운 선물이기는 한데…… 제일 중요한 과정을 놓친 듯한 기분이 드네."

데런은 무슨 말인지 모르겠다는 듯 얼굴을 찡그렸다. "제일 중요한 건 지금 이렇게 우리 앞에 강아지가 있다는 거야!"

나는 한숨을 내쉬었다. "나도 그건 알아……. 그렇지만 우리가 함께 가서 녀석들을 만나봤으면 더 좋지 않았겠느냐는 거지. 그래야 진짜 '우리' 강아지잖아. 우리 두 사람이 함께 고른 강아지. 대런, 나는 우리가 뭐든 함께하는 그런 사이가 되었으면 좋겠어."

"루시." 대런이 가까이 다가오며 말했다. "물론 우리는 뭐든 함께하는 사이야. 나는 단지 뭔가 특별한 걸로 당신을 깜짝 놀라게 해주고 싶었을 뿐이야. 내 아름다운 여자 친구에게 이렇게 이따금씩 깜짝 선물을 하는 것까지 허락을 받을 필요는 없잖아?"

그가 이렇게 나오자 나는 뭐라고 해야 할지 알 수가 없었다.

분위기상으로는 내가 바보 같은 소리를 하는 것 같았다. 나에게 깜짝 선물 같은 건 하지 말라고, 하려면 허락부터 받으라고 대런에게 말할 수는 없는 것이 아닌가. 그리고 그저 내게 강아지라는 이런 놀라운 선물을 가져다주었을 뿐인데 그런 사람과 어떻게 다툴 수 있을까.

강아지가 마치 나를 웃게 만들려고 하는 듯 내 코 안쪽을 핥으려고 했다. 그 녀석도 뭔가를 알아차렸는지도 몰랐다.

"물론 허락까지 받을 필요는 없지." 마침내 내가 이렇게 말했다. "그런데 얘는 이름이 뭐야?"

"동물협회에서 그러는데 아무런 표식 같은 것도 없이 발견되었대." 대런이 말했다. "거기 직원들 중 한 사람이 저 곱슬곱슬한 털 때문에 애니Annie라고 부르곤 했다는데, 그 왜 뮤지컬 영화 속 여자아이 주인공 말이야. 그렇지만 뭐 다른 이름을 붙여보는 게 어떨까?"

"애기라고 부를까?" 내가 물었다.

"차라리 애물단지라고 부르는 게 어때!" 그가 말했다.

나는 웃음을 참을 수 없었다. 왜냐하면 애니라는 이름은 강아지한테는 뭔가 전혀 안 어울리는 이름 같았기 때문이다. 그러나 한편으로는 또 완벽한 이름 같기도 했다. 이 녀석은 정말로 완벽한 강아지였다. 사랑스럽고 똑똑하고 그러면서도 사람을 성가시게 굴지도 않았다.

고맙게도 약혼반지는 아니었지만 누군가와 이렇게 살아 있는 생명을 기르는 책임을 함께한다는 건 대단히 굳건한 약속 같다는 생각이 들었다. 일단 애니를 받아들이게 되고 나면 앞으로 있을 다른 일들도 쉽게 받아들일 수 있을 것 같았다.

40
두 부류의 인간

나는 언제나 세상에는 두 가지 부류의 인간이 있다고 생각해
왔다. 선물 주기를 좋아하는 부류와 받기 좋아하는 부류 말이
다. 나는 항상 받는 것을 더 좋아했고 지금도 여전히 그렇다. 그
렇지만 대런과 보낸 두 번째 크리스마스 때, 나는 나도 받기만
좋아하는 것이 아니라 주는 것도 꽤 좋아한다는 사실을 알게 되
었다.

크리스마스 시즌에 우리는 콜로라도에 가서 대런의 가족과
함께 시간을 보낼 계획이었다. 나는 이미 그의 가족을 만나본
적이 있었다. 대런의 세 누나 중 셋째 누나를 그 남편과 같이 만
난 것이 첫 번째였고, 나중에 나머지 누나 둘과 남편들, 그리고
아이들도 만났다. 마지막으로 본 건 대런의 부모님이었고 이후
여러 모임 등을 통해 다양한 조합과 순서에 따라 가족들을 번갈

아가며 만나기도 했다. 그렇지만 이번 크리스마스는 그들과 보내는 첫 번째 휴가였고 모든 가족을 한자리에서 만나게 되는 첫 번째 자리였다. 따로따로 만났을 때 대런의 가족들은 모두 다 대단히 멋진 사람들이었다. 특히 늘 조용한 그의 아버지는 이 맥스웰 가문의 가장 중요한 중심인물이었다. 그렇지만 그들 모두와 함께 처음으로 긴 시간을 보내게 된 터라 나는 어떻게 해야 할지 조금 걱정이 되기도 했다. 또한 낯선 곳에 있다가 우리 집 식구들이 얼마나 보고 싶어질지도 걱정이었다.

대런의 부모님은 콜로라도주 배일Vail이라는 마을에 미리 널찍한 별장을 하나 빌려 놓았고 그의 어머니는 대형 크리스마스트리도 준비하겠다고 약속했다. 대런의 가족은 커다란 상자 두 개에 선물을 가득 채워 별장에 먼저 배달을 시켜 놓았다. 우리는 직접 선물을 가지고 조금 늦게 도착할 예정이었기 때문에 여행 가방 안에 꾸릴 수 있도록 비교적 덩치가 작은 선물들을 준비했다. 우리는 강아지 애니를 데려갈까도 생각했지만 제이슨 오빠가 애니를 데리고 가서 부모님과 함께 시간을 보내겠다고 했다. 그렇게 하면 어쩐지 애니에게는 내가 없어도 나랑 함께 있는 분위기가 될 것도 같아 그렇게 하기로 했다.

"루시, 이거 꽤 일이 커지는데." 우리 집에 가는 대신 대런의 가족과 함께 크리스마스를 보낼 계획이라고 했더니 제이슨이 이렇게 말했다. "대런과 너는 이제 진짜로 낮소 시간차 반응으로 들어가는 건가?"

그 말을 듣자 그런 대화를 나누었던 게 벌써 1년 반 전의 일이었다는 기억이 났다. 그때 나는 제이슨에게 게이브 말고는 아무도 사랑하고 싶지 않다고 말했었다. 하지만 그랬던 내 감정은 분명 바뀌어 있었다.

"그런 것 같아." 내가 제이슨에게 대답했다.

전화기 너머로 제이슨의 웃음소리가 들리는 것 같았다.

"그 말을 들으니 나도 기뻐. 이번 크리스마스에 보지 못해서 좀 섭섭하기는 하지만."

"나도 그래." 내가 대답했다. "굉장히 보고 싶을 거야. 그렇지만 어쨌든 애니를 데리러 갈 때 다시 볼 수 있겠지. 1월 1일에 아침 겸 점심을 같이하는 게 어떨까? 그러니까 바네사 언니랑 대런을 모두 다 불러서 말이야."

"그거 좋은 생각인데." 제이슨이 말했다. "벌써부터 기다려진다."

우리는 일주일 전에 부모님 집을 다녀왔고 그때 지하실에 보관해두었던 내 스키복이며 안전모, 그리고 고글 등을 미리 챙겨 왔다.

"대런은 좋은 사람이야." 아빠는 내가 스키 장비 찾는 걸 도와주며 이렇게 말했다. "이번 크리스마스에 두 사람을 볼 수 없다니 좀 아쉽기는 하다만, 아마도 내년에는 둘 다 볼 수 있겠지. 부활절 휴가도 있고 말이다."

나는 싱긋 웃으며 말했다. "그거 좋은 생각이네요." 우리 가족은 대런을 좋아했고 그는 게이브와 내가 그랬던 것보다 훨씬 더 많은 시간을 우리 가족과 함께 보냈다. 왜 그랬는지는 정확히 알 수 없었다. 아마도 게이브와 나는 함께 있을 때 다른 사람이 전혀 필요하지 않았기 때문 아닐까. 정말로 우리는 우리 둘 말고는 어느 누구도 생각하지 않았다. 대런과 나의 세상은 우리 두 사람이 알고 있는 모든 사람들을 다 끌어안았다. 그런 점에서 대런은 나보다는 훨씬 더 사교적이었다. 그는 다른 사람들과 모두 잘 어울릴 수 있도록 우리의 일정을 잘 맞추곤 했다.

대런은 이번 크리스마스를 고대하며 몹시 흥분해 있었다. 그는 우리가 아무것도 잊어버리는 일이 없도록 기나긴 목록을 작성했고 여행 가방도 두 번 세 번 확인하고 또 확인했다. 드디어 크리스마스 전날이 되자 그는 우리가 떠날 준비가 완벽하게 끝났다고 선언했지만, 그가 독감에 걸리고 말았다.

12월 23일, 콧물이 흘러내리고 기침이 약간 났던 대런은 빨리 회복이 되기를 바라며 그날 밤은 9시도 못 되어 일찌감치 잠자리에 들었다. 우리는 그날 그의 집에서 함께 지내고 곧장 공항으로 출발하기로 했기 때문에 나는 그의 집 거실에서 제임스 스튜어트가 나오는 영화 〈멋진 인생It's a Wonderful Life〉을 보고 난 후 밤 12시가 조금 지나 잠자리에 들었다.

나는 대런 옆에서 그를 꼭 끌어안고 그의 체온을 느끼고 있었는데, 그러다가 그가 정말 열이 심하다는 걸 깨닫게 되었다. 평소보다 높은 체온에 놀란 나는 몸을 돌려 내 입술을 그의 이마에 대보았다. 제이슨이나 내가 아플 때 우리 엄마가 늘 하던 방법이었다. 그의 이마가 뿜어내는 뜨거운 열기가 내 입술로 전해졌다.

그가 떨리는 눈을 뜨자 나는 반쯤 어둠에 잠긴 방 안에서도 그의 눈이 얼마나 생기가 없는지 알아볼 수 있었다.

"대런?" 내가 속삭였다. "지금 열이 꽤 심해. 상태가 어떤 것 같아?"

대런은 몹시 괴로운 듯 기침을 해댔다. "그리 좋지 않아." 그가 말했다. "머리도 좀 아프고. 독감에 걸렸나?"

나는 나가서 약상자에 있는 체온계를 가지고 왔다. 그리고 그의 체온을 재어보니 39도가 넘었다.

"그거 망가진 거 아닌가?" 대런이 말했다.

나는 체온계를 알코올로 닦고는 이번에는 내 체온을 쟀다. 37도였다.

"체온계는 정상인 것 같아." 내가 말했다. "그리고 내 생각에 당신은 독감에 걸린 것 같아."

나는 그에게 타이레놀 몇 알을 먹였고 우리는 다시 잠이 들었다.

대런은 다음 날 아침 일찍 잠에서 깼지만 여전히 열이 높았고 기침도 심했다. 두통과 콧물도 어젯밤보다 더 심해졌다.

"나 진짜 아파." 내가 그의 기침 소리에 잠에서 깨자 그가 말했다.

"그래." 내가 대답했다. "정말 그렇게 보여."

그러자 그의 두 눈에 눈물이 고였다. 그가 우는 걸 본 건 이번이 처음이었다. "4시간 뒤에는 비행기가 출발하는데 오늘 콜로라도에는 못 갈 것 같아. 사실은 침대에서 일어날 수 있을지조차 모르겠어."

늘 우리 일정을 조정해온 건 대런이었고, 지금도 여전히 그렇지만, 나는 재빨리 항공사에 연락을 해 사정을 설명하고 비행기 표를 이틀 뒤 떠나는 걸로 바꿨다. 그런 다음 나는 대런의 어머니에게 전화를 걸어 이곳 상황을 말씀드렸다. 나는 다시 옷을 챙겨 입고 약국으로 가서 기침약과 해열제, 그리고 이런저런 감기약 등을 사왔다.

"당신 크리스마스를 망쳐서 미안해." 내가 돌아오자 대런이 말했다.

나는 열이 오른 그의 이마에 키스하고 이렇게 말했다. "당신과 함께 있을 수 있으니까 망친 건 하나도 없어."

그는 내가 사온 약을 조금 먹고는 다시 잠이 들었다. 그리고 나는 조용히 그의 집을 다시 나왔다. 나는 내가 직접 들고 갈 수 있는 크리스마스트리 중 가장 큰 1미터짜리 트리와 전구, 그리고 반짝이는 장신구와 장식용 눈송이 등을 샀다. 드웨인 리드에서는 이미 20퍼센트 할인 가격이 붙어 있는 물건들이었다. 나는 금색과 은색의 장식용 공이 든 상자 하나를 더 산 뒤 크리스마스트리 꼭대기에 올리기 위해 발레리나 인형을 샀다. 다른 건 모두 다 팔렸고 남은 건 그것 하나뿐이었다. 대런이 쉬고 있는 사이 나는 그의 집 거실을 크리스마스 분위기가 나게 꾸몄다. 심지어 그의 가족들을 위해 우리가 준비했던 선물들도 모두 가방에서 꺼내 트리 밑에 놓아두었다. 트리는 좀 더 커보이게 하기 위해 탁자 위에 세웠는데, 그러고 있자니 마치 지난 1년여 동안 그가 나에게 베풀었던 것을 내가 다시 그에게 돌려주고 있는 것 같은 그런 느낌이 들었다.

"루시?" 마침 소파 뒤 벽에 마지막 눈송이를 매달고 있는데 대런이 방에서 나를 불렀다. "당신 지금 무슨 가구라도 옮기고 있는 거야?"

그가 천천히 문 쪽으로 오는 기척이 느껴졌다. 움직일 때마다 기침을 하며 문을 연 대런은 흐트러진 옷차림을 가다듬지도 못하고 문틀에 몸을 기대고 서 있었다. 창백해진 안색에 눈 밑이 거뭇거뭇한 그는 말도 제대로 잇지 못했다.

"대런? 괜찮아? 당신이 아프다고 크리스마스를 그냥 보내게 할 수는 없을 것 같아서 준비해봤어."

한 걸음 그에게 다가가 보니 그의 눈에서 눈물이 흐르고 있었다. "루시." 그가 말했다. 그리고 기침을 하기 시작했다. "이따금 나는 당신이 너무 좋아서 내 심장이 그런 감정을 어떻게 견뎌내고 있는지 궁금할 때가 있어."

나는 그에게로 다가가 그를 그 어느 때보다도 더 힘껏 껴안아 주었다. 마치 그렇게 힘껏 그를 끌어안음으로써 내가 그를 얼마나 사랑하고 있는지 보여줄 필요가 있는 것처럼.

대런과 나는 정말로 낮소 시간차 반응을 일으키고 있었다. 함께하는 시간이 더 많아질수록 그에 대한 나의 사랑도 깊어 갔고 더 좋은 방향으로 흘러갔다.

41
꿈속의 사랑

　사람이라면 누구나 우연처럼 보일지라도 인생에 있어 일종의 전환점이 되는 그런 사건들이 있기 마련이다. 2001년 9월 11일이 나의 인생에 있어 바로 그런 전환점 중 하나였고 게이브와의 이별도 마찬가지였다. 그리고 대런과 함께 지낸 크리스마스 역시 인생의 또 다른 전환기가 되어주었다. 우리는 그 무렵 서로 만난 지 고작 1년 반밖에 되지 않았지만 나는 우리가 곧 결혼까지 이르게 되리라는 사실을 잘 알고 있었다. 꼭 지금 당장은 아니더라도 분명 그렇게 될 터였다. 적어도 전혀 예상치 못한 일이 일어나지만 않는다면 말이다. 그러니까 예컨대 게이브가 다시 나타난다거나 하는 그런 일. 나는 언제나 내가 대런과 결혼하는 걸 가로막을 수 있는 유일한 사건, 아니 사람은 게이브라고 생각했다. 그렇다고 대런과 결혼하지 말아야 한다거나 하는 그런 의미는 아니었다. 나는 내가 게이브를 가질 수도 없으며, 또 그렇다고 대런이 없는 내 인생을 상상할 수도 없다는 사실을 이미 잘 알고 있었다. 게다가 나는 대런을 사랑했다. 정말로, 진심으로 그를 사랑했다. 물론 내가 게이브를 사랑했던 것과 똑같은 감정은 아니었지만.

이미 게이브 본인에게도 한 번 말했지만, 그가 나를 떠난 이후로도 나는 여전히 게이브에 대한 꿈을 꾸고 있다. 꿈속에서 게이브와 나는 센트럴 파크에서 소풍을 즐기거나 근처 농장에서 사과 따기 체험을 하고 있다. 혹은 그냥 호텔에 있을 때도 있다. 때로는 실제로 우리 둘이 함께했던 장면들이 꿈에 나타나기도 하고 또 때로는 그렇지 않은 모습들을 볼 때도 있다. 그렇지만 그 꿈은 언제나 게이브가 나를 자신의 품으로 끌어당기면서 끝이 난다. 우리 두 사람의 몸이 서로를 꼭 끌어안고 입술이 맞부딪친다. 그리고 꿈에서 깨어나면 내 가슴은 두방망이질을 치고 있다. 대런과 이렇게 함께 침대 위에 있으면서, 그것도 몇 년이나 그러고 있으면서 다른 사람을 생각했다는 사실에 크나큰 죄책감을 느낀다. 나는 그런 꿈을 꾸지 않으려고 몹시도 애를 써왔지만 게이브는 여전히 내 꿈속에 나타난다.

게이브도 내 꿈을 꿀까? 지금도 혹시 내 꿈을 꾸고 있을까?

스물여섯 살 생일을 보내고 얼마 지나지 않은 어느 날 아침,

나는 〈뉴욕 타임스〉에 실린 게이브가 찍은 사진을 보았다. 무인 항공기 공격으로 부상을 입은 파키스탄의 민간인 시위대의 사진이었다. 이라크가 아니라 파키스탄이었다. 게이브가 활동 무대를 옮긴 것이었다. 그는 이렇게 완전히 새로운 나라로 떠났으면서도 내게는 한마디 말도 하지 않았다.

그날 밤 나는 게이브를 꿈에서 보았지만 그 내용은 평소와는 달랐다. 우리는 타임스 스퀘어 광장을 함께 걸어가고 있었고 일단의 관광객들이 우리를 향해 몰려들었다. 나는 잡고 있던 게이브의 손을 놓쳤고 우리는 서로 떨어지고 말았다. 나는 그를 찾아 사방을 헤맸고 꿈속이지만 엄청나게 겁에 질려 있었다. 그러다 대런이 내 어깨를 잡아 흔들면서 꿈에서 깨어났다. "루시, 좀 일어나 봐. 나쁜 꿈이라도 꾸고 있던 거야?" 대런이 이렇게 말하는 걸 보니 나는 분명 게이브의 이름을 큰 소리로 불렀던 모양이었다.

나는 땀에 흠뻑 젖어 잠에서 깼고 그 두려웠던 마음은 여전히 가시지 않고 남아 있었다.

"무슨 일이야?" 대런이 물었다. "자면서 누구 이름을 부르는 것 같던데 꿈속에서 무서운 사람이라도 만났어?"

나는 고개를 저었다. "글쎄…… 나도 잘 모르겠어." 나는 더듬거리며 이렇게 말했다. 물론 내가 꿈에서 부른 이름이 바로 게이브였다는 사실을 나는 잘 알고 있었다.

대런은 내게 물 한 잔을 가져다주고 다시 침대 위로 올라와 나를 꼭 안아주었다. "다 괜찮아." 그가 말했다. "내가 여기 있으니까. 내가 나쁜 꿈 같은 건 다 쫓아버릴게."

나는 팔을 뻗어 그를 끌어안았다. 그렇지만 그 꿈을 쫓아버릴 사람은 아무도 없었다. 그날 밤 나는 오랫동안 잠을 이루지 못하다가 해가 뜰 무렵에야 겨우 눈을 붙일 수 있었다.

그날 회사에서 나는 게이브에게 이메일을 보냈다.

'네 소식을 오랫동안 듣지 못하다가 파키스탄에 있다는 사실을 알게 되었어. 〈뉴욕 타임스〉에 실린 사진 좋더라. 거기 얼마 동안 머무를 거야?'

답장은 빨랐다.

'안녕 루시! 네 이메일을 보니 반갑다. 잘 지내고 있기를 바라. 파키스탄에는 몇 개월 정도 머물고 있는 중인데 정식으로 이동을 하겠냐는 요청을 받았어. 그렇게 하겠다고 할까 지금 생각 중이야. 어쩌면 이번 여름에 미국에 다시 들어갈 수 있을지도 모르겠다. 그때 다시 볼 수 있으면 좋겠네. 〈우주를 너에게 줄게〉에 대해서는 늘 관심을 기울이고 있지. 너희 부서에서 정말 멋지게 해내고 있는 것 같아. 갤럭토도 여전히 마음에 들고.'

게이브도 이때 보낸 이메일을 기억할까? 나는 그의 답장이 정말로 반가웠다. 비록 그는 나에게 아무런 말도 없이 다른 곳으로 가버렸지만 나는 마치 이제야 세상이 제대로 돌아가는 듯 마음이 더 편해졌다. 하지만 사실 나는 왜 그게 그토록 신경이 쓰였는지 지금까지도 잘 알지 못한다. 아마도 여전히 게이브에게 중요한 존재가 되고 싶어서였을까? 그가 나에게 별반 중요한 사람이 아니더라도 나는 그에게 새로운 소식을 가장 먼저 나누고 싶은 그런 사람이 되고 싶어서? 이런 모습을 보고 대단히 흥미로워할 심리학자들이 있지 않을까.

게이브가 내게 말하지 않은 또 한 가지는 그가 라이나라는 이름의 기자를 만났다는 사실이었다. 그녀는 파키스탄의 수도인 이슬라마바드Islamabad 주재 특파원이었고 게이브가 파키스탄행을 고려하고 있는 것도 바로 그녀 때문이었다. 그 사실을 그 당시에 알았더라면 나는 어떤 기분이었을까?

솔직하게 말해 나는 게이브가 당시 그 사실을 내게 말하지 않은 것이 차라리 기뻤다.

42
서로에게 전하는 쪽지

그해 생일에 대런은 내게 마놀로 블라닉 구두 한 켤레를 선물로 주었다. 그리고 우리는 드디어 함께 살기로 결정했다. 이미 1년 반 이상을 연인으로 지내왔을 뿐만 아니라, 두 사람이 각자 살고 있는 집의 집세가 지난여름부터 올랐기 때문이었다.

"새로 살 집을 구해보자." 그가 말했다. "당신 집도 아니고 내 집도 아닌 온전한 우리 집으로 말이야."

나는 찬성했다. 게이브와 함께 지낼 때는 그의 옷들을 서랍에서 치우고 내 옷을 채워 넣는다거나, 벽에 붙어 있던 그의 사진이나 그림을 한두 개 떼어내고 대신 내가 좋아하는 그림이나 사진들을 붙여 놓는 것이 나에게는 사실 조금은 낯선 일이었다. 게이브는 자신의 공간을 나와 함께 나누고 있었고, 집을 조금 다르게 꾸밀 수 있었다 하더라도 허락받은 일 이상을 하거나 너무 많은 부분을 바꾸는 걸 우선은 내가 원하지 않았기 때문이다.

"어떤 조건의 집을 찾아봐야 할까?" 대런이 자기 집 탁자 위에 종이와 볼펜을 꺼내놓으며 이렇게 물었다. 당시 나는 대부분의 시간을 그의 집에서 보냈는데 그건 그 집이 더 크고 지하철역에서 가까웠기 때문이었다. 게다가 애니가 아주 좋아라 하는 특별한 반려견용 침대도 있었는데, 그건 크기도 너무 크고 값도 비싸서 각자의 집에 하나씩 준비해두기는 어려운 물건이었다.

"식기세척기가 들어가야 해." 내가 양말 신은 발을 탁자 위에 올려놓으며 대런에게 말했다. "그다지 크지 않은, 우리가 감당할 수 있을 정도 크기의 식기세척기가 들어갈 수 있는 집이면 좋겠어."

대런은 고개를 끄덕이며 열심히 적어 내려갔다. "거기에 집 근처에 지하철역이랑 좋은 식당하고 상점들이 있어야 해. 그리고 침실은 두 개."

"침실이 두 개여야 한다고?" 내가 바닥에 발을 내려놓으며 물었다.

"손님이 올 수도 있으니까." 그가 나를 쳐다보지 않은 채 대답했다.

그렇지만 나는 아이 문제까지 생각이 미쳤다. 대런과 함께 사는 문제는 게이브와 살던 것과는 느낌부터 달랐다. 좀 더 진지할 뿐더러 서로에 대한 진정한 헌신을 약속하는 것만 같았다.

또 이건 약혼 바로 전 단계까지 가는 것과 다를 바 없었다.

우리는 주말마다 집을 보러 다녔다. 대런은 조금이라도 부족한 점이 있으면 용납을 하지 않았는데 덕분에 부동산 중개인은 폭발 직전까지 가고야 말았다.

"내 생각에 여기가 딱 맞는 것 같아." 4월도 저물어가는 어느 일요일, 나는 대런에게 마침내 이렇게 이야기했다. 우리가 찾은 집은 제2차 세계대전 전에 지어졌는데 복도와 벽 속에 나 있는 공간, 그리고 둥근 주방 입구 등이 특별한 설계 없이 그대로 함께 모여서 만들어진 집 같았다. 한 줄로 이어진 계단을 두 개 올라가야 집 안으로 들어갈 수 있었고 부부용 침실 벽에는 벽돌이 그대로 드러나 있었다. "아주 마음에 들어."

대런이 나를 보고 빙그레 웃었다. "나는 당신이 더 마음에 드는데."

나는 그런 대런을 살짝 내리치며 소리 내어 웃었다. "그렇지만 집은 어떤 거 같아?" 내가 물었다.

"집도 마음에 들어." 그가 대답했다. "물론 그저 당신이 좋다고 해서 그러는 것만은 아니고."

"그래, 그래야지." 내가 말했다.

우리는 바로 그날 임대계약서를 작성했고 3주 뒤에 이삿짐을 옮겼다. 우리는 엄청나게 많은 사진을 찍어댔고 페이스북에는 함께 활짝 웃고 있는 사진들을 올렸다. 우리는 생활용품 전문점인 베드 배스 앤 비욘드Bed Bath & Beyond로 가서 마음에 드는 건 뭐든 다 사들였다. 머핀을 닮은 비스킷통과 얼굴 모양 조각이 붙어 있는 찻주전자, 샤워 커튼 그림 속에 또 다른 샤워 커튼이 끝도 없이 그려져 있는 샤워 커튼 등등.

"미장아빔Mise en abyme이네." 내가 말했다.

대런이 무슨 말을 하고 있냐는 듯 나를 쳐다보았다.

"그러니까 '퀘이커 오트밀 현상The Quaker Oats phenomenon'이라고도 하는 건데." 내가 설명을 해주었다. "그림 속에 똑같은 그림이 있고 그 그림 속에 다시 똑같은 그림이 있는 식으로 끝없이 이어지는 걸 말해."

"그런 거에 이름까지 있는 줄은 몰랐네." 대런이 말했다.

게이브라면 알고 있지 않았을까. 그렇지만 나는 그때 게이브 생각을 하지는 않았다. 대런이 우리가 산 물건들 전부를 계산할 때도, 그리고 집으로 함께 돌아온 후 애니와 물건 던지기 놀이를 할 때도 나는 게이브에 대해 생각하지 않았다. 그렇지만 나는 게이브와 함께 보냈던 첫날밤을 대런과 비교하지 않을 수 없었다. 게이브와 내가 첫날밤을 보냈던 집은 처음에는 그의 집이었다가 내가 그의 집으로 옮기면서 우리 집이 되었고 나중에는 나 혼자만의 집이 되었다.

대런과 나는 함께 저녁을 준비했다. 영계 두 마리에 양념을 넣어 끓이고 거기에 샴페인 한 병까지 곁들인 그럴듯한 식사였다. 저녁을 먹고 난 후에는 애니를 데리고 산책을 갔고 영화 한 편을 본 후 사랑을 나눴다.

게이브와 나는 집을 합치게 된 날, 피자를 주문하고 와인 한 병을 나눠 마신 후 집 안 곳곳에 몸을 부비며 사랑을 나눴었다. 침대 위는 물론이고 소파와 마루, 그리고 탁자까지 빠지지 않았다. 다음 날 아침 눈을 뜬 우리는 다시 또 온 집 안을 돌아다니며 끝없이 사랑을 나눴다.

그렇지만 게이브와 살 때와는 달리 대런과 나는 새 집에서 맞이하는 첫 아침에 욕실에서 서로의 머리를 감겨주었다. 왜 전에는 이런 생각을 한 번도 해보지 않았는지 잘 모르겠다. 그렇지만 자기가 사랑하는 사람의 머리를 감겨주고 그 사람이 다시 나의 머리를 감겨주는 일은 정말 멋진 일일 뿐더러 그렇게 친밀한 감정이 들 수가 없다. 어쩌면 우리가 원숭이들과 유전 형질이 어느 정도 일치한다는 증거일지도 모르겠다. 원숭이들은 늘 서로의 털을 골라주지 않는가.

게이브와 나는 냉장고 안에 서로에게 전하는 쪽지를 붙여놓은 적이 없었다. 그렇지만 대런과 살게 되니 정말 다양한 내용을 전하는 작은 쪽지들이 서로 오가게 되었다. 우유갑에는 '사랑해'라는 쪽지가, 오렌지 주스 병에는 '너는 정말 아름다워', 그리고 치즈 봉지에는 '나는 정말 행복해'라는 쪽지와 '나도 행복해'라는 쪽지가 나란히 붙어 있게 되었다.

그런 일들이 어떻게 시작이 되었는지는 기억이 나지 않는다. 그렇지만 이런 생각을 했던 건 기억이 난다. '게이브라면 절대로, 절대로 하지 않을 그런 일이야. 그러면 아마도 바보 같은 일이라고 생각했을 거야.'

그렇지만 나는 내가 틀렸기를, 게이브는 그런 사람이 아니었기를 바랄 뿐이다. 왜냐하면 그런 일들이 무척이나 내 마음에 들었기 때문이다.

<u>43</u>
질투

그해 봄, 게이브가 잠시 뉴욕에 들렀다. 우리는 커피 한잔하자
며 만났고 나는 무엇인가가 달라졌다는 걸 느낄 수 있었다. 물론
우리가 살고 있는 도시도 달라졌다. 무역센터 쌍둥이 빌딩이 서
있던 자리에는 새롭게 프리덤 타워the Freedom Tower가 세워지고 있
었다. 그건 마치 상처 위에 붕대를 감거나 흉터를 가리기 위해
그 위에 정성들여 문신을 새기는 것과 비슷한 느낌이었다.

나는 뉴욕의 스카이라인 안에 뭔가 빌어먹을 정도로 크고 웅
장한 무엇인가를 다시 세우고 싶어 하는 사람들의 욕망을 이해
했다. 그렇지만 그런 모습은 여전히 상처가 남아 있는 것처럼
나를 두려움에 휩싸이게 만들기도 했다. 아직 무엇인가를 다시
세울 만큼 완전히 치유되지 않은 것 같았기 때문이다.

사실 이런 일들은 우리보다는 쌍둥이 빌딩이 불타오르며 무너질 때 마치 새들처럼 창문 밖으로 뛰어내렸던 사람들과 관련된 일일 것이다. 그렇지만 새로운 건물들이 높이를 더해갈수록 나는 그걸 바라보는 일이 더 힘들어졌다. 나는 맨해튼의 그 지역을 피해 다녔다. 모든 것이 다 정리된 지금까지도 여전히 그쪽으로 발걸음을 하고 있지 않다면 내가 너무 지나친 걸까? 이제는 추모비까지 세워졌는데도? 나는 이런 일을 나 혼자 감당해낼 수 있다고는 생각하지 않았고 그렇다고 대런과 함께 가보고 싶지는 않았다.

　그날 우리는 프리덤 타워에 대해서도, 추모비에 대해서도, 그리고 우리가 만났던 날 아침에 대해서도 이야기를 꺼내지 않았다.

　게이브는 런던에 잠시 머무는 동안 〈우주를 너에게 줄게〉의 새로운 에피소드들 굉장히 재미있게 봤다는 말로 이야기를 시작했다. "엘렉트라가 자신의 할아버지에게 자기가 직접 우주선을 고칠 수 있다는 사실을 보여주는 장면이 좋았어. 할아버지는 엘렉트라의 오빠에게 부탁할 수밖에 없다고 생각하고 있었잖아. 그거 네가 기획한 거야?" 그가 물었다.

　나는 웃었다. "뭐, 그렇다고 해두자." 내가 말했다.

　"그럴 거라고 생각했지." 게이브는 자기 앞에 놓인 아메리카노 커피를 한 모금 마시며 이렇게 말했다. "마치 네 머릿속을 잠시 들여다보는 그런 느낌이었어."

대런은 〈우주를 너에게 줄게〉에 대해서는 한마디도 한 적이 없었고 분명 그럴 생각도 없었을 것이다. 어떤 그리움 같은 격렬한 감정을 느꼈다. 내가 하는 일에 대해 그토록 많은 관심이 있고, 나의 일부분을 잘 이해하고 있는 누군가와 관계를 맺는다는 건 분명 아주 대단한 일이었다.

"이슬라마바드는 어때?" 내가 물었다.

"좋아." 그가 대답했다. "뭐…… 나쁘지는 않아."

게이브에게, 아니 우리에게 그런 식의 모호한 대답은 뭔가 다른 일이 있다는 신호였다. 나는 내가 뭔가 놓친 것이 있나 알아내기 위해 게이브를 다시 자세히 살펴보았다. 등을 의자에 기댄 채 커피 잔을 쥔 손을 무릎 위에 올리고 있는 그는 편안해 보였다.

나는 슬쩍 미끼를 던져보았다. "지내는 곳은 괜찮아?"

"아주 좋아." 그가 대답했다. "혼자 쓰는 아파트가 아니라 단독 주택인데, 다른 기자들과 함께 지내고 있어."

"아, 그거 재미있겠다. 남자들만 우글거리는 데서 지내는 거잖아?"

게이브는 커피 잔을 내려다보았다. "사실은……" 그가 말했다. "나는 라이나와 함께 지내고 있어. AP 통신사에서 날 이슬라마바드에 보냈을 때 그녀를 처음 만났고 일 하나를 같이 하게 됐거든." 그는 어깨를 으쓱해 보였다.

"그러다가 계속해서 함께 일하게 된 거야?" 나는 그가 할 말을 대신해보았다. 나는 함께 이라크로 떠나자고 말하던 그가 나와 그런 식으로 일과 인생을 함께 나누는 걸 상상했었는지 알고 싶었다.

그는 마치 내게 말을 꺼내기가 당혹스럽다는 듯 다시 어깨를 으쓱해 보였다. "라이나는 페가수스Pegasus야." 마침내 그가 입을 열었다. "마치 너처럼 말이야."

게이브가 그렇게 말했을 때 마치 누가 내 배에 강한 펀치를 날린 듯한 기분이 들었다. 페가수스와 벨레로폰 신화에 대한 그의 해석에 나는 한 번도 동의한 적이 없었으니 그런 감정은 정말 바보 같은 것이었다. 그렇지만 나는 게이브가 하는 말이 어떤 의미인지 잘 알고 있었다. 그리고 지금까지 나는 거의 2년 가까이 대런과 함께 지내온 것에 비해 게이브는 어떤 누구도 만나지 않았지 않은가. 그래서 그가 다른 누군가를 만났다는 사실에 겨우 서로 공평해졌다고 생각했지만, 그래도 그의 말은 내게 상처가 되었다. 대런은 그렇게 시간을 함께 보내면서도 한 번도 게이브의 자리를 대신해주지 못했다. 나는 누군가 다른 사람이 게이브의 마음속 내 자리를 대신한다는 사실이 증오스러웠다.

"그거 잘 됐네." 결국 나는 이렇게 말했다. "게이브, 그 이야기를 들으니 나도 기쁘다."

게이브는 손가락으로 머리를 쓸어 넘겼다. 예전에 수백 번이

나 봤었던 모습이었다. "고마워." 그가 말했다. "그런데 네 남자 친구는 어때? 이름이 대니얼, 아니 데릭이었던가?"

"그 사람 이름은 대런이야." 내가 말했다. "좋은 사람이야."

그때 게이브는 일부러 그의 이름을 모르는 척했던 것일까? 나는 그때나 지금이나 항상 그랬을 거라고 생각하지만, 그 앞에서는 아무런 말도 하지 않았다.

나는 그날 그렇게 커피만 마시고 헤어진 것을 지금도 다행으로 생각하고 있다. 아마도 그 이상 시간을 보내고 더 많은 이야기를 들었다면 견디지 못했을 것이다. 그때 내가 느낀 질투심은 나를 두렵게 만들었다. 나는 대런과 나의 관계에 대한 의구심이 들었고 그건 전혀 내가 바라는 일이 아니었다. 나는 대런을 사랑했고 게이브도 다른 누군가를 사랑하고 있었다.

44

나만의 남자

이 세상을 뒤바꿀 만한 요청이나 질문들, 물론 온 세상이 아니라 나만의 작은 세상을 바꿀 수 있는 질문들을 말하는 것이지만, 그중 가장 최고를 찾는다면 그건 '나와 결혼해줄래?'가 아닐까?

5월의 마지막 주말, 내가 게이브를 만난 지 얼마 지나지 않았을 때였다. 대런은 나에게 가방을 꾸리라고 말했다. 현충일 주말을 이용해 일찌감치 여행을 다녀올 계획을 짰다는 것이었다. 주말이 낀 나흘간의 이 깜짝 여행은 우리가 함께 살게 된 것과 머지않아 서로 만난 지 2년이 되는 것을 기념하는 여행이었다. 대런은 그런 커다란 깜짝 선물들이 딱히 나의 취향이 아니라는 사실을 여전히 알아차리지 못했지만 나 역시 여전히 그런 일들을 덤덤히 받아들이려고 노력하고 있었다. 그는 분명 뭔가를 계획하고 나를 놀라게 만드는 일을 좋아했다. 그래서 나는 개인적인 취향은 잊어버리려고 노력하면서 그저 그런 일들이 그에게 얼마나 큰 의미가 있는지만 이해하기로 결심한 터였다. 그렇기는 하지만 나는 우리가 어디로 가는지 정도는 미리 추측해보려고 했다. 이번에 쓸 수 있는 연휴가 나흘 정도였기 때문에 나는 케이프 코드Cape Cod나 메인Maine 바닷가 어디쯤이 목적지가 아닐까 생각했다. 게다가 우리는 둘 다 바닷가를 좋아했고 앞서 말한 두 곳은 한 번도 같이 가본 적이 없는 곳들이었다. 그렇지만 대런이 챙겨갈 물건들이라며 내게 내민 목록을 보니 수영복에 대한 언급이 전혀 없었다.

"뭐 빠트린 건 없어?" 나는 짐을 꾸리며 이렇게 물었다.

대런은 이미 잘 준비를 끝내고 티셔츠와 사각 속옷 차림으로 비누와 치약 냄새를 풍기며 다가와 내 손에 있는 목록을 들여다 보았다. 그리고 하나하나 확인한 뒤 그는 이렇게 말했다. "빠트린 거 없는데. 하나도 없이 그 안에 다 적혀 있어."

"수영복은 안 가지고 가?" 내가 물었다.

"아니." 그가 다시 대답했다. "당신이 챙겨가야 하는 물건들은 거기 다 적혀 있어."

나는 다시 한 번 머리를 굴려보았다. 어쩌면 우리는 버크셔 Berkshires 쪽으로 가는 게 아닐까. 아니면 그의 큰누나가 항상 이 야기하던 코네티컷에 있다는 그 온천? 어디를 가든 다 재미는 있을 것 같았다.

"내일 오후 5시 정각에 퇴근할 수 있는 거지?" 그가 물었다.

나는 고개를 끄덕였다. "필한테 미리 말했더니, 괜찮다고 그랬어."

대런도 자기 여행 가방을 가져와 짐을 꾸리기 시작했다. "그럼 당신 회사 앞으로 차 몰고 갈게." 그가 말했다. "그러면 바로 출발할 수 있을 거야."

"그냥 렌터카 빌리는 곳에서 만나지 왜?" 내가 말했다.

"아니야." 그는 이렇게 말하며 속옷을 구겨지지 않게 잘 개서 가방 안에 챙겨 넣었다. "내가 당신을 데리러 가는 게 서로에게 편한 거 같아."

나는 잠시 짐 꾸리는 일을 멈추고 그가 양말을 둥글게 만 다음 신발 안에 밀어 넣는 모습을 바라보았다. 그는 그렇게 신발 세 켤레에 각각 양말 한 켤레씩을 챙겼고 제자리에 잘 들어갔는지 보기 위해 고개를 앞으로 숙여 확인을 했다.

때때로 이렇게 그를 바라보고 있노라면 나는 온통 이런 생각만 떠올랐다. '내 남자야. 바로 내 남자 친구지. 내 손을 잡고 내 몸을 끌어안아주는 내 남자.' 나는 한 번도 대런에게서 느끼는 이런 '내 것'이라는 감정을 게이브에게서는 느껴본 적이 없다. 게이브의 주인은 늘 자기 자신이었고 이따금 필요하다고 느낄 때만 나에게 그를 빌려주었다. 나는 단 한 번도 그를 완벽하게 소유해본 적이 없었지만 대런은 달랐다. 그리고 그렇게 완전히 그를 소유하고 있다는 사실은 나로 하여금 내가 가질 수 없는 것들에 대해서 무시할 수 있도록 만들어주었다.

그날 밤 나는 대런을 따라 잠자리에 들었고 두 팔로 그의 가슴을 감싸 안으며 그의 목덜미에 키스했다. "그래, 잘 알겠어. 이건 당신의 깜짝 선물이야. 당신이 뭘 계획하든 그냥 그대로 다 따라갈게."

대런은 몸을 돌려 나에게 키스해주었고 뜨겁게 나를 끌어안았다.

"대런." 내가 눈을 크게 뜨며 그의 이름을 불렀다.

"루시." 그도 부드럽게 내 이름을 불렀다.

나는 그의 티셔츠를 위로 들어 올려 그의 몸에 키스하며 입술을 점점 아래쪽으로 가져갔다. 그의 사각 속옷이 느껴지자 그걸 벗겨버리고 더 아래쪽으로 키스해나갔다.

"아, 루시." 대런이 그런 나를 끌어안으며 몸을 눕혔다.

그날 밤 우리는 아주 늦게까지 잠들지 못했다.

다음 날은 하루 종일 정신없이 일을 했고 약속 시간보다 10분이 늦어서야 겨우 회사를 빠져나올 수 있었다.

"왜 이렇게 늦었어?" 내가 회사 밖으로 나오자 그가 이렇게 말했다.

그는 어느 리무진이 세워진 인도 위에서 서성거리고 있었다.

"이건 우리가 타고 갈 렌터카가 아니잖아." 내가 말했다.

그는 전혀 움츠러드는 기색 없이 소리 내어 웃으며 말했다. "렌터카는 아니야. 우리는 공항으로 갈 거니까."

"공항이라고?" 내가 되물었다.

"나는 당신을 파리로 데리고 갈 거라고!" 그가 말했다. "당신 버킷 리스트에 있었잖아. '그냥 파리로 훌쩍 떠나서 주말을 마음껏 즐기고 오기'라고 말이야."

나는 나도 모르게 눈이 휘둥그레졌다. "당신 그거 진담으로 하는 말이야?" 나는 그야말로 어안이 벙벙해서 이렇게 물었다. 파리로 깜짝 휴가라니! 이런 일은 그야말로 영화에서나 일어나는 일이 아닌가? 그런데 현실에서 이렇게 일어나다니. 그렇지만 이건 꿈이 아니었고 바로 나에게 정말로 일어난 일이었다!

이건 그야말로 깜짝 놀랄 정도로 거창하면서도 로맨틱한 선물이었다. 수많은 여자들이 꿈꾸는 그런 일이었지만 처음 느꼈던 충격이 서서히 가시자 왠지 뭔가 어색하게 느껴졌다. 대런이 애니를 처음 데리고 온 날과 비슷한 그런 기분이 든 것이다.

나는 뭔가 내 뜻을 이야기하고 싶었다. 만일 내가 파리 말고 프랑스의 다른 지방에 가고 싶다고 말하면 어떻게 될까? 남서부의 비아리츠Biarritz나 서쪽의 지베르니Giverny 같은 곳에 가고 싶어 한다면?

"무슨 지구온난화 문제처럼 심각한 표정이네." 그가 말했다.

"어서 이리로 와. 빨리 공항으로 가야 하니까!" 대런이 나를 위해 리무진 문을 열어주었다.

"그렇지만 내 여권!" 내가 리무진 안으로 들어가면서 이렇게 소리쳤다.

"여권이라면 여기 있지." 그가 내 옆으로 들어와 앉으며 노트북 컴퓨터 가방을 두드렸다.

존 F. 케네디 공항에 도착해서 나는 대런이 비즈니스석을 예약했다는 사실을 알게 되었다.

"당신 제정신이야?" 아메리칸 에어라인 휴게실에서 비행기를 기다리는 동안 내가 그에게 이렇게 물었다.

"마일리지 적립." 그가 말했다. "거기에 신용카드 포인트 적립까지. 따로 돈이 더 들어간 건 없어."

나는 의심스럽다는 듯 그를 노려보았고 그는 웃었다.

"설사 돈이 더 들어갔다고 해도 말이지……" 그가 말했다. "당신이 처음 파리에 가는 날인데 그럴 만한 충분한 가치가 있는 일이지."

우리는 내가 지금까지 먹어본 기내식 중 가장 맛있는 기내식을 맛보았고 와인도 작은 병으로 하나씩 각각 따로 받았다. 대런은 내게 와인을 따라주며 엉터리 프랑스 억양으로 설명을 해

나를 웃겼다. 얼마나 웃겼던지 나는 눈물이 다 나올 정도였다. 눈가에 흐르는 눈물을 닦으며 나는 그가 이 여행을 나와 의논 없이 제멋대로 결정한 것에 대해 마지막까지 남아 있던 불쾌한 감정도 함께 씻어냈다. 우리는 서로의 손을 잡고 잠이 들었고 승무원이 아침 식사를 준비하는 기척을 느끼고 잠에서 깨어났다.

공항에 내리자 대런은 나를 데리고 파리 중심부로 들어가는 기차에 올라탔고 다시 지하철로 갈아탔다.

"이제 우리 어디로 가는 거지?" 내가 물었다.

"그건 아직 비밀이야." 그가 대답했다.

파리 지하철에서 내리자 우리 눈앞에 나타난 건 다름 아닌 노트르담대성당이었다. "아니, 이럴 수가!" 내가 말했다.

"정말 아름답지?" 그가 말했다. "그렇지만 이 대성당이 비밀 선물은 아니야. 우리가 머물 집이 바로 이 근처에 있어. 사진으로 봤을 때만큼 실제로도 근사했으면 좋겠는데."

대런은 인터넷을 통해 3박 4일 동안 쓸 집을 하나 빌렸다. 당시는 그런 일이 흔하지 않을 때라 그의 행동이 아주 대단하게 느껴졌다. 예약한 집에 가보니 사진에서 본 것하고 똑같지는 않았지만 그래도 멋진 집이었다. 발코니에서는 파리의 센강이 보였고 실내는 보통사람들의 상상 속에 존재하는 '멋진 파리 사람들의 집'을 그대로 표현해 놓은 것처럼 화려한 장식과 대담한 색상, 그리고 개성 넘치는 양식으로 꾸며져 있었다. 게다가 원형 침대까지 있었다.

"이런 건 지금까지 한 번도 본 적이 없어." 침실로 들어서자 대런이 말했다. "이건 인터넷에서 본 사진하고는 완전히 딴판인데."

나도 그의 옆에 서서 침실을 바라보았다. "이렇게 둥근 침대보에 덮는 이불까지 만드는 줄은 몰랐어. 이런 게 다 프랑스식인가?"

대런이 머리를 긁적였다. "내 생각에는 그냥 여기 살던 사람 취향인 거 같은데."

나는 웃음을 터트렸다.

"당신 마음에 들었으면 좋겠어." 그가 팔로 내 어깨를 감싸 안으며 이렇게 말했다.

"그야 물론 마음에 들지." 내가 그에게 말했다. "여기서는 잠을 자는 일까지도 짜릿한 모험 같을 거야."

그날 밤 우리는 평소보다 더 가까이 붙어서 자야 했고 따라서 둥근 침대 밖으로 발이 빠져나가는 일은 없었다. 그렇게 둘이 한데 엉켜서 뒹구는 건 게이브와 그랬던 것처럼 아주 멋진 일이었다. 게이브는 라이나라는 여자와도 그렇게 잠을 잤을까? 아니, 라이나가 아니라 알리나였나? 혹시 나에게는 절대 이야기 안 했지만 게이브에게는 그 사이에 또 다른 여자들이 있었는지도 모를 일이었다.

　다음 날은 관광을 하느라 정신없이 돌아다녔다. 노트르담대성당과 루브르박물관, 그리고 에펠탑이며 생트샤펠성당 등등. 우리는 야외에서 저녁을 먹으며 시간이 지나면서 에펠탑이 점점 불빛들과 함께 아련해지는 모습을 바라보았다. 마치 파리라는 도시 전체에 마법의 가루가 뿌려지고 있는 것 같았다.

　"당신 행복해?" 대런이 프랑스식 디저트인 크렘 브륄레creme brulee와 이탈리아산 화이트 와인 빈 산토Vin Santo를 앞에 두고 이렇게 물었다.

　"엄청나게 행복하지." 내가 말했다. "이렇게 파리에 데려와줘서 고마워." 나는 별빛이 반짝이는 하늘과 파리의 건물들, 그리고 자갈로 포장된 거리를 바라보았다. 그리고 웃으며 나를 바라보고 있는 대런을 쳐다보고 있으려니 가슴이 벅차올랐다. 그렇지만 내 마음속 아주 작은 부분은 이 파리 여행을 함께 계획하지 못한 것을 여전히 마음에 들어 하지 않고 있었다. 그는 정말로 나를 위해 이번 여행을 계획한 걸까. 아니면 자신의 여자 친구에게 파리로 가는 깜짝 여행을 선물할 수 있는 그런 남자가 되기 위해 계획을 한 걸까. 대런은 늘, 언제나 이렇게 사람을 깜짝 놀라게 하는 일들을 계획하지만, 그토록 오랜 세월이 흐른 지금도 나는 여전히 도대체 얼마만큼이 나를 위해서, 또 얼마만큼이 자신을 위해서 하는 일인지 잘 알 수가 없다.

파리로 출발하기 바로 전에, 그러니까 그가 내게 자신이 계획하고 있는 비밀 기념 여행에 대한 이야기를 꺼낸 직후 나는 그를 위해 팔찌 하나를 샀다. 글자를 각인할 수 있는 금속 장식이 달려 있는 팔찌로, 그 막대 한쪽에는 그의 이름을, 그리고 그의 손목과 맞닿는 반대편에는 '당신을 정말로 사랑해. 루시'라고 새겼다.

마지막 남은 크렘 브륄레를 먹고 나자 나는 가방에서 선물 상자를 꺼냈다. "이건 내가 당신에게 주는 선물." 내가 말했다. "우리 기념일 선물이야."

"나도 당신을 위해 선물을 준비했는데." 그가 말했다.

"이 파리 여행이 선물 아니었어?" 나는 그에게 줄 선물 상자를 무릎 위에 놓고 만지작거리며 이렇게 말했다.

"아직 좀 남았어." 그가 말했다. "그렇지만 선물을 서로 주고받기에 여기보다 더 나은 장소를 알고 있지." 그는 시간을 확인했다. "좀 뛰어도 괜찮겠어?"

나는 내 발을 바라보았다. "구두 굽이 좀 높은데." 내가 말했다.

"그냥 조금만 뛰어가면 돼. 내가 잘 잡아줄게."

그가 계산을 하고 나서 우리는 손을 맞잡고 뛰기 시작했다. 자갈로 포장된 파리의 거리를 가로질러 우리는 퐁네프Pont Neuf

중간에 이르렀다.

"완벽한 타이밍이네." 대런이 또다시 불빛 속에서 아른거리는 에펠탑을 바라보며 이렇게 말했다.

그리고 그는 한쪽 무릎을 꿇고 앉아 바지 주머니에서 작은 상자 하나를 꺼내 들었다. 무슨 영문인지 내가 짐작도 하기 전에 대런이 입을 열었다. "루시, 나와 결혼해줄래?"

나는 온몸이 달아오르고 속이 울렁거리는 것 같았다. 아마도 난 일이 이렇게 되리라는 것을 미리 짐작했어야 했겠지만 미처 그러지는 못했다. 그리고 바로 그 순간에 나는 게이브에 대한 생각 같은 건 까맣게 잊어버렸다. 대런이 나와 상의 없이 이번 여행을 준비했던 일도 마찬가지였다. 그가 내가 하는 일에 별로 신경을 쓰지 않는 것 같던 모습도, 그리고 나의 꿈을 그리 중요하지 않게 생각하며 그저 귀여운 정도로만 여기던 것도 상관없었다. 내 머릿속은 온통 그의 다정한 모습으로 가득 찼다. 대런이 이렇게 나를 사랑하는구나. 이렇게 프러포즈를 하기 위해 얼마나 많이 고민하고 준비했을까. 그는 완전히, 그리고 온전히 나만의 것이었으며 나 역시 그를 진심으로 사랑했다.

"당연하지." 내가 대답했다. "무조건 그렇게 할 거야."

대런은 자리에서 일어나서 내 손가락에 반지를 끼워주려고 했다. 내 오른손을 잡고 아무 손가락이나 더듬거리기에 나는 내 왼손을 내밀었다.

제대로 반지가 끼워진 후 우리는 키스했다. 에펠탑은 여전히 반짝거렸다. 마치 십 대 여자아이의 일기장이나 소설, 아니면 영화 속에서나 볼 수 있는 로맨틱한 광경이었다.

나는 지금까지도 늘 궁금해한다. 게이브라면 누군가에게 프러포즈하기 위해 이런 수고스러움을 마다하지 않을 수 있을까? 알리나에게는 어떻게 했을까? 그는 나에게 둘 사이의 사랑이 어떻게 시작되었는지 한 번도 말해주지 않았다. 그저 어떻게 끝났는지만 말해주었다.

<u>45</u>
속마음

우리가 미국으로 돌아오고 몇 주일이 지났을 때 대런은 친구인 아지트의 총각 파티bachelor party, 결혼식 전야에 신랑 친구들이 갖는 모임를 위해 캐나다 몬트리올에 갔고, 나는 바로 그 금요일 밤에 제이슨 오빠에게서 연락을 받았다.

"루시?" 전화를 받자 제이슨이 이렇게 물어왔다. "일요일에 시간이 좀 있어?"

나는 대런이 없는 틈을 이용해 토요일 오전에는 알렉시스와 술 한잔을 곁들인 아침 겸 점심 식사를 하기로 했고, 토요일 밤에는 코리아타운에서 줄리아와 저녁 식사를 함께하기로 되어 있었다. 꼬치구이를 직접 구워 먹으며 줄리아가 별로 재미를 보지 못했던 인터넷 데이트 사이트 사용 후기를 들을 예정이었다. 일요일에는 아직 아무런 계획이 없었다. 나는 그냥 애니와 소파 위에서 뒹굴며 시간을 보내고 싶었다. 대런은 별로라고 생각하는 치리오스Cheerios 시리얼을 맛보며 드라마 〈90210〉 재방송을 보려고 했다. 적어도 오후 2시까지는 잠옷 차림으로 그냥 뒹굴 뒹굴 있을 생각이었다.

나는 한숨을 내쉬었다. "시간은 있어. 그런데 무슨 일이야?" 내가 물었다.

전화기 저편에서 제이슨이 턱수염을 긁적거리는 소리가 들리는 것 같았다. "그게…… 좀 큰 부탁인데 네가 들어줄 수 있을까 해서."

제이슨은 부탁 같은 걸 하려고 멀리서 연락을 하는 사람이 아니었다. 좀처럼 그런 일을 하지 않는 제이슨이 뭔가를 부탁하겠다는 말을 하자 나는 조금 긴장되었다.

"오빠 일이야?" 내가 물었다. "물론 괜찮지, 뭐. 무슨 부탁인데?"

"연구소에서 여는 가족 모임 행사에 너도 올 수 있나 해서. 물론 바네사도 오지. 그런데…… 그때는 아이들이 아주 많이 오거든. 너랑 나랑은 이런 문제에 대해 진지하게 이야기를 해본 적은 없지만, 여하튼 그러니까 바네사랑 나는 아이를 갖기 위해 노력을 해왔는데 그게 1년이 넘었어. 그래서 너라도 와주면 바네사가 좀 덜 힘들까 싶어서 말이야. 어떻게, 와줄 수 있겠어?"

과연 내 사랑하는 제이슨 오빠다운 말이었다. 마침내 나에게 한 부탁이 자기 자신을 위한 것이 아니라 올케 언니인 바네사를 위한 것이라니.

"그야 물론 갈 수 있지." 내가 말했다.

그래서 나는 뉴저지로 향했고 제이슨의 연구소를 둘러보며 그와 다른 연구소 직원들이 아이들을 위해 실험 교실을 진행하는 모습을 지켜보았다. 연구소의 가족 모임 행사란 결국 일종의 '어린이날 행사'로, 아이들이 부모님의 직장을 방문할 수 있는 시간을 마련하고 또 동시에 과학에 대한 흥미를 북돋워주기 위해 기획이 된 것 같았다. 이런 종류의 직장은 대개 평소에는 출입이 엄격하게 통제가 되는 법이니까. 나는 사실 처음에는 왜 나까지 불러들였는지 잘 알 수 없었지만 막상 도착을 하고 나니 오빠의 마음이 완벽하게 이해가 되었다. 임신을 하고 싶지만 잘 안 되는 사람에게는 분명 견뎌내기 힘든 시간이 될 것 같았다.

하지만 나는 여전히 내가 어떤 역할을 해야 하는지 잘 알 수 없었다. 그래서 아이들에 대해서는 아예 입을 다물고 아무 말도 안 하기로 했다. 그렇지만 제이슨이 눈을 반짝이고 있는 초등학생 아이들에게 자기가 가장 좋아하는 그 '시차 반응' 실험을 하며 주황색 용액이 검은색으로 변하는 걸 보여주는 모습을 실험실 뒤에 서서 지켜보는데 바네사가 내게 이렇게 말했다. "난 공원 산책하는 걸 그만뒀어요."

나는 바네사를 돌아보았다. "그랬어요?" 내가 물었다.

바네사가 고개를 끄덕였다. "사람들이나 놀이터 같은 걸 보는 게 너무 힘들어서요."

"그랬군요." 내가 말했다. 용액이 처음에 주황색으로 변하기 시작하자 아이들이 "와" 하고 소리를 질렀다. "혹시 병원에는 가 봤어요?"

"몇 주 전에요." 그녀가 제이슨의 실험 대신 내 얼굴을 바라보며 말했다. "지금 치료를 받고 있어요. 그러니까 잘 하면……"

나는 그런 바네사를 힐끗 바라보았다. "잘 될 거예요." 내가 말했다. "병원이나 의사의 도움을 받는 건 당연한 거예요. 많은 사람들이 그런 식으로 해서 임신에 성공하잖아요."

반응이 일어나며 용액이 검은색으로 바뀌자 바네사가 나를 바라보았다. "그건 나도 알아요." 그녀가 말했다. "나는 그저 내가 엄마가 될 수 있다는 상상조차 제대로 하지 못하는 것뿐이에요."

바네사는 미안하다고 말하고는 화장실로 갔고 나는 주변을 둘러보았다. 집에서도 해볼 수 있는 실험을 준비했는지, 과산화수소 병과 주방용 세제, 그리고 이스트yeast 등이 실험용 탁자 위에 차려져 있었다. 나는 제이슨이 이런 실험을 하는 걸 한 번도 본 적이 없기 때문에 그런 걸 한꺼번에 다 섞으면 어떤 일이 벌어지는지 잘 짐작할 수가 없었다. 나는 다시 재료들을 살펴보며 과연 무슨 실험일까 머릿속으로 생각해보았다.

"거품이에요." 옆에서 목소리가 들려왔다.

고개를 돌리자 내 옆에 제이슨의 연구소 동료 한 사람이 서 있었다. 처음 보는 사람이었지만 실험복에 '크리스토퍼 모건 박사'라고 적힌 명찰이 달려 잇는 것이 눈에 들어왔다. 모건 박사는 게이브처럼 키가 컸고 머리도 고수머리였지만 비슷한 점은 거기까지였다. 그는 눈동자와 머리카락이 검은색이었고 널찍한 사각턱과 완벽하게 균형이 맞는 커다란 코를 갖고 있었다.

"안녕하세요." 내가 그에게 말했다. "나는 루시 카터예요. 제이슨의 여동생입니다."

그가 나를 곁눈질했다. "그렇군요." 그가 말했다. "눈썹이 닮았어요." 그리고 웃으며 말을 이었다. "오빠에게는 말하지 마세요. 그런 눈썹은 여자에게 더 잘 어울리는 것 같아서요. 아 참, 나는 크리스라고 합니다."

나는 웃었다. "말 안 할게요. 그건 그렇고 만나서 반가워요."

크리스는 실험용 탁자 쪽으로 걸어가 과산화수소 병마개를 잠그기 시작했다. "내 실험에 관심을 갖는 사람은 아무도 없는 것 같군요. 아이들에게 집에서도 할 수 있는 실험을 알려주면 굉장히 좋아할 거라 생각을 했는데 주방 용품 같은 것들을 이용하는 실험에는 별로 관심이 없네요. 내가 아이들 마음을 잘 읽지 못했나 봐요."

크리스는 대략 나와 비슷하거나 한두 살쯤 나이가 많아 보였다. 나는 아마도 그에게 아이가 없을 거라고 생각했다. 어쩌면 조카조차도 없을지도 몰랐다.

"나는 관심이 있는데요." 내가 그에게 말했다. "거품이 어떻게 만들어지는지 정말로 보고 싶어요."

그가 나를 물끄러미 바라보았다. "정말로요?" 그가 물었다. "정말로 보고 싶어요?"

"그럼요." 내가 대답했다. 그렇지만 그렇게 말하면서 나는 내가 지금 이 사람을 이성으로 대하면서 말을 거는 건지, 아니면 그냥 잡담을 나누고 있는 건지 스스로도 잘 알 수가 없었다. 손가락에 끼고 있는 다이아몬드 반지가 갑자기 무겁게 느껴졌다.

"흠, 그렇다면야." 그가 말하며 다시 병뚜껑을 열었다. "거품 정도는 바로 만들어드리겠습니다."

크리스는 비커에 과산화수소와 이스트 등을 쏟아부으며 내게 질문을 던졌다. 어디에 살고 있는지, 무슨 일을 하는지, 오늘 뉴저지에는 무슨 일로 왔는지 등등. 나는 대런에 대해서는 한마디 언급도 없이 질문에 대답을 하고 있는 내 모습을 발견하고 이건 옳은 일이 아니라는 생각을 했다.

"그런데……" 그가 말했다. "나는 뉴욕에 가는 일이 아주 많거든요. 다음에 만나서 한잔하면 어떨까요?"

"나는……" 나는 이렇게 말하며 왼손을 들어 올려 보였다. "미안한데, 이미 약혼을 했어요."

"아." 그가 말했다. "이거 대단히 실례했습니다. 내가……"

"아니, 아니에요." 내가 그의 말을 가로막으며 말했다. "정말 괜찮아요. 제가 제대로 알려드리지 않은 걸요."

크리스는 내 손을 다시 바라보더니 다시 실험을 계속했다. "이스트를 좀 더 넣을까요?" 그가 마침내 이렇게 물었다.

나는 웃었고 그는 이스트를 더 넣었다. 그렇게 우리는 함께 거품을 만들어냈다. 그렇지만 나는 제이슨 부부와 함께 그날 늦게 차를 타고 두 사람 집으로 돌아가면서 내가 만일 약혼을 한 상태가 아니었다면 어떤 일이 벌어졌을까 생각해보지 않을 수 없었다. 크리스에게 내 연락처를 알려주었을까? 그래서 둘이 만나 술을 한잔하게 되었을까? 그와 키스하고 새롭고 놀라운 다른 맛을 보게 되었을까?

게이브와 헤어지자마자 대런을 만났고, 그렇게 오랜 시간이 흐르다 보니 나는 세상에 다른 남자들도 존재한다는 사실을 그만 잊고 있었다. 그것도 수많은 다른 남자들이 있다는 것을. 문득 리즈 언니의 사랑과 불의 비유가 떠올랐다. 나는 다른 모든 가능성들을 너무 일찌감치 끊어버린 것이 아닐까? 리즈 언니가 케이트에게 이야기했던, 모닥불이나 반짝 타오르는 불꽃 등 다른 모든 불을 만나보려고 노력을 했어야 하지 않았을까?

내가 집으로 돌아오자 대런은 몬트리올에서 사 온 선물과 함께 나를 기다리고 있었다. 우리는 함께 카르보나라 스파게티를 만들어 먹고는 애니를 데리고 산책을 나갔고 몬트리올에서 그와 친구들이 했던 우스꽝스러운 일들에 대해 이야기하며 웃음꽃을 피웠다. 나는 생각했다. '바로 이거야. 이게 바로 내가 원하는 거야.' 그렇지만 나는 때때로 그때 일을 다시 떠올려본다. 그때 내 진짜 속마음은 내 머리나 가슴이 인정하고 싶지 않은 그런 사실을 말하고 있었던 것이 아닐까. 내가 그 속마음에 귀를 기울였더라면, 지금 우리가 이렇게 있을 수 있었을까?

<u>46</u>
결혼하는 날

결혼식 날에 비가 내리면 행운이 찾아올 거라고 말하는 사람들이 있지만, 내 생각에 그건 신부를 위로하기 위해 지어낸 말에 지나지 않는다. 결혼식 당일 아침에 눈을 뜬 신부가 구름이 덮여 있는 하늘과 흐린 날씨를 본다면 그 순간 얼마나 우울하겠는가.

대런과 나의 결혼식도 바로 그런 날 치러졌다. 태양은 짙게 드리운 구름 사이로 햇살을 내려 보내기 위해 갖은 애를 썼지만 결국 그렇게 하지 못했다. 우리는 대런이 프러포즈를 하고 6개월 뒤 추수감사절 주말에 결혼을 했다. 그는 내 남편이 되는 일을 1분도 더 기다릴 수 없다고 말했다. 나는 로맨틱한 분위기에 완전히 휩쓸려 그가 하는 모든 말과 행동에 진심으로 동의해버렸다. 나는 스물여섯 살이었고 대런은 서른한 살이었다. 대런의 누나 세 사람과 나의 올케 언니 바네사, 그리고 케이트, 알렉시스, 줄리아가 내 신부 들러리가 되어주었다.

나는 신부 들러리 모두에게 노란색 옷을 입게 했다. 그 색이 행복의 상징처럼 여겨졌기 때문이다. 그리고 대런과 나는 우리 결혼식에서 우리가 그렇게 행복하듯 모든 것들이 다 행복한 모습으로 비춰지기를 바랐다. 어떤 누구도 대런처럼 나를 웃게 하지 못했고 또 어떤 누구도 대런처럼 폭풍우와 태풍이 몰아치는 날을 해가 찬란히 비치는 맑고 푸른 하늘로 바꾸지 못했다. 그러니 어쩌면 우리 결혼식에는 그렇게 흐린 날씨가 가장 잘 어울리는 것이었을지도 모른다. 그와의 결혼은 세상 모든 것을, 심지어 우리의 미래까지도 밝아 보이게 만들었다.

나는 어색하게 보일 줄 알면서도 해바라기로 부케를 만들었다. 다른 많은 사람들이 그렇게 하듯 결혼식 사진들을 페이스북에 올렸으니, 아마 게이브도 해바라기에 대해 이미 알고 있지 않을까. 그렇지만 나는 게이브를 결혼식에 초대하지는 않았다. 어딘지 모르게 적절하지 않은 행동이라고 생각했기 때문이다. 어쨌든 나는 그해가 다 가도록 게이브를 다시 만나지는 못했다. 약혼한 사실에 대해 이메일을 보냈지만 그는 대답이 없었고 뉴욕에 왔을 때도 내게 알려주지 않았다. 그렇지만 나는 애덤의 페이스북에서 게이브와 애덤, 그리고 저스틴과 스캇의 사진을 볼 수 있었다. 사진 밑에는 '친구들이 돌아왔다!'고 적혀 있었다.

그 사진을 보는 순간 마음이 아려왔지만 곧 우리가 서로 보지 않는 게 더 낫다고 생각했다. 서로의 인생에서 빨리 사라져주는 게 더 낫다고 생각한 것이다.

대런과 나의 결혼식은 센트럴 파크에 있는 고급 식당 중 하나인 보트하우스Boathouse에서 치러졌다. 보트하우스는 게이브와 내가 자주 찾았던 곳이었지만 예약을 할 때는 그 사실까지는 미처 생각하지 못했다. 엄마는 코네티컷에서 하자고 했고 대런의 부모님은 저지를 권했으며 대런은 또 몬토크곶에서 하면 좋을 거라고 생각했다. 그렇지만 나는 뉴욕에서 결혼식을 올리고 싶었고 주변 사람들이 말하던 것처럼 보통 결혼식 장소는 신부가 원하는 곳으로 결정되기 마련이었다. 센트럴 파크 안, 사람들이 달리기를 하는 구간 바로 근처에 있는 보트하우스에 가보더니 대런은 내 선택에 몹시 만족스러워했다. 그는 심지어 청첩장도 손수 도안을 했는데, 운동화를 신고 있는 우리 두 사람의 사진 밑에는 이런 글을 적어 넣었다. '비행기로 오시든 기차나 자동차, 그것도 아니면 그냥 두 발로 달려오시든 상관없어요. 그저 우리 결혼식에 늦지 않게만 꼭 참석해주세요!' 나는 알고 있다. 그것도 아주 잘 알고 있다. 게이브가 이메일로 그 청첩장을 받아보았을 때 어떤 표정을 지었을지. 나는 게이브와 알리나가 결혼 계획을 세우고 청첩장을 돌릴 만큼 사이가 진전되었다고 생각하지는 않지만, 설사 그렇게 되었다 하더라도 게이브라면 청첩장 같은 관행은 철저히 무시해버릴 거라는 사실을 잘 알고 있었다.

결혼식 전날 밤, 나는 코네티컷에 있는 부모님 집에서 어린 시절 쓰던 침대에 누워 잠들어 있었다. 그러다가 갑자기 휴대전화가 울려 잠에서 깨고 말았는데 화면에 뜬 것은 틀림없이 국제 전화로 걸려온 번호였다. 순간 몇몇 사람들 생각이 났다. 우선은 케이트의 언니인 리즈가 전화를 했을 수도 있고 아니면 〈우주를 너에게 줄게〉가 미국 못지않게 인기를 끌고 있는 영국이나 독일의 동료 직원의 전화일 수도 있었다. 그런데 마음속 누군가가 그건 게이브의 전화라고 내게 속삭이는 것 같았다. 나는 계속해서 전화가 울리도록 내버려두다가 끊어지기 직전에야 전화를 받았다. 아마도 게이브가 나에게 행복을 빈다는 그런 비슷한 말을 하려고 하지 않을까. 나는 그렇게 생각했다.

그렇지만 게이브는 그날이 무슨 날인지 전혀 몰랐다. 아니, 적어도 의식 자체를 하지 못하고 있는 것 같았다. 나는 그의 마음속 어느 부분에서는 그 사실을 알고 있지 않았을까 항상 궁금했었다. 누군가 분명 게이브에게 나의 결혼 사실을 알렸을 텐데. 아니면 게이브 본인이 페이스북 어딘가에서 분명 내 소식을 확인했을 텐데. 그렇지만 물론 그렇지 않을 수도 있고 또 어쩌면 그냥 우연의 일치일 수도 있었다.

"루시?" 게이브가 말했다.

"게이브?" 내가 물었다.

"나야, 게이브." 그가 말했다. "혹시 방해한 거면 미안해. 우리가 한동안 연락하지 못한 건 알고 있지만, 그렇지만 나는…… 지금 네가 필요해서."

나는 내 어린이용 침대에서 몸을 일으켰다. 언제나 그랬던 것처럼 나의 육체가 게이브의 목소리에 저절로 반응했다. 그리고 베개에 몸을 기댄 후 이렇게 물었다. "도대체 무슨 일이야?" 나는 속으로 폭발 사고와 큰 부상 같은 일들을 상상했다.

"라이나는 페가수스가 아니었어." 그가 말했다.

나는 한숨을 내쉬었다. 폭발 사고가 아니었구나. 큰 부상도 없었어. 최소한 몸은 멀쩡한 거야. 나는 그의 마음도 상처를 받지 않았기를 바랐다. "무슨 일이 있었던 거야?" 내가 물었다.

"라이나가 국제구조대원을 하는 사람을 만났어. 그리고 그 남자를 더 좋아해. 하는 말이 나보다 더 편하게 만날 수 있다는 거야. 루시, 내가 그렇게 만나기 어렵거나 불편한 사람이야?"

처음에는 이런 질문에 어떻게 대답을 해야 할지 알 수 없었지만 나는 이내 정직이 최선이라는 생각이 들었다. "나도 잘 모르겠어." 내가 말했다. "우리가 서로 직접 만나서 이야기를 나눈 지가 1년이 넘었어. 나는 이제 더 이상 너를 잘 모르겠어."

"그래, 그렇겠지." 게이브가 내게 말했다. "나도 그래. 너는 나를 누구보다도 더 잘 알고 있겠지만, 나는 그저…… 그냥 알고 싶어. 라이나가 나에 대해서 제대로 알고 있다고 생각해?"

나는 결혼식 날 아침에 예전 남자 친구의 정신분석을 해줘야 하는 내 자신의 처지가 믿겨지지 않았다. "내 생각에는……" 내가 단어를 신중하게 고르며 입을 열었다. "만나기 편한 사람이 라는 건 자신이 맺고 있는 관계를 우선시하는 그런 사람이 아닐 까? 언제나 반드시 그럴 필요는 없지만 보통은 그렇게 한다는 거지. 뭔가 결정을 내릴 때는 두 사람을 하나로 생각해서 둘에 게 가장 좋은 쪽을 선택하고 조금은 자기 자신을 포기할 줄 알 고. 또 모든 것들을 함께 나누고. 내가 알고 있는 게이브는 그런 일에는 관심이 없는 사람이었지."

오랜 침묵이 이어졌다. "나도 내가 그런 사람이었다고 생각 해." 그가 아주 조용한 목소리로 이렇게 말했다. 나는 그런 그의 목소리에서 어떤 실망감 같은 건 거의 느낄 수 없었다. "나는 네 가 뭔가 다른 걸 이야기해주길 바랐는데."

"미안해." 내가 말했다. "어쩌면 오늘은 그런 이야기를 나누기 에는 적당한 날이 아닌 것 같아."

"무슨 일은 없는 거지?" 게이브가 물었다. "그걸 먼저 물어봤 어야 하는데. 네가 뭔가 다른 걸 이야기하고 싶으면……"

"오늘은 그냥…… 오늘은 내 결혼식이 있는 날이야." 나는 어렵 사리 말을 꺼냈다. 게이브에게 그런 말을 하기가 정말 어려웠다.

"루시." 게이브가 말했다. 마치 나에게 뺨이라도 맞은 듯한 목소리였다. "너 오늘 결혼해?"

"나 오늘 결혼해." 나는 앵무새처럼 그의 말을 따라했다.

"이런……" 그가 말했다. "이런, 빌어먹을 거." 그때 그가 한 말을 나는 정확하게 기억하고 있다. 그 목소리나 억양까지 모두 다. '이런, 빌어먹을 거.' 마치 각각의 단어가 그 자체로 하나의 완전한 문장을 이루는 것 같았다.

나는 잠시 아무런 말도 하지 않았다.

게이브 역시 더 이상 말이 없었다. 나는 기분이 불편해졌다. "다 괜찮아질 거야." 내가 말했다. "다른 페가수스를 찾게 되겠지."

"만일……" 게이브는 뭔가를 말하기 두려워하는 것처럼 결국 하던 말을 끝맺지 못했다. 아니, 어쩌면 내가 그 말을 듣게 된다는 사실이 두려웠는지도 모른다.

"그렇게 될 거야." 내가 말했다. 그리고 더 조용한 목소리로 이렇게 덧붙였다. "이제 가봐야 할 것 같아."

"그래." 그가 말했다. "전화…… 이렇게 전화 걸어서 미안해."

"아니야." 내가 말했다. "그런 건 아무 염려하지 마. 다 괜찮아."

"미안해." 게이브가 다시 미안하다고 말했다.

우리는 전화를 끊었다. 그렇지만 물론 나는 그날 오전 내내 게이브에 대해서 생각했다.

47

눈물

워터프루프 마스카라 없이는 나는 내 결혼식을 제대로 치러 낼 수 없을 것 같았다. 웨딩드레스를 입고, 시뇽chignon, 뒤로 모아 틀어 올린 머리 모양 머리를 하고, 재키라는 이름의 멋진 여자가 내 얼굴에 화장을 해주는 동안 나는 계속해서 게이브가 한 말을 생각했다. '이런, 빌어먹을 거.' 그리고 그가 미처 끝맺지 못한 '만일……?'이라는 말도 계속 내 귓가를 맴돌았다. 나는 대런이 내가 원하는 그런 남자라고 확신했다. 나는 내가 그렇게 확신한다고 생각했다. 그 순간까지도 나는 그렇게 확신하고 있었지만 게이브라는 존재가 나를 계속 생각에 잠기게끔 만들었다.

눈물이 쉬지 않고 흐르자 재키는 화장하는 걸 그만 포기하기로 결정했고, 엄마는 다른 사람들에게 잠시 자리를 비켜달라고 부탁했다.

"잠시만 부탁드려요." 엄마는 목에 걸린 진주 목걸이를 어루만지며 이렇게 말했다. 마치 집안 대대로 내려오는 그 목걸이 안에 알지 못할 신비한 힘이 들어 있기라도 한 것처럼.

사람들이 자리를 피해주자 엄마는 신부 대기실의 화장대에 몸을 기대고 이렇게 물었다. "루시, 무슨 일이니?"

나는 사실을 인정하기가 싫었다. 내 결혼식 날에 게이브에 대해서 생각을 하고, 나의 결정에 의심을 품고 있다니.

"그냥 감정이 좀 복받쳐서 그래요." 내가 대답했다.

엄마는 나를 지그시 바라보았다. 내가 어린 시절에도 그랬던 것처럼 그 냉정한 눈동자가 내 거짓말을 꿰뚫어보고 있는 것 같았다. "루시." 엄마가 다시 말을 했다. "나는 네 엄마야. 그게 무슨 일이든 나한테는 다 말할 수 있어야 해."

그래서 나는 엄마에게 말했다. 내가 지난 몇 개월 동안 걱정해오던 문제를, 누구에게도 인정하지 않았던 사실을. "내 생각에는 대런이 내가 그를 사랑하는 것보다 더 많이 나를 사랑하는 것 같아요." 내가 말했다.

엄마가 나를 안아주었다. 그렇지만 아주 조심스럽게 안아주었기 때문에 눈물로 얼룩진 내 화장이 엄마의 고급 실크 드레스에 묻는 일은 없었다. "아, 루시." 엄마가 말했다. "사람들 사이의 관계란 항상 동등할 수는 없어. 시소처럼 영원히 서로 오르락내리락하는 거란다. 누가 누구를 더 사랑하고 누가 누구를 더 필요로 하느냐의 문제야. 네가 오늘 대런과 맺고 있는 관계의 균형이 1년 뒤 오늘도 똑같으리라는 보장은 없는 거지."

엄마는 내 어깨를 붙잡고 끌어당겨서 내 두 눈을 똑바로 쳐다보았다. "그리고 대런이 너를 더 많이, 그러니까 네가 그러는 것보다 아주 조금 더 많이 널 사랑한다고 해서 그게 그렇게 큰 문제라고는 생각되지 않는다. 그렇다면 앞으로 널 공주님처럼 대접해줄 테니까 말이야."

나는 소리 내어 웃으며 눈을 문질렀다. 그렇지만 엄마는 여전히 거짓말 탐지기 같은 표정으로 나를 쳐다보고 있었다. "뭔가 더 있구나?" 엄마가 말했다.

나는 프렌치 네일로 우아하게 다듬어진 손끝을 내려다보았다. "게이브가 오늘 아침에 전화를 했어요."

"게이브? 게이브리얼 샘슨?" 엄마가 물었다.

나는 고개를 끄덕였다. 다시 눈가에 눈물이 차올랐다. "만일 내가 함께 있어야 할 사람이 대런이 아니라 게이브라면 어떻게 해요?"

엄마는 다시 화장대에 몸을 기대더니 진주 목걸이를 손으로 문질렀다. 엄마는 잠시 동안 말이 없다가 신중하게 입을 열었다. "나는 네가 지금 대런과의 관계 그리고 과거의 게이브와의 관계에 대해 생각을 해봤으면 좋겠다. 그것도 아주 진지하게 말이야." 엄마의 이야기가 이어졌다. "그리고 누가 너에게 더 어울리는 짝인지도 생각해봤으면 좋겠어. 누가 네 아이들에게 더 좋은 아빠가 될 수 있을지도. 네가 생각한 그 대답이 대런이 아니라면 오늘 그와 결혼해서는 안 되는 거지. 그 대답이 게이브가 아닐 수도 있어. 네가 만일 대런보다 너를 더 행복하게 만들어줄 수 있는 사람이 저기 어딘가에 있다고 생각한다면 오늘 그냥 떠나버려도 좋아. 물론 쉬운 일은 아닐 거야. 그렇지만 분명 그렇게 할 수 있어. 네가 한마디만 하면 내가 그 말을 네 아빠에게 전하고 아빠는 하객들에게 전해줄 거다. 그렇지만 그 경우에는 한 번 바꾼 마음을 다시 바꿀 수는 없는 거야. 오늘 대런에게 작별을 고한다면 그걸로 끝이야. 나는 그동안 너희 두 사람이 얼마나 서로를 배려하고 또 함께 있을 때 행복했는지 보아왔어. 그렇지만 뭔가 아니라고 생각한다면 누구도 너에게 대런과 결혼해야 한다고 강요할 수는 없는 거야."

나는 고개를 끄덕였다. 엄마는 창가로 걸어가 나를 잠시 혼자 있게 해주었다. 나는 게이브에 대해서 생각을 했다. 게이브가 나를 얼마나 행복하게 만들어주었는지, 그렇지만 또 동시에 얼마나 괴롭게 만들었었는지를 생각했다. 그는 우리 두 사람보다 자기 자신을 훨씬 더 중요하게 생각했었다. 결국 우리 둘에게 있어서는 게이브의 인생 자체가 그의 독무대였고 나는 그 독무대 위의 주연 배우를 떠받치는 조연이 될 수밖에 없었다. 게이브 입장에서는 이런 나의 이야기가 듣기 괴롭겠지만 나는 그저 진실을 이야기하고 있을 뿐이다. 나의 결혼식 날, 나는 게이브에 대해 그렇게 생각했다.

나는 대런에 대해서도 생각했다. 그는 결코 완벽한 사람이 아니었고 여전히 내가 하고 있는 일을 그리 진지하게 받아들이고 있지 않았다. 또 때때로 나는 그가 나 자신 역시 진지하게 생각하고 있지 않을 것 같다는 걱정도 했다. 그렇지만 나는 내가 그걸 바꿀 수 있다는 생각이 들었다. 내가 좀 더 열심히 노력하면 내 일이 나에게 어떤 의미인지 대런에게 이해시킬 수 있을 것 같았다. 내가 그의 동등한 짝이 되고 싶어 한다는 걸 그가 깨달을 수 있도록 돕고 싶었다. 그리고 무엇보다 나는 대런을 사랑했다. 나는 그의 웃음을, 그의 익살맞음을, 그리고 그의 환한 얼굴을 사랑했다. 대런은 어둡거나 복잡한 사람이 아니었고 그와 함께 있으면 언제나 편안하고 즐거웠다. 그는 든든하고 안정적인 느낌을 주었고 대부분의 경우 나를 행복한 기분에 젖어들게 했다. 나는 결코 그를 버려두고 떠날 수 없었다.

나는 눈가를 문질렀다. "고마워요." 나는 엄마에게 이렇게 말했다. "이제 괜찮아요, 저 준비됐어요."

엄마는 크게 한숨을 몰아쉬더니 나를 다시 꼭 안아주었다. "무슨 일이 있어도 나는 네 편이라는 사실을 알아둬라."

"잘 알고 있어요." 엄마 품에서 샬리마Shalimar 향수의 향기를 맡으며 내가 이렇게 말했다.

"잘 기억하길 바란다." 엄마가 덧붙였다. "진정한 사랑과 순간적인 열정은 분명히 다른 거야."

나는 고개를 끄덕였다.

내가 게이브에게 느낀 것은 순간적인 열정이었을까? 우리는 서로 그냥 순간적으로 빠져 있었던 것뿐일까? 그런 열정이 오래 지속될 수는 없는 것일까? 그래도 우리 사이에 항상 사랑이 있지는 않았을까? 나는 그랬다고 생각하고 싶었다.

<u>48</u>

신혼여행

나는 〈우주를 너에게 줄게〉의 제작에 참여하면서 우리의 실제 삶에 대해 조사하고 가능한 한 다양한 국가와 문화권에서 발생하는 여러 갈등들을 찾아내려고 애썼다. 그러면 작가들이 내 조사 결과를 바탕으로 다양한 이야기들을 풀어나갔다. 그런데 그런 조사를 하는 나는 막상 외국이라고는 유럽 몇 군데 말고는 다른 곳은 한 번도 가본 적이 없었다. 그래서 대런과 나는 신혼여행으로 터키에 가보기로 결정했다. 나는 터키에 가서 무슬림 방식으로 기도 시간을 알려주는 소리를 들어보고 싶었고, 내가 방송을 하며 조사했던 국가 중 한 곳인 터키를 극히 일부라도 실제로 느껴보고 싶었다. 그렇게 터키에 가게 된 나는 도착한 순간부터 메모를 멈출 수 없었다. 나는 머리를 히잡hijab으로 감 싼 여인들이 머리를 자유롭게 풀어헤친 여인들과 이야기를 나누며 거리를 걸어가는 것을 보았다. 나는 아무 종잇조각이나 꺼내들고는 〈우주를 너에게 줄게〉의 다음 이야기와 관련되어 생각나는 것들을 급히 적어 내려갔다. 물론 그 배경은 외계 세계였지만.

"메모 좀 그만해!" 대런이 말했다. "우리는 여기 신혼여행을 온 거라고. 일은 뉴욕에 돌아가서 해도 되잖아. 나는 여기 온 뒤로 회사 일은 한 번도 확인 안 했어. 그러니 당신도 계속 혼자 뭘 끼적이고 중얼대는 걸 좀 그만둬."

나는 쓰던 것을 멈췄다. "내가 하는 일은 나에게 아주 중요해." 내가 말했다.

그렇지만 이내 게이브가 내게 전화했을 때 내가 했던 말이 떠올랐다. "그렇지만 당연히 우리 두 사람이 회사 일보다 더 중요하지. 알았어, 이제 그만할게."

나는 여전히 게이브와 내가 이런 여행을 왔었더라면 상황이 어떠했을까 하는 궁금증을 떨쳐버릴 수가 없다. 게이브라면 나보고 하던 걸 그만두라는 말은 하지 않았겠지. 오히려 내 일과 관련해 뭔가 도움이 되는 제안들을 하지 않았을까. 그리고 우리는 함께 사진 찍기 좋은 피사체를 찾아 돌아다녔을 것이다. 둘이서 맨해튼을 발이 닳도록 돌아다니면서 그랬듯이.

대런과 나는 카파도키아Cappadocia 지역을 찾았다. 그곳에서 우리는 마치 달 표면을 닮은 듯한 풍경을 감상하고 해가 뜨기 직전에 열기구를 타고 날아올라 해가 뜨는 광경도 구경했다. 분홍색과 주황색, 그리고 자주색이 소용돌이치듯 뒤섞인 풍경은 참으로 절묘했다. 대런은 양팔로 나를 감싸 안아 몸을 따뜻하게 데워주었고 그 장엄한 하늘 한복판에서 내가 사랑받고 있다는 걸 느끼게 해주었다. 그렇지만 나는 내가 본 터키 여인들에 대한 생각을 떨쳐버릴 수가 없었다. 가서 직접 말을 걸고 터키 여인의 삶이란 어떤 것인지, 미국의 아이들이 터키에 대해 어떤 점들을 알았으면 좋겠는지 물어봤어야 하지 않았을까.

기구에서 내린 대런과 나는 이번에는 데브렌트 계곡Devrent Valley을 찾았다. 대런이 읽어준 안내서에 따르면 '데브렌트 계곡 혹은 상상의 골짜기라고도 불리는 이곳은 사람과 동물의 형상을 한 바위들이 줄을 지어 서 있는 곳으로, 이곳을 지나다 보면 자신이 상상하던 모습을 바위들 속에서 직접 만나볼 수 있다'고 적혀 있었다.

나는 대런 옆에 서서 뜨거운 한낮의 열기 속에서 낙타와 돌고래, 그리고 뱀의 모습 등을 보았다.

"저기 저 바위는 성모 마리아를 닮은 것 같은데?" 대런이 바위기둥 하나를 가리키며 이렇게 말했다. "맥스웰 부인은 어떻게 생각하시는지요?" 대런은 신혼여행 내내 나를 맥스웰 부인이라고 불렀다. 처음에는 그 말이 참 달콤하고 재미있게 느껴졌지만 이내 불편하고 짜증스러운 기분이 들기 시작했다. 나는 대런에게, 물론 내가 개인적으로는 그의 성을 따르겠지만 회사에서는 여전히 루시 카터로 지낼 것이라고 말해주었다. 게이브는 휴대전화에 내 이름을 루시 카터로 저장했을까? 아니면 내가 대런과 결혼하면서 이름을 바꾸었을까? 밖에서 누군가 나의 이름을 루시 카터 맥스웰이라고 부르면 그도 그렇게 부르게 되겠지. 아마도 이제 게이브에게 나는 루시 카터 맥스웰이 되었을 거라고 생각했다.

나는 대런이 보고 있는 바위를 바라보았다. 엄마와 아이 같기도 하고 머리에 베일veil을 뒤집어쓴 것 같기도 했다.

"내가 보기에는 카메라를 들고 서 있는 남자 같은데."

내가 말했다.

49
임신

내 주변에는 아이를 갖기 위해 오랫동안 애써온 사람들이 많다. 바네사와 제이슨은 불임 치료제인 클로미드Clomid를 처방받은 끝에 결국 세쌍둥이를 낳았고 케이트는 시험관 시술을 두 차례나 받았다.

대런은 자기가 재채기만 해도 내가 임신을 할 거라고 농담을 했는데, 그 말을 들을 때는 웃음이 나긴 했지만 진짜로 재미있다고는 생각하지 않았다. 대런의 말을 들으니 내가 고등학교 시절 읽었던《더 기버: 기억 전달자The Giver》라는 소설 속에 등장하는 '산모들the Birthmothers'이 생각이 났기 때문이다. 소설 속 산모들은 오직 출산을 거듭하는 것만이 그들에게 주어진 사명이며 이를 통해 사회의 일원으로서의 가치를 유지한다.

결혼을 한 지 얼마 지나지 않아 대런은 아이를 갖는 것에 대해 이야기를 꺼냈다. 그는 우리가 제대로 된 가족을 꾸리기에 완벽한 나이라고 생각했다. 자기의 큰누나가 태어났을 때의 부모님 나이가 지금의 우리 나이와 똑같았다는 것이다. 그 무렵 케이트도 나에게 임신 사실을 알려왔지만 나는 대런의 생각이 옳은지 확신할 수 없었다.

제이슨의 세쌍둥이는 예정일보다 일주일 일찍 세상에 태어났지만 아무 문제없이 아주 건강했다. 바네사와 제이슨은 보모와 야간에 돌봐주는 간호사의 도움을 받았고 바네사의 어머니는 출산 후 6개월간 아이들과 함께 지냈다. 그리고 제이슨은 여전히 전화를 받을 때마다 다 죽어가는 소리를 냈다. 세쌍둥이가 세상에 나온 첫 번째 주에 제이슨은 자기 연구소에서 회사에 출근해 있는 나에게 전화를 걸어왔다.

"이야기할 시간 좀 있어?" 제이슨이 물었다.

"지금 회사에 있는데." 나는 휴대전화를 목과 어깨 사이에 끼운 채 이렇게 대답했다. "별일 없지?"

"인간이라는 동물은 아기를 한 번에 셋이나 가지면 안 되는 건가 봐." 그가 말했다. "퇴근해서 집으로 돌아가기 싫으면 내가 너무 나쁜 인간인가?"

"오빠, 오빠는 절대 나쁜 인간이 아니야. 지금 그냥 피곤이 쌓인 거지." 내가 제이슨에게 말했다. "무슨 말인지 잘 알겠어. 30분만 더 쉬다가 집으로 돌아가. 아기들도 기다리고 새언니도 기다리고 있을 테니까."

"나는 누가 누구인지도 구분을 못하겠어." 제이슨이 말했다. "옷이나 다르게 입혀야 알아본다니까."

나는 잠시 말을 멈췄지만 그리 오래 그러고 있지는 않았다. 때때로 나는 우리가 길에서 우연히 마주쳤을 때 제이슨이 나를 알아볼 수는 있을까 생각해보곤 했던 것이다.

"오빠가 연구소에서 실험하는 각기 다른 바이러스라고 생각해봐." 내가 말했다. "자세히 신경 써서 들여다보라고. 비슷한 점을 보는 게 아니라 차이점을 찾는 거야. 실험할 때는 잘 하잖아."

내 말이 도움이 되기를 바랐지만 나는 제이슨이 안쓰러웠다. 한꺼번에 아이가 셋이나 생긴 건 분명 제이슨과 바네사가 생각했던 그런 결과는 아니었으리라.

제이슨은 크게 한숨을 몰아쉬더니 결국 이렇게 말했다. "수소가 산소를 사랑하는 것처럼…… 그만 가서 하던 일 계속해라."

"나도 오빠 사랑해." 나는 그렇게 말하고 전화를 끊었다.

그렇게 오빠네 세쌍둥이가 태어난 후 나는 내가 지금 당장 내 인생에 있어 아이를 원하고 있는지 완벽하게 확신할 수 없었다. 그렇지만 대런은 나와는 달랐다. 그는 우리 둘 다 버킷 리스트에 부모가 되고 싶다고 적었던 일을 내게 상기시켰다.

"게다가 말이지." 대런이 말했다. "바네사와 케이트의 경우를 보더라도 그냥 임신만 하는데 아마도 최소한 1년 이상은 걸릴 거야."

그렇지만 나의 임신은 1개월이면 충분했다.

임신을 하자 몇 주일 동안 탈진할 정도의 상태가 이어졌고 밤 9시가 되기도 전에 잠에 곯아떨어졌다. 그 이후에는 다시 오랜 기간 입덧이 이어지며 나는 회의를 하다가도 회의실 밖으로 뛰쳐나오기 일쑤였다. 만일 그러지 않았다면 작가실이든 어디든 가서 쓰러지거나 험한 꼴을 봤을지도 몰랐다.

그리고 일단 그렇게 입덧을 하는 기간이 지나가자 이번에는 몇 개월 동안 족히 1시간에 한 번씩은 소변을 보러 화장실을 들락거려야만 했다.

임신을 하고 몸 상태가 진정되기까지는 4개월의 시간이 걸렸다. 몸이 좀 괜찮아지고 나자 아이가 태어나면 나의 인생이 어떻게 될 것인지에 대해 생각하게 되었다. 긍정적으로 받아들이고 나니 놀랍게도 대단히 흥분되기 시작했다. 나도 내가 이런 기분을 느끼게 될지는 몰랐다.

나는 회사에서 점심시간이 되면 아기 옷이나 가구들을 찾아보며 시간을 보냈고 모유 수유와 수중 분만에 대한 글들을 읽었다. 또한 땅콩버터는 언제부터 아이 식단에 추가하면 가장 좋은지도 배웠다. 나는 이렇게 육아와 관련된 일들에 흠뻑 빠져들고 말았다.

나는 심지어 사회생활에서 성공하는 것이 진정으로 나에게 중요한 일인지에 대해서도 다시 생각해보기 시작했다. 육아 휴직 뒤에 다시 회사로 복귀해야 할까? 내가 게이브에게 했던 말이 기억이 난다. 나는 그에게 나의 역할을 아내나 엄마로만 한정짓고 싶지 않고 내가 하는 일을 통해 이 세상에 변화를 가져오고 싶다고 말했었다. 그리고 대런에 대한 나의 최대의 불만은 그가 내가 하는 일을 이해해주지 못하는 것이라고도 했었다. 그런 이야기까지 했으면서 이제 와서 일을 그만둘까 고민한다는 게 얼마나 정신 나간 일인지 나도 잘 알고 있었다. 나 역시 내가 마치 완전히 다른 사람이 된 것처럼 이상하게 느껴졌다. 임신은 이렇게 자신의 우선순위가 바뀌어버린 또 다른 루시를 만들어 낸 것 같았다. 그리고 대런 역시도 정말로 내가 그냥 집에만 있어주기를 바라고 있었다. 그는 엄마인 나 말고 우리 아기를 더 잘 돌볼 수 있는 사람은 아무도 없을 거라고 말했다. 그리고 나는 그의 말이 옳다고 생각하기 시작했다.

회사에서의 대런은 실적이 아주 눈부셨다. 그가 마무리 지은 계약에 경영진은 크게 만족을 했고 대런이 새로운 이사로 임명되면서 받게 된 급여는 내 마음을 들뜨게 하기에 충분했다. 내가 받는 급여도 그렇게 나쁘지 않았는데 대런의 급여는 그보다 다섯 배는 더 많았던 것이다. 새롭게 수입이 늘어나자 대런은 살기 좋은 동네의 더 큰 집을 사고 싶어 했다.

"맨해튼으로 이사 가자." 어느 날 아침, 〈뉴욕 타임스〉를 무릎 위에 펼쳐 놓고 애니를 발치에 둔 대런이 이렇게 말했다. "어퍼 이스트 사이드Upper East Side 쪽으로 가던가."

그렇지만 맨해튼은 우리가 지내던 곳이었다. 게이브와 내가 지내던 곳. 그리고 5개월 전에 게이브와 통화를 한 이후로 나는 그 점을 더 많이 의식하고 있는 것 같았다. 대런과 나는 결혼을 맨해튼에서 했지만 나는 한 번도 진심으로 맨해튼을 우리가 살 곳이라고 생각해본 적은 없었다. 대런과 내가 살 곳은 다른 곳이 아닌 바로 브루클린이었다.

"난 브루클린이 좋아." 내가 대런에게 말했다. "파크 슬로프 Park Slope는 어떨까? 아니면 브루클린 하이츠Brooklyn Heights는?"

결혼을 하고 아이까지 가졌지만 나는 게이브에 대한 생각을 멈출 수 없었다. 나는 인생의 결정을 내릴 때마다 게이브와의 관계를 염두에 두었지만 이제는 진심으로 그만두어야 한다고 생각하고 있었다. 전에 게이브가 내게 그랬던 것처럼 나는 그의 그림자를 나의 마음속에서 지워야 했다. 그리고 그런 나의 결심은 결국 거의 지켜진 셈이었다. 하지만 이사 문제를 이야기하고 있던 당시에는 게이브가 여전히 내 머릿속 한가운데 자리하고 있으면서 나의 생각을 이끌고 있었다.

"정말 괜찮겠어?" 대런이 물었다. "P.S. 6초등학교는 이 근처에서 제일 좋은 학교인데." 그러더니 그는 이내 어깨를 으쓱해 보였다. "그야 좋은 사립학교는 언제든 보낼 수 있겠지만."

"그래서 브루클린에서 살 거야?" 내가 대런에게 물었다.

대런은 이미 브루클린 하이츠의 부동산들을 살펴보고 있었다.

"하나 찾았다." 몇 분 뒤 대런이 말했다. "이거 한번 들어봐. 침실은 네 개에 욕실 세 개, 샤워실 한 개, 그리고 적갈색 사암으로 지은 복층 아파트. 위치는 러브 레인Love Lane. 러브 레인이라면 마다할 이유가 없잖아?"

그러더니 대런은 나를 끌어안고 내 배에 키스한 후 다시 내 입술에 키스했다. 나도 그에게 다시 키스했다. "침실이 네 개나 필요해?" 내가 그에게 물었다.

"다 필요할 때가 오겠지." 그가 이렇게 말하며 빙그레 웃었다.

나는 그가 자기 집처럼 대가족을 원한다는 사실을 잘 알고 있었다. 그에 대해 나 자신은 어떤 감정인지는 잘 알 수 없었지만 그렇다고 내가 혼자 결정할 수 있는 문제도 아니었다. "그러면 일단 한번 보러 가볼까?" 내가 말했다.

우리는 구매자에게 개방된 시간에 맞추어 그 집을 찾아가보았다. 나는 뉴욕에서 그렇게 큰 아파트는 처음 보았다. 안으로 들어가니 제대로 꾸며진 정찬용 식당이 있을 뿐더러 주방에도 식사를 할 수 있는 공간이 있었다. 내가 무슨 말을 하고 있는지 게이브는 다 알고 있으리라. 분명 게이브도 그곳에 다녀갔을 거란 생각이 들었다.

   일단 그 집을 사고 나니, 일단 이사를 하고 나니, 일단 아이 방 꾸미는 일을 시작하고 나니, 그리고 그렇게 모든 일들이 이루어지고 나니, 나는 진짜 엄마가 된 듯한 기분이 들었다. 나는 아이가 태어나기를 학수고대했다.

<u>50</u>
5주년 기념 동문회

나는 왜 사람들이 5나 10단위로 뭔가를 계산하는 걸 중요하게 생각하는지 잘 알 수가 없었다. 서른 번째 생일, 스물다섯 번째 결혼기념일, 졸업 5주년 기념 동문회 등등.

내가 첫 아이를 임신하고 브루클린 하이츠의 집으로 이사를 한 후 1주일이 지났을 때였다. 그때 열린 여름 동문회가 바로 게이브와 내가 대학을 졸업한 지 5주년을 기념하는 동문회였다. 대런은 계속해서 각 방마다 우리 아이들을 한 명씩 살게 해야겠다고 이야기했지만, 나는 내 배 속에서 자라고 있는 아이 하나에 신경 쓰는 것만으로도 벅찰 지경이었다.

게이브는 뉴욕에 들렀어도 나에게 연락을 하지 않았다. 내가 결혼하고 나서는 전혀 연락을 해오지 않았는데 그건 어쩌면 올바른 선택이었는지도 모른다. 나는 게이브가 실제로 나의 세상에 모습을 드러내주지 않아도 상관이 없을 만큼 계속해서 그에 대해 생각을 했다.

어쩌면 게이브는 동문회에 참석해 나를 깜짝 놀라게 만드는 걸 원하지 않았던 것일까. 아니면 우리가 직접 서로를 만나기 전에 먼저 자신부터 내가 보일 반응에 대한 준비를 하고 싶었는지도 모른다. 동문회가 열리던 날 오후 게이브에게서 문자가 날아왔다.

'오늘 밤 볼 수 있을까?' 휴대전화에는 이 한 문장이 떠 있었다.

나는 족히 2분은 넘게 내 휴대전화 화면을 바라보았다. 게이브는 내가 임신했다는 사실을 모르겠지. 나는 그 사실을 서로 만나기 전에 알려주어야 한다고 생각했다.

'파란색 옷을 입고 임신한 여자가 나야.' 나는 30분 뒤에 이렇게 답장을 보냈다.

아마도 임신 사실을 알리기에는 그렇게 우아한 방식은 아니었으리라. 게이브는 아무런 답도 하지 않았다.

그리고 당연한 이야기이지만 나는 그날 하루 종일 게이브가 무슨 생각을 하고 있을지 궁금했다. 나에게 화가 났을까, 아니면 함께 기뻐하고 있을까. 게이브는 나를 다시 만나고 싶지 않을까, 아니면 그렇기 때문에 오히려 더 나를 보고 싶어 할까.

"뭐하고 있어?" 대런이 내 어깨를 툭 치며 물었다. "당신 이름을 네 번이나 불렀는데, 당신 마치 다른 세상에 있는 것 같았어. 어디, 옷 뒤에 지퍼를 좀 올려줄까?"

"미안해." 내가 말했다. "동문회 가는 생각을 좀 하느라. 그래, 지퍼 좀 올려줘."

대런은 내 옷의 지퍼를 올려주는 걸 좋아했다. 그는 누군가의 옷을 입혀주는 행동이 특별한 친밀감의 표현이라면서 옷을 벗기는 것보다는 입혀주는 쪽이 욕망이 아닌 사랑을 표현하는 것이라고 말하곤 했다.

"그러면 나는 당신 넥타이를 매줄까?" 내가 물었다.

대런은 빙그레 웃으며 그렇게 하라고 했다.

게이브는 동문회에 참석할 준비를 끝냈을까? 지금 친구들과 함께 있을까? 아니면 어느 호텔 객실에? 나는 그에게 미처 아무것도 물어보지 못했다.

혹시 게이브는 동문회라는 게 조금쯤 정신 나간 일이라고 생각하지 않았을까. 동문회 자리에는 유난히 자기 남편이나 아내에게 신경을 쓰는 사람들이 있었고 이런 고가의 임신복을 입은 사람도 몇 명 눈에 띄었다. 몇 년 전 블루밍데일 백화점에서 게이브와 내가 그런 질투 어린 시선을 느꼈던 것처럼 나는 동문회 자리에서 여자 동문들이 나를 시기하는 눈으로 쳐다보는 것을 느낄 수 있었다. 나에게는 사회적으로 성공한 남편이 있었고 곧 아이를 출산할 예정이었다. 우리가 모두 같이 명문대를 졸업한 것도, 그 여자 동문들의 직업이 변호사나 의사, 극작가나 금융사 직원, 고문이나 교수라도 상관없었다. 여자들은 모두들 나에게 몰려와 아이와 결혼식에 대해 물었다. 누구도 내가 어디에서 일하는지, 대학 졸업 후에 지금까지 무슨 일을 해왔는지 묻지 않았다. 내가 이제 막 승진해서 조연출이 된 것도, 〈시간을 달리는 로켓Rocket Through Time〉이라는 새로운 드라마 시리즈를 기획해서 아이들이 역사를 연구하고 역사가 현재에 어떤 영향을 미치는지 배우도록 애쓰고 있다는 것 따위는 아무도 신경을 쓰지 않았다. 그저 묻는 질문이라고는 "출산 예정일이 언제야?", "아이는 남자아이야, 아니면 여자아이야?", "결혼한 지는 얼마나 되었어?", "남편은 어디서 만났어?" 등등뿐이었다. 나는 내가 이야기를 나눈 여자 동문들의 절반을 그해 여름 다시 햄프턴 휴양지에서 만나게 된다 해도 별반 놀라지 않을 것 같았다. 나는 대학 시절 기숙사 룸메이트들이 오늘 오지 않은 게 다행이라는 생각이 들기 시작했다.

그러다 그를 보았다. 게이브는 야외 행사용 천막 저편에 있었다. 처음 보는 여자가 그의 팔뚝에 손을 얹은 채 그와 이야기를 나누고 있었다. 그 여자가 게이브의 말에 미소지으며 무어라 대답하자 그가 활짝 웃는 것이 보였다. 나는 갑자기 헛구역질이 날 것 같았다.

"바람 좀 쐬고 올게." 나는 대런에게 이렇게 속삭였다. 대런은 다른 투자은행 관계자를 만나 업무에 대한 이야기를 나누고 있었다.

"어?" 그가 말했다. "당신 괜찮아?"

나는 고개를 끄덕였다. "그냥 조금 속이 울렁거려서 그래. 곧 괜찮아질 거야."

입덧이 가라앉은 것은 겨우 몇 주 전이었다. 대런은 내가 구역질을 할 때마다 같이 있어주곤 했는데, 그건 두 사람 모두에게 그리 유쾌한 경험은 아니었다.

"정말로 괜찮겠어?" 대런이 물었다.

"응, 괜찮아." 나는 이렇게 대답하고 천막 밖으로 나왔다.

나는 몇 번 깊게 심호흡을 하고는 주변을 둘러보았다. 행사를 위해 설치한 천막은 지붕만 있고 벽이 없는 구조였기 때문에 안이 훤히 다 들여다보였다. 나는 더 이상 게이브의 모습을 찾아볼 수 없었지만, 아까 그 여자는 다른 사람과 이야기를 나누고 있었고, 그녀의 손은 그 남자의 팔을 잡고 있었다. 그 모습은 깊은 심호흡보다도 더 효과가 있었다. 울렁거림이 멈췄다.

막 대런에게로 돌아가려는데 누군가 내 어깨를 조심스레 건드렸다. 게이브였다.

"루시." 그가 내 이름을 불렀다.

나는 돌아보았다. "게이브." 내가 대답했다. "안녕."

게이브가 건드린 어깨에는 소름이 돋았다.

"옷 잘 어울리는데." 그가 말했다.

대런은 언젠가 남자들이 그렇게 '옷이 잘 어울린다'라고 말할 때는 '성적인 매력이 넘쳐 보인다'는 속내가 담겨 있다고 설명해준 적이 있었다. 나는 단 한 번도 그 말이 맞을 거라고 믿어본 적이 없었지만 게이브에게 그 말을 들으니 한번 물어보고 싶어졌다.

"고마워." 내가 대답했다. "그 셔츠, 보기 좋은데."

게이브의 볼이 보조개로 우물졌다. "난 전혀 모르겠는데." 그가 나에게 말했다. "넌 하나도 변함이 없구나."

나는 옆으로 몸을 돌리고 헐렁한 임신복을 몸에 딱 맞게 여몄다. "이렇게 하면 어때?" 내가 물었다.

게이브의 눈이 커지더니 잠시 후 입가에 웃음이 묻어났다. "글쎄, 그건……"

"그래, 맞아." 내가 말했다. "나 임신했어." 임신한 지 4개월쯤 되었을 때라 그리 크게 표시가 나지는 않았다. 그래도 더 이상은 평소에 입던 옷들을 입을 수는 없었고 새 옷이 더 필요할 정도였다.

"축하해, 루시." 게이브가 말했다. "나도 기쁘다."

"고마워." 나는 옷을 잡고 있던 손을 풀었다. "어떻게 지냈어?"

게이브의 얼굴에서 웃음이 사라졌고 그는 어깨를 으쓱해 보였다. "뉴욕으로 돌아오면 언제나 기분이 이상해져. 마치 영화 〈백 투더 퓨처Back to the Future〉에 들어오기라도 한 것처럼, 내가 보지 못한 사이에 확 달라져버린 세상으로 돌아온 기분이라니까." 게이브의 시선이 내 배 주변을 맴돌았다.

"그렇지만 네가 살고 있는 세상도 달라졌잖아." 내가 말했다.

게이브는 고개를 흔들었다. "뭐라고 설명을 못하겠다. 내가 사는 세상은 달라졌지만 나의 뉴욕은 그냥 그대로여야 할 것 같은 이 기분 말이야. 모든 것이 그냥 내가 떠날 때 모습 그대로 있었으면 좋겠어. 마치 어린 시절 내 방으로 돌아가는 것처럼." 게이브는 갑자기 말을 멈췄다. "나 지금 터무니없는 소리 하고 있는 거지?"

"그래, 맞아." 내가 말했다. "너의 안전한 우주는 이제 완전히 달라져버렸어."

"그래." 게이브가 말했다. 그의 시선은 여전히 나의 배 주위를 떠나지 않았다. "그렇구나." 그가 다시 말했다. "이제 가봐야 할 것 같아…… 루시, 만나서 정말로 반가웠어. 잘 지내. 너를 보니 정말로 기쁘고 행복하다."

게이브는 해시계 옆에 마련되어 있는 음료수가 있는 탁자 쪽으로 빠르게 걸어갔다.

나는 그를 불러 세워 기다리라고 말하고 싶었다. 나는 게이브와 더 이야기를 나누고 싶었다. 그래서 그가 어떤 기분인지, 그가 살고 있는 세상은 어떤 세상인지 듣고 또 이해하고 싶었다. 나는 게이브가 나를 다시 어루만져서 조금 전의 소름 돋는 것만 같던 그 기분을 느끼고 싶었다.

그렇지만 게이브는 뒤도 돌아보지 않고 그대로 가버렸고 그와의 대화를 더 이상 이끌어갈 방법은 아무것도 없었다. 그래서 나는 대런에게로 다시 돌아왔다.

"기분이 괜찮아졌어?" 대런이 물었다.

"훨씬 나아졌어." 나는 대런에게 이렇게 대답하며 머리를 그의 어깨에 기댔다.

이야기를 나누는 와중에도 그는 팔로 내 어깨를 감싸 안고 내 머리에 키스해주었다.

그의 키스로 소름이 돋지는 않았다. 그렇지만 기분이 나아지기 시작했다.

51
행복한 순간

나의 직업, 게이브, 그리고 대런과 함께하는 인생에서 배운 것 중 한 가지는 대부분의 돌발 상황은 어떤 대가를 치르더라도 피해야 한다는 것이다. 제대로만 대비할 수 있다면 나는 나에게 벌어지는 일들을 훨씬 더 잘 해쳐나갈 수 있다. 게이브가 뉴욕을 떠날 때 미리 대비를 할 수 있었다면, 그리고 그가 AP 통신사에 일자리를 구하고 있다는 사실을 미리 알았더라면 내가 그 일들을 더 잘 해쳐나갈 수 있었을 거라는 생각을 지금도 하곤 한다. 그렇지만 실제로는 모든 일이 다 갑작스럽게 벌어졌고⋯⋯ 그래서 모든 일이 내게는 훨씬 더 견디기 힘들었다. 그 때문이었을까. 대런과 나는 곧 태어날 아이의 성별을 미리 알아보기로 결정했다. 동문회가 열린 지 몇 주 뒤에 우리는 여자아이를 가졌다는 사실을 알게 되었다. 나는 동문회에서 마주쳤던 동창들에게 굳이 이 사실을 일일이 알리지 않기로 했다. 어차피 정말로 내 일에 관심이 있다면 페이스북이나 다른 SNS 등을 통해 자기들이 직접 알아낼 수 있을 거라 생각했기 때문이었다.

갑작스럽게 벌어지는 일들에 대한 나의 안 좋은 기억 때문에 나는 여러 책들을 읽었다. 각기 다른 사람들의 출산 경험과 전문가들의 충고, 그리고 사람들이 임신이나 출산과 관련해 선택하는 방식에 대한 책들이 얼마나 많은지 게이브는 짐작이나 할까. 나는 이런 독서가 내 출산 준비에 도움이 될 것이고, 또 지하철이나 회사, 혹은 택시 안에서 아이를 낳는 꿈을 꾸며 가위에 눌리는 일도 막아줄 거라고 생각했다. 내가 꾸는 꿈들 중에는 마치 영화 〈에일리언Alien〉처럼 아이가 내 배를 가르고 나오는 악몽도 있었다. 나는 산부인과 의사와 의논해 출산 일정을 짰다. 하지만 그런 준비를 하면서도 배 속의 아이도 나름대로의 출산 계획을 갖고 있을 터이며, 그 일에 내가 어떻게 관여할 수 없을 거라는 사실을 이미 잘 알고 있었다.

나는 하이츠 카페Heights Cafe에서 저녁 식사를 한 날, 한밤중에 분만실로 향하게 되었다. 그날 밤 나는 말 그대로 배 속에 음식을 집어넣을 공간이 전혀 없었기 때문에 햄버거를 절반밖에 먹지 못했다. 나는 이제 만삭이었고 이틀 뒤 11월 21일이 출산 예정일이었다. 대런은 아이가 태어나기 전에 이런 둘만의 밤 산책 시간을 가능한 많이 가지는 게 좋다고 말했다. 이렇게 집에서 잠시 걸어 나와 식당에서 햄버거 절반을 먹는 일도 그런 산책에 포함되는 것이었다. 그때까지 우리는 우리가 할 수 있는 한 많은 것들을 공부하고 준비했다. 아이가 태어나면 대런이 열여섯 살 때 세상을 떠난 그의 할머니 이름을 따서 바이올렛Violet이라고 짓기로 했는데, 나는 그 이름이 무척이나 마음에 들었다. 어감도 물론이거니와 같은 이름의 꽃과 보라빛 색도 좋았고 애칭이 바이Vi가 되는 것도 마음에 들었다. 대런과 나는 바이올렛의 가운데 이름은 내 고모할머니 이름을 따서 앤Anne이라고 짓기로 했다. 바이올렛 앤 맥스웰. 나는 지금도 여전히 그 이름이 좋다.

그렇게 저녁 식사를 마치고 만삭이 된 내 배를 외투로 간신히 가리고 집으로 걸어오는데 속옷이 축축하게 젖어오기 시작했다. 그런데 게이브에게 이런 이야기를 시시콜콜 다 들려주면 싫어하지 않을까? 바이올렛이 태어나던 밤, 그 분위기가 어땠는지 그도 알고 싶을까? *게이브, 만일 그만 듣고 싶다면 그렇게 할게. 살짝 신호만 보내줘. 아니라고? 계속 듣고 싶다고? 그렇다면 좋아.*

퍼뜩 이런 생각이 들었다. '정말이야? 지금 나오겠다고?' 임신과 출산에 대한 내 소박한 소원 중 하나가 있다면 그건 '실수를 저지르는 일 없이' 이번 일을 다 치러내는 것이었다. 우리는 나중에 바이올렛에게 제대로 된 변기 사용법을 가르칠 때도 '실수를 저지르면 안 된다'고 말하곤 했다. 어쨌든 케이트 같은 경우 임신 기간 중에 재채기를 할 때조차도 속옷을 적셨다고 하기는 했었지만 나는 진심으로 지금 이렇게 아이가 나오지 않기를 바랐다. 집까지는 한 구획 정도밖에 남지 않았지만 속옷은 점점 더 축축해져 갔고, 나는 드디어 때가 되었다는 사실을 알아차렸다.

나는 대런을 돌아보았다. "나 양수가 터진 것 같아." 내가 말했다.

대런은 가던 길을 우뚝 멈춰 서더니 이렇게 물었다. "그게 정말이야?" 나는 그가 몹시 흥분했다는 걸 알 수 있었다. "양수가 터진 것 같은 거야, 아니면 진짜로 터진 거야?"

"정말로 터졌다니까." 내가 이렇게 대꾸했다.

대런은 웃으며 나를 껴안고 키스하더니 이렇게 말했다. "당신, 걸을 수 있어? 괜찮은 거 같아? 지금 당장 의사에게 연락을 하는 게 좋을까?"

당장이라도 일이 벌어질 것 같아 걱정이 되었고 속옷과 바지가 젖어 점점 몸이 떨려왔다. 하지만 나는 대런에게 아무 문제없으며 집까지 충분히 걸어갈 수 있으니 집에 도착하면 그때 의사에게 연락하자고 말했다. 그는 집까지 걸어오는 내내 내 손을 꼭 잡고 평소보다 훨씬 더 빠른 말투로 우리가 연락을 해야 할 의사가 누구인지, 그리고 일단 병원으로 출발하게 되면 자기가 잊지 말고 챙겨야 할 일이 어떤 것인지에 대해 이야기를 했다. "휴대전화 충전기! 노트북 컴퓨터! 아이팟과 스피커!" 대런은 임신과 출산 단계에 맞춰 우리가 다양하게 들을 수 있는 음악들을 미리 모아 정리해두었다. 나는 내가 과연 그런 음악을 듣고 싶기나 할지 잘 알 수 없었지만 그건 또 대런 나름대로의 출산을 대비하는 한 방법이기도 했다.

집으로 돌아온 우리는 텔레비전으로 영화 한 편을 보며 집중하려 했지만 나는 뭘 봤는지조차 기억이 나지 않는다. 우리는 의사가 말해준 대로 5분 단위로 진통이 오는 것을 기다렸다. 그리고 진통이 시작되자 택시를 타고 병원으로 향했고 12시간 뒤 바이올렛이 태어났다. 바이올렛은 검은색 눈동자와 머리카락을 한 아름답고 완벽한 아기였고 내가 본 아기들 중에 가장 긴 속눈썹을 가지고 있었다.

대런은 제이슨과 바네사의 세쌍둥이들을 포함해서 친구들의 아기들까지도 모두 갓 태어났을 때는 전부 다 영국 수상 윈스턴 처칠처럼 볼이 불룩하거나, 만화 주인공인 미스터 마구Mr. Magoo처럼 눈도 뜨지 못하는 얼굴을 하고 있다고 생각했다. 지금도 때때로 페이스북에 올라온 누군가의 아기 사진을 보면 노트북을 들고 와 나에게 이렇게 묻는다. "처칠일까, 아니면 마구일까?" 그리고 내 생각에도 갓 태어난 아기들은 얼굴 모습이 언제나 둘 중 하나인 것 같았다.

간호사가 바이올렛을 씻기고, 마치 부리토burrito처럼 천으로 둘둘 만 뒤 작은 줄무늬 모자를 머리에 씌워 내 품에 안겨주었다. 나는 대런을 올려다보며 물었다. "처칠일까, 아니면 마구일까?"

"내 생각에는 우리 바이올렛은 역사상 최초로 둘 중 아무도 닮지 않은 그런 아기 같아. 얘는 당신을 닮았어." 그가 말했다. "우리 아기는 참 운이 좋기도 하지."

그런 다음 대런은 신발을 벗고 침대 위로 올라와 내 옆에 누웠다. 우리 셋은 그렇게 서로를 꼭 끌어안았다. 그 순간 나는 진정으로 경외감에 휩싸였다. 대런과 내가 함께 생명을 만들어냈으며, 유전 형질에 따라 그 생명체가 나를 꼭 닮았고, 현대 과학의 도움으로 이런 행복한 순간을 누리는 일이 가능해진 것이다.

"당신을 사랑해." 내가 대런에게 말했다.

"나는 둘 다 사랑해." 대런이 대답했다.

나는 내가 정말로, 그리고 진정으로 대런을 사랑한다는 사실을 게이브가 이해해줬으면 한다. 대런과 내가 가진 것은 완벽하진 않지만 그건 분명 사랑이었다.

52

육아 전쟁

약혼을 하게 되었을 때, 나는 문득 내가 무슨 모임에 가입을 한 듯한 생각이 들었다. 그 역사가 수십 년, 수백 년, 아니 천 년 전까지 거슬러 올라가는 이른바 '약혼한 여자들 모임'이었다. 결혼도 마찬가지였다. 이 '결혼한 여자들 모임'은 내가 순백의 웨딩드레스를 입고 주례 앞에서 "네, 그렇게 하겠습니다"라고 대답을 하는 것으로 회원 가입이 완료되었다. 그렇지만 아이를 갖는 것은 그런 것들과는 차원이 다른 모임이었다. 아이를 낳고 엄마가 됨으로써 그렇지 않은 여자들과의 사이에 일종의 경계선이 그어지는 셈이었다. 엄마인 여자와 엄마가 아닌 여자.

그리고 심지어 이 '엄마 모임'에도 등급이 있었다. 바로 '초보 엄마'와 '고참 엄마'였다. 특히 이 '고참 엄마'들은 페이스북에 아이들이 아이다운 환한 옷을 입고 있거나 새틴satin 베개를 베고

자는 모습의 사진을 올리면서 그 밑에 '나는 아빠 꿈을 꾸어요' 같은 캡션을 붙이는 사람들이었다.

나는 그런 부류의 엄마는 아니었고, 지금도 여전히 그런 엄마는 아니다. 아마 절대로 그런 식으로 아이들을 키우지는 못할 것이다.

어쨌든 나는 자연스럽게, 아무런 선택의 여지없이 '엄마 모임'의 회원으로 가입이 되었다. 그리고 회원이 되자마자 나는 바이올렛과 내가 깨끗하게 씻고 배불리 먹은 다음 밤에 5시간 이상 잠을 잘 수 있는 날만을 손꼽아 기다리게 되었다. 내가 받은 출산 휴가는 3개월이었지만 8주 정도가 지나자 한계에 다다른 듯한 느낌이 들었다. 전업주부가 되는 것은 내가 상상했던 것과는 완전히 달랐다.

케이트는 최소한 하루에 한 번 이상은 전화를 걸어왔다. 고작해야 1분이나 2분 정도밖에 통화를 못하는 한이 있어도 꼭 내 상태를 확인해주었다. 케이트는 바이올렛이 태어나기 6개월 전에 딸 빅토리아를 낳았고 그녀가 다니는 회사는 대단히 관대하게 임신한 직원들의 편의를 봐주었다. 그래서 더 그랬는지는 몰라도, 케이트는 아이를 낳자마자 바로 회사로 복귀해 미친 듯이 일하며 자신은 아이가 있다고 해서 일을 포기하는 사람이 아니라는 사실을 보여주기 위해 애를 썼다. "조금씩 적응이 될 거야." 케이트가 내게 말했다. "내가 보장한다니까." 그렇지만 상황은 좀처럼 케이트의 말처럼은 될 것 같지 않았다.

나는 모유 수유를 했고 바이올렛은 말 그대로 하루 종일 엄마 젖을 찾는 것 같았다. 아니, 내가 그렇게 느꼈다. 어떤 날은 아예 웃옷을 입고 있는 것조차 귀찮게 느껴질 정도였으니까. 그러다가 이윽고 내가 '배변 문제 단계'라고 부르는 과정에 도달하게 되었다. 1단계는 별문제가 없었다. 2단계는 기저귀로 해결이 가능했다. 3단계는 기저귀로는 약간 힘에 부친다는 생각이 들 정도였다. 여기까지는 그럭저럭 견딜 만했는데 4단계부터가 문제였다. 4단계는 똥이나 오줌이 등까지 타고 올라오는 단계, 그리고 최악인 5단계는 어깨부터 무릎까지 온통 똥과 오줌이 범벅이 되는 단계였다. 이 단계에서는 결국 목욕을 시킬 수밖에 없었고 나도 자주 옷을 갈아입어야만 했다. 3단계와 4단계, 그리고 5단계를 거치면서 나는 그야말로 수없이 많은 유아복을 내다 버려야 했고 계속 갈아입힐 옷이 있다는 게 그저 놀랍고 고마울 지경이었다.

그렇지만 그러던 어느 날 바이올렛은 '배변 문제 제6단계'에 도달하게 되었다. 그날의 시작은 아주 훌륭했다. 바이올렛도 나도 아주 깨끗한 상태였으며 배불리 먹어 포만감을 느끼고 있었다. 비록 지난 며칠 동안 실제로 잔 시간은 하루에 3시간을 넘지 못했지만. 집 난방을 한껏 끌어올려 놓았기 때문에 바이올렛은 티셔츠와 기저귀만 입고 있었다. 아이가 조금씩 웃기 시작할 때였고 나는 그럴 때마다 마음이 녹아내리는 것 같았다.

아주 편안하고 멋진 하루를 보냈기 때문에 나는 내친김에 제대로 된 저녁을 차려먹기로 결심했다. 지난 8주 동안 한두 번밖에 없었던 일이었다. 나는 바이올렛을 유아용 자동 흔들의자 위에 앉힌 후 냉동된 닭을 녹이고 속을 채우기 시작했다. 60년대 히트송을 틀어주는 라디오를 틀어놓고 아빠 생각을 하며 〈마이걸My Girl〉을 따라 부르기 시작했다. 내 두 손은 달걀이며 빵가루로 범벅이 되었지만 나는 기분이 정말 좋았다. 바로 그때 바이올렛이 울음을 터트렸다.

바이올렛 쪽을 건너다본 나는 그 자리에서 얼어붙고 말았다. 사상 처음으로 제6단계에 도달한 것이다. 상황이 그 지경이 된 건 그 자동 의자 때문이거나 앉아 있던 아이의 자세 때문이었을 것이다. 티셔츠에 기저귀만 채워 놓은 것도 문제였다. 어쨌거나 아이는 허벅지며 손, 그리고 머리까지 똥과 오줌으로 범벅이 되어 있었다. 나는 깊게 심호흡을 하고는 급히 손을 씻고 아이를 자리에서 들어올렸다. 바이올렛이 팔을 마구 휘저으면서 이제는 내 뺨과 셔츠, 그리고 손목 주위까지 더러워졌다. 그러다가 급기야 내 머리에 토하기까지 하고는 계속해서 소리를 질러댔다. 나도 결국 아이를 따라서 울기 시작했다.

바로 그때 대런이 들어왔다.

"루시?" 현관 입구에서 대런이 지르는 소리가 들려왔다. "도대체 무슨 일이야? 왜 바이올렛이 그렇게⋯⋯?" 대런은 주방으로 들어섰다. "아이고!" 그가 말했다. "아이고, 맙소사."

대런은 서류 가방을 내던지고 재킷을 벗었다. "그 똥싸개 녀석은 나를 주고 당신은 어서 씻으러 가."

나는 대런을 보고 거칠게 숨을 몰아쉬었다. "당신 옷부터 벗어." 내가 말했다. "당신 양복까지 더럽히고 싶지 않으면 어서 벗으라고. 게다가 바이올렛은 그냥 똥싸개가 아니라 토악질장이까지 되었으니까."

"헉!" 대런은 이렇게 외마디 소리를 지르고는 셔츠마저 벗어 재킷 위에 올려놓았다. "신문 기사 제목에 이런 거는 어떨까? '벌거벗은 남편이 더러운 아기로부터 아내를 구출하다' 같은 거."

나는 조금 웃었다. "그러면 '벌거벗은 남편이 아내가 하루 종일 맛보는 괴로움을 잠시 경험하다' 이런 거는 어때?"

"당신 진담이야?" 대런이 물었다. "이게 매일 벌어지는 일이라고?" 그는 이제 사각 속옷만 남기고 알몸이 되어 바이올렛을 받아 들었다. "아유, 이제 제법 묵직한데." 아이 겨드랑이에 손을 넣어 들어 올리며 대런이 이렇게 말했다.

"6단계까지는 아니지만 이제 5단계는 매일 보게 생겼어." 내가 대런에게 말했다.

"응? 당신 무슨 말을 하는 거야?" 그는 이렇게 되물었고 우리 세 사람은 욕조와 샤워기가 있는 제일 큰 욕실로 가서 플라스틱으로 만든 작은 아기 목욕통을 찾아 그 안에 바이올렛을 넣었다. 이제 애니까지 합세해서 신나게 짖어댔다.

대런은 아기 목욕통에 물을 받기 시작했고 나는 옷을 벗어 몸을 씻었다. 애니는 세면대 앞 작은 깔개 위에서 이리저리 뒹굴었다. 물줄기와 수증기 속에서 나는 대런에게 내가 정한 그 '배변 문제 단계'에 대해 설명해주었다. 그리고 계속해서 나는 출산 휴가가 끝나면 이제 그만 회사로 돌아가고 싶다고 말했다. 나에게는 일이 필요했다. 우리는 출산일이 다가오면서부터 이 문제에 대해 계속 이야기를 해왔지만 정식으로 결정을 내리는 일은 계속 미뤄왔다. 아직 내가 알지 못하는 수많은 일들과 변수가 남아 있는 것처럼 생각되었기 때문이다. 그렇지만 나는 내 결정을 대런도 기다리고 있다는 걸 잘 알고 있었다.

"한 번 이야기하지 않았었나?" 대런이 말했다.

"이야기했었지." 내가 재빨리 더러워진 머리를 감으며 대답했다. "그런데 지금 다시 한 번 의논해보려고."

"그렇지만 바이올렛을 낯선 사람 말고 당신 손으로 직접 키우는 게 더 낫다고 당신도 말했잖아. 당신보다 더 바이올렛을 잘 돌볼 사람은 없다고 말이야."

나는 샤워기에서 흘러나오는 물줄기에 다시 머리를 들이밀었다. "솔직하게 말해서……" 내가 말했다. "내 일에 대해서라면 당신도 좀 생각을 달리해야 할 것 같아. 육아 문제는 부분적인 거에 불과하고. 나는 이 일에 대해 생각하면서 할아버지께서 늘 말씀하시던 게 기억이 났어. '할 수 있는 사람들이 해야 한다'는 말씀이었지. 할아버지 말씀은 책임의 중요성에 대한 것이었어. 만일 우리가 누군가를 도울 수 있다면, 뭔가 좋은 일을 할 수 있다면, 우리가 변화를 이끌어낼 수 있다면, 그렇게 해야 한다는 거야. 그리고 나는 그렇게 할 수 있어. 그냥 집에서 매일 바이올렛과 함께 있는 것보다는 밖에 나가서 일을 할 때 이 세상에 더 많은 도움을 줄 수 있는 역량이 나한테는 있으니까. 나는 9/11사건 때 이 세상에 공헌할 수 있는 방법을 찾아 남은 인생을 살아가겠다고 스스로에게 약속을 했어. 그리고 그 약속을 지키고 싶어. 그렇게 하는 게 나 자신에게도 필요해."

"그렇지만 당신은 바이올렛과 집에 있는 게 싫어?" 대런이 물었다. 마치 내가 지금까지 한 말을 하나도 귀담아듣지 않은 것 같았다.

나는 깊은 한숨을 몰아쉬었다. "물론 아이와 함께 지내는 것도 아주 귀중한 기회고 시간이야." 내가 말했다. "그렇지만 나는 조연출로 일하는 것도 정말 좋거든. 나는 텔레비전 프로그램을 만드는 일이 좋아. 그래서 지난 5년 동안 정말 열심히 일을 해왔고 내가 하는 일에서 인정을 받고 있어. 전업주부로 머무는 건 내가 잘 할 수 있는 일이 아니야."

"일단 당신은 생각할 시간이 좀 더 필요할 것 같아." 대런은 이렇게 말하며 바이올렛의 티셔츠와 더러워진 기저귀를 쓰레기통에 던져 넣었다. "자기 딸보다 밖에서 하는 일이 더 중요하다는 생각은 절대로 있을 수 없어."

그 순간 나는 뭔가를 걷어차거나 울고 싶었다. 아니면 둘 다 하고 싶었는지도 몰랐다. 나는 마지막으로 한 번 더 머리를 헹구고 샤워기를 잠갔다.

"나도 물론 그렇게까지는 생각하지 않아." 실내복을 걸치며 나는 이렇게 말했다. "그렇지만 나는 내 자신의 행복도 중요하다고 생각해. 내가 만일 그냥 집에 있게 되면, 전업주부가 그냥 내 삶이 되어버린다면, 나는 아마 그런 사실을 원망하고 아이를 원망하고 급기야는 당신도 원망하게 될 거야."

"애가 쉬를 하는 거 같은데?" 대런이 바이올렛을 아기 목욕통에 밀어 넣다가 이렇게 말했다.

"그러네." 나는 이렇게 대답하며 아이를 받기 위해 몸을 숙였다.

"집에서 편안히 아이만 키울 수 있기를 간절히 바라는 여자들도 아주 많아." 대런이 말했다. "당신은 일을 할 필요가 없어. 내가 충분히 버니까. 내가 일을 하니까 당신은 일을 할 필요가 없는 거야."

"그렇지 않아." 바이올렛의 머리를 감겨주며 내가 말했다. "당신도 일이 마음에 드니까 그 일을 하는 거잖아. 당신은 돈도 잘 벌고 사람들의 존경도 받지. 당신은 큼지막한 거래를 성사시켰을 때의 그 짜릿함을 즐기는 거야."

"꼭 그렇기 때문만은 아닌데……" 대런이 말했다.

나는 그의 말을 가로막았다. "당신은 동시에 가장 노릇을 하는 것도 좋아해. 나도 그건 이해하지. 당신은 우리 가족을 돌볼 수 있는 사람이 되고 싶어 하고 나도 그 점은 감사하게 생각해. 정말이야. 그렇지만 당신이 일한다고 해서 내가 일할 필요가 없다는 말은 하지 말아줘. 당신이 일을 하는 건 일을 할 때 느껴지는 쾌감을 원하기 때문이야. 그런데 나 역시 일을 할 때 느껴지는 그 기분을 좋아한다고."

대런은 말이 없었다. 내가 그를 올려다보니 그는 나를 곰곰이 뜯어보며 뭔가를 평가하는 듯 보였다.

"당신은 일을 그만둘 수 있겠어?" 내가 물었다. "그다음에 바이올렛과 단둘이서 매일, 하루 종일 집 안에 있는 거야. 그래, 바이올렛은 사랑스러운 아이지. 그리고 우리는 바이올렛을 사랑하고. 그런데 그렇다고 해서 당신은 하던 일을 그만둘 수 있겠어?"

"내가 일을 하지 않으면 경제적으로 문제가 되잖아." 내가 오리 모양을 한 목욕용 수건으로 바이올렛의 등을 씻겨주는 동안 대런이 이렇게 말했다.

"그건 내 질문에 대한 답이 아니야."

"질문 자체가 이상한 거야." 그가 말했다. "당신이 벌어 오는 돈만으로는 우리 생활을 꾸려나갈 수 없어."

"한번 생각을 해봐." 내가 이를 악물고 말했다. "경제적으로 문제가 되지 않는다고 생각하라고. 내 월급만으로 그럭저럭 살아갈 수 있다고, 그게 당신을 행복하게 만들어준다고 생각해보라니까. 당신은 그렇게 할 수 있겠어?"

"내 동료 아내들 대부분은……" 그가 다시 입을 열었다.

"나는 당신 동료의 아내가 아니야." 내가 말했다. "나는 나야. 그리고 당신은 여전히 내 질문에는 대답을 안 하고 있어. 당신은 하던 일을 그만두고 매일 바이올렛과 집에서 지낼 수 있겠어? 돈 문제 같은 현실적인 상황은 내려놓고, 당신이 진심으로 그걸 원하냐고?" 바이올렛이 대충 깨끗하게 씻겨진 것 같았기 때문에 나는 아이를 목욕통에서 꺼냈다. 바이올렛이 울음을 터트렸지만 내가 모자와 그 위에 토끼 귀, 그리고 꼬리까지 달린 밝은 분홍색 수건으로 아이를 감싸주자 울음을 그쳤다.

"내가 생각한 우리 가족의 삶은 이런 게 아니었어." 대런이 말했다. "난 이런 걸 원했던 게 아니야."

나는 딸을 품에 안고 대런의 얼굴을 똑바로 바라보았다. 내 눈가에 눈물이 차오르는 것이 느껴졌다. 흘리고 싶지 않았지만 흐르는 눈물을 막을 길이 없었다. "내가 원했던 삶도 이런 게 아니었어."

대런은 뭐라 말을 하려고 했지만 할 말을 잊어버린 것 같았다. 나는 대런을 다시 돌아보지 않았고 더 이상 아무런 말도 하지 않았다. 그 대신 바이올렛 몸에서 물기를 닦아내고 아기 방으로 데리고 갔다. 거기서 새로 기저귀를 채우고 줄무늬 잠옷으로 갈아입혔다. "기분이 어떠니?" 내가 바이올렛에게 물었다. 바이올렛은 나를 보고 빙그레 웃었다. 나는 아이의 턱받이로 내 눈물을 닦아냈다.

등 뒤에서 대런이 방으로 들어오는 소리가 들렸다.

"아니야." 대런이 말했다. "나는, 나는 내가 하는 일을 그만두고 싶지도 않고 아이와 하루 종일 집에 있고 싶지도 않아."

나는 입술을 바이올렛의 머리에 꼭 대고 고개를 끄덕였다. 아이의 온기가 나에게 전해졌다. 그리고 나는 바로 아이에게서 아이를 지켜줄 수 있는 힘을 얻었다. 바이올렛에게 필요한 엄마는 혼자서 스스로 설 수 있는 그런 엄마, 자신이 원하는 바를 두려워하지 않고 좇을 수 있는 그런 엄마였다. 나는 바이올렛이 믿고 따를 수 있는 그런 모범이 될 필요가 있었다. "이제 내 말을 이해했어?" 내가 대런에게 이렇게 물었다.

그가 다가와 팔로 내 어깨를 감싸 안았다.

"미안해." 내가 말했다. "나는 당신 동료들의 아내들과는 달라. 미안하지만 나는 집에 있으면서 행복해질 수는 없어. 그렇지만 이게 바로 나야. 그리고 나는 일이 필요해."

"그런 말 하지 마." 대런이 말했다. "당신이 어떤 사람인가에 대해 사과를 할 필요는 없어. 사과는 내가 해야지."

나는 이렇게 묻고 싶었다. '무엇에 대한 사과지?' 나는 그가 그저 가정의 평화를 지키기 위해서 사과를 한 것이 아니라는 걸 확인하고 싶었지만 대신 이렇게 말했다. "사과를 받아줄게." 그렇지만 뒤를 돌아보니 나는 그가 진심으로 사과를 하지 않았다는 사실을 깨달을 수 있었다. 그저 자기가 어떤 태도를 취해야 하는지만 인정한 것이다.

다음 날부터 우리는 적당한 보모를 찾기 시작했다. 그리고 1개월 뒤 나는 복직했다. 회사에 출근해 있을 때면 사실 예상했던 것보다 더 많이 바이올렛이 그리웠다. 그렇지만 나는 대런에게 고마운 마음이 들었다. 우리에게 선택의 여지를 준 점, 필요할 때 사람들을 고용해 우리를 도울 수 있게 한 점, 그리고 무엇보다도 내가 행복해지기를 바라는 마음이 그에게 있다는 것에 나는 감사했다.

53

상관없는 일

인생을 살아가는 동안 유달리 또렷하게 기억에 남는 순간들이 있다. 마치 내가 그때 그 기억 속으로 되돌아가 그 당시 오갔던 말들을 한마디 한마디씩 되새길 수 있는 순간 같은. 그리고 긴 시간이 흘러갔어도 마치 어제 일처럼 흘러가버린 시간의 간극을 제대로 구분할 수 없는 그런 순간들 말이다.

막 복직하고 바이올렛이 아직 젖먹이였던 몇 개월은 제대로 기억도 못 할 만큼 힘들었다. 나는 제대로 잠도 자지 못하면서 새로운 텔레비전 프로그램 두 개를 기획했고 사무실에서 모유를 짜냈으며, 가능한 한 바이올렛과 많은 시간을 보내려고 애를 썼다. 나는 페이스북 활동도 제대로 하지 못했는데, 그저 의무적으로 '생후 5개월째, 6개월째, 7개월째'를 알리는 사진 정도만 올리는 게 고작이었다. 그래서 나는 게이브와 알리나의 사진도 보지 못했고 두 사람의 관계가 어떻게 진전되고 있는지도 알 수 없었다. 내가 그렇게 바쁘지 않았다면 우리가 대학 동문회 이후 한 번도 연락을 하지 않았다는 걸 기억했겠지만, 심지어 나는 그런 사실도 잊고 있었다. 나는 게이브가 없어도 정말 아무런 상관이 없는 세계로 돌아갔던 것이다. 바로 내 결혼식 날 아침 그가 전화를 걸기 전까지 내가 있었던 곳 말이다.

내가 페이스북에 바이올렛의 '생후 8개월' 사진을 올리고 줄리아의 암스테르담 여행 사진에 '좋아요'를 누르고 있는데, 새로운 알림 표시가 떴다. 바로 '게이브리얼 샘슨이 알리나 알렉산드로프와 약혼했습니다'라는 알림이었다. 그 밑에는 다갈색 머리에 역시 다갈색의 커다란 눈을 하고 함박웃음을 짓고 있는 어느 아름다운 여자를 게이브가 양팔로 얼싸안고 있는 사진이 있었다. 뭔가가 속에서 치밀어 올랐다. '아무 상관없는 일이잖아.' 나는 속으로 이렇게 중얼거렸다. '나는 결혼했고 아이도 있어. 게이브를 못 본 지는 1년도 넘었고. 그와의 인연이 끊어진 건 벌써 4년도 더 됐어.' 그렇지만 상관이 있었다. 그 사진에서 나는 그 자리에 내가 있었으면 하는 내 마음을 보았다. 나는 내가 가지 않은 길을 본 것이다.

나는 1시간이 넘도록 게이브의 사진들을 돌아보았고, 두 사람이 크로아티아에서 휴가를 보내고 있는 사진도 보았다. 나는 크로아티아에는 한 번도 가본 적이 없었다. 사진은 이내 중국으로 넘어가 만리장성이 나왔고, 이집트에서는 환한 모슬린 천에 은빛 동전이 장식으로 달린 벨리 댄스 복장을 한 알리나와 게이 브가 춤을 추고 있었다. 나는 내가 그런 게이브의 일상을 보고 얼마나 질투를 느끼는지 알고 깜짝 놀랐다. 나도 중국에 가서 만리장성에 올라가고 싶었고 이집트에 가서 벨리 댄스도 추고 싶었다.

게이브는 다시 바그다드로 돌아와 알리나와 함께 〈더 가디언 The Guardian〉지를 위해 일을 하고 있는 것 같았다. 나는 〈더 가디언〉의 홈페이지로 들어가 알리나가 쓴 모든 기사를 다 살펴보았다. 그리고 그녀의 이름을 인터넷으로 찾아 인터넷 백과사전인 위키피디아에 올라 있는 그녀의 신상명세를 읽었다. 그러다 게이브의 이름도 위키피디아에 올라 있다는 사실을 알게 되었다. 거기로 들어가 보니 최근에 약혼을 한 사실이 새롭게 추가되어 있었다.

나는 내 이름도 검색을 해보았지만 내 이름은 위키피디아에 없었다. 대런도 마찬가지였다. 그때 바이올렛이 울기 시작했고 나는 컴퓨터를 껐다. 그렇지만 나중에 나는 게이브에게 짧은 이메일을 보냈다. '약혼 축하해!'

그는 아무런 대답도 하지 않았다.

<u>54</u>
깨진 하트

그해 9월, 나는 여전히 바이올렛을 키우느라 고군분투하고 있었지만 우리의 생활은 어느 정도 안정된 상태로 접어들고 있었다. 바이올렛은 마침내 밤이면 얌전히 잠을 자게 되었고 지난 8월의 마지막 주에는 웨스트햄프턴Westhampton 바닷가에 있는 별장에서 온 가족이 함께 휴가를 보내기도 했다. 바이올렛이 수영장을 좋아해서 우리는 자외선 차단제를 듬뿍 발라준 후 햇빛 가리개가 붙어 있는 튜브에 아이를 태웠다. 그런 다음 아이를 마치 작은 부표浮漂처럼 우리가 놀고 있는 수영장 위를 떠다니게 했다. 그야말로 천국에 와 있는 듯한 기분이었다.

"밖에 나오니까 좋지?" 대런이 말했다. 바이올렛은 이리저리 물장구를 치며 놀았고 우리 두 사람은 차갑게 식힌 샤르도네 Chardonnay 화이트 와인 한 잔씩을 들고 수영장 물이 얕아지는 끄트머리 계단 위에 앉아 있었다.

"당신도 좋은 거 같은 데 뭘." 나는 이렇게 대답하며 머리를 대런의 어깨에 기댔다.

"그래, 맞아." 그가 대답했다. "이런 별장을 하나 사야 할까 봐."

"그래, 언젠가는." 나는 그에게 이렇게 말했다. "그렇지만 지금 당장은 이렇게 매해 여름마다 1주일이나 2주일쯤 빌려서 놀러 오는 게 나에게는 딱 맞는 것 같아."

대런은 고개를 끄덕였다. "그래, 언젠가는. 이것도 내 버킷 리스트에 있어. 내 버킷 리스트 기억하지?"

나는 기억이 나지 않았다. "물론이야." 내가 대답했다. "최근 들어 우리가 버킷 리스트를 실천하는 데 좀 신경을 안 쓴 것 같네."

대런은 고개를 저었다. "아니, 아니지." 그가 말했다. "올해 우리는 부모가 되었잖아. 그것도 버킷 리스트에 있었어."

나는 웃음을 터트렸다. "그랬지, 참." 내가 말했다. "아까 한 말은 취소해야겠다. 우리는 버킷 리스트를 아주 잘 실천하고 있어."

"그래, 맞아." 그는 이렇게 말하며 내게 키스했다. 바이올렛이 우리 두 사람에게 물장구를 쳤다.

아침 출근길 전철 안에서 나는 웨스트햄프턴에서 보낸 일주일을 생각하고 있었다. 수영장이며 그 편안했던 분위기를. 그때 고개를 들어보니 건너편에 있는 한 남자가 손에 〈뉴욕 타임스〉 한 부를 들고 있었다. 내 쪽으로 보이는 면에 이런 글이 보였다. '파키스탄의 무너진 호텔에서 시신 추가 발견.' 나는 그 순간 게 이브를 떠올렸다. 그가 파키스탄에 있었을까? 내가 마지막으로 확인했을 때는 이라크에 있었지만 혹시 그 사이에 이동을 하지 않았을까? 혹시 이슬라마바드에서 취재 중이지 않았을까? 그 러면 그 호텔에 머물렀을 수도 있을 텐데.

회사에 도착해서 페이스북에 들어가 볼 때까지 나는 제대로 숨을 쉴 수조차 없었다. 창을 열고 로그인을 하니 게이브가 호 텔 공격에 대해 쓴 AP 통신사 기사가 올라와 있었다. 그는 파키 스탄 호텔에서 폭발이 일어나 사람들이 피해를 입은 사실을 알 고 있었지만 그 자리에는 없었다. 게이브는 여전히 이라크에 머 물고 있었다.

"오, 하느님 감사합니다." 나는 속삭였다. 마음이 가라앉자 이 번에는 게이브가 그동안 뭐하고 지냈는지 호기심이 일어 계속 화면을 살펴보았다. 깨진 하트 이모티콘이 눈에 들어왔다. 게이 브와 알리나가 헤어진 것이다. 나는 무슨 일이 있었는지 궁금했 고 진심으로 마음이 좋지 않았다. 나는 게이브가 행복하기를 바 랐다. 나는 잠시 그에게 연락을 할까 생각했지만 결국 그렇게 하지는 않았다.

나의 하루가, 나의 일주일이, 나의 한 달이 그렇게 흘러갔다. 그렇지만 게이브는 바이올렛이 태어난 이후 그 어느 때보다도 더 내 마음속에 한 자리를 차지하고 떠나지를 않았다. 나는 계속해서 그가 찍은 사진들을 찾아보았고 가까운 장래에 뉴욕에 돌아올지 알고 싶었다. 그리고 만일 뉴욕에 돌아온다면 나에게 연락을 할지 궁금했다.

55

보여주고 싶지 않은 것

때로 아무런 기대도 하지 않았는데 평범한 날이 놀라운 날이 되는 경우가 있다. 1월의 어느 금요일이었다. 나는 집에서 일을 하며 회사에서 온 이메일에 답장을 쓰고 있었다. 바이올렛이 보모에게 재잘거리는 소리가 들려왔다. 이제 바이올렛은 14개월 이었고 할 줄 아는 말은 몇 마디 되지 않았지만, 온 세상 삼라만상의 비밀들을 다 알고 있어서 그것을 우리들에게 털어놓으려는 것 같았다. 최소한 대런과 나는 바이올렛이 쉬지 않고 알아들을 수도 없는 소리를 혼자 떠들 때 그렇게 상상을 했다.

우리가 고용한 보모인 마리아는 바이올렛에게 스페인어로 대답했다. 2개 국어를 자유자재로 할 수 있는 사람으로 키워보겠다는 대런의 생각 때문이었다. 나는 그저 모국어만 잘 가르쳐도 상관없다고 생각했지만 대런의 뜻은 완강했고 나는 그렇게 하라고 할 수밖에 없었다. 그렇지만 나는 마리아에게 책을 읽어줄 때는 영어로 읽어주라고 부탁했고 음악 수업이나 어린이집, 그리고 지역 도서관에서 하는 '이야기 들려주기' 시간에도 데려갔다. 그래야 적당히 균형이 맞을 거라고 생각했기 때문이다. 그런데 바이올렛은 스페인어라고는 '올라hola, 안녕하세요', '아디오스adios, 안녕히 가세요', '포르 파보르por favor, 실례합니다' 그리고 '그라시아스gracias, 감사합니다' 정도 말고는 다른 말은 한마디도 더 배우지 못했다. 그러다가 텔레비전에서 스페인어로 방영되는 어린이 프로그램 〈도라 도라Dora the Explorer〉를 보기 시작하면서 나는 텔레비전의 놀라운 위력을 실감할 수 있었다.

다른 엄마들은 아이들에게 텔레비전 보는 시간이나 프로그램에 제한을 준다지만, 나는 바이올렛에게 내가 관여하는 프로그램은 물론 경쟁 프로그램들까지 놓치지 않고 모두 다 보게 했다. 바이올렛은 나를 위한 꼬마 평가단이었다. 어떤 부분들이 아이의 관심을 끄는지, 그리고 어떤 프로그램만 보려 하는지 관찰하는 건 자못 흥미로운 일이었다.

나는 아이가 〈시간을 달리는 로켓〉을 뚫어져라 볼 때 남들은 알지 못하는 짜릿함을 느꼈다. 그리고 〈기욤Guillaume〉이 방영될 때는 보지 않고 텔레비전 앞을 떠나버렸는데 그 역시 기뻤다. 나는 그 프로그램을 그리 좋아하지 않았다. 케이트는 빅토리아가 그 방송을 보고 칭얼대고 보채는 걸 배운 게 틀림없다고 단

언했는데 아마 그녀의 말이 맞을 것이다.

내가 〈우주를 너에게 줄게〉의 다음 시즌 예산안에 대한 이메일 답장을 반쯤 써내려가고 있을 때, 다른 이메일이 왔다는 알림이 울렸다. 그리고 그건 바로 게이브였다.

안녕, 루시

그동안 시간이 좀 흘렀지? 아니, 좀이 아니라 꽤 흘렀을 거야. 마치 긴 세월이 지나간 것처럼 느껴진다. 그렇지만 나는 내일 뉴욕에 있을 거야. 오바마 대통령 취임식 취재차 워싱턴에 가는 중간에 들를 예정이야. 이런 기회를 놓칠 수 없지. 최초의 아프리카계 대통령이 취임한다는 사실이 믿겨져? 여기 있는 사람들도 모두 다 흥분의 도가니야. 내 생각에 오바마 대통령 선출은 미국의 엄청난 전환점이 될 것 같아. 새롭고 더 나은, 그러면서도 더 평화적인 방향으로 나아가게 되겠지. 어쨌든 나는 네가 무척이나 보고 싶어. 내일 오후에 커피 한 잔 정도 같이 할 수 있을까?

게이브

나는 이메일이 왔다는 사실을 믿을 수 없었다. 하지만 바로 답장을 보내지 않았다. 사실, 나는 밤중이 될 때까지도 답장을 보내지 않았고 대런에게 아무 일도 아니라는 듯 게이브가 뉴욕에 온다는 사실을 알렸다.

"그 친구랑 아직도 연락을 해?" 대런이 정말 놀란 듯이 그렇게 물었다. 나는 고개를 저었다. "컬럼비아대학교 동문회 이후로 한 번도 보거나 이야기를 나눈 적은 없어. 그런데 갑자기 이메일을 보냈더라고." 대런이 셔츠 단추를 풀며 이렇게 물었다. "부탁 하나 들어줄 수 있을까?"

나는 마음을 단단하게 먹었다. 대런은 나보고 게이브를 만나지 말아달라고 부탁할 참인가? "무슨 부탁인데?" 내가 되물었다.

"바이올렛을 함께 데려갈 수 있어?"

나는 조금 놀라서 잠시 움직이지 못했다. "나를 못 믿는 거야?" 내가 물었다.

대런은 깊은 한숨을 내쉬었다. "당신을 믿어." 그가 말했다. "그렇지만 나는 그 친구는 못 믿겠어. 도대체 왜 당신을 만나고 싶어 하는지 모르겠다니까. 그러니 바이올렛을 데리고 가는 게 좋을 것 같아."

나는 고개를 끄덕였다. 싫다고 말하면 대런에게 내가 전하고 싶지 않은 그런 뜻을 전하게 된다는 사실을 잘 알고 있었다. "물론 그렇게 할게." 내가 말했다. "바이올렛을 데리고 갈게. 그렇지만 게이브는 나를 그냥 한번 보고 싶어 하는 오래된 친구일 뿐이야."

그런 후에 나는 게이브에게 답장을 보냈다.

'소식 들어서 반갑다. 내일 오후 3시에 브루클린 하이츠에서

어때? 몬터규 거리에 스타벅스가 하나 있어.'

나는 바이올렛 이야기는 꺼내지 않았다.

짧은 답장이 왔다. '좋아.'

이제 그를 만나게 되었다.

다음 날 나는 바이올렛에게 청바지와 어그 부츠, 그리고 분홍색 하트가 그려진 회색 스웨터를 입혔다. 그리고 머리에는 분홍색 머리띠를 예쁘게 둘렀다. 내가 입은 옷들도 바이올렛이랑 얼추 비슷했다. 다만 내 스웨터에는 갈색에 하트 모양 같은 건 없었다. 그리고 머리띠도 하지 않았다.

대런은 체육관에 운동하러 가고 없었고 나는 아이와 함께 겨울용 외투 지퍼를 올리고 집을 나섰다.

나는 스타벅스의 유리문을 통해 안을 들여다보았다. 그러자 탁자 앞에 앉아 있는 게이브가 보였다. 그는 고개를 숙이고 휴대전화를 보고 있었다. 아이폰의 가장 최신 모델을 장만한 대런과 나와는 달리 여전히 블랙베리를 사용하는 게이브가 어딘지 그다워 보였다. 나는 유모차를 밖에 세워놓고 바이올렛을 안은 후 문을 열었다. 게이브가 내 쪽을 올려다봤다.

"안녕, 루시." 게이브가 말했다. "어, 너도 안녕……"

"바이올렛." 내가 소개를 했다. "바이올렛, 이쪽은 엄마 친구인 게이브 아저씨야. 게이브, 여기는 내 딸."

"안녕 안녕." 바이올렛이 말했다. 안녕이라는 인사는 바이올렛이 할 줄 아는 말 중 하나였는데 항상 두 번을 말했고 대런과 나는 왜 그러는지 그 이유를 알 수 없었다.

"너를 꼭 닮았는데." 게이브가 자리에서 일어서며 이렇게 말했다. "야, 이거 정말……"

게이브는 그때 무슨 생각을 하고 있었을까? 나는 지금까지도 항상 그게 궁금하다. 바이올렛이 대런이 아닌 나를 닮았다는 사실은 바이올렛을 더…… 사랑스럽게 보이게 해주었을까? 혹은 놀라고 흥분되게 했을까? 아니면 그럭저럭 참을 수 있도록 했을까?

바이올렛은 뭔가 호감을 느꼈는지 양손을 내밀었고 게이브는 그런 바이올렛을 안아주었다. "안녕 안녕." 바이올렛은 이렇게 말하며 게이브의 뺨을 손으로 만졌다.

"안녕 안녕." 게이브도 바이올렛의 뺨을 어루만졌다.

그런 다음 게이브는 다른 한 팔을 내밀어 나를 끌어안았다. "정말 오랜만이다. 이렇게 네가 나와 줘서 기뻐."

나는 다시 바이올렛을 받아들었고 우리는 서로 마주 보고 자리에 앉았다. 나는 탁자 위에 아이들이 보는 두꺼운 판지로 된 커다란 책과 장난감을 몇 개 올려놓았고 바이올렛은 그것들을 가지고 놀기 시작했다.

"페이스북에서……" 내가 말했다. "네가 약혼한 걸 봤어."

나는 우리가 얼마나 오래 있을지 알 수 없었고, 그동안의 일이 궁금하기도 했다. 대런의 생각이 옳았다. 이건 이제 와서 서로를 만나려는 동기나 이유가 확실하지 않은 그런 만남이었다.

게이브가 웃었다. "단도직입적이네."

나는 어깨를 으쓱하고는 바이올렛이 바닥에 떨어트린 책을 다시 집어 들었다.

"무슨 일이 있었는지 알고 싶겠지." 그가 말했다.

"네가 말하길 원한다면." 내가 대답했다.

게이브는 내게 알리나가 워싱턴에서 제안 받은 일거리에 대해 말해주었다. 두 사람이 관계보다는 각자의 일을 더 소중하게 여기고 있다는 걸 깨닫게 되었다는 사실도. 알리나는 워싱턴으로 가고 싶어 했고 게이브는 그대로 해외에 머물고 싶어 했다. 둘 중 어느 누구도 함께 지낼 수 있는 방법을 모색해보지 않았다. 나는 게이브와 나와의 과거에 대해 생각해보지 않을 수 없었다. 그리고 그가 똑같은 이유를 들며 나를 어떻게 떠나갔는지도.

"굉장히 괜찮은 두 사람이 서로에게는 아무런 의미가 없었던 경우지." 게이브가 말했다.

게이브의 그 말은 나에게도 해당되는 것일까.

"유감이야." 내가 말했다.

"유우가암이야아아." 바이올렛이 우리를 올려다보며 말을 길게 끌며 따라했다.

"복제 인간이라도 만든 거야?" 게이브가 웃으며 물었다. "그냥 복사해서 붙이기를 한 거 같은데? 대단하다."

"우리 바이올렛 대단하니?" 내가 바이올렛에게 물었다.

아이는 웃으며 손뼉을 쳤다.

그러자 나도 웃었다.

"행복해 보인다." 게이브가 내게 말했다. "대런이랑 바이올렛과 함께 사는 게 행복해 보여."

"행복해." 내가 대답했다. 그리고 그 말은 사실이었다.

"우리 두 사람 중 하나라도 행복하니 기쁘네." 게이브의 말은 비꼬는 것도 악의가 담긴 것도 아니었다. 그저 아쉬움을 토로하는 것이었다.

"우리 두 사람 중에서 떠난 건 너야." 내가 이렇게 상기시켜주었다.

"나도 알아." 게이브가 말했다. "내가 했던 선택들에 대해서는 아주 많이 생각해왔지. 왜 내가 그런 선택을 했었을까. 내가 그런 선택을 하지 않았더라면 내 인생은 어떻게 달라졌을까."

게이브는 마치 지나간 인생을 반추하고 점수라도 매기듯 상념에 잠긴 표정이었다.

"지금보다 더 행복할 수 있었을 거라고 생각해?" 내가 대답하게 물었다. "그냥 여기 머물렀더라면?"

게이브는 한숨을 내쉬었다. "잘 모르겠어." 그가 말했다. "어떨 때는 내가 사진 찍는 일을 아예 시작도 안 했더라면 더 행복하게 살 수 있었을 텐데 하는 생각을 해. 내 생각에 나는 내가 추구하는 목표와 뭔가 중요한 일을 하고 있다는 것에 대한 자부심이 있었던 것 같아. 그렇지만 정말 힘든 일이었지. 그렇게 하느라 너무 많은 것들을 잃어버렸어. 하지만…… 나도 잘 모르겠어. 어쩌면 나는 절대 행복해질 수 없는 사람일지도 모르고. 내가 바랐던 그런 모습의 사람이 아닐지도 모르겠다는 말이지."

"엄마!" 바이올렛이 엄마를 찾았다.

"바이올렛!" 내가 대답하자 바이올렛은 다시 자기 앞에 놓인 장난감 쪽을 바라보았다.

"나는 그저 서로 어울리지 않는 것들을 너무 많이 원했나 봐." 게이브가 시선을 바이올렛 쪽으로 돌리며 이렇게 말했다. 바이올렛은 책을 이리저리 넘겨 보고 있었다. "그런 것들을 어떻게 조화시킬 수 있을지 잘 모르겠어."

"넌 지금 그냥 좀 안 좋은 상황에 처해 있는 것뿐이야." 내가 말했다. "곧 잘 헤쳐나갈 수 있을 거야."

"지금까지도 잘 해내지 못했는데." 게이브는 커피를 한 모금 마시며 이렇게 말했다. "그리고 나는 네가, 그리고 우리가 함께 했던 것들이 그리워." 그가 고개를 들어 나를 바라보았다. "네가 만드는 텔레비전 프로그램을 기회가 있을 때마다 꼭 챙겨 보고 있어. 두려움이 몰려들 때는 네 꿈을 꾸지. 슬플 때는 너를 떠나지 말았어야 했는데, 하는 생각을 해."

나는 가슴이 조금 빨리 두근거리기 시작했다. "부탁이야, 그런 말은 하지 말아줘." 나는 바이올렛을 힘껏 끌어안으며 이렇게 말했다.

게이브는 손가락으로 자기 머리를 쓸어 올렸다. "미안해." 그가 말했다. "내가 방금 말한 건 다 잊어줘."

나는 바이올렛을 한 번 추슬러 다시 안아 올렸다. "미안한데……" 내가 말했다. "게이브, 너를 다시 만나서 정말 반가웠어. 그렇지만 바이올렛과 나는 이제 그만 가봐야 할 거 같아."

게이브가 고개를 끄덕였다.

"네가 원하는 걸 다 찾았으면 좋겠어."

"고마워." 그의 목소리가 갈라졌다. "나도 그래."

"바이올렛, '안녕히 계세요' 해야지?" 내가 딸에게 말했다.

"안녕히 계세요." 바이올렛이 이렇게 말하고 다시 게이브에게 양손을 내밀었다.

게이브가 바이올렛을 끌어안았다. 그리고 나를 바라보았다. 분명 나하고도 그렇게 인사를 하고 싶어 하는 눈길이었다. 그렇지만 그는 그렇게 하지 않고 고개를 숙인 채 그 자리를 떠났다. 나는 다시 나와 바이올렛의 외투 지퍼를 여몄고 바이올렛 머리에 모자를 씌워주었다.

그날은 하늘이 흐렸지만 나는 바이올렛 기저귀 가방에서 선글라스를 더듬어 찾았다. 나는 내 눈가에 흐르는 눈물을 아무에게도 보여주고 싶지 않았다. 게이브가 자기가 흘리는 눈물을 나에게 보여주고 싶지 않았던 것처럼.

56

종이 인형

그해 여름, 대런과 나는 아주 오랜만에 예복을 제대로 챙겨 입고 개빈의 결혼식에 참석했다. 우리는 바이올렛이 태어난 이후로는 개빈을 그리 자주 보지 못했고 나는 그의 신부가 누군지도 거의 아는 바가 없었다.

내가 가슴까지 깊게 파인 파란색 원피스를 입고 거실에 나타나자 대런이 휘파람을 불었다. "이 섹시한 엄마는 누구야?" 그가 말했다.

나는 빙그레 웃었다. "어서 가요, 잘생긴 아저씨."

대런이 신랑 들러리였기 때문에 우리는 조금 일찍 결혼식장에 도착해야 했다. 개빈은 우리가 나타나자 반갑게 맞이해주었다. "나도 이제 내 종이 인형을 갖게 되었군." 그가 소리 내 웃으며 이렇게 말했다.

우리가 처음 만났을 때 개빈이 나를 보고 대런의 '종이 인형'이라고 불렀던 일이 생각이 났다. 나는 오랫동안 그 사실을 잊고 있었다. "그 '종이 인형'이라는 게 정확하게 무슨 뜻이에요?" 내가 물었다.

"그냥 별거 아니야." 대런은 이렇게 말하고는 개빈 쪽을 돌아보았다. "어이, 오늘 내가 뭘 어떻게 해주면 되는 거야?"

두 사람이 가버리자 나는 신랑 친구들의 아내와 여자 친구들이 있는 쪽으로 향했다. 옆에는 샴페인 잔들이 놓인 쟁반이 있었다. 아주 사려 깊은 개빈다운 준비였다.

결혼식이 끝나고 피로연이 시작되자 나는 개빈과 함께 술을 한잔하게 되었다. 피로연에 참석한 다른 모든 사람들처럼 우리도 꽤 많은 술을 마셨다.

"그러니까 말이에요." 내가 말했다. "그 종이 인형이라는 게 정말로 무슨 뜻이냐고요?"

개빈은 웃었다. "이걸 루시 당신에게 이야기하면 대런이 나를 죽이려고 들 텐데…… 그때 대런은 자기 여자 친구 자격에 대한 점검표를 하나 갖고 있었거든요. 당신은 모든 항목들을 다 통과했어요. 백인에 머리는 검은색이고, 명문대학교 출신, 브루클린 거주, 키는 160에서 165센티미터 정도, 동부 연안에서 성장, 멋진 몸매 등등. 나머지 항목들은 잘 기억이 안 나네요. 그렇지만 어쨌든 서류 심사를 통과했으니까, 우리는 당신을 그렇게 부른 거예요."

"일단 종이로 된 서류 심사를 통과한 이상형이라고 해서 종이 인형이다?" 내가 마무리를 지었다.

"바로 그거예요!" 개빈은 이렇게 말한 후 자신의 조니 워커 위스키 잔을 내 보드카 마티니 잔에 쨍하고 맞부딪친 후 한 모금을 마셨다.

무슨 목록이나 표를 만드는 건 대런의 주특기였고, 그 말을 들었다고 해서 내가 굳이 놀랄 것까지는 없었다. 그렇지만 어쩐지 그 말을 듣고 나니 나에 대한 대런의 사랑이 조금은 계산적이고 진실이 아닌 것처럼 느껴졌다. 그리고 그 때문에 느껴지는, 마치 무슨 누구의 부속물처럼 전락하는 것 같은 기분도 마음에 들지 않았다.

대런이 우리 쪽으로 걸어왔다. "내가 서류 심사를 통과했다는 말을 들었어." 내가 그에게 말했다. "내 키가 적당해서 다행이야. 안 그랬으면 심사 기준도 통과하지 못했을 테니까."

대런이 웃었다. "자기가 원하는 게 뭔지 정확하게 알고 있는 사람만 그걸 찾아낼 수 있는 거야." 다른 신랑 들러리들과 함께 마신 예거Jager 칵테일 때문인지 대런은 평소와는 달리 조금 흐트러진 모습이었고 목소리도 컸다. "그해 여름에 나는 당신을 찾고 있었다니까."

"아니면 그냥 나 같은 다른 사람을 찾고 있었거나." 내가 대꾸했다. 나 역시 평소와는 다르게 조금 흐트러져 있었다.

"이제 그만해. 내가 원한 건 바로 당신이야." 대런은 이렇게 말하며 팔로 내 허리를 감싸 안고 자기 쪽으로 끌어당겼다. "그때 그 표는 그저 그만한 가치가 있는 여자들을 집중해서 찾는 데 도움이 되라고 만든 것뿐이라고."

"그만한 가치가 있는 여자들?" 나는 그가 한 말을 되풀이했다.

"이봐, 루시." 대런은 개빈이 내미는 또 다른 칵테일 술잔을 뿌리치며 이렇게 말했다. "가서 춤이나 같이 추자고."

나는 대런을 따라 사람들이 춤을 추고 있는 무대로 나아갔다. 그리고 트위스트를 추기 시작했는데 둘 다 엉망진창이었다. 우리 두 사람은 웃기 시작했고 그의 여자 친구 자격 점검표 같은 건 다 잊어버렸다. 그렇지만 나는 최근 들어 그때 그 일에 대해 더 많이 생각하고 있다. 만일 내가 그때로 돌아가 나만의 점검표를 만든다면 대런도 게이브도 모든 항목과 기준을 다 통과하지 못했을 것 같았다. 그리고 만일 지금 다시 대런이 그 표를 만든다면 나 역시 그의 기준을 다 통과하는 완벽한 이상형이 될 수 없을 거라는 생각도 든다.

57
딱좋은 때

나는 언젠가 세계 어느 곳보다 뉴욕에서 생일을 훨씬 더 공들여 축하한다는 글을 읽은 적이 있다. 혹시나 우리 방송국에서 그런 내용을 공식적으로 발표한 거라면 관련 자료 같은 걸 부탁해서 받아볼 수도 있었겠지만 그러지는 못했다. 그래서 나는 그냥 어디선가 그런 이야기를 읽었다는 기억만으로 그걸 믿기로 했다.

내 서른 번째 생일을 축하하기 위해 대런은 나와 케이트, 그리고 줄리아를 마사지와 피부 관리 전문 업체인 블리스Bliss에 보내주었고, 우리 부부를 위해서는 1주일 동안의 오스트레일리아 관광 여행을 예약했다.

"오스트레일리아 여행도 당신 버킷 리스트에 있었지!" 대런이 말했다.

최소한 이번에는 그도 내게 먼저 물어보고 결정을 했다. 대런과 나는 우리의 버킷 리스트를 착실하게 잘 채워가고 있었다. 그는 심지어 몇 개월 전 마이애미에서 있었던 친구들과의 결혼식 전야 모임에 가서 세그웨이를 탔고 자신의 버킷 리스트 1번을 달성했다.

　　"그런데 바이올렛은 어떻게 해?" 내가 물었다. 바이올렛은 이제 거의 두 살 반이 되었다. 그동안 우리 부모님이나 대런의 부모님에게 아이를 맡긴 적이 있기는 했지만 주말 이틀 정도가 전부였다. 그 이상이 넘는 기간 동안 아이와 떨어져 지낸 적은 한 번도 없었다. 그리고 아이를 두고 캘리포니아보다 더 먼 곳에 가본 적도 없었다.

　　"내 생각에 바이올렛도 아마 우리하고 떨어져 있는 시간이 좀 필요할 거 같은데." 그가 말했다.

　　바이올렛은 마룻바닥에서 애니와 함께 삼각형 모양의 어린이용 안전 크레용을 가지고 놀고 있었다. 바이올렛은 그 크레용을 좋아했다. 과장이 아니라 정말 몇 시간이 넘도록 낙서를 하며 놀곤 했다.

　　"안녕, 바이." 대런이 말했다.

　　"안녕, 아빠." 바이올렛이 대답했다.

　　"바이올렛, 아주 기쁜 소식이 있어. 엄마와 아빠가 여행을 가 있는 동안 바이올렛은 할머니랑 할아버지랑 1주일 내내 함께 지낼 수 있게 되었단다!"

"할아부지!" 바이올렛의 눈이 휘둥그레졌다. "꼭이야! 꼭이에요!." 바이올렛은 이렇게 말하고 다시 크레용을 갖고 놀기 시작했다.

"보니까 별일 없을 것 같은데." 대런이 말했다.

그래서 우리는 오스트레일리아로 향했다. 뉴욕에서 샌프란시스코로, 샌프란시스코에서 하와이로, 하와이에서 피지로, 마지막으로 피지에서 시드니까지 비행기를 타고 이동하는 여정이었다. 나는 비행기를 그다지 좋아하지 않는다. 이 이야기를 게이브와 했었던가? 좁은 공간, 실내에서만 순환되는 신선하지 않은 공기, 그리고 폐쇄성 등 장거리 비행의 그 모든 것이 나를 불편하게 만들었다. 때문에 대런은 이렇게 짧은 구간을 여러 번 지나가는 여정을 계획한 것이다. 이 정도면 내가 갑갑함을 느끼기 전에 비행이 끝날 것이기 때문에 나는 정말로 아주 좋은 계획이라고 생각했다. 비행시간이 너무 길고 답답하다고 생각하려는 순간 지상에 착륙하게 되었으니까. 나는 그 이후에도 이런 식으로 비행기 여행 계획을 짜려고 노력했다. 하지만 뉴욕에서 이스라엘의 텔아비브에 갈 때 직항을 타고 간 적이 있는데, 그때는 그 길이 가장 빠른 길이기 때문에 어쩔 수 없었다.

어쨌든 우리는 내 생일 바로 전날에 오스트레일리아에 도착했고, 공항에는 리무진이 기다렸다가 우리를 포시즌스Four

Seasons 호텔로 데려갔다.

"방이 여럿 있는 특실로 예약했어." 리무진에 올라타 몸에 긴 장이 풀리자 대런이 내게 이렇게 말했다.

"당신 진짜 엉뚱해." 내가 말했다.

대런은 어깨를 으쓱해 보였다. "신혼여행 이후로는 한 번도 이렇게 제대로 된 여행을 가본 적이 없잖아. 그리고 이런 여행 을 앞으로 또다시 가게 될지는 아무도 모르는 거고."

방에 들어서자마자 나는 와이파이를 연결해서 부모님께 전 화를 걸었다. "바이올렛은 잘 있다." 엄마가 말했다. "제이슨과 바네사도 세쌍둥이들과 함께 와 있거든. 네가 옛날에 타던 그네 에 올라타고 아주 신나게 놀고 있어."

한창 재미있게 놀고 있는 바이올렛을 불러다 전화통화를 하 는 게 과연 도움이 될지 알 수가 없었다. 그래서 나는 나중에 다시 전화를 하기로 결정했다.

"당신 여기 와서 이것 좀 봐!" 대런이 침실 쪽에서 나를 불렀 다.

"그러면 엄마 나중에 다시 전화할게요. 바이올렛에게도 나 대 신 인사 전해주세요."

"그래, 알았다." 엄마가 말했다.

나는 침실 쪽으로 가보았다. 화장대 위에는 초콜릿으로 코팅 된 딸기와 샴페인이 있었고 침대 위에는 장미 열두 송이가 긴

박스에 가지런히 담겨 있었다.

"호텔에다가 뭐라고 말한 거야?" 내가 대런에게 물었다.

"뭐라 그러긴, 그냥 축하할 만한 날이라고 그랬지." 그가 말했다. "나름대로 친절하게 최선을 다했네." 그는 내게 키스해주었고 나는 그의 품 안에서 편안하게 모든 긴장을 풀었다. 대런과 함께 있으면 마치 하루 종일 일을 하고 돌아와 굽 높은 구두를 벗어던지는 듯한 기분이 들었다. 자연스럽고, 편안하고, 근심 걱정이 사라지는 그런 기분 말이다.

"사랑해." 내가 대런에게 말했다. 대런은 손을 내 옷 안으로 슬며시 밀어 넣어 내 브래지어를 벗겼다.

침대 위에 있던 그 아름다운 장미꽃들은 결국 전부 다 바닥으로 흩어지고 말았다.

나는 한밤중에 잠에서 깨어났다. 마치 뭔가를 잊고 온 것처럼 당혹스러운 기분이 몰려들었다. 나는 머릿속으로 이것저것 점검해보았다. 휴대전화 충전기와 다용도 어댑터를 챙겼고 브래지어와 속옷, 그리고 양말도 빠트리지 않았다. 화장품, 데오도런트, 편한 운동화, 그리고 집에 전화도 했고 바이올렛이랑 통화도 했다. 그러다 문득 뭘 빠트렸는지 깨달았다. 나는 대런을 쿡쿡 찔렀다.

"나 피임약을 안 가지고 왔어." 대런이 내 말을 알아들을 수 있을 만큼 잠에서 깨자 나는 그에게 이렇게 속삭였다.

"그거 잘 됐네." 대런이 웅얼거렸다. "둘째를 갖기에는 딱 좋은 때잖아."

그는 그렇게 말하고 다시 잠이 들었다. 그렇지만 나는 그럴 수 없었다. 그날 밤 내내 나는 천장을 바라보았다. 대런에게 콘돔을 사용하라고 말하면 기분 나빠할까?

당연히 그럴 터였다. 그것도 몹시.

내 둘째 아이 리엄Liam은 이렇게 오스트레일리아에서 만들어졌다.

58

뉴욕 여자

내 생각에 임신을 했을 때 가장 흥미로운 일들 중 하나는 어
느 누구도 완전히 같은 경험을 하는 경우는 없다는 사실이다.
모든 진통조차 오늘이 다르고 내일이 다르다. 나는 똑같은 산모
라도 아이를 낳을 때마다 다른 진통을 겪는다는 말을 늘 들어
왔다. 그리고 그때마다 항상 이상하다고 생각했다. 인간의 육체
는 같은 일을 겪는다면 각각 똑같이 반응해야 하지 않을까? 그
렇지만 사람들의 말은 사실이었다. 내가 임신을 해보니 그때마
다 미묘한 차이가 있었다. 물론 입덧이나 피로감은 빠지지 않고
늘 함께하긴 했지만 말이다. 게다가 리엄의 경우에는 그렇게 몸
이 피곤하고 지친 와중에도 잠을 제대로 잘 수가 없었다. 결국
나는 대런이 이미 잘 준비를 마친 후에도 혼자 거실에서 케이블
텔레비전의 정치 풍자 프로그램인 〈데일리 쇼The Daily Show〉를 보

게 되었고 그 덕분에 게이브도 다시 보게 되었다.

광고가 나간 후 다시 진행자인 존 스튜어트가 화면에 나오더니 이렇게 말했다. "안녕하십니까. 오늘 밤의 초대 손님은 AP 통신사의 사진 기자이자 최근 자신의 첫 번째 책인 《저항Defiant》을 통해 이른바 '아랍의 봄'을 자신의 사진으로 알린 게이브리얼 샘슨입니다. 모두들 큰 박수로 환영해주십시오."

그리고 게이브가 우리 집 거실에 그 모습을 드러냈다. 몬터규 거리의 스타벅스에서 그렇게 그를 떠나보낸 지 1년하고도 반이 지난 후였다. 존 스튜어트가 게이브의 책을 펼쳐 보이자 게이브는 자신의 경험담을 이야기하기 시작했고 나는 조금 자랑스러운 기분이 들었다. 그가 자신의 책을 통해 얻게 된 인지도는 대단했고 아마 상도 많이 받을 것 같았다. 그리고 계속해서 이어지는 질문과 그에 대한 답을 들어보니 책에 대한 호응이 상당해서 다음 주말이면 〈뉴욕 타임스〉에 책에 대한 서평이 실릴 것이며, 미술관이나 화랑에서 게이브의 작품들을 전시하겠다는 제안도 해왔다고 했다.

"런던이나 뉴욕, 오마하, 네브래스카 등 사방에서 당신을 초대하고 싶어 하는 것 같군요." 존 스튜어트가 말했다. "이왕이면 오마하에 먼저 가보시지요. 거기는 스테이크가 끝내주거든요."

게이브는 웃으면서 이렇게 대답했다. "내가 스테이크를 좋아하는 것만큼이나 가장 많이 신경이 쓰이고 마음이 가는 곳은 바로 뉴욕입니다. 뉴욕은 나에게 아주 큰 의미가 있는 도시니까요."

"뉴욕 사람들 랩 실력은 형편없어요." 존이 악의 없는 농담을 던졌다. "그렇지만 정말 대단한 사람들이지요. 사실 나도 언제든 오마하 스테이크보다는 뉴욕 피자를 선택하겠어요. 당신은 어떨지 모르겠지만 말입니다."

"당연히 나도 뉴욕 피자 쪽입니다." 게이브가 대답했다. "그 못지않게 뉴욕 여자들도 좋아합니다만."

그러면서 게이브의 순서가 끝났다. 그렇지만 나는 텔레비전 화면을 계속 바라보고 있었다. 게이브는 멋져 보였고 행복해 보였다. 그리고 나는 그런 게이브를 보게 되어서 아주 기뻤다. 하지만 나는 게이브가 언급했던 뉴욕 여자들이 누구를 의미하는 것인지 계속 생각하지 않을 수 없었다. 혹시 나를 두고 하는 말인가? 아니면 누구 다른 사람이 생겼나? 그냥 텔레비전에 나왔으니 방송용으로 말한 별 의미 없는 말일까? 나는 이런 생각들을 내 머릿속에서 몰아내려고 애썼지만 도무지 그럴 수가 없었다. 결국 침대 위에 올라가서도 새벽 3시가 될 때까지 잠을 자지 못한 나는 천장만 바라보고 있었다.

59

어제보다 나은 세상

임신 당시에 겪었던 불면증도 힘들었지만 그것보다 생후 4개월에 접어든 리엄이 그때까지 한 번에 4시간 이상을 자지 않았던 것이 더 힘들고 고통스러웠다. 나는 제대로 잠을 자지도, 그렇다고 깨어 있지도 못하는 상태였고 리엄을 재울 수 있는 가장 확실한 방법은 젖을 물리는 것뿐이었다. 다시 말해 평소보다 스마트폰으로 뉴스를 읽는 시간이 더 많이 늘어났다는 것이다.

5월 2일 밤 9시 45분, 내가 리엄에게 젖을 먹이고 있는데 스마트폰에 곧 오바마 대통령이 대국민 담화문을 발표할 것이라는 알림이 떴다.

"리엄, 무슨 일이 있을 것 같니?" 나는 리엄에게 이렇게 물었다. 그렇지만 녀석은 그저 계속 내 젖꼭지만 빨 뿐이었다.

11시가 되자 나는 리엄을 아기 침대에 누이고 수많은 인터 넷 뉴스 사이트에서 올라오는 기사들을 계속해서 읽었다. 11시 35분에는 거실로 가서 오바마 대통령의 담화문을 들었다. "국 민 여러분 안녕하십니까. 저는 지금 미국 국민들과 전 세계에 미합중국이 알카에다al-Qaeda의 지도자인 오사마 빈 라덴을 사 살하는 작전을 성공적으로 수행했음을 알려드리려고 합니다. 빈 라덴은 국제적인 테러리스트로 수천 명이 넘는 무고한 남성 과 여성, 그리고 아이 들을 살해한 주범으로 지목되어 왔습니 다."

트위터에 들어가 보니 게이브가 동료 기자들의 사진들을 계 속해서 전달하고 있었다. 주로 백악관 입구에서 사람들이 환호 하는 장면이었다. 나는 빈 라덴의 죽음에 대해 잘 됐다는 감정 까지는 느끼지 못했지만 적어도 안도의 한숨을 내쉴 수는 있었 다. 마치 2001년 이후로 계속 풀리지 않고 이어져온 문제 하나 가 그의 죽음으로 인해 완전하게 마무리된 느낌이었다. 게이브 도 아마 같은 생각을 했을 것이다. 그날 밤 게이브가 직접 올린 트윗 하나가 이렇게 말하고 있었다. '이제 세상은 어제보다 더 나은 곳이 되었다. #넵튠_스피어_작전'

나는 계속해서 점점 더 많은 사진과 기사 링크, 정치가와 언 론인들의 전언으로 채워지는 그의 트위터를 바라보았다.

나는 창을 하나 열고 그에게 쪽지 하나를 보냈다. '정말 믿을 수 없는 일이 일어났어.' 나는 이렇게 썼다.

'그러게 말이야.' 게이브가 바로 답장을 보냈다. '나는 이번 사건을 계기로 세상이 달라질 것이라고 생각해.'

나도 그랬다.

60
누군가의 여신

빈 라덴이 사망하고 2개월이 지나 나는 회사에서 줄리아의 전화를 받았다. 줄리아가 텔레비전 방송국을 떠나 출판사로 옮겨 간 이후로 우리는 이전보다 만나는 횟수가 줄어들긴 했지만 최소한 2~3개월에 한 번씩은 만나려고 노력하고 있었다. 그리고 전화로는 여전히 많은 대화를 나눴다. 그렇지만 줄리아의 인생은 나와는 확연하게 달랐다. 여전히 혼자 지내는 그녀는 여전히 지치지도 않고 많은 남자들을 만났으며, 내가 몇 년 동안 누리지 못했던 뉴욕만이 줄 수 있는 장점들을 혼자서 누리고 있었다.

"오늘 나온 〈타임 아웃 뉴욕〉 봤어?" 줄리아가 이렇게 물었다.

"아, 줄리아." 내가 대답했다. "내가 언제 마지막으로 〈타임 아웃 뉴욕〉을 봤는지도 기억이 잘 안 날 정도야."

나는 의자를 옆으로 돌려서 내 사무실 창밖을 바라보았다. 내가 창문이 달린 사무실로 옮긴 지는 대략 1년 정도 되었는데, 이렇게 창밖으로 건너편 건물이나 아래쪽의 차들을 바라보는 일은 아무리 해도 질리지 않았다.

"그렇지만 오늘은 꼭 보고 싶을걸." 줄리아가 말했다. "게이브에 대한 기사가 실렸어. 네 옛날 남자 친구 게이브 말이야. 그 남자, 첼시에 있는 조셉 랜디스Joseph Landis 화랑에서 자기 사진 전시회를 열고 있더라고. 전시회에 대한 논평이나 게이브와 나눈 대담 같은 건 아직 읽어볼 기회가 없었지만 기사 제목이랑 굵은 글씨로 인용해놓은 부분을 보니 대단하더라."

나는 택시 한 대가 멈추고 여행 가방을 든 어느 나이 든 부부가 택시에 올라타는 광경을 바라보았다.

"루시?" 줄리아가 내 이름을 불렀다.

나는 내가 지금 뭘 하고 싶은지 생각해보려고 애를 썼다.

"같이 갈래?" 마침내 내가 말했다. "오늘 점심 어때? 거기서 만날까?"

"마침 오늘 아침에 점심 약속이 취소되었지." 줄리아가 말했다. "12시 30분쯤이 어떨까?"

나는 내 일정표를 쳐다보았다. "1시에는 어때? 올 수 있어?" 내가 물었다.

"1시도 좋아."

줄리아와 나는 그 화랑에서 만났고 평일 낮 시간이었는데도 불구하고 그곳에는 사람들이 많이 있었다. 책이 성공을 거두고 〈타임 아웃 뉴욕〉에 이번 전시회에 대한 논평이 실리면서 게이브는 어느 정도 인기인이 된 것 같았다. 화랑 벽에는 '빛Light'이라는 제목과 함께 '사진작가 게이브리엘 샘슨 회고전'이라는 글자가 스텐실로 찍혀 있었다.

줄리아와 나는 뭔가를 먹으며 앞서가는 한 무리의 여자들과 뉴욕주립대 학생들 몇 명 사이에 끼어 전시된 사진들을 둘러보았다. 시작은 존 스튜어트가 〈데일리 쇼〉에서 책을 펼쳐 보여준 것과 똑같은 아랍의 봄과 관련된 사진들이었다. 그 사진들은 게이브의 다른 모든 사진들과 마찬가지로 사람들의 시선을 사로잡는 매력이 있었다. 마치 사진 속 피사체가 관람객을 정면으로 응시하고 있는 것 같은 모습은 게이브가 선망하던 스티브 매커리의 사진을 연상시켰다.

"희망이 넘치네." 앞서가는 여자들이 거의 모든 사진 앞에서 이렇게 이야기했다. "저 사람들 눈에 가득 차 있는 희망을 좀 봐."

여자들의 말이 정곡을 찔렀는지 줄리아도 그들과 비슷한 말을 중얼거리며 눈을 이리저리 굴렸다.

그렇지만 줄리아는 눈만 그렇게 굴리는 게 아니라 또 이렇게도 말했다. "정말 대단하다!" 정말 그랬다. 게이브가 피사체의 감정을 잡아내는 방식이나 피사체 자체를 사진 속에 잡아두는 방식, 그리고 모든 피사체들이 색조와 감정과 결단력으로 가득 차 있는 것처럼 보이게 만드는 방식 등 모든 것이 다 대단했다.

"이 사람 그렇게 지독하다면서?" 뉴욕주립대 학생 중 하나가 이렇게 말했다. "듣자 하니까 돌투성이 산에 기어 올라가 물웅 덩이 속에 뒹굴며 버티다가 이 사진들을 찍었다더라. 이라크에 서는 엉뚱한 사람 부인 사진을 찍었다가 붙잡혀서 두들겨 맞기 도 했다던데."

그런 이야기를 듣자 나는 왜 그가 이라크에서 얻어맞았는지 지금까지 전혀 모르고 있었다는 사실이 떠올랐다. 그런 일이 있 고 난 후에도, 그리고 그 이후에 그가 나에게 전화를 걸었을 때 도 나는 알지 못했다. 그때 좀 더 물어봤어야 했을까? 그가 애리 조나에서 내게 한 번도 연락을 하지 않은 건 바로 그 때문이었 을까?

계속 사진들을 둘러보면서 나는 사진들이 시간의 반대 순서 대로 전시가 되어 있다는 걸 알아차렸다. 게이브는 분명 희망과 결단력이 점점 커지는 걸 보았던 것 같았다. 앞쪽에 전시된 사 진들이 뒤에 전시된 사진들보다 더 강렬한 느낌을 주었다. 벽에 붙어 있는 해설을 보니 우리는 지금 시간을 따라 과거로 거슬러 올라가고 있는 것이었다. 아랍의 봄과 그의 책에 실렸던 사진을 지나 우리는 이제 아프가니스탄과 파키스탄, 그리고 이라크에 서 찍은 사진들을 볼 수 있었다. 나는 이번 전시회와 관련된 논평을 읽어보지는 못했지만 모든 것이 그의 책《저항》과 관련이 되어 있다는 사실을 어렴풋이 짐작할 수 있었다. 그런 '저항'과 관련해 다른 나라들을 서로 비교해보는 건 흥미로운 일이 아닐 수 없었다. 그러다 나는 오른쪽으로 가서 뉴욕이라는 걸 알아 볼 수 있는 사진들을 보았다. 한 어린 여자아이가 창살이 달린 창 뒤에 서 있는 사진이 보였다. 바로 〈우주를 너에게 줄게〉에서 꿈과 관련된 이야기에 영감을 주었던 그 사진이었다. 나는 화랑 한쪽 구석으로 돌아 벽을 마주 보고 섰다.

"와, 이런." 줄리아도 잠시 뒤 나를 따라 구석으로 왔다.

거기에는 내가 있었다. 스물네 살의 내가 손에는 마실 것을 들고 머리를 뒤로 젖힌 채 활짝 웃고 있었다. 소파에 앉아 빙그 레 웃으며 게이브 쪽을 향해 손을 뻗고 있는 내가 있었다. 주방 에서 아주 즐거워 보이는 모습으로 와플이 올라 있는 접시를 손 에 들고 있는 내가 있었다. 그리고 스물세 살의 내가 하이힐을 신은 채 풀어헤친 머리를 옆으로 늘어트리고 있었다. 전시회의 마지막 사진은 나도 본 적이 없는 것이었다. 한쪽 손은 여전히 내 노트북 위에 올려놓은 채 나는 소파 위에서 잠들어 있었고 다른 한쪽 손은 대본이 인쇄된 종이를 움켜쥐고 있었다.

벽에는 이런 글이 스텐실로 찍혀 있었다. '빛으로 가득한 한 여인이 손을 대자 모든 것이 더 환하게 빛을 발한다. 루시, 환하 게 빛나는 그녀는 나의 빛.'

전시회가 끝나는 자리에 이르자 판매대 위에 책들이 쌓여 있었고 그 옆에는 '저자 서명본'이라는 작은 쪽지가 붙어 있었다. 나는 걸음을 멈췄다.

"너 괜찮아?" 줄리아가 물었다. "나는……"

"나도 잘 모르겠어." 내가 말했다. "기분이 이상해."

나는 심지어 내가 느낀 감정이 어떤 것이었는지도 알 수 없었다. 게이브는 도대체 무슨 생각으로 나에게는 한마디 상의도 없이 내 사진들을 그렇게 전시할 생각을 한 걸까?

"저 책을 한 권 사야겠어." 나는 책들을 가리키며 말했다.

책 판매를 담당하는 여자가 계속해서 나를 쳐다보았다. 그러다 여자는 내 신용카드에 적힌 이름을 보았다.

"당신이 그 여자군요." 여자가 말했다. "루시."

나는 고개를 끄덕였다. "네, 맞아요. 내가 그 여자예요."

여자는 마치 뭔가를 더 말하고 싶은 표정이었지만 그냥 영수증을 내밀며 서명을 해달라고 하고는 판매대 너머로 책을 건네주었다.

내가 서명을 한 영수증을 다시 내밀자 그 여자가 말했다. "굉장히 재능이 있는 사람이에요."

"나도 알아요." 내가 대답했다. "항상 그랬으니까."

사무실로 돌아와 게이브의 책을 책상 서랍 속에 넣으면서도 내 머릿속은 여전히 뒤죽박죽으로 돌아가고 있었다. 나는 무슨 일에도 집중을 할 수 없었다. 그래서 나는 이메일 창을 열어 게이브에게 이메일을 하나 보냈다.

안녕, 게이브.

오늘 랜디스 화랑에 가서 네 전시회를 보았어. 뭐라고 말을 해야 할지 모르겠다. 정말 멋진 사진들이었지만 그전에 나한테 먼저 양해를 구해야 하지 않았을까? 아니, 최소한 알려주기라도 했어야지. 화랑 한쪽 벽에서 내 모습을 발견하다니 그건 조금 충격적인 일이었어.

루시.

게이브는 그 즉시 답장을 보냈다.

루시!

그래, 너에게 먼저 물어봤어야 했지. 그렇지만 나는 네가 허락해주지 않을까 봐 두려웠어. 그리고 그 전시회는 네가 그 안에 있지 않으면 결코 완성이 될 수 없을 것 같았어. 나는 네 사진을 찍으며 영혼 속에 있는 빛을 잡아내는 방법을 배웠지. 너는 내가 그 모든 사진을 찍을 수 있도록 나에게 영감을 준 여신이야.

네가 전시회에 왔었다니 기쁘다.

게이브.

나는 게이브의 답장에 다시 답을 하지 않았다. 그와 다시 연락을 하는 건 너무 위험한 일처럼 보였다. 그리고 나는 여전히 감정의 매듭을 풀지 못하고 있었다. 화랑 벽에서 내 모습을 발견한 것에 대한 내 진실된 감정이 어떤 것인지 알 수가 없었던 것이다.

나는 퇴근해서 집으로 돌아가면서 〈타임 아웃 뉴욕〉에 실린 게이브의 대담 기사를 읽었다.

기자는 게이브에게 나에 대해 물었다. 게이브는 길게 말은 하지 않았지만 나를 두고 자신에게 영감을 주는 여신이자 빛이라고 말한 것이 그대로 활자화되어 기사로 실려 있었다.

게이브, 그건 너무 뻔뻔한 짓 아니었을까?

나는…… 나는 잘 알 수가 없었다. 어쩌면 뻔뻔하다기보다는 '이기적'이라는 말이 더 적절할지도 몰랐다. 대런이 어떻게 반응할지, 그는 생각이라도 해봤던 것일까. 이 전시회가 나에게는 어떤 의미였을까? 아마도 아무런 의미도 없을 것이다. 아무 의미도 없다는 것이 거의 확실했다. 나는 게이브가 자신이 하는 예술에 대해 진실한 마음을 갖기를 바란다는 걸 잘 알고 있었다. 그는 가장 정직하게 느낄 수 있는 방식으로 자신의 세계를 사진 속에 담으려고 했다. 어쩌면 그런 마음을 내게 전하려 했던 것일까? 여전히 잘 모르겠다.

그렇지만 게이브는 나를 아주 난처한 지경에 몰아넣고 말았다. 왜냐하면 다른 누군가가 말하기 전에 내가 먼저 이 사실을 대런에게 말해야만 했기 때문이다. 그리고 나는 대런이 결코 기꺼운 기분이 들지 않으리라는 사실을 잘 알고 있었다.

나는 저녁을 다 먹고 아이들이 잠자리에 들 때까지, 그리고 애니가 밥을 다 먹을 때까지 기다렸다.

"한잔할까?" 내가 대런에게 물었다.

"수요일에 술이라……" 그가 말했다. "그것 참 별일이네!"

나는 대런을 향해 희미하게 웃어보였다.

"오늘 회사에서 무슨 일 있었어?" 그가 물었다. "뭐, 좋아. 한 잔씩 하자고."

우리는 신혼여행지인 터키에서 라키raki라는 터키 전통술을 맛본 후로 둘 다 그 술을 아주 좋아하게 되었다. 나는 라키를 꺼내왔는데, 어쩌면 그 술이 우리가 함께 살고 있는 결혼한 부부라는 사실을 다시 한 번 일깨워줄지 몰랐다. 그래서 나는 대런에게 그 술이 필요하다고 생각했다.

"오늘 도대체 회사에서 무슨 일이 있었던 거야?" 내가 대런에게 술잔을 내밀고 소파 위에 앉자 그가 이렇게 물었다.

대런이 내가 하는 일을 인정하고 마침내 그 일에 관심을 가지기 시작한 건 내가 리엄을 갖게 된 이후의 일이었다. 내가 아이가 둘이 생기더라도 결코 집에만 머물지 않겠다고 분명히 선을 그었기 때문이었다.

그 이후 이따금씩 함께 가게 앞을 지나가다가 창가에 진열된 〈시간을 달리는 로켓〉 도시락 통을 보거나 내가 기획한 딸과 엄마를 주인공으로 한 〈빛나는 아이Sparkle On!〉의 광고를 버스 정류장에서 볼 때, 나는 대런의 입가에 자랑스러운 웃음이 떠오르는 것을 볼 수 있었다. 나 역시 그 모습을 보고 웃음이 새어 나오기도 했다.

나는 대런의 질문에 대답하는 대신 이렇게 말했다. "오늘 점심시간에 줄리아랑 같이 사진 전시회에 갔었어."

"아, 그래?" 그는 내 얼굴을 바라보았고 나는 그가 내가 어디를 갔었는지 알아내기 위해 벌써부터 빠르게 머리를 굴리고 있다고 확신했다. "줄리아는 잘 지내?"

"별일 없어." 내가 조심스럽게 대답했다. "그 전시회는 게이브의 사진 전시회였어. 내 예전 남자 친구 게이브 말이야. 줄리아가 오늘 아침에 〈타임 아웃 뉴욕〉에서 그 기사를 읽었고 그래서 둘이 거기 가봤어."

대런은 아무런 움직임이 없었다. "그랬었군." 그가 말했다.

나는 탁자 위에 있던 〈타임 아웃 뉴욕〉을 집어 들어 펼친 후 대런에게 내밀었다. "대런, 거기에 내 사진이 있었어. 진짜로 나는 그런 게 있는 줄은 몰랐어."

"정말이군." 재빨리 잡지를 훑어본 대런이 말했다.

"그래." 내가 말했다. "나도 충격을 받았어. 나는……" 나는 죄책감을 느꼈다. 마치 내가 무슨 잘못이라도 저지른 것처럼 대런에게 사과라도 해야 할 것 같았지만 그건 내 잘못이 아니었다. 바로 게이브의 잘못이었다.

대런은 상처를 받은 듯한 표정으로 잡지를 보다가 나를 올려다보았다. 얼굴이 창백해졌다. "이런 식으로 당신과 그 사람 사이의 관계를 나에게 알려주는 건가?"

"아니야!" 내가 말했다. "절대로 아니야! 우리 둘은 아무런 관계도 아니야. 나는 바이올렛을 데리고 그 사람을 만나서 커피 한잔한 이후로는 단 한 번도 다시 본 적이 없어. 그건 리엄을 갖기도 전의 일이었잖아. 그리고 빈 라덴이 죽은 날 밤 트위터로 쪽지를 한 번 주고받았을 뿐이야. 그게 전부야! 정말이야. 맹세할 수 있어."

대런의 얼굴에 다시 핏기가 돌아왔다. "당신 정말로 그 남자를 만나지 않은 거군. 그는 정말로 당신에게 미리 사진에 대해 물어보지도 않았고."

"우리 두 아이를 걸고 맹세할 수 있어." 내가 말했다.

그러자 대런은 다시 화가 치밀어 오르는 것 같았다. 그는 잡지를 움켜쥐었다. "비열한 놈 같으니. 거만하고 비열한 놈. 어서 화랑에 전화를 걸어. 전화를 걸어서 사진을 내려달라고 하자고."

"괜찮아." 내가 말했다. "그렇게까지 하지 않아도 돼. 우리 쪽에서 먼저 뭘 시작할 필요는 없잖아."

꼬여버린 내 감정의 매듭이 풀려갔다. 게이브에 대해서 화는 났지만 나는 전시회의 내 사진을 내리고 싶지는 않았다. 나의 일부가 거기에 걸려 있었다. 선택을 받은, 중요하고도 특별하게 느껴지는, 나의 일부였다.

대런은 깊은 한숨을 내쉬었다. "당신 말이 맞아. 내가 생각을 잘못했어. 우리가 나서서 이 일을 더 크게 만들 필요는 없는 거지."

나도 대런도 각자 라키를 한 모금씩 들이켰다. 그는 이윽고 잔을 완전히 비웠고 나 역시 잔을 비웠다. 생각보다 나쁘지 않은 상황에 안도감이 느껴졌다. 나는 내가 무슨 일이 벌어지기를 기대하고 있었는지 알 수 없었다. 대런이 어떤 식으로 나올 거라고 생각했던 걸까. 그렇지만 이제는 다 끝났다. 대런과 나 사이에는 아무런 문제가 없었다.

대런은 얼음만 남은 잔을 달각거리며 흔들었다. "내일 밤에 퇴근하고 같이 저녁 먹으러 가자." 그가 말했다. "아주 멋진 곳을 예약해놓을게. 그런 다음에 같이 그 사진 전시회에 가는 거야. 내 아내의 사진이 화랑에 걸려 있다는데 한번 안 가 볼 수 없지."

나는 고개를 끄덕였다. "물론 그렇지." 내가 말했다. "당신 하고 싶은 대로 해."

　다음 날 아침이 되자 나는 몸에 딱 달라붙는 검은색 원피스에 하이힐을 신고 출근했다. 나는 대런이 내가 이렇게 차려입는 걸 좋아한다는 사실을 잘 알고 있었다. 언젠가 이렇게 차려입고 근사한 저녁과 함께 와인을 몇 잔 마시고 나자 대런은 나에게 이렇게 속삭였었다. "내가 여기에서 제일 끝내주는 여자랑 함께 있군."

　대런이 약속했던 그 멋진 별 4개짜리 델 포스토Del Posto에서 저녁을 먹고 난 후 우리는 택시를 잡아타고 곧장 전시회가 열리고 있는 화랑으로 향했다. 택시에서 내려 화랑으로 걸어들어 간 우리는 길게 늘어선 사람들 뒤로 줄을 섰다. 잠시 후 우리는 시간을 거슬러 희망과 빛을 찾는 게이브의 여정을 따라 이 나라에서 저 나라로 옮겨 갈 수 있었다. 그렇지만 대런은 내 손을 움켜쥐고 이렇게 말했다. "당신 사진은 도대체 어디 있는 거야?"

　"제일 끝에." 내가 화랑 다른 쪽 구석을 가리키며 이렇게 말했다.

　대런은 나를 사람들이 서 있는 줄에서 끌고 나왔다. 그날 밤은 줄리아와 내가 낮에 찾아왔을 때보다 훨씬 더 많은 사람들이 몰려와 있었다. 우리는 구석으로 갔고 거기서 대런은 발걸음을 멈췄다. 그의 손에 힘이 빠지더니 내 손을 놓았다. 그는 사진을 말없이 바라보고 또 바라보았다. 그리고 단 한마디 말도 하지 않았다.

나는 벽에 걸린 내 자신의 모습을 바라보았다. 나는 대런의 입장이 되어 생각해보려고 애를 썼다. 나는 대런이 이 세상 어느 누구보다도 더 잘 알고 있다고 생각하는 사람이었다. 그리고 그는 나의 또 다른 모습을 보고 있었다. 그는 자신을 만나기 전의 루시를 보고 있었다. 누군가 다른 사람을 사랑했던 루시, 누군가 다른 사람의 비밀과 꿈들을 함께 나눴던 루시, 그리고 그런 꿈들에 영감을 주었던 루시를 보고 있었다.

나는 내가 대런에게 그런 영감을 한 번이라도 주었다고는 생각하지 않는다. 그리고 게이브의 눈을 통해 자신의 아내를 바라보는 일은 대런에게 결코 쉬운 일이 아니었을 거라는 것도 알고 있다. 나는 대런에게 한 걸음 더 가까이 다가섰지만 그는 나를 돌아보지 않았다.

마침내 그가 나를 돌아보았을 때 나는 그의 두 눈동자에서 분노가 끓어오르는 것을 볼 수 있었다. 거기에는 질투와 상처도 있었다.

우리는 그날 밤 처음이자 마지막으로 게이브 문제로 서로 다투었다. 대런은 나에게 다시는 게이브와 연락하지 않겠다는 약속을 해달라고 했다. 그렇지만 대런의 감정을 이해하면서도 나는 그렇게 하겠다고는 말하지 못했다. 결국 사리분별에 밝고 이

성적인 나의 대런은 다시 본모습으로 돌아와 자신이 했던 말을 취소했다. 그렇지만 그런 대런의 모습은 내가 지금까지 보아온 모습 중 가장 불안하고 절박해 보였다.

"당신은 나를 사랑해?" 대런이 물었다.

"나는 당신을 사랑해." 내가 그에게 말했다. "진심으로."

그러자 그는 갈라진 목소리로 다시 물었다. "그 남자를 사랑해?"

"아니야." 내가 말했다. "나는 당신만을 사랑해." 그 말은 진심이었다. 아니, 진심이라고 나는 생각했다. 나는 대런에게 내가 게이브를 사랑했던 것보다 더 많이 그를 사랑한다고, 그리고 그와 내가 이렇게 한 가정을 이루었으니 그 누구도 그와는 비교할 수는 없다고 말했다. 그날 하루를 마무리 지으며 대런과 나는 다시 화해했고 사랑을 나누었다. 우리는 두 팔로 서로를 끌어안고 잠이 들었다.

그날 이후 나는 내 마음속에서 잠시나마 게이브의 생각을 억지로 떨쳐버렸다. 나는 내가 느낀 분노를 게이브가 나를 어떻게 생각하고 있느냐에 집중해보았다. 우선은 그가 내게 사전에 아무런 연락도 하지 않은 것에 분노했다. 나는 대런을 위해, 바이올렛과 리엄을 위해, 그리고 우리 가족 전부를 위해 분노했지만 그렇게 계속해서 게이브에게 화를 내고 있을 수는 없었다. 왜냐하면 나는 게이브가 자신의 회고전에 나를 원했다는 사실에 정말로 감동을 받았기 때문이다. 물론 내가 받은 감동의 상당 부분은 게이브 본인과 그의 작품 때문이기도 했다.

이렇게 감정의 실타래가 이리저리 얽혀가는 와중에도 나의 마음속 한구석에서는 내가 그의 여신으로 불리는 것에 짜릿한 기분을 느꼈다.

<u>61</u>

10년 전 그날

때때로 인생이란 자기도 모르는 사이에 하루하루 정신없이 흘러가는 것처럼 보일 때가 있다. 그러다 어떤 일이 일어나 잠시 가던 걸음을 멈추게 되면 그때 비로소 자신이 많은 것들을 놓치고 있는 사이에 또 얼마나 많은 시간이 흘러갔는지를 실감하게 된다. 여러 기념일도, 생일도, 연휴도 그렇게 지나간다.

2011년 9월 11일, 바이올렛은 이제 네 살이 되었고 리엄은 생후 8개월째로 접어들었다. 나는 각기 다른 세 가지 어린이 프로그램의 제작자가 되었으며 프로그램 두 개를 더 기획 중이었다. 그리고 대런과 내가 결혼한 지는 5년이 다 되어갔다. 게이브가 뉴욕을 떠난 지도 5년이 넘었으며 내가 게이브를 만난 지는 정확하게 10년이 되었다.

성년이 된 이후의 우리 두 사람 인생에 영향을 미치고, 각자의 개인적인 삶의 여정이 서로 얽혔다가 헤어지게 만든 그 사건이 있은 지 10년의 세월이 흐른 것이다.

바이올렛이 다니는 어린이집에서 9월 11일은 이른바 '영웅들의 날Heroes Day'이었다. 브루클린에 있는 프로스펙트 파크 Prospect Park에서 특별한 행사를 갖고 아이들은 소방관과 경찰관, 그리고 응급구조대원에 대해서 배운다. 이 행사를 마친 후에 바이올렛은 소방차나 경찰차, 혹은 구급차만 보면 걸음을 멈추고 이렇게 소리치곤 했다. "영웅들 만세! 만세! 영웅들 만세!" 지금도 여전히 그렇게 하고 리엄도 누나를 따라하는데, 나는 그때마다 흐뭇한 기분이 든다.

뉴욕 전역에서 추모행사가 이어졌다. 세인트 패트릭 교회와 트리니트 교회에서는 예배가 열렸고, 뉴욕 역사 학회the Historical Society 건물에서는 사진 전시회가 열렸다. 그라운드 제로에서 쏘아 올려진 푸른색 빛으로 만든 기둥 두 개가 원래 있던 쌍둥이 빌딩보다 더 높이 솟아 수 킬로미터 밖에서도 보일 정도였다. 그리고 게이브에게서 전화가 걸려왔다. 사실 나 역시 그래서는 안 된다는 걸 잘 알면서도 그에게 전화를 걸까 고민하고 있던 차였다.

그날의 통화는 게이브도 분명히 기억하고 있으리라.

게이브는 그때 카불Kabul에 있었다. "하루 종일 네 생각을 했어." 내가 전화를 받자 그가 말했다.

"나도 그랬어." 나는 이렇게 고백하며 재빨리 바이올렛 방으로 들어가 문을 닫았다.

"네가 전화를 받아줄 거라고는 생각하지 않았는데." 그가 말했다.

나는 그동안 그가 내게 연락했던 모든 순간들을 되새겨 보았다. "내가 네 연락을 안 받은 적이 있었어?" 내가 물었다.

"한 번도 없었지." 게이브가 부드럽게 대답했다.

나는 바이올렛의 침대 위에 앉아 바이올렛 어린이집에서 있었던 영웅들의 날에 대해, 그리고 뉴욕의 9/11 추모행사에 대해 이야기했다. 게이브는 자기도 함께했으면 좋았을 거라고 아쉬워했다.

"나도 네가 여기 있었으면 했어." 내가 말했다. "마치 너랑 다시 원 기숙사 지붕에 올라가 사방을 둘러봐야 할 것만 같았어."

"그랬으면 좋았을 걸." 게이브가 말했다.

우리 두 사람은 더 이상 무슨 이야기를 해야 할지 알 수가 없었다. 그렇지만 둘 다 전화를 여기서 끊고 싶지는 않았다. 우리는 말없이 전화기를 귀에 대고 그렇게 있었다.

"우리가 그 자리에 지금 함께 있다고 상상해보자." 내가 말했다.

"그리고 연기도 없고 그저 하늘 아래에는 아름다운 도시의 전경이 펼쳐져 있지." 게이브가 말했다.

나는 두 눈을 감았다. "새들이 있고 구름 한 점 없는 푸른 하늘 아래에 사람들은 거리를 오가고 있어." 내가 이렇게 덧붙였다. "그리고 저 아래 놀이터에서는 아이들이 웃으며 떠드는 소리가 들려. 그다음 순간이 혹시나 마지막 순간이 되지나 않을까 걱정하는 사람은 아무도 없어."

"그다음은?"

"엠파이어스테이트빌딩." 내가 그에게 말했다. "엠파이어스테이트빌딩이 보여."

"여전히 단단하고 자랑스러운 모습으로 서 있구나." 그가 말했다.

"그래, 여전히 단단하고 자랑스럽게." 내가 두 눈을 떴다.

"정말 좋다." 그가 말했다. "고마워, 루시."

"천만에." 내가 대답했다. 그렇지만 나는 게이브가 나에게 어떤 걸 고마워하고 있는지는 확실히 알 수 없었다.

"나 이제 자러 가야겠어. 여기는 벌써 시간이 꽤 늦었거든." 그가 말하면서 하품을 했다.

"그래." 내가 말했다. "잘 자. 좋은 꿈 꿔."

게이브가 다시 하품을 했다. "전화를 받아줘서 기뻤어." 그가 말했다.

"나도 네가 전화를 걸어줘서 기뻐." 내가 대답했다.

우리는 전화를 끊었다.

그리고 나는 오늘 그와 이야기를 나눈 것이 얼마나 큰 의미가 있는지 깨달았다. 그렇지만 그만큼 또 나는 뭔가 다 채우지 못한 것 같은 기분이 들었다.

게이브도 같은 기분을 느꼈을까?

62

카불

때때로 어떤 단어나 문장, 혹은 사람들의 이름이 내 머릿속에 각인이 되어 어디를 가든 귓가를 맴도는 것처럼 생각될 때가 있다. 정말로 어디를 가든 그런 것들이 눈에 보이고 들리는 건지, 아니면 내가 그만큼 신경을 쓰고 있기 때문에 내 눈이나 귀에 더 잘 들어오는 건지는 나도 잘 알 수가 없지만.

게이브가 그렇게 전화를 걸어온 후, '카불'은 내 머릿속에 각인된 또 다른 단어가 되었고 '아프가니스탄'도 마찬가지였다.

그로부터 사흘이 지난 후 나는 NPR 라디오 방송에서 카불과 아프가니스탄이라는 단어를 듣게 되었다. 카불에 있는 미국 대사관이 폭탄 공격을 받았다는 것이었다. 나는 당연히 게이브 생각을 했고, 심지어 그런 생각도 하기 전에 내 손은 전화기를 움켜쥐었다.

'괜찮은 거야?' 나는 문자를 보냈다.

나는 상대방이 현재 문자를 입력하고 있다는 신호가 뜰 때까지 휴대전화 화면을 계속 바라보았다.

'나는 살아 있고 다친 곳도 없어. 나는 그 자리에는 없었는데 내 친구들이 있었어.' 게이브가 답장을 보냈다.

다시 문자를 입력하고 있다는 신호가 떴다.

'나는 괜찮지 않아.'

나는 어떻게 답을 해야 할지 알 수가 없었다. 그래서 여기에는 아무런 답장도 보내지 않았다.

63

울고 있는 사람

나는 종종 인생을 살아가면서 우리가 알고 지내는 사람들에 대해서 생각해보곤 한다. 그냥 알고 지내는 사람들이 아니라 좀 더 중요한 의미를 지닌 사람들, 긴급한 상황에서 필요하면 의지를 할 수 있는 사람들 말이다. 운이 좋다면 부모님이 제일 먼저 의지할 수 있는 사람이 될 것이고, 그다음은 형제자매나 어린 시절 사귄 가장 친한 친구들이 될 것이다. 그리고 각자의 배우자가 그런 사람이 될 수도 있을 것이다.

게이브가 너무 바쁘게 세상을 돌아다녔기 때문인지, 아니면 그저 게이브라는 사람의 성격 탓인지는 모르겠지만 그는 그렇게 의지할 수 있는 사람들을 아예 만들지 않으려는 것처럼 보였다. 물론 게이브에게는 어머니가 계셨고 나는 페이스북에 올라오는 사진들을 통해 그가 종종 어머니를 만나 뵈러 간다는 사실

을 잘 알고 있었다. 그리고 그에게는 나도 있었다. 그에게도 인
터넷과 페이스북을 통해 아는 사람들도 있는 것 같았고, 대학
시절 기숙사 룸메이트들 같은 사람들도 있어 이따금씩 서로 왕
래를 하고 있는 것 같기는 했다. 그럼에도 게이브가 그런 사람
들에게 마음 편하게 의지했던 것 같지는 않다. 우리가 서로 가
까이 지냈을 때뿐만 아니라 헤어진 이후에도 그런 사람들은 없
었을 것이다. 결국 그가 유일하게 전화를 걸어 의지하는 사람은
바로 나였으니까.

어느 토요일 오후였다. 내 휴대전화 화면에 게이브의 전화번
호가 떴다. 나는 콕사키 공원Coxsackie Park에서 바이올렛에게 그
네를 태워주고 있던 중이었다. 그 공원의 이름은 실제로는 콕사
키가 아니었지만 지난여름 마테오와 다른 아이들 넷이 여기 놀
이터에서 놀다가 전염성 감기인 콕사키 바이러스에 감염이 되
자 마테오의 엄마인 비비아나가 공원을 그렇게 부르기 시작했
다. 이 소문은 이웃 부모들에게 그야말로 바이러스처럼 퍼져나
갔고 그 후 몇 개월 동안 아무도 공원에는 얼씬도 하지 않았다.
그렇지만 감기 바이러스는 겨울이면 모두 소멸된다는 게 상식
이었고 그날은 나 말고도 그렇게 아이들을 그네에 태우고 있는
부모가 여럿 있었다.

마침 대런은 리엄을 데리고 아빠와 아이가 함께하는 수영교
실에 가고 없었다.

나는 바이올렛을 한 번 힘껏 밀어주고는 휴대전화의 수신 표시를 눌렀다. 순간 내 귀에 들려온 건 게이브가 흐느껴 우는 소리였다. 나는 바이올렛이 내 쪽으로 다시 돌아오는 걸 보고 다시 한 번 아이를 힘껏 밀어주었다.

"게이브?" 내가 말했다. "무슨 일이야? 어디 다친 거야? 지금 어디 있어?"

게이브는 깊게 숨을 몰아쉬며 이렇게 말했다. "존 F. 케네디 공항이야." 그가 말했다. "루시, 어머니가 돌아가셨어. 세상을 떠나셨다고."

그리고 다시 거칠게 숨을 내쉬는 소리와 꺽꺽 울음을 삼키는 소리가 들려왔다. 나는 가슴이 찢어지는 것 같았다. 마치 바이올렛이나 리엄, 혹은 대런이 그렇게 우는 소리를 듣고 있는 기분이었다. 제이슨이 울 때도 그랬었다.

"지금 공항 어디에 있어?" 내가 물었다. "얼마나 오래 그러고 있었던 거야?"

"유나이티드 항공사 휴게실." 다시 말을 할 수 있게 되었는지 그가 이렇게 말했다. "비행기를 갈아타기 전까지 4시간 여유가 있어서."

"지금 갈게." 내가 그에게 말했다. "40분이면 거기 도착할 수 있을 거야."

나는 전화를 끊고 바이올렛의 그네를 잡아 멈춰 세웠다. 회사에서 일할 때 사용하는 위기 극복 기능을 가동할 차례였다. 당장 행동한다. 임기응변으로 대응한다. 상황을 유리한 쪽으로 이끈다. 어쨌든 최소한 뭐라도 하고 있는 걸 보여야 한다.

"그네 더 안타요?" 바이올렛이 다시 그네를 움직이려는 듯 다리를 휘저으며 물었다.

"바이." 내가 말했다. "우리는 지금 당장 해야 할 일이 있어. 공항으로 가서 엄마 친구를 만나봐야 해. 그 아저씨는 지금 아저씨 엄마가 아주 오랫동안 멀리 떠나 있어야 해서 마음이 슬프거든. 그래서 막 울고 있어. 그렇지만 우리가 가면 아저씨 마음을 좀 달래줄 수 있을 거야."

바이올렛은 팔을 들어 올렸고 나는 아이를 그네에서 안아 올릴 수 있었다. "엄마, 나도 막 슬프고 울고 싶을 때가 있어요."

"그래." 내가 바이올렛을 안아 올리며 말했다. "엄마도 그렇단다."

바이올렛을 유모차에 앉히고 나서 나는 시간을 확인해보았다. 대런과 리엄의 수영교실은 끝났지만 보통 대런은 다른 아빠들과 아이들을 데리고 수영장 근처의 찻집에서 시간을 보낼 때가 많았다. 나는 마음을 단단히 먹고 대런에게 전화를 걸었다. 쉽게 허락할 것 같지는 않았다.

"존 F. 케네디 공항에 가봐야만 해." 대런이 전화를 받자 내가 이렇게 말했다. 리엄이 옆에서 뭐라고 웅얼거리는 소리가 들렸다.

"응?" 대런이 말했다. 분명히 당황한 것 같았다. "갑자기 왜?"

대런과 나는 게이브의 전시회를 다녀온 이후 그에 대해서는 한 번도 이야기를 나누지 않았다. 나는 대런이 이 일을 그냥 받아들여주지 않을 거라는 사실을 잘 알고 있었다. 그렇지만 나는 게이브가 혼자 그렇게 공항 청사에서 흐느끼고 있도록 내버려둘 수가 없었다. 나는 또다시 석류 열매를 받아든 것일까. 나는 지하 세계에 사로잡힌 페르세포네처럼 영원히 게이브를 벗어날 수 없는 것일까.

"지금 막 게이브에게 전화를 받았어. 게이브 샘슨 말이야." 내가 말했다. "게이브 어머니가 돌아가셨대. 그래서 지금 공항에 와 있어. 무척이나 괴로워하고 있는 거 같아."

대런은 말이 없었다. 뒤에서는 리엄이 쉬지 않고 "베이글 bagel! 베이글!"이라고 떠드는 소리가 들렸다. "그래서, 그 남자를 다시 만나겠다고?" 대런이 물었다. "그건 안 돼."

"게이브에게는 아무도 없어." 내가 말했다.

"그래, 그럼 당신도 거기 없어야지." 대런이 내게 말했다. "리엄, 아빠가 금방 베이글 사줄게." 그가 리엄에게 이렇게 말했다.

"그럴 수는 없어." 내가 대답했다. "당신에게는 내가 있고 리엄과 바이올렛에게도 엄마가 있잖아. 그렇지만 게이브는 어머니가 돌아가셨어. 그래서 나에게 전화를 했고. 그 사람, 지금 그렇게 혼자 있어서는 안 돼. 당신도 그런 상황이라면 그렇게 혼자 있고 싶지 않을 거야."

"그렇지만 나는 다른 남자의 아내에게 전화를 걸지는 않아."
대런이 말했다. 그의 목소리에서는 완강함이 느껴졌다.

"게이브한테 나는 누군가 다른 남자의 아내가 아니야. 그냥
오래된 친구라고. 상처받는 일이 생겼을 때 전화를 걸 수 있는
친구야."

"그 개자식이 당신보고 자신을 비춰주는 빛이라고 불렀어."
대런이 말했다.

"그리고 나는 당신을 내 남편이라고 불러. 게이브가 나를 보
고 뭐라 그러던 아무 상관없는 일이야. 부탁이야, 대런. 전화로
이런 말 하지 말자. 특히 당신 친구들이나 아이들 앞에서는."

나는 그가 이를 악무는 모습이 상상되었다. 눈을 감았다가 천
천히 다시 뜨는 모습도. "바이올렛 데리고 갈 거야?" 대런이 물
었다. "난 그 남자를 믿을 수 없어."

"응, 바이올렛은 데리고 갈 거야." 내가 말했다. 하지만 지금
이런 상황에 바이올렛을 맡길 만한 사람이 없다는 이유가 더 컸
다. 그리고 대런은 지금 브루클린 반대편에 있었다.

"좋아." 그가 말했다. "그렇지만 진짜 마음에 안 들어."

'이 일은 나중에 정리해야겠구나. 대런의 마음을 달래주려면
꽤 많이 애를 써야만 하겠지.' 그런 생각을 하는 사이 나는 공항
을 향해, 게이브를 향해 달려가고 있었다.

* * *

택시를 타고 집에 잠시 들러 유모차를 내려놓은 다음 바이올
렛과 나는 곧장 공항으로 향했다. 게이브는 보안구역 밖에 나
와 있었다. 비행기 표가 없는 우리는 그 안으로 들어갈 수 없기
때문이었다. 게이브는 문 옆 의자 위에 무너져 내린 듯한 모습
으로 앉아 우리를 기다리고 있었다. 팔꿈치는 무릎 위에, 그리
고 턱은 손 위에 걸친 채였다. 그를 발견한 순간 그는 다시 울기
시작했다. 나는 바이올렛을 품에 안고 게이브를 향해 달려갔다.
그리고 아이를 내 무릎 위에 올리고 옆에 앉았다. 그때 아이는
속으로 무슨 생각을 하고 있었을까. 그리고 게이브는 무슨 생각
을 하고 있었을까. 지나고 나서 생각해보니, 그때의 그런 행동
은 부모로서는 실격이었다. 바이올렛으로서는 그런 일에 끼어
들어야 할 이유가, 누군가 그렇게 비탄에 빠진 모습을 봐야 할
이유가 전혀 없었던 것이다. 만일 내가 그때 생각을 좀 더 했었
더라면 누군가 이웃에 사는 다른 엄마에게 연락을 했거나, 아니
면 대런에게 바이올렛을 데려갈 수 없다고 말했을 것이다. 그게
대런을 더 화나게 만들지라도 말이다. 그리고 그랬더라면 많은
것들이 달라졌을 것이다.

게이브는 바이올렛 너머로 팔을 뻗어 나를 끌어안았고 나도
그를 끌어안았다. 바이올렛도 그 작은 팔을 한껏 뻗어 게이브의
몸을 감싸 안을 수 있을 만큼 안았다.

"이제 괜찮아요." 바이올렛이 게이브에게 말했다. "피도 안 나고 다친 데도 없어요."

게이브가 조금 진정하는 걸 보고 나는 가방에서 볼펜과 종이를 찾아 바이올렛에게 주고 바닥에 앉아 놀게 했다. 게이브는 내게 어머니가 앓고 있던 뇌동맥 질환에 대해 이야기해주었다. 또한 거의 1년 가까이 어머니를 보러 애리조나에 가보지 않은 것에 대해 지금 얼마나 후회하고 있는지 흐느끼듯 말했다. 그리고 이 세상에 더 이상 누구와도 연결되지 않은 것처럼, 또 누구도 알지 못하는 사이에 정처 없이 어디론가 흘러가는 것처럼, 그렇게 붕 떠 있는 느낌이 어떤지도 이야기했다.

"네가 어디 있는지 나는 알고 있잖아." 나는 게이브에게 이렇게 말했다.

게이브가 이야기를 하고 있는 사이, 바이올렛이 왼팔로는 게이브의 종아리를 감싸 안고 오른손으로 그림을 그렸다.

"우리 딸도 네가 어디 있는지 알고 있는 것 같네." 내가 말했다.

게이브는 서글픈 듯 희미하게 웃어보였다.

우리는 매점으로 걸어갔고 거기서 그는 물을 조금 마셨다. 나는 샌드위치나 적어도 바나나라도 하나 먹으라고 했지만 게이브는 아무것도 넘어갈 거 같지 않다고 말했다.

바이올렛과 내가 그만 가봐야 할 때가 되었을 때, 게이브는 처음보다는 좀 진정된 듯 보였다. 그렇지만 나는 계속해서 아까 그가 했던 말, 정처 없이 흘러가는 것처럼 붕 떠 있는 느낌이라는 그의 말에 대한 생각을 멈출 수가 없었다. 나는 수많은 사람들과 연결이 되어 있었다. 게이브가 어떤 기분인지 상상조차 할 수 없었다. 나는 그저 게이브처럼 되고 싶지는 않다고, 그렇게 생각했을 뿐이다.

<u>64</u>

집으로의 초대

아이들은 참으로 놀라운 존재들이다. 정말로 그렇다. 아이들은 동정심과 사랑이 넘쳐나며 누구에게나 마음을 연다. 특히 네 살하고 반이 된 아이라면 더욱.

공항에서 게이브가 괴로워하는 모습을 보고 난 후 나는 마음이 먹먹해졌다. 그건 바이올렛도 마찬가지였던 모양이었다. 언뜻 보기에는 나보다 더 크게 마음이 흔들린 것 같기도 했다.

"엄마 친구 게이브 아저씨가 울었어요." 다음 날이 되자 바이올렛이 인형들에게 이렇게 말했다. "아주 아주 슬펐어요."

"게이브 아저씨에게 이 그림을 줄까요?" 바이올렛이 나에게 물었다. "하트랑 햇님이랑 사탕 그림. 그리고 여기 웃는 얼굴 스티커도 있어요. 행복해서 막 웃어요."

"그러면 이걸 사진으로 찍어서 아저씨한테 휴대전화로 보내줄까?" 내가 바이올렛에게 물었다.

아이는 고개를 끄덕였고 진지한 표정으로 내게 그림을 내밀어 사진을 찍도록 해주었다. "전화기는 꼭 충전을 해야 해요. 그래야 사진이 잘 찍혀요." 바이올렛이 나에게 말했다. 어쩌면 이런 광경은 게이브에게 바이올렛이 아니라 나에 대해 더 많이 알려주는 모습이 아닐까. 아니, 아마도 우리 모녀 모두에 대해 조금쯤 알려주고 있는 건지도 몰랐다.

나는 사진을 찍어 설명과 함께 이메일로 사진을 보냈다. 그 사진을 게이브는 기억하고 있을까? 그는 몇 분 뒤 답장을 보내왔다. '바이올렛에게 고맙다고 전해줘.'

"좋아요." 바이올렛이 말했다. "아저씨에게 나도 고맙다고 전해주세요."

저녁을 먹는 자리에서 바이올렛은 그 이야기를 대런에게 했고 놀랍게도 이렇게 덧붙였다. "게이브 아저씨를 더 기운 나게 해주고 싶어요. 그래서 생각한 건데, 아저씨가 우리 집에 놀러 올 수 있으면 좋겠어요. 아저씨한테 쿠키 만드는 걸 보여줄 거예요."

바이올렛과 나는 이제 막 빵이나 쿠키 굽는 걸 함께 시작한 참이었고 아이는 그걸 세상에서 가장 마법 같은 순간이라고 생각하고 있었다. 바이올렛은 지치지도 않는지 오븐의 창을 계속해서 바라보았고 반죽이 부풀어가는 과정을 실시간으로 설명까지 해가며 확인하곤 했다.

대런이 나를 보며 눈을 치켜떴다.

"나도 저 애가 저런 말 하는 건 지금 처음 들어." 내가 말했다.

"아빠, 게이브 아저씨는 너무 슬퍼했어요." 바이올렛이 대런에게 말했다. "아저씨는 어른인데도, 애기처럼 막 울었어요. 그리고 사람들이 울면 우리가 가서 막 기운 나게 해줘야 해요. 어린이집에서 멜리사 선생님이 그렇게 말해줬어요."

나는 입술을 깨물었다. 나는 대런이 어떤 기분일지 알 수 있었다. 그렇지만 내가 바이올렛 못지않게 게이브를 염려하고 있으며 그가 외국으로 나가기 전에 다시 한 번 봐도 괜찮겠다는 생각을 하고 있는 것도 알아차렸다.

"바이올렛 말이 맞아. 멜리사 선생님이 그렇게 말을 했으니까……" 나는 대런에게 뭘 더 어떻게 말해야 할지 몰라서 그냥 어깨를 으쓱해 보였다. 나는 내 생각을 말하지 않고 그냥 대런이 판단하도록 내버려두었다. 왜냐하면 자신의 사진 작품 회고전에 다른 남자의 아내 사진을 걸어둔 건 바로 게이브였으니까. 그리고 설사 그런 일이 없었다 하더라도 나는 대런이 뭐라고 말을 하든 이해할 수밖에 없었다. 대런에게는 자기 아내의 예전 남자 친구 이야기가 자기 집에서 흘러나오는 걸 원하지 않을 모든 권리가 있었다. 솔직하게 말해서 어쩌면 내가 나서서 바이올렛이 그런 말을 하지 못하게 막았어야 했는지도 모른다. 이 문제에 대해 더 생각을 해봤어야 했다. 게이브를 우리 집 안으로 끌어들이는 게 어떤 의미가 있는지 생각을 해봤어야 했다는 말이다. 그런데 나는 그렇게 하지 않았다. 나는 내 결혼 생활에 대해 충분할 정도의 믿음이 있었고 설사 게이브가 나의 세계로 들어온다고 해도 내 결혼 생활이 깨지거나 흠집이 생길 리가 없다고 생각했다. 또 대런에 대한 나의 생각을 바꾸게 될 것이라고는 감히 의심도 하지 않았다. 그렇지만 현실은 내 생각과는 달랐다. 당시에도, 또 그로부터 몇 개월이 지난 후에도 깨닫지 못했지만 이제 와서 돌이켜보면 그때야말로 여러 선택의 순간들 중 하나였던 것이다. 그때의 결정으로 우리는 또 다른 여정으로 이르는 길에 들어서게 되었으니까.

대런은 이 문제에 대해 부지런히 생각을 했고 그 증거로 그의 두 눈 사이에 깊은 주름이 패었다. "좋아." 마침내 그가 말했다. 바이올렛이 한동안 애원하는 듯한 눈빛으로 아빠를 바라보았고 나는 그저 내 앞에 놓인 접시만 바라보며 연어를 한입 크기로 썬 직후였다. "바이, 네 말이 맞아. 슬퍼하는 사람들을 보면 기운이 나게 해줘야지?" 그러자 나는 대런이 어쩌면 내가 한 말이나 바이올렛이 한 말을 듣고 게이브를 더 이상 우리 가정에 대한 위협으로 보지 않게 되었는지도 모른다고 생각했다. 아니면 이렇게 우리 집 안이라면, 그리고 가족사진이 벽마다 걸려 있는 곳이라면 나도 게이브에 대한 생각을 어쩌면 덜 하게 될 것이라 생각한 것이 아닐까. 혹은 대런은 그저 내가 그랬던 것처럼 우리의 결혼 생활은 그런 일에 흔들리지 않을 만큼 단단하다고 생각했는지도 모른다. 나는 대런에게 왜 바이올렛의 말을 들어주었는지 절대로 물어보지 않았고 그저 있는 그대로 받아들였다. 그렇지만 지금 생각해도 분명 무슨 이유가 있었을 거라고 나는 확신하고 있다. 대런이라는 사람은 무슨 일을 하든 늘 거기에 자기만의 이유가 있는 사람이었다.

그렇게 해서 결국 게이브는 우리 집으로 초대되어 내 딸과 함께 쿠키를 굽게 되었다. 솔직히 말하면, 나는 게이브가 이 초대를 받아들였을 때 꽤나 놀랐다.

우리는 이메일로 약속 날짜를 잡았다. 아무래도 내가 재택근무를 하는 금요일이 좋을 것 같았지만 결국 나는 아예 하루 휴가를 내버렸다. 게이브는 뉴욕에 48시간 머물 계획이었고 그다음에 곧장 공항으로 가야만 했다. 바이올렛은 게이브를 위해 우리 집을 풍선으로 장식해야 하며 각각의 풍선마다 행복하게 웃는 얼굴을 그려야 한다고 졸랐고 우리는 반쯤은 장난으로, 그리고 반쯤은 진지한 기분으로 얼굴을 그린 풍선을 가지고 집을 장식했다. 어떤 풍선에는 속눈썹이, 또 어떤 풍선에는 그냥 눈썹만 있었다.

"리엄, 너도 풍선 하나 줄까?" 바이올렛이 동생 리엄에게 물었다. 리엄은 이제 생후 18개월이 다 되었고 그날은 마리아가 아이를 데리고 뉴욕 교통 박물관Transit Museum에 갈 참이었다. 리엄은 박물관에 있는 기차에 올라타고 노는 걸 아주 좋아했다.

"초록색." 리엄이 이렇게 말하자 바이올렛은 고개를 끄덕이며 초록색 풍선 하나를 내밀었고 리엄은 마리아와 함께 박물관으로 갔다.

나는 아이들 옷을 세탁기에 넣고 돌린 다음 바이올렛과 함께 쿠키 만드는 데 필요한 재료들을 준비했다. 반죽용 그릇을 꺼내려는데 초인종이 울렸고 딸아이가 뛰어나갔다. 애니도 멍멍 짖으며 그 뒤를 따랐다.

"누구세요?" 내가 인터폰에다 대고 물었다.

"나야, 게이브." 게이브가 대답했다.

"아저씨 왔다!" 바이올렛이 소리쳤다.

나는 현관문을 열고 그를 안으로 들였다. 내 눈에 처음 들어온 건 빡빡 밀어버린 그의 머리였다. 바이올렛도 그걸 알아차린 것 같았다.

"어…… 아저씨 머리카락은 어디 있어요?" 바이올렛이 작은 눈썹을 치켜 올리며 이렇게 물었다. 그렇게 눈썹을 치켜 올리는 모습은 대런을 꼭 닮은 것이었다.

게이브의 시선이 재빨리 나를 향했다가 다시 바이올렛 쪽으로 향했다. "그게…… 세탁기 안에 있단다." 게이브가 이렇게 말했다.

"세탁기요?" 바이올렛이 되물었다.

게이브는 어깨를 치켜 올렸고 보조개가 잠깐 나타났다가 사라졌다. "바이올렛도 머리카락이 더러워지면 감아야지?"

바이올렛이 고개를 끄덕였다. "그렇지만 세탁기가 아니라 욕조에서 감는데요!"

게이브는 들고 있던 가방들을 바닥에 내려놓았다. "아저씨 생각에는 세탁기가 더 편한 것 같은데?"

바이올렛이 나를 올려다보았다. "엄마, 그럼 내 머리도 세탁기에 넣어 씻을 수 있어요?" 아이가 이렇게 물었다.

"그건 나중에 같이 생각해보자." 내가 대답했다.

바이올렛은 게이브가 자기를 따라올 것으로 생각하고 주방으로 향하면서 쿠키 굽는 방법에 대해 재잘댔다. 그렇지만 그는 내 옆에 그냥 멈춰 서 있었다. 나는 팔을 내밀었고 그가 품 안에 안겼다. 내 목덜미에 흐르는 게이브의 눈물이 느껴졌다. "왜 머리를 그렇게 밀었어?" 내가 조용히 물었다.

게이브는 몸을 바로 펴고 손을 들어 눈가를 문질렀다. "일종의 애도 절차인데……" 그가 말했다. "마음도 편해지고. 이상해 보여?"

"좀 달라 보이긴 하지만 너는 여전히 너니까." 내가 말했다. "같이 함께 쿠키를 구워도 괜찮겠어? 별 문제는 없는 거지?"

"물론 괜찮지." 그가 대답했다. "그리고, 참, 고마워. 저렇게 사랑스러운 딸이 슬퍼하는 늙은 아저씨를 기운 내게 해주고 싶다는 부탁을 들어줘서. 그리고 이렇게 나를 집에 초대해준 것도. 좀 이상하게 들릴지도 모르지만 고향 집에서 모든 일들을 견뎌낼 수 있었던 건 어쩌면 오늘을 기대할 수 있었기 때문이었는지도 모르겠다."

밀가루를 반죽하고 나서 다 된 반죽을 각기 다른 모양의 쿠키 틀에 부은 후 나는 쿠키 틀을 오븐 안에 집어넣었다. 그러자 바이올렛이 파스타 면을 삶는 냄비를 들고 왔다.

"이것만 있으면 불에 데지 않고 안전해요." 바이올렛은 게이브에게 말했다. 그런 다음 아이는 오븐 속 조명을 켜고 그 앞에 냄비를 놓고는 뒤에 가서 앉았다. "이제 오븐 가까이 가면 안 돼요." 아이는 이렇게 말하며 자기가 앉아 있는 주방 바닥 옆 자리를 손으로 두드렸다.

게이브가 바이올렛 옆에 앉았다. 두 사람은 쿠키가 구워지는 내내 말 한마디 하지 않고 12분 동안을 그렇게 오븐만 바라보았다. 나는 게이브가 무슨 생각을 하고 있는지, 그리고 또 바이올렛은 무슨 생각을 하고 있는지 궁금했다. 그렇지만 나는 물어보지 않았다. 오늘의 이 시간을 만든 바이올렛의 마음 씀씀이가 어떤 의미가 있기를 바라며 두 사람을 그저 바라만 보았다. 나는 또한 비록 어머니는 돌아가셨지만 여전히 자신을 생각하고 염려해주는 사람들이 곁에 있다고 게이브가 느끼기를 바랐다. 나는 게이브가 세상과 단절되어 붕 뜬 기분을 느끼는 것을 바라지 않았다.

설정해놓은 시간이 다 되어 소리가 울리자, 바이올렛은 나에게 개수대 옆 서랍 위에 걸려 있던 오븐용 장갑을 가져다주었다. "이제 다 됐다!" 바이올렛이 소리쳤다. "그러면 이제 쿠키가 식는 동안 성에서 하는 숨바꼭질 놀이를 할 수 있어요."

"성에서 하는 숨바꼭질?" 게이브가 자리에서 일어나 파스타 냄비를 들면서 이렇게 물었다.

내가 오븐 문을 여는 동안 바이올렛이 게이브를 돌아보며 이렇게 말했다. "성에 사는 사람들처럼 옷을 입고 숨바꼭질 놀이를 하는 거예요. 아저씨가 왕이 되세요."

나는 그 말을 듣고 쿠키가 들어 있는 틀을 떨어트릴 뻔했다. 바이올렛이 숨바꼭질 놀이를 할 때 왕이 되라고 허락하는 유일한 사람은 아빠인 대런뿐이었다. 제이슨이 놀러왔을 때는 마법사를 시켜줬고 친할아버지나 외할아버지는 언제나 성의 어릿광대 역할이었다.

"그러면 바이올렛은 우리 왕비님인가?" 바이올렛이 그의 손을 잡고 놀이옷이 들어 있는 상자로 향하자 게이브가 바이올렛에게 물었다.

"아니에요!" 바이올렛이 말했다. 마치 어느 누구에게도 들어본 적이 없는 터무니없는 소리라도 들은 것 같았다. "난 요정이에요! 왕비님은 엄마예요!"

내가 오븐을 끄고 두 사람 쪽으로 걸어오자 게이브가 나를 한번 쳐다보았다.

바이올렛은 우리 두 사람 머리에 왕관을 씌어준 다음 자신은 요정 날개를 등에 달고 이렇게 말했다. "자, 왕과 왕비님, 난 이제 여러분 성에 가서 숨을 거예요! 스물하고 셋까지 센 다음에 나를 찾아보세요!"

'스물 셋?' 게이브가 소리를 내지 않고 입모양으로 내게 이렇게 물었다.

나는 나도 잘 모르겠다는 듯 어깨를 으쓱해 보였다. 바이올렛은 사라졌고 우리는 숫자를 세기 시작했다.

"더 큰 소리로요!" 바이올렛이 복도에서 이렇게 소리쳤다.

열셋까지 숫자를 세자 바이올렛의 목소리가 들려왔다. "저기요! 이 성에는 물웅덩이가 있어요!"

나는 숫자 세는 것을 멈췄다. "물웅덩이가 있는 척을 하라고?" 내가 물었다.

"진짜 물웅덩이에요!" 바이올렛이 대답했다. 그러자 정말로 작은 발로 물웅덩이를 뛰어넘는 소리가 들려왔다.

나는 거실을 나와 복도로 달려갔다. "바이올렛, 어디 있니?" 내가 물었다.

"이건 숨바꼭질 놀이잖아요!" 바이올렛이 말했다. "어디 숨었는지 말해주면 안 돼요!"

그렇지만 바이올렛이 세탁실로 이어지는 문을 열자 물웅덩이가 복도까지 밀어닥쳤다. "아, 이런." 나는 이렇게 말하며 그쪽을 향해 달려갔다.

게이브는 나를 지나쳐 바이올렛에게 달려갔다. "여기 찾았다!" 게이브가 이렇게 말했다. "이제는 왕이 요정을 잡아서 하늘 높이 날게 해줘야 할 거 같은데!" 그는 바이올렛을 물웅덩이 밖으로 높이 들어올렸다.

"더 높이요!" 바이올렛이 웃으며 소리쳤다. "요정들은 더 높이 날아요."

나는 세탁실 앞에 서서 상황을 살폈다. '제기랄.' 나는 속으로 중얼거렸다. '제기랄, 제기랄, 제기랄.' 세탁기 뒤에서는 계속해서 물이 흘러나오고 있었다. 나는 주머니에서 전화기를 꺼내 대런에게 전화를 걸었다.

신호가 가자마자 대런이 전화를 받더니 이렇게 물었다. "별일 없지?"

"나는 괜찮은데……" 내가 말했다. "세탁실이 문제야. 커다란 물웅덩이가 생겼어. 내 생각에 세탁기가 고장이 난 것 같아. 이거 고치는 사람이 누구였지?"

"오, 이런." 대런이 말했다. "문자로 전화번호를 보내줄게. 그런데 내가 연락 안 해도 괜찮을까?"

"아니, 아니야." 내가 대답했다. "내가 알아서 할게. 일단 세탁기를 끌까? 전원을 뽑을까?"

"나야 잘 모르지." 대런이 말했다. "수리 기사가 오면 한 번 물어봐. 지금 전화번호 보낼게. 어떻게 되가는지 나중에 알려줘야 해?"

나는 전화를 끊고 문자 창을 열었다. 게이브는 바이올렛을 들어 올린 채 내 옆으로 왔다. "차단기 어디 있어?" 그가 물었다. "일단 세탁기로 연결되는 전기부터 끊어야겠어."

"확실한 거야?" 내가 대런이 보내준 전화번호를 확인하며 이렇게 물었다. "우선 수리 기사에게 물어봐야겠어."

"확실하다니까." 게이브가 바이올렛을 빙빙 돌리며 말했다. "더 이상 물이 흘러나오지 않게 세탁기부터 꺼야 하겠지만 그렇게 물을 밟고 있을 때는 전기와 관련된 건 아무것도 건드리지 않는 게 좋아."

"아." 내가 말했다. "진짜 그렇겠다. 차단기는 주방에 있어."

게이브는 바이올렛을 주방으로 데려가며 이렇게 말했다. "요정이 이제 땅에 내려온다!" 그는 아이를 주방 조리대 위에 내려놓았다.

"더 하고 싶어요!" 아이가 말했다.

"왕은 이제 가서 뭘 좀 고쳐야 해요." 그가 바이올렛에게 말했다. 머리에는 여전히 왕관을 쓰고 있었는데 이제 조금 구겨져 있었다.

바이올렛과 나는 게이브가 왕관을 고쳐 쓰고 세탁실로 연결되는 차단기를 내리는 걸 지켜보았다.

"그럼 이제 수리 기사를 부를까?" 내가 물었다.

게이브는 이미 신발과 양말을 벗고 있었다. "내가 한번 가서 살펴볼게." 그는 이렇게 말하며 바지를 걷어 올렸다.

나는 조리대 위에서 바이올렛을 안아들고는 세탁실로 갔다. 거기에서 게이브가 벽 쪽에 붙어 있던 세탁기를 밀어내고 호스와 연결된 부분이 느슨해진 걸 손보는 모습을 지켜보았다. 물이 새어나오는 것이 멈췄고 물웅덩이도 세탁실 한가운데 있는 배수구 덕분에 이미 그 크기가 줄어들어 있었다.

"좀 더 손을 봐야 할지도 몰라." 그가 말했다. "확실하게 하려면 역시 사람을 불러야겠다. 그렇지만 일단 다시 세탁기 전원을 켜서 물이 새지 않는지 직접 확인해볼 수는 있어."

여전히 머리에는 우스꽝스러운 왕관을 쓰고 있는 게이브가 몸을 일으켜 세웠다. '만일 인생이 다른 방향으로 전개되었다면 이런 모습이 아니었을까.' 나는 그렇게 생각했다.

"괜찮아?" 게이브가 나를 재미있다는 듯 바라보며 이렇게 물었다.

나는 빙그레 웃어보였다. "그냥, 고마워서." 내가 말했다. "왕보다는 빛나는 갑옷을 입은 기사가 더 어울리겠다는 생각을 했어. 우리 세탁실을 구해주었으니까."

게이브가 웃음을 터트렸다. "왕관을 포기하는 건 싫은데. 그렇지만 사실 난 언제나 원탁의 기사에 나오는 랜슬롯Lancelot이 되고 싶었어." 게이브는 내가 그의 곁으로 가기를 바랐을까? 아서왕을 버리고 랜슬롯 곁으로 갔던 왕비 귀네비어Guinevere처럼? 나는 그가 그러길 바랐을 거라고 믿고 싶다.

나는 게이브가 내 마음속에 떠오른 생각을 읽지 못했기를 바라며 하고 싶은 말을 삼켰다. 그리고 여전히 내 품 안에 안겨 있는 바이올렛 쪽을 돌아보았다. 그러면서도 나는 한편으로는 그가 내 마음을 읽어주기를 바랐다. "자, 우리 요정 공주님, 이제 쿠키가 다 식어서 먹을 수 있을 것 같아요. 가서 하나 먹어볼까요?"

바이올렛이 몸을 비틀어 바닥에 뛰어내리더니 주방 쪽으로 달려가며 소리쳤다. "와, 쿠키다!"

"나의 왕비여, 쿠키를 드시러 갈까요?" 게이브가 내 왕관을 바로 씌워주며 이렇게 말했다.

나는 그의 두 눈동자를 바라보았고 그 안에 있는 슬픔을 보았다. 그는 슬픔을 감추려고 애를 썼지만 나는 알 수 있었다. 엉망이 된 세탁실 한가운데서 나는 게이브가 오늘 왜 여기 왔는지 그 이유를 잠시 잊어버렸다. "기분이 좀 어때?" 내가 물었다.

"좀 괜찮아졌어." 그가 말했다. "오늘 고마웠어."

"나도 기뻐…… 그러니까 뭐, 고마워하지 않아도 돼." 나는 아까 처음 그가 우리 집에 들어왔을 때처럼 팔을 벌려 게이브를 안아주고 싶었다. 그렇지만 나는 그러고 싶은 마음을 억눌렀다. 결국 귀네비어는 아서왕이랑 결혼했으니까. 그래서 나는 그를 안아주는 대신 이렇게 말했다. "바이올렛이 찬장 위로 기어 올라가려고 하기 전에 주방에 가봐야 할 거 같은데."

주방으로 간 우리는 바이올렛과 나란히 앉아 셋이 함께 쿠키를 먹었다.

나는 게이브와 내가 그 후로도 한동안 서로 이메일을 주고받았다는 사실을 결코 대런에게 말하지 않았다. 게이브는 이후에 필리핀, 러시아, 북한, 남아프리카공화국 등 여러 곳을 옮겨 다녔고 나는 계속 연락을 할 수 없었다. 우리가 이메일을 주고받는 일이 점점 줄어들면서 어느 날 문득 나는 마지막으로 연락한지 몇 개월이나 지났다는 사실을 깨달았다. 바이올렛은 게이브에 대해 거의 다 잊어버린 것처럼 보였지만 이따금 자기 머리를 세탁기에 집어넣을 수 있냐고 물어보았다. 그러면 나는 잠시 게이브가 안전하고 행복하기를 바라는 소원을 빌었다.

<u>65</u>
감당 못할 상황

게이브는 확실하게 우리 집 세탁기를 고쳐주었다. 그리고 아마 내가 그런 사실을 그에게 말했으리라. 어쨌든 그가 세탁기를 고쳐주고 떠난 후 그해 가을에 나는 케이트로부터 무슨 말인지 짐작이 안 가는 전화 한 통을 받았다.

대런은 골프 중계를 보고 있었고 아이들은 거실에서 놀고 있었다. 애니는 소파 밑에서 골골거리고 있었는데 아마 리엄이 흘린 시리얼 부스러기라도 발견한 모양이었다. 리엄은 자기가 좋아하는 시리얼을 사방에 흘리고 다녔다. 나는 〈뉴요커New Yoker〉 잡지의 지난 호들을 정리하려고 애를 쓰다가 문득 이 잡지의 정기 구독을 중단해야겠다는 생각을 하고 있었다. 매주 쌓여가는 잡지가 나를 번거롭게 만들고 있었기 때문이다. 그리고 일이나 가족과는 무관하게 내 자신만을 위해서 실제로 쓰고 있는 시간이 얼마나 적은지도 새삼 깨달았다.

그런 생각을 하며 전화를 받았는데 케이트가 이렇게 물었다. "가운데가 뚫려 있는 여자 속옷에 대해 어떻게 생각해?"

"음……" 나는 무슨 말인지 잘 모르겠다는 시늉을 하며 리엄과 바이올렛이 여전히 탑 쌓기 놀이를 하고 있는지 확인한 후 주방으로 걸어 들어갔다. "그런 건 한 번도 제대로 생각해본 적이 없는데? 그나저나 그런 속옷이 실제로 무슨 쓸모가 있겠어? 알 없는 안경이나 끈만 있는 브래지어랑 마찬가지 아냐?"

"그런 게 있었어?" 케이트가 되물었다. "끈만 있는 브래지어가?"

"내가 알게 뭐야." 내가 말했다. "나는 그냥 예를 든 거라고. 그런데 가운데가 뚫려 있는 속옷 같은 건 갑자기 왜 묻고 그래?"

케이트는 전화기 너머로 한숨을 내쉬었다. "너도 한 번이라도…… 나도 잘 모르겠는데, 너도 분위기를 좀 달아오르게 하려고 해본 적이 있어?"

"뭐야, 남자하고 잘 때?" 내가 물었다. 전혀 케이트답지 않은 질문이었다. 지금까지 나는 내 평생에 한 번도 케이트가 '가운데가 뚫려 있는 속옷' 같은 단어를 입에 올리는 걸 들어본 적도 없었고 분위기를 달아오르게 하네 어쩌네 하는 이야기도 나눠본 적이 없었다. 스파spa에서 열렸던 케이트의 결혼 전 처녀 파티도 별일 없이 조용하게 지나갔었다.

"리즈 언니한테 톰이 좀…… 기운이 없다고 말했더니, 그런 속옷을 한번 입어보라는 거야."

나는 그제야 조금씩 무슨 말을 하고 있는 건지 이해가 가기 시작했다. 리즈 언니라면 아마도 그런 '가운데가 뚫려 있는 속옷' 같은 건 평상복처럼 입고 있을 것이다. 그리고 끈만 있는 브래지어도 마찬가지일 것이다. 실제로 그런 브래지어가 존재하고 있다면 말이다. "톰이 밤에 기운이 없다는 거야?" 내가 다시 이렇게 물었다.

케이트는 한숨을 내쉬었다. "밤에만 그런 게 아니고 매사가 다 그래." 그녀가 말했다. "나는 매일 아침 같은 전철을 타고 출근을 했다가 매일 밤 역시 똑같은 전철을 타고 집으로 돌아와. 톰은 나보다 늦은 다음다음 전철을 타고 퇴근하는데 집에 오면 매일 똑같은 질문을 나에게 하지. 톰이 이를 닦을 때 나는 세수를 하고 그다음 내가 이를 닦고 있으면 톰이 소변을 봐. 매일 밤이 똑같아. 그런데 한번은 내가 세수하기 전에 이를 닦고 있으려니 톰이 뭘 어떻게 해야 할지 모르는 것처럼 보이는 거야. 앞으로 이런 상태가 영원히 지속되는 걸까?"

나는 그런 무기력한 상태나 기분에 대해 진지하게 생각해 본 적은 없었다. 그렇지만 솔직히 때때로 케이트와 톰이 조금은…… 판에 박힌 듯이 기계적으로 살아가고 있는 것 같다고 생각한 적이 있기는 했다.

"무슨 말을 하는지 알겠어." 내가 말했다. "대런은 매일 5시 10분이면 전화를 걸어서 오늘은 집에 몇 시까지 퇴근해서 올 수 있는지 물어봐. 우리 직원이 그걸 보고 농담을 다 할 정도야. 우리는 매번 똑같은 상표의 화장지를 쓰고 있어. 차민 울트라 스트롱Charmin Ultra Strong이야. 지난달에는 한번 차민 울트라 소프트를 사보면 어떨까 싶더라고. 그런데 결국 그거 안 샀어.

"그때 그걸 샀어야지." 케이트가 말했다.

"너도 한번 다른 전철을 타봤어야지." 내가 응수했다. "헤어스타일을 좀 다듬어보거나 아니면 톰하고 단둘이 여행이라도 한번 가봐. 주말이면 우리가 아이들을 봐줄 수 있으니까."

"네가 정말 주말에 우리 애들을 봐준다고?" 케이트가 물었다.

"그야 물론이지." 내가 말했다. "그렇게 해. 여행 예약부터 하라고."

"그러면 너는 어떻게 할 건데?" 케이트가 또 물었다.

"나야 다음에는 다른 화장지를 사야지." 내가 대답했다.

우리는 함께 웃었다. 톰과 케이트는 아이들을 우리에게 맡기고 주말여행을 떠났다. 그리고 나는 차민 울트라 소프트 화장지를 샀다. 그렇지만 하루하루 할 일들은 쌓여만 갔고 신경 써야 할 일들은 너무 많았다. 그러니 그냥 늘 해오던 대로 하는 게 굳이 생각할 필요가 없어서 더 쉬운 것 같았다. 심지어 화장지 상표를 고르는 일에 아주 조금 신경을 쓰는 일조차도 그럭저럭

'견뎌낼 만한 상황'들을 '감당 못할 상황'으로 만들어버리는 것 같았다.

그렇지만 케이트의 이야기를 들으니, 때때로 대런과 함께하는 나의 인생도 그렇게 맥 빠지고 기운 없이 흘러가는 것이 아닐까 하는 생각이 들었다. 그리고 그런 상황은 신경을 쓰지 않고 내버려두면 더 악화되게 마련이었다.

<u>66</u>

더 큰 이유

그해 겨울, 리엄이 막 두 살이 된 후 몇 개월이 지났을 때 우리 가족 모두가 심한 독감을 앓았다. 바이올렛은 유치원에 1주일이나 가지 못했을 정도였다. 아이는 무기력하게 늘어져 있었고 그 작은 가슴에서 거칠게 그르렁거리는 소리가 났다. 아이가 기침을 할 때마다 내 가슴은 찢어지는 것 같았다. 게이브도 이런 사실을 알았다면 아마 나처럼 마음이 아팠을 것이다. 바이올렛은 애처로울 정도로 크게 풀이 죽어 있었고 애니는 그 곁을 떠나려 하지 않았다. 대런의 상태도 좋지 않기는 마찬가지였다. 게다가 무엇보다도 자기가 책임지고 추진하고 있던 큰 거래 하나가 예상했던 것만큼 쉽게 흘러가지 않았기 때문에 대런은 아이들은 물론 나한테까지도 까칠하게 굴었다.

그렇게 나흘가량이 흘러간 후 바이올렛과 나는 소파 위에서 서로 엉켜 붙은 채 〈빛나는 아이〉를 보고 있었고 리엄은 바닥에서 가장 좋아하는 나무 기차를 가지고 놀고 있었다. 대런은 손에 어느 기업의 재무 보고서를 들고 읽으며 집 안을 돌아다녔다. 거실을 세 바퀴인가 네 바퀴쯤 돌았을 때 그가 나에게 말했다. "리엄 코에서 콧물이 흐르잖아."

"주방에 가면 아기 전용 물티슈가 있어." 내가 그에게 말했다.

대런은 걸음을 멈추고 나를 쳐다보았다. "나 지금 일하고 있잖아." 그가 말했다. "당신은 애들 엄마고."

"뭐라고?" 내가 말했다. 바이올렛은 자기 콧물을 내 스웨터에 문질러 닦고 있었다.

"나 지금 일하고 있다니까." 그가 다시 말했다.

나는 가만히 그를 쳐다보았다. 이따금 그가 이런 식으로 나올 때면 나는 잠시 생각에 잠기곤 했다. '이 사람이 정말 내가 결혼한 그 사람이 맞나?' 자주 있는 일은 아니었지만 분명 그런 때가 종종 있었다. 대부분 아이들을 돌보는 문제와 가정에서 아내와 애들 엄마로서의 나의 역할이 문제가 되곤 했다.

나는 더 이상 아무런 말도 하지 않고 바이올렛을 안고 소파에서 일어나 주방에서 물티슈를 가져다 리엄의 코를 닦아주었다.

그날 밤 늦게 나는 리엄이 우는 소리를 듣고 잠에서 깼다. 리엄을 아기용 침대에서 일반 침대로 옮겨준 지 얼마 되지 않았을 무렵인데, 리엄은 자기를 막아줄 가로대가 없다는 걸 여전히 잘 모르고 한밤중에 침대 밖으로 굴러 떨어지곤 했다. 나는 대런을 건너다보았다. 그도 반쯤 잠에서 깬 것 같았다.

"리엄이 울어." 그가 눈을 뜬 듯 만 듯하고 이렇게 말했다.

"나도 들었어." 내 머릿속은 마치 안개가 자욱이 낀 것 같았다.

"당신이 가볼 거야?"

그건 사실 질문이 아니었다. "어, 응." 나는 이렇게 대답하고 침대에서 일어났다.

리엄의 방에 가보니 바이올렛이 열린 문 가운데 서 있었다. "엄마, 리엄이 깼어요." 아이는 이렇게 말하고 나를 따라왔다.

"엄마도 잠에서 깼어." 나는 이렇게 말하며 리엄을 들어 안았다. "너는 왜 가서 자지 않니?"

"여기 있어도 돼요?" 바이올렛이 물었다.

나는 너무 피곤해서 아이와 입씨름을 할 기운도 없었다. "그렇게 하렴." 나는 이렇게 말하고 리엄 쪽을 돌아보았다. "아들아, 너는 뭐가 문제니?"

내 품 안에서 몸을 일으킨 리엄은 이내 울음을 멈추었다. 나는 눈물과 콧물이 범벅이 된 아이의 얼굴을 닦아주었다. "너무 더워." 아이가 말했다. 아이의 숨결은 여전히 거칠었다.

나는 내 입술을 리엄의 이마에 갖다 대보았다. 아주 오래전 크리스마스 무렵에 내가 대런에게 했던 것과 똑같았다. 그렇지만 나 역시 몸이 좋지 않았고 따라서 내 입술도 이번에는 믿을

게 못 되었다. 나는 리엄의 체온을 재보았다. 38.5도였다. 나는 한숨을 내쉬었다.

"그래, 아들아." 내가 말했다. "이거 별로 좋아하지는 않겠지만, 이렇게 하면 한결 기분이 나아질 거야."

바이올렛이 바라보고 있는 가운데, 나는 해열제를 리엄의 입 안으로 넣어주고는 아기용 물병을 입에 물려주었다. 리엄은 몸도 너무 아프고 지쳐서 그런지 별다르게 투정을 부리지 않았다. 아이는 약을 삼켰고 이내 기침을 했다. "그래, 그래." 내가 말했다. "몸이 아픈 건 참 재미없는 일이야."

"아픈 건 재미없어." 리엄이 내 말을 따라했다. 아이가 아랫입술을 조금 떨었다.

바이올렛도 기침을 했다. 팔로 입을 막는 걸 보니 아마 유치원에서 기침이 나올 때는 그렇게 하라고 배운 것 같았다.

두 아이는 꼴이 말이 아니었고 내 기분도 우울했다. "그러면 오늘 밤은 우리 다 같이 잘까?"

바이올렛이 고개를 끄덕이더니 리엄의 침대 위로 기어 올라갔다. 나는 바이올렛 옆에 누워 리엄의 머리를 내 팔로 받쳤다. 그렇게 몸 위치를 높여주면서 숨 쉬기가 좀 수월해지기를 바랐다.

"엄마, 사랑해요." 리엄은 이렇게 말하며 두 눈을 감았다.

"나도 엄마 사랑해요." 바이올렛도 말하며 내 옆으로 몸을 붙여왔다.

"나도 너희들을 사랑해." 내가 아이들에게 말했다. "하늘만큼 땅만큼 사랑해."

그리고 나는 게이브에 대해 생각했다. 한동안 그에 대해 생각하지 않았지만 이렇게 아이들과 누워 있으려니 1년 전쯤의 그 날이 기억이 났다. 함께 쿠키를 굽고 그가 우리 집 세탁기를 고쳐줬던 날을. 나는 그때 인생이 다른 식으로 흘러갔으면 어땠을까 생각했던 것이 기억났다. 게이브라면 이렇게 아픈 아이들을 보고 어떻게 했을지 궁금했다. 게이브라면 나에게는 계속 자라고 하고 자기가 일어나 우는 아이를 달래려 하지 않았을까? 아이들을 모두 데려와 같이 독감을 앓는 가족으로 한 침대에서 자자고 하지 않았을까? 게이브라면 모든 일들을 내가 다 알아서 할 것이라고, 또 내가 혼자 가서 아이들의 얼굴을 닦아주고 해열제를 먹일 거라고 기대하지는 않았을 것이다. 나는 그 점은 분명 확신하고 있다.

그날 밤, 아이들을 품에 안고 자면서 나는 대런의 자리를 게이브가 대신하고 있는 꿈을 꾸었다. 우리는 바이올렛과 리엄을 위해 와플을 구웠다. 게이브는 우스꽝스럽게 보이는 왕관을 쓰고 있었고 모두들 다 같은 크리스마스 무늬의 잠옷을 입고 있었다.

자고 일어난 나는 모든 걸 감기와 고열 탓으로 돌리려 했다. 그렇지만 사실은 그보다 훨씬 더 큰 이유가 있다는 사실을 나는 잘 알고 있었다.

<u>67</u>

어떤 여자

그해 2013년은 마치 환멸로 가득 찬 해처럼 느껴졌다. 내가 내린 모든 결정이 끊임없이 대런을 실망시키는 것 같았고, 또 그에 대한 그의 반응과 그가 나에게 가진 기대 역시 나를 실망시켰다. 사실 그가 대단한 걸 바라는 건 아니었다. 바이올렛이 초등학교 1학년에 입학하게 되자 대런은 내가 늦게 출근하면서 마리아 대신 아침마다 바이올렛을 학교에 데려다주기를 바랐다. 나는 로스앤젤레스에서 열리는 어느 학회에 연사로 초청되었는데, 그렇게 되면 6일 정도 집을 떠나 있어야 했다. 대런은 아이들이 엄마 없이 지내기에 6일은 너무 길다는 이유로 내가 일정을 좀 줄였으면 했다. 그는 여전히 나를 자신의 기준에 맞는 여자로 만들기 위해 노력했다. 그리스 신화에 나오는 조각가 피그말리온Pygmalion은 자신이 원하는 이상형의 여자 갈라테아

Galatea를 직접 조각으로 만들었다지만 대런은 나의 피그말리온이 아니었고, 나는 그의 갈라테아가 아니었다.

물론 내가 대런에 대해 약간 불공평한 평가를 내리는 것일 수도 있다. 우리는 함께 즐거운 시간도 많이 보냈다. 8월에는 이스트 햄프턴에 있는 아름다운 별장에서 2주일 동안 휴가를 즐겼고 그중 일주일은 오빠 제이슨네 가족을 초대해 함께 지내기도 했다. 아이들은 수영을 하고 모래성을 쌓고 자기들이 들어갈 정도로 깊은 구멍을 파며 즐거운 시간을 보냈다. 대런과 나는 이렇게 집 밖으로 나오면 사이가 훨씬 더 좋아졌다.

9월이 되자 우리는 처음으로 바이올렛과 리엄을 데리고 야구장을 찾았다. 뉴욕 양키스의 홈경기였는데, 우리가 앉은 곳은 포수와 심판 바로 뒷자리였다. 양키스의 포수인 오스틴 로마인이 아이들의 공에 기념으로 사인을 해주었고 아이들은 몇 주일이고 계속해서 그때 일을 이야기했다. 우리는 처음으로 추수감사절을 우리 집에서 보내며 아이들의 친가와 외가 식구들을 모두 다 초대했다. 그리고 모두들 함께 어울려 즐거운 시간을 보냈다. 전체적으로 보면 우리에게는 별 문제가 없었다. 그렇지만 모든 것이 다 잘 흘러가고 있는 건 아니었다.

내가 '린다'라는 여자 이름을 보자마자 그 즉시 불륜이라는 단어를 떠올린 건 어쩌면 그런 이유 때문일지도 몰랐다. 우리는 둘 다 크리스마스부터 새해 1월 1일까지 휴가 중이었는데 그때 나는 대런의 전화기 화면에 뜬 린다라는 이름을 보았다. 사람들이 어떤 상황을 해석하는 방식은 종종 상황 그 자체보다 그 사람들에 대해 더 많은 것을 알려주곤 한다. 대학 졸업 5주년 기념 동문회에서 어떤 여자가 게이브의 팔을 잡고 있는 걸 보았을 때 나는 그 여자가 게이브의 여자 친구이거나, 아니면 최소한 그가 그날 밤을 함께 보내고 싶어 하는 여자라고 생각했었다. 이렇게 우리는 이 세상 모든 것들을 우리 자신의 욕망과 후회, 희망과 두려움이라는 색안경을 통해 바라본다.

성姓도 없이 그냥 '린다'라는 이름만 본 나는 그 즉시 열이 올랐다가 곧 다시 차갑게 가라앉았다. 나는 대런이 나를 속이고 불륜을 저지를 거라는 상상은 한 번도 해본 적이 없었다. 그는 지나칠 정도로 침착하며 또 성실하고 빈틈이 없어 보였다. 그래서 나는 그런 일은 아닐 거라고 속으로 혼자 단정 지었다. 나는 내가 혹시 린다라는 이름을 어디서 들어본 적이 있는지 기억을 더듬어봤다. 대런의 직장 동료나 대학 친구, 아니면 체육관을 같이 다니는 사람들을 떠올려보았다. 그렇지만 처음 들어보는 이름이었다. 그래서 나는 이번에는 대런의 페이스북 홈페이지를 뒤지기 시작했다. 린다라는 이름을 가진 사람이 둘 있었는데 한 사람은 뉴멕시코에 살고 있는 대런의 사촌이었고, 다른 한 사람은 필라델피아에 사는 대학 동창의 아내였다. 나는 깊게 심호흡을 하며 대런의 휴대전화 화면에 뜬 이름은 둘 중 한 사람일 거라고 단정 지었다. 어쨌든 확실한 증거가 없었기 때문에 나는 대런에 대한 의심을 풀어야 했다. 비록 휴대전화에 성도 없이 이름만 입력해놓은 게 마치 뭘 숨기려는 의도처럼 계획적인 일이었다고 해도 말이다.

"최근에 사촌들이랑 통화해본 적 있어?" 나는 아이들과 함께 마카로니와 치즈, 그리고 다진 닭고기로 차려낸 저녁을 먹으며 대런에게 넌지시 물어보았다. 무슨 이유때문인지는 알 수 없었지만 리엄은 주로 다진 고기만 먹었다. 그래서 고기를 먹을 때는 선택의 여지없이 다져서 만든 요리를 해야 했다. 여러 가지 면에서 리엄은 오빠인 제이슨을 참 많이 떠오르게 했다.

"안 그래도 사촌들에게 전화를 걸어서 새해 인사를 해야 하는데." 대런은 고개를 저으며 말했다.

"그러게." 내가 말했다. "나도 연락을 해봐야 하는데."

그렇다면 그 린다는 사촌이 아니라는 뜻이었다.

"이번 주에 아이들을 데리고 한번 시간을 내서 하루 정도 필라델피아에 가보는 게 어떨까?" 내가 물었다. "거기 대학 시절 아는 친구들이랑 계속 연락하고 있지 않아? 한동안 못 보긴 했지만."

대런은 어깨를 으쓱해 보였다. "거긴 너무 멀어. 게다가 나는 지난봄에 조쉬가 결혼한 이후로는 거기 있는 누구하고도 연락한 적이 없어. 당신이 갑자기 그런 말을 하니까 우리가 점점 옛 친구들은 잊고 새로운 친구들을 만나고 있다는 사실이 떠오르는데?"

나는 둘이 마시려고 따라놓은 레드 와인인 메를로Merlot를 한 모금 마셨다. 마카로니나 치즈, 그리고 닭고기와는 잘 어울리지 않는 조합이었지만 나는 겨울철에는 화이트 와인을 절대로 마시고 싶지 않았다. "그게 무슨 소리야?"

리엄은 닭고기로 탑을 쌓고 있었고 바이올렛은 마카로니를 한 번에 하나씩 집어 먹고 있었다.

"그냥 뭐랄까, 우리는 대부분의 시간을 이웃 중에서도 우리 애들과 비슷한 또래의 애들이 있는 부모들과 함께 보내고 있잖아. 나는 심지어 케이트랑 톰, 그리고 그 집 애들을 마지막으로 본 게 언제인지도 기억이 안 난다고. 그 가족이 사는 윈체스터는 여기서 기껏해야 한 시간 거리인데 말이지. 차라리 이번 주에 케이트네 가족들을 만날 생각을 하는 게 나을 것 같은데."

"그거 좋은 생각이네." 내가 말했다. "내가 케이트에게 한번 전화해볼게."

"케이트 이모?" 바이올렛이 물었다. "그러면 케이트 이모가 사만다랑 빅토리아랑 내가 함께 입을 수 있는 새 놀이옷을 가지고 올까요?"

사만다는 바이올렛보다 한 살 반이 어렸고 빅토리아는 6개월 더 빨리 태어났다. 그렇지만 아직 어린 여자아이들에게는 그런 나이 차이 정도는 아무런 문제가 되지 않는 것 같았다. "그래, 그럴지도 모르겠네." 내가 딸아이에게 말했다.

바이올렛은 고개를 끄덕이더니 다시 마카로니를 먹기 시작했다.

나는 린다 생각은 그만 떨쳐버리기로 했다.

그로부터 2주일이 지난 후 대런이 체육관에 운동을 하러 가면서 휴대전화를 집에 두고 갔다. 족히 15분 이상을 고민한 후에야 나는 전화기를 집어 들고는 마지막으로 한 번만 더 린다라는 이름을 확인해보기로 결심했다. 나는 휴대전화 잠금 설정을 푸는 암호를 눌렀다. 번호는 우리의 결혼기념일이었다. 그런데 대런의 전화기가 진동을 하더니 잠금 설정이 열리지 않았다. 내가 처음 린다의 이름을 보았을 때 내 온몸을 훑고 지나갔던 그 뜨겁고도 차가운 기분이 다시 느껴졌다. 나는 바이올렛의 생일을, 그리고 다시 리엄의 생일을 눌렀다가 대런의 생일도 눌러보았다. 그리고 내 생일도 눌렀다. 어떤 번호도 말을 듣지 않았다. 나는 잘못된 번호를 여섯 번 누르면 전화기 기능 자체가 완전히 정지된다는 사실을 잘 알고 있었다. 그렇지만 솔직히 말해서 이제는 어떤 번호를 입력해야 할지 생각조차 나지 않았다. 린다의 생일일까? 나는 대런의 전화기를 내가 처음 발견했던 탁자 위에 올려놓았다.

케이트에게 내가 품고 있는 의심에 대해 이야기할까 생각도 해보았지만 너무 터무니없는 짓이라는 생각이 들었다. 어쨌든 확실한 증거는 하나도 없었고, 게다가 케이트와 톰도 자기들 문제를 헤쳐나가느라 바쁠 터였다. 시답잖은 내 문제에 대해 의논하는 건 여간 귀찮은 일이 아닐 것이다. 그렇지만 케이트에게까지 전화를 걸 만한 충분한 증거를 갖고 있지 않다고 생각하면서도 나는 여전히 대런에게 왜 휴대전화 암호를 바꾸었는지, 린다는 과연 누구인지, 왜 성도 없이 린다라는 이름만 입력이 되어 있는지 물어보는 게 두려웠다. 왜냐하면 정말 대런이 나를 속이고 있는 걸 알게 될 경우 돌이킬 수 없는 상황이 벌어질 게 뻔하기 때문이었다. 배신감에 상처받고 싸움이 이어지고 눈물이 터져 나올 것이다. 나는 혹시나 그런 일이 벌어질지 모른다고 생각하니 몸이 떨려왔다. 아이들은 어떻게 될 것이며 나는 또 어떻게 될 것인가. 그리고 우리 가족 모두의 삶은 어떻게 될 것인가. 그러니 그냥 아무 일 없었던 척하는 게 더 쉬운 일이 아닐까.

이후 몇 개월간 나는 신경을 곤두세웠고, 퇴근해서 집 앞까지 온 대런이 복도에서 전화를 받고 있는 걸 세 번인가 네 번 정도 확인했다. 그렇지만 집 안으로 들어오기 전에 인사를 하고 전화를 끊는 것 같았다. 그 상대방이 혹시 린다가 아니었을까?

3월이 되자 대런은 몇 번인가 토요일에 출근을 했다. 혹시 린다를 만나기 위해서였을까?

대런은 직장 동료들과 주말에 골프를 치러 갔다. 아니, 정말로 골프를 치러 간 것일까?

그 6개월 동안 나는 거의 잠을 이루지 못했다. 나는 대런 옆에 누워서 그렇게 끔찍한 비밀을 감추고 있는 사람이 어떻게 저렇게 태평하게 잠을 잘 수 있는지 궁금해했다. 나를 이런 식으로 배신하고 있으면서 잠이 오기는 할까. 나는 대런이 다른 여자의 품에 안겨 있는 모습을 머릿속에서 걷어낼 수가 없었다. 때때로 나는 그 여자가 금발머리라고 상상했다가 또 때로는 붉은 머리라고 상상을 하기도 했고 나를 닮았지만 좀 더 어린 모습이 아닐까 생각하기도 했다. 내가 어떤 모습을 머릿속으로 그리든지 끔찍하기는 다 마찬가지였다. 나는 밥을 잘 먹지 못했고 대신 술을 전보다 더 많이 마셨다. 나는 왜 대런이 가족을 저버리게 되었는지, 어떤 일이 그를 그렇게 만들었는지 알고 싶었다.

때때로 나는 대런이 나를 상처준 것만큼 아프게 그를 상처주고 싶었다. 육체적으로든 정신적으로든 죽는 날까지 평생 사랑하겠다고 약속한 사람에게 무슨 짓을 저질렀는지 어떤 식으로든 그에게 보여주고 싶었다. 때로 나는 그저 대런이 미안하다고, 그런 여자는 잊어버리겠다고, 그리고 여전히 나를 사랑하고 있으며 영원히 그렇게 할 거라고 말해주기를 바라기도 했다. 나로서는 대런이 그렇게만 한다면 뭐든지 다 용서해줄 수 있다고 생각했다. 내 마음은 마치 탁구공이나 요요처럼 이러저리 왔다 갔다 갈피를 잡지 못했다. 그런 시간들을 겪으며 나는 결국 모두가 내 잘못이라는 생각을 하게 되었다. 나는 다정하지도 않고 똑똑하지도 않으며 또 착하지도 않은 아내였던 것일까. 대런이 그렇게 된 건 다 내 잘못이었다. 나는 그런 생각을 할 때마다 무력감에 휩싸였다.

실제로 내가 아무에게도 이런 사실을 이야기하지 않은 건 바로 그런 이유 때문이었을 것이다. 일단 내가 이 사실을 입 밖으로 내어 이야기하면 그때는 모든 것이 실제로 벌어진 일이 되며 우리의 결혼 생활은 끝장이 나게 될 터였다. 우리 가정도, 나도 끝장이 나는 것이었다.

대런과 나는 예전처럼 그렇게 자주 부부관계를 갖지 않았고 대략 한 달에 한두 번 정도 관계를 갖는 것이 고작이었다. 특히 리엄이 태어난 후로는 그것이 일상이 되었다. 나는 심지어 피임 문제도 그다지 신경 쓰지 않고 있었다. 그렇지만 대런의 휴대전화에서 린다라는 이름을 보고 나니 앞뒤가 맞지 않는 모순된 감정이 생겨났다. 대런에게 화가 나서 그에게 손끝 하나 대고 싶지 않으면서도 동시에 그가 다른 여자를 찾아갈 핑계를 주고 싶지 않았던 것이다. 이렇게 복잡한 의심의 감정이 소용돌이치는 몇 개월이 흐르던 어느 날, 나는 눈을 커다랗게 뜬 채 천장을 바라보며 대런이 다른 여자의 옷 지퍼를 올려주고 그녀의 옷매무새를 만져주고 구두 신는 걸 도와주는 모습을 상상했다. 그렇게 나 자신을 괴롭히다가 침대 옆자리로 손을 뻗어 그의 속옷 속으로 손을 집어넣었다. 대런은 이미 깊이 잠이 들어 있었다.

"지금은 피곤해." 대런은 이렇게 중얼거리며 몸을 돌려 나로부터 멀어져 갔다.

나는 가슴팍을 발로 차인 것 같은 기분이 들었다. 거부당한 상처가 온몸으로 느껴졌다. 도대체 어떻게 내가 아닌 다른 여자와 잠자리를 같이할 수 있단 말인가?

나는 그가 했던 모든 말과 행동을 머릿속으로 되새겨보았다. 그러면서 내가 받은 상처와 불신은 점점 커져만 갔다. 그렇지만 아무것도 겉으로 표시를 내지는 않았다. 대런이 불륜을 저지르고 있다고 믿게 되면서 생긴 한 가지 좋은 일이 있다면 밤에 선잠이 들면서 게이브에 대한 꿈을 꿀 수 있다는 점이었다. 나는 이제 더 이상 아무런 죄책감도 들지 않았다.

나는 그해 봄부터 게이브의 페이스북을 더 많이 읽기 시작했고 그의 사진이 전보다 더 좋아졌다. 심지어 그가 올린 게시물에 답글을 달기도 했다. 게이브도 그걸 알아차렸을까? 내가 왜 그러는지 혹시 알고 싶어 하지 않았을까?

68

다시 찾은 쌍둥이 별

결국 가장 중요한 건 시기時期의 문제다. 내가 살면서 배운 교
훈은 바로 그거였다. 일을 할 때도, 친구를 만날 때도, 로맨틱한
관계를 이어갈 때도, 특히 게이브와 나의 사이에서도 가장 중요
한 건 그 시기였다.

6월 중순이 되자 게이브는 그 주의 주말을 모두 뉴욕에서 지
낼 수 있게 되었다. 팔레스타인 무장 단체인 하마스Hamas가 이
스라엘 십 대 청소년 세 사람을 납치하자 AP 통신사에서는 게
이브를 예루살렘에 파견하기로 했는데, 게이브가 새로운 나라
로 들어가 다시 어려운 일을 맡기 전에 잠시나마 미국에서 쉬었
다 가고 싶다고 말하자 허락이 떨어진 것이다. 그 무렵 게이브
는 이미 잘 알려진 보도 전문 사진기자였고 아마 그렇기 때문에
AP 통신사에서 그의 부탁을 들어준 것이라고 나는 생각했다. 게

이브는 바로 전에 우크라이나와 모스크바를 다녀왔는데 나로서는 몇 개월마다, 혹은 몇 주마다 어떻게 새로운 나라들로 옮겨 다닐 수 있는지 도무지 알 수가 없었다. 어쩌면 그렇게 정신없이 돌아다니는 것이 그에게 도움이 되었을까? 돌아가신 어머니 생각이 덜 나도록? 그렇지만 그렇게 하더라도 계속 머릿속을 떠나지 않는 일도 있지 않았을까.

게이브는 내게 이메일을 보내 13일에 뉴욕에 도착하는데 혹시 만날 수 있겠냐고 물어왔고, 나는 대런과는 아무런 의논도 없이 그러겠다고 답장을 보냈다. 나는 대런과는 이제 그런 의논을 할 필요조차 없다고 마음속으로 결정을 내렸다. 그가 나에게 뭔가를 감추고 있다고 생각하니 이제 내게 비밀이 있다고 해도 거리낄 것이 없었다.

대런이 아이들을 데리고 뉴저지에 있는 자기 부모님 집에 다녀오겠다고 말했을 때 나는 그렇다면 토요일에 나를 빼고 다녀오라고 대답했다. 그러면 나도 하루 정도 좀 쉬면서 네일 케어도 받고 친구들과 점심도 함께할 수 있어서 좋겠다고 하면서. 아이들은 나 없어도 그의 어머니가 잘 돌봐줄 수 있을 것이다.

"그거 괜찮네." 대런이 말했다. "그러면 나는 다음 일요일에는 골프 치러 가도 될까?"

"그렇게 해." 내가 그에게 말했다. 나는 그 골프라는 게 린다를 뜻하는 것인지 궁금했다. 사실 나는 그에게 거짓말을 하고 있는 것에, 아니 최소한 그날 내 계획에서 게이브에 대한 이야기를 빠트린 것에 대해 죄책감을 느꼈지만, 대런이 골프 이야기를 꺼내자 죄책감 같은 건 싹 사라져버렸다. 게이브 이야기를 빼버린 것이 정당화되는 기분이었다.

나는 그날 아침 게이브에게 문자를 보냈다. '우리 맨해튼에서 만나는 게 어떨까? 대런은 아이들을 데리고 하루 동안 뉴저지에 가 있을 거야.' 결국 맨해튼은 우리 두 사람만의 공간이었으니까.

'아주 좋아.' 게이브가 이렇게 답을 보냈다. '페이시스 앤 네임스는 어떨까? 그 가게 아직도 하고 있을까? 내가 인터넷으로 찾아볼게.'

나는 웃으며 그다음 문자를 기다렸다.

'그대로 있네. 거기서 12시에 점심 같이 먹을까?'

'나도 좋아.' 나는 이렇게 썼다. 나는 답장을 보낸 후 대런에게 한 거짓말이 어느 정도 사실이 되도록 만들기 위해 가서 네일 케어를 받았다. 나는 전에는 한 번도 이런 식으로 대런에게 거짓말을 해본 적이 없었고 이런 일을 하는 게 마음에 들지도 않았다. 하지만 적어도 전부 다 거짓말은 아니라고 생각하니 마음이 조금 편해졌다.

뭘 차려입고 게이브를 만나러 갈까 정하는 데는 30분 정도 걸렸다. 날은 화창했고 기온은 섭씨 20도 정도로 외출하기에 아주 적당했다. 그래서 나는 원피스든 치마든 바지든 아니면 7부 바지든 뭐든 마음에 드는 대로 입고 나갈 수 있었다. 나는 결국 간편하게 차려입는 쪽을 택했다. 청바지에 검은색 티셔츠를 입고 플랫슈즈에 약간의 액세서리를 걸쳤다. 나는 우리가 함께 지내던 시절 자주 하던 식으로 화장을 했다. 위쪽 속눈썹을 검은색으로 길게 칠했는데 게이브는 그걸 알아차렸을까?

나는 페이시스 앤 네임스로 들어갔고 게이브는 이미 먼저 와서 벽난로 옆 소파 위에 앉아 있었다.

"우리가 왔다고 해서 불을 지피지는 않을 거야." 게이브가 말했다. "아까 들어보니까 6월에는 불을 피우지 않는대."

나는 그의 옆자리에 앉았다. "일리가 있는 말이네."

나는 게이브를 바라보았다. 머리카락은 다시 자랐고 보조개도 그대로였다. 그렇지만 눈은 마치 너무 많은 것들을 보아온 것처럼 지치고 피곤해 보였다.

"괜찮은 거야?" 내가 물었다.

"아마 이런 일을 하기에는 너무 나이를 먹어가고 있나 봐." 게이브가 대답했다. "방금 그 문제에 대해서 생각하고 있었어. 나는 이번 일을 그렇게 기꺼이 기다리고 있는 게 아니거든. 이런 적은 처음이야." 게이브는 나를 가까이서 바라보았다. "너는 어때?" 그가 물었다.

나는 지난 몇 개월 동안 누구에게도 속내를 한마디도 털어놓지 않았지만 게이브와 있으니 마음이 편안해졌다. 그래서 말하고 싶어졌다. 게다가 그는 나의 삶과 가까이 있는 사람이 아니었다. 그가 내 이야기를 들었다고 해서 그걸 다시 털어놓을 사람은 아무도 없었던 것이다. 대런과 나의 사정이 여기저기 퍼져나갈 위험 같은 건 없었다.

"대런이 나를 속이고 다른 여자를 만나는 것 같아." 내가 이렇게 속삭였다. 나는 흐르는 눈물을 참으려 했지만 그럴 수 없었다. 게이브가 나를 품 안에 안았다. 그는 아무런 말도 하지 않고 그저 그렇게 나를 안아주기만 했다. 그런 다음 그는 내 이마에 키스해주었다.

"그게 사실이라면, 정말 바보멍청이로군." 그가 말했다. "그리고 너한테는 어울리지 않는 사람인 거야. 너는 내가 아는 여자들 중에서 제일 똑똑하고 매력 넘치고 또 놀라운 사람이니까."

게이브는 계속해서 한쪽 팔로 나를 감싸 안고 있었다. 나는 애플 마티니 칵테일을 주문했고 그는 위스키를 한 잔 주문했다. 그렇게 하고 나니 예전 생각이 났다. 술을 마시는 동안 나는 계속 그에게 몸을 기대고 있었다. 다시 술을 주문했다. 바로 옆에 있는 게이브의 몸이 아주 편하게 느껴졌다. 나는 내가 독감을 앓을 때 꾸었던 꿈이 기억이 났다. 다 같이 크리스마스 무늬가 그려진 잠옷을 입고 와플을 굽던 꿈이었다. 나는 게이브와, 그의 열정과, 그의 활력과, 그리고 그의 이해심과 함께 매일 한집에서 지내는 생활은 과연 어떨까 궁금했다.

머리가 어지러워지기 시작했다.

"뭘 좀 먹어야겠어." 내가 게이브에게 말했다. "이렇게 술을 빨리, 그리고 많이 마시는 건 익숙한 일이 아니거든."

우리는 치즈스틱과 쿠바식 샌드위치를 시켰다. 몇 년 동안 먹어보지 않은 음식들이었지만 술기운이 빨리 가시기를 바라며 나는 게걸스럽게 나온 음식들을 먹어치웠다. 그래도 일어나 화장실에 갈 때는 잠시 게이브의 도움으로 몸의 균형을 잡아야 했다.

"괜찮아?" 게이브가 그날 오후 두 번째로 괜찮으냐고 물으며 손으로 내 등을 받쳐주었다.

"지난 몇 개월 동안 내가 지내온 거에 비하면 괜찮은 거야." 내가 대답했다.

나는 화장실에서 게이브가 나를 안아줄 때의 기분과 지금 느끼는 대런과의 거리감, 그리고 지난 몇 개월 동안 꼭꼭 감춰왔던 상처의 크기에 대해 생각해보았다. 나는 오늘 게이브의 품 안에서 느꼈던 그런 친밀함을 갈망했었다. 나는 두 눈을 감고 내 입술에 닿는 그의 입술을 상상했다. 그 따뜻함과 누르는 힘과 그 맛을. 나는 예전에 그랬던 것처럼 내 전부를 완전히 그에게 던지는 모습을 상상했다. 나 자신을 완전히 포기하고 온전히 그에게 모든 것을 맡기는 모습을. 나는 그걸 원하고 또 갈망했다. 그동안 나는 모든 것을 다 억누르고 또 나 자신을 억누르기 위해 지나칠 정도로 심하게 노력을 해왔다. 그리고 나는 이제 지쳐버렸다. 나는 누군가 나를 대신 이끌어줄 사람이 필요했다. 화장실을 나와 다시 자리로 돌아가 보니 게이브가 이미 계산을 끝마친 후였다.

"센트럴 파크에 가서 좀 걸을까?" 그가 물었다. "근처 가게에서 마실 물도 좀 살 수 있겠지."

"좋은 생각이야." 나는 이렇게 말하며 내 손을 내밀었다. 그는 내 손을 잡고 자리에서 일어섰다. 서로의 피부와 피부가 맞닿는 순간 뭔가 따뜻한 기운이 느껴졌다. 게이브가 나를 바라보았고 우리의 시선이 고정되었다. 나는 무의식중에 그를 따라 숨을 천천히 몰아쉬었다. 게이브가 한 걸음 더 내게로 가까이 다가왔다.

"게이브." 내가 입을 열었다.

게이브는 내 손을 놓았다. "미안해." 그가 이렇게 말하며 눈길을 아래로 떨구었다. "내가 잠시 정신을 잃었어."

"게이브." 내가 다시 그의 이름을 불렀다. 나는 그 한마디에 문장 하나만큼의 의미를 담아보려고 애를 썼다.

그가 다시 나를 바라보았다. 그리고 이번에는 우리 둘 중 어느 누구도 지금의 이 순간을 깨트릴 수 없었다. 나는 손을 뻗어 내 손가락 끝으로 게이브의 입술을 만졌다.

"이래서는 안 돼." 그가 자신의 두 손으로 내 손을 잡고 이렇게 말했다.

그다음에 누가 먼저 상대방을 끌어안았는지는 기억이 나지 않는다. 나였을 수도 있고 게이브였을 수도 있다. 아니, 어쩌면 정확히 동시에 서로를 끌어안았던 것은 아닐까. 그렇지만 내 입술이 그의 입술에 가서 닿을 때, 갑자기 이 세상의 모든 잘못된 것들이 정상으로 돌아가는 것처럼 느껴졌다.

게이브는 나를 더 가까이 끌어당겼고 우리 두 사람의 몸은 하나가 되어 허벅지와 허벅지, 배와 배, 그리고 가슴과 가슴이 단단하게 서로 밀착되었다.

"머물고 있는 호텔이 어디야?" 내가 속삭였다.

"나는 6번가에 있는 워릭 호텔에 묵고 있어. 그렇지만…… 루시."

"괜찮아." 내가 말했다. 나는 그때 그 순간만큼 무엇인가를 그토록 절실하게 원해본 적이 없었다.

나는 다시 게이브에게 키스했고 그는 신음 소리를 내며 예전에 그랬던 것처럼 자신의 손을 내 청바지 뒷주머니에 집어넣었다.

우리가 워릭 호텔에 도착했을 때 내 기억으로 그는 네 번쯤 이게 정말로 내가 원하는 일인지 물어봤던 것 같다. 나는 그때마다 그렇다고 대답했다. 나는 술에 취해 있었지만 인사불성은 아니었다. 나는 내가 뭘 원하는지, 그리고 뭘 필요로 하는지 잘 알고 있었다.

"너도 이걸 원해?" 마침내 나도 그렇게 물었다.

"그야 물론이지!" 그가 대답했다. "그렇지만 나는 네가 나중에 후회할 일은 하고 싶지 않아."

나는 게이브에게 더 거칠게 키스하며 그 맛에 집중했다. 게이브와 위스키가 뒤섞인 맛은 내가 잘 알고 있는 그 맛이었다.

"루시, 루시, 루시." 그는 마치 다시 나의 이름을 부를 수 있는 기회가 생긴 걸 믿을 수 없다는 듯 계속해서 속삭였다.

게이브가 내 티셔츠 옷깃을 움켜쥐었다. 나도 그의 옷을 잡는 순간 갑자기 한 가지 생각이 떠올랐다.

"내 몸은 예전 같지 않아." 내가 속삭였다.

게이브는 내 티셔츠를 머리 위로 벗겼다.

"네 몸은 정말 아름다워." 게이브가 이렇게 속삭였다.

우리는 서로의 옷을 벗기며 엉키기 시작했고 그는 나를 들어올려 침대 위에 내려놓았다. 11년 전 그가 나에게 했던 그대로였다. 나는 몸을 일으켜 게이브를 내 쪽으로 끌어당겼고 손으로 그의 등 근육을 어루만지며 그의 근육이 팽팽하게 긴장되는 것을 느꼈다. E. E. 커밍스의 시 구절 하나가 머릿속에서 계속 맴돌았다. '너와 함께 있을 때의 내 몸이 나는 좋아.' 내가 바로 그랬다. *게이브, 너와 함께 있을 때의 내 몸이 나는 좋아. 내 자신을 더 좋아할 수 있어.*

"세상에 너 같은 사람은 없어." 게이브는 내 몸 안으로 미끄러져 들어오며 이렇게 속삭였다. "이런 일도 너만 할 수 있지."

나는 등을 활처럼 구부리고 신음을 내지르며 대답했다. "너밖에 없어." 나는 숨을 몰아쉬었다. "너만 할 수 있어."

일이 끝난 후 우리는 벌거벗은 채 담요 위에 누웠다. 게이브의 몸이 예전에 그랬던 것처럼 내 몸을 감싸 안고 있었다. 그의 손이 내 배를 어루만졌다. 나는 우리가 처음 페이시스 앤 네임스에 갔던 때와 그 후에 그의 아파트로 갔던 일, 그리고 어둠 속에서 이어진 그의 고백 등을 생각했다.

"네가……" 그가 말했다. "나랑 같이 예루살렘에 가면 어떨까?"

"함께 저 무지개다리를 건너 달나라에 가서 춤을 추는 것도 괜찮지." 내가 대꾸했다.

"나 지금 농담하는 거 아니야." 그가 이렇게 말하며 내 목에 키스했다.

"이거 꼭 예전에 했었던 말 같은데." 내가 말했다. "다만 지금은 내가 하고 있는 일을 중단하지 않고 계속 할 수 있을 것 같은데. 뭐, 현지 지사 같은 곳에서 작업을 할 수 있지 않을까. 어쨌든 회사에서는 나를 놓치고 싶지는 않을 거야."

게이브가 이로 내 귓불을 깨물었다. "똑똑한 이쁜이 같으니." 그가 말했다.

나는 몸을 돌려 그의 얼굴을 바라보았다. "그렇게 할 수는 없어." 내가 그에게 말했다. "내가 그럴 수 없다는 거 너도 잘 알고 있잖아. 내 아이들이 여기 있고 나는 애들을 떠날 수 없어. 그리고 대런이 나와 함께 애들을 이스라엘에 보내주는 일도 절대 없을 거야. 더군다나 내가 너에게 가는 걸 알게 된다면 말이지." 나는 손으로 게이브의 머리카락을 어루만졌다. "나 혼자라면 생각해볼 것도 없이 바로 달려갈 텐데."

나는 지금도 내가 그런 말을 했었다는 사실이 믿겨지지가 않는다. 한 침대 위에서 잠시 오후 시간을 함께 보낸 후에 내가 진심으로 그의 제안에 대해 고민을 했었다니. 그렇지만 사실 그건 잠깐의 오후는 아니었다. 그렇지 않은가? 이건 13년을 기다린 끝에 만들어진 시간이었다. 그리고 나는 대런과의 관계가 이제 다 끝났다고 생각했다. 어쨌든 그는 그게 무엇이든 간에 자신이 만든 새로운 기준과 항목에 모두 부합하는 그런 누군가를 찾은 것 같았으니까.

게이브는 더 이상 아무런 말도 하지 않았다. 그저 고개를 숙여 혀로 내 젖꼭지를 핥았고 나는 내 다리 사이를 강하게 짓누르는 그를 느낄 수 있었다.

"한 번 더?" 내가 물었다.

그가 내 가슴에서 입을 떼고 이렇게 말했다. "너는 마치 나를 스물세 살짜리로 만드는 것 같아."

"그러면 한 번 더해." 내가 말했다.

게이브는 입술을 내 가슴 아래로 가져가며 대답을 대신했다.

우리는 마치 서로를 바라보는 쌍둥이 별로 다시 되돌아간 것 같았다. 주위의 다른 별들 없이 인력에 따라 영원히 그저 서로의 주위를 도는 쌍둥이 별. 어쩌면 나는 내 아이들이나 남편에 대해 생각을 했어야 할지도 모른다. 그렇지만 나는 오로지 게이브와 그로 인해 느껴지는 나의 감정에 대해서만 생각하고 있었다. 그토록 오랜 세월이 흘러갔음에도 불구하고 우리의 관계가 스물네 살이던 무렵보다 이렇게 더 깊게 느껴질 수 있다니. 우리는 둘 다 변했지만 어떤 면에서 보자면 그 때문에 오히려 예전보다 더 성숙해지고 상대방을 이해할 수 있게 된 것 같았다. 게이브와 나는 우리 자신에 대해, 계속 서로 연락을 주고받는 일에 대해, 내가 예루살렘에 그를 보러 찾아갈 수 있을지에 대해 이야기를 나눴다. 게이브는 내 휴대전화에 자신의 새로운 주소를 입력해주었다.

"다시 너를 만나고 싶어. 이런 식으로." 그는 이렇게 말하며 손으로 내 벌거벗은 몸을 더듬었다.

나는 그야말로 어깨에서 발목까지 온몸에 소름이 돋았고 젖꼭지가 다시 단단해졌다. 나는 몸을 돌려 팔로 그의 가슴을 감싸 안았다. "나도 그래." 내가 말했다. "그렇지만 어떻게 그렇게 할 수 있을지는 잘 모르겠어."

"대런이 계속 너를 속인다면 그를 떠나야지." 게이브가 자신의 턱을 내 머리 위에 두면서 이렇게 말했다. "너는 나와 함께 있어야 해."

나는 게이브의 목덜미에 키스하고 한숨을 내쉬었다. 이렇게 그의 옆에 누워 있으려니 마치 뭐에 취한 것 같았다. 나는 게이브로 인해 일종의 행복한 도취감에 빠졌다. 그에 대한 중독 증상이 다시 돌아온 것이다. 나는 다시 원래 상태로 돌아가야만 했고 그 중독 증상을 모두 다시 끊어버려야 했다. 하지만 나는 그러고 싶지 않았다. "쉬운 일은 아니야." 내가 말했다. "그렇지만 일 핑계를 대서라도 예루살렘에 가볼 수 있을지 한번 노력해 볼게…… 아니면 런던은 어떨까? 런던으로 가는 게 더 가능성이 있을 것 같네. 런던으로 와서 나를 만날 수 있겠어?"

"루시." 게이브가 팔로 더 단단히 내 등을 끌어안으며 말했다. "나는 이제 너를 만나러 어디든 달려갈 거야. 나는 너를 이렇게 다시 만날 수 있을 거라고는 생각조차 하지 못했어. 두 번째로 잡은 이 기회를 나는 놓치지 않겠어. 너는 나의 빛이야. 예전에도 그랬고 앞으로도 그럴 거야."

"나도 알아." 나는 조용히 대답하며 그가 하는 말을 하나하나 다 마음속에 새겼다. "그렇지만 나에게는 다른 사람들에 대한 책임이 있어. 내가 대런에게 다른 여자 문제에 대해 아무것도 추궁을 하지 않은 것도 어쩌면 그런 이유 때문인지도 몰라.

내가 애들 아빠랑 헤어지면 바이올렛이랑 리엄은 어떻게 될까. 너희 아버지가 떠났을 때 너랑 너희 어머니도 큰 상처를 받았잖아."

게이브는 잠시 아무런 말도 하지 않았다. 그리고 다시 입을 열었다. "그렇지만 네가 대런과 계속 함께한다면 상황이 어떻게 될 것 같아?"

나는 게이브를 더 힘껏 끌어안았다. "아이들은 나보다 더 중요한 존재들이야." 내가 말했다. "그렇지만 어쩌면 대런이 먼저 무슨 말을 할지도 모르지. 그러니 우주가 어떤 계획을 갖고 있는지 한번 두고 보자고."

"'우리에게 유리한 이 물결 위에' 올라탈 수 있는지 한번 보자고?" 그가 물었다.

나는 그가 인용한 구절을 듣고 빙그레 웃었다. "우리는 항상 결국 셰익스피어로 돌아오네. 그렇지?"

"'감미롭고 조용한 생각에 잠겨 / 지나간 일들을 다시 떠올려 보면……'" 게이브가 셰익스피어의 소네트 한 구절을 읊었다. "배낭에 넣어 다닐 수 있는 크기의 셰익스피어 소네트 책이 한 권 있어. 나는 온갖 험난한 곳을 다 돌아다닐 때마다 셰익스피어를 읽었어. 그리고 그 구절은 내가 가장 좋아하는 부분이야. 그걸 읊을 때마다 내가 어디에 있든 항상 네 생각을 떠올리게 되거든."

나는 다시 한 번 그의 노예가 되었다. 게이브가 아무리 많이 변했다 해도 여전히 변하지 않은 부분이 남아 있었다. 그중에서도 그가 이렇게 언제나처럼 한순간도 주저하지 않고 셰익스피어의 한 구절을 인용하는 모습은 나를 다시 젊고 희망에 가득 찬, 그리고 두려울 게 없는 사람으로 만들어주는 것 같았다. 나는 잠시 그에게 떠나지 말고 머물러달라고 부탁할까 생각을 해보았다. 그러면 혹시 10년 전과는 다른 대답이 나오지 않을까. 그렇지만 나는 달라진 것이 없을까 봐 두려웠다. 그리고 나의 그런 질문이 우리의 이 아름다운 오후를 망쳐버릴지도 모른다는 두려움도 있었다.

"네가 알아서 할 때까지 기다릴게." 그가 말했다. "너한테 시간을 줄게."

"아마 그게 최선일 거야." 내가 말했다. 하지만 속으로는 뭔가 다른 방법이 있기를 빌었다.

게이브는 내 손을 꼭 잡았다. "그렇지만 이건 알아둬. 나는 항상 너를 생각할 거야." 그가 말했다.

"나도 그럴 거야." 내가 속삭였다.

우리는 마지막으로 키스를 나눴고 나는 지하철을 타고 집으로 돌아왔다. 여전히 내 마음은 그의 주변을 맴돌고 있었다.

69

달콤한 비밀

이 세상에는 수많은 종류의 비밀들이 존재한다. 마치 사탕처럼 혼자서만 맛보고 싶은 달콤한 비밀들이 있는가 하면, 언제든 나의 세상을 날려버릴 수 있는 폭탄 같은 비밀들도 있고, 또 더 많이 품고 있을수록 삶을 더욱 즐거워지게 하는 짜릿한 비밀들도 있다. 우리의 비밀은 폭탄 같은 것이었지만 나에게는 동시에 사탕처럼 달콤했다.

나는 집으로 돌아와 몸을 씻으며 게이브의 손길과 말, 나를 짓누르던 그의 육체를 생각했다. 나는 우리 둘이 함께 살 때 입던 오래된 컬럼비아대학교 스웨터와 레깅스를 꺼내 입었다. 그리고 이메일을 확인하기 위해 컴퓨터로 향하는 대신 나는 낡은 《채털리 부인의 사랑Lady Chatterley's Lover》을 꺼내 들었다. 대학을 졸업한 이후에는 이 책을 읽은 적이 없었다. 이 책이 어떻게 헌

책방에 팔려나가는 걸 용케 모면하고 이렇게 오래 내 집에 버티고 있었는지 알 수는 없었지만 책이 있다는 사실이 기뻤다. 나는 15장을 펼쳐 들었다. 15장의 제목은 '존 토마스John Thomas와 레이디 제인Lady Jane'이었다. 게이브는 15장의 내용을 기억하고 있을까? 바로 채털리 부인과 산지기 멜러스가 산지기의 오두막에서 밀회를 나누며 서로의 깊은 곳을 꽃으로 장식해주는 대목이었다. 나는 대학 때 이 대목을 읽으며 굉장히 매혹적이라고 생각했고 지금도 역시 그렇다.

나는 계속해서 1시간가량 16장 '코니와 멜러스Connie and Mellors' 그리고 17장 '힐다와 베니스Hilda and Venice'를 읽었다. 나는 우리가 함께했던 그날 오후와 코니가 이탈리아로 떠나기 전 멜러스와 함께 보냈던 그 밤이 얼마나 닮았는지에 대해 생각했다.

그러다 대런이 현관문을 여는 소리가 들려왔다.

"엄마!" 바이올렛이 집 안으로 뛰어 들어왔다.

"엄마, 엄마!" 리엄도 누나의 뒤를 따라 뛰어 들어왔다.

두 아이는 소파 위에 있던 내 품으로 뛰어올랐고 나는 아이들 머리에 키스해주었다.

"아빠가 비밀 하나를 이야기해줬어요." 리엄이 내게 알려주었다.

"쉿!" 바이올렛이 말했다. "리엄, 엄마한테 말을 안 해야 비밀이지. 벌써 잊어버렸어? 이건 오랫동안 지켜온 비밀이고 우리는 아는 척도 하면 안 된다고."

린다라는 이름이 다시 내 머릿속에 떠올랐다. 대런이 린다에
대해 아무것도 말하면 안 되는 건데, 혹시 아이들에게 무슨 말
이라도 한 걸까?

대런은 아이들의 짐 가방을 거실 입구에 내려놓았다. "휴, 고
작해야 30초도 못 버티는군."

"아빠, 우리는 아무 말도 안 했어요." 바이올렛이 말했다. "새
끼손가락 걸고 약속했잖아요. 그렇지, 리엄?"

리엄이 작은 새끼손가락을 내밀었다.

대런은 뭔가를 투덜거리더니 위층으로 사라졌다.

"잠깐만 기다려 봐!" 내가 대런을 불러 세웠다. "나도 그 비밀
인지 뭔지를 좀 알면 안 돼?"

"당연히 당신도 알아야지." 그가 말했다. "안 그래도 당신한테
막 말해주려던 참이었어."

"잘 놀다 왔니?" 나는 마음을 진정시키고 아이들에게 이렇게
물었다.

"할머니랑 할아버지가 공원에 데려가 주셨어요." 바이올렛이
말했다. "엄마도 잘 알지요? 우리 공원보다 작지만 진짜로 높은
벽이 있는 미로도 있었어요."

"그래." 내가 대답했다. "그리고 시소도 있었지?"

바이올렛이 고개를 끄덕였다.

"우리도 시소 탔어." 리엄이 말했다.

"그렇지만 리엄이 너무 작아서 아빠가 리엄을 잡아줘서 겨우 둘이서 시소를 탈 수 있었어요." 바이올렛은 이렇게 말하며 소파에서 뛰어내렸다. "이제 인형들이 그동안 잘 있었는지 볼래요."

"나도 레고 블록들이 잘 있었는지 봐야지." 리엄도 이렇게 말하며 누나를 따라 소파 밑으로 내려왔다.

나는 아이들을 따라 위층으로 올라가 대런을 찾았다. 그는 서재에서 노트북을 켜고 있었다. 대런은 만일 셋째를 갖게 되면 서재로 쓰고 있는 이 방을 그 애에게 주겠다고 늘 내게 말하곤 했다.

"저 말썽꾸러기들 같으니." 대런은 컴퓨터 화면에 창 몇 개를 띄우며 이렇게 말했다. "모든 일이 다 정리되기 전까지는 당신에게 아무것도 말해주지 않을 계획이었는데. 그렇지만 내가 아버지랑 이야기하고 있는 걸 아이들이 들어버렸지 뭐야. 우리 결혼기념일에 맞춰서 일을 마무리 지으려고 하던 중이었어. 결혼한 지 벌써 10년 가까이 되었다는 게 당신은 믿어져?"

"8년이야." 내가 대꾸했다. "11월이면 결혼한 지 8년이 돼."

대런이 빙그레 웃었다. "우리가 처음 만난 날부터 계산하면 10년이지." 그는 컴퓨터를 돌려 화면이 내 쪽을 향하도록 했다. "별장을 한 채 샀어."

순간 그가 무슨 말을 하고 있는지 생각하느라 머리가 복잡해지기 시작했다.

"뭘 샀다고?"

"그게 바로 비밀이라니까!" 그가 말했다. "바이올렛이 태어나고 그해 여름부터 그 별장을 살펴보고 있었어. 나는 우리가 처음 만났던 그 별장을 사고 싶었거든. 그러다 결국 올해 1월에 별장 주인을 설득할 수 있었지."

나는 도대체 무슨 일이 벌어지고 있는지 여전히 영문을 알 수 없었다. 대런이 자리에서 일어나 내 손을 잡았다.

"요 몇 년 동안 우리가 썩 잘 지내지 못한 건 나도 잘 알고 있어." 그가 말했다. "그렇지만 작년 여름에는 이스트 햄프턴에 가서 아주 좋았잖아. 그래서 내 생각에 우리가 이 별장을 산다면……"

내 두 눈에서 눈물이 넘쳐흐르기 시작했다. "아, 대런." 나는 이렇게 말하며 그의 손을 꼭 움켜쥐었다. 그는 여전히 정말로 나를 사랑하고 있었고 여전히 우리 두 사람이 잘 지내기를 바라고 있었다. 나는 지금 이 순간까지도 그 사실을 확신하지 못하고 있었는데. 그렇지만 그럴수록 그의 불륜이 더 이상하게 느껴졌다. 가족을 위해 이런 계획을 세우는 남자가 도대체 왜 불륜을 저지른 걸까?

대런도 내 손을 꼭 잡았다. "이 일 때문에 작년 가을부터 어느 부동산업자랑 아무도 모르게 연락을 하고 있었거든. 린다라는 이름의 아주 멋진 노부인이지. 지난 3월 주말에 내가 친구들이랑 골프 치러 간다고 했던 건 사실 이 별장에 가서 좀 더 자세히 살펴보려고 그랬던 거야."

부동산업자라고? 나는 머리가 어지러웠다.

지난 6개월여 동안 나는 대런이 나를 속이고 불륜을 저지르고 있다고 철석같이 믿었었다. 나는 대런이라는 남자에 대해 새롭게 생각을 하고 그가 무엇을 원하는지, 또 그가 나를 어떤 식으로 배신했는지 상상했다. 나는 무슨 일이 벌어지고 있는지 내가 다 꿰뚫어보고 있다고 생각했고 나는 그를 어느 정도 이해하지만 그는 나를 전혀 이해하지 못한다고 단정 지었다. 그런데 사정을 알고 보니 그런 게 아니었다. 절대로 그런 게 아니었던 것이다.

"그리고 지금은 수리 중이야." 그가 말했다. "직접 가서 보니까 그동안 집이 많이 망가졌더군. 당신, 깜짝 놀랐어? 혹시 그동안 뭐 눈치채고 그랬었나?"

나는 내가 처음 사랑에 빠졌을 때의 대런에 대해 생각을 했다. 그는 뺨의 근육이 아파올 정도로 나를 웃게 만들었고 먹구름을 환한 햇살로 바꾸어주던 사람이었다. 비록 지금 이렇게 눈물이 흘러내리기 전까지 우리가 언제 마지막으로 함께 웃은 적이 있었는지 기억할 수 없을 정도였지만 대런은 여전히 그 자리에 있었다. 내가 그런 그를 알아차리지 못한 것이었다. 나는 잘 되어 가는 것 대신 잘못 되어 가는 것에만 신경을 쓰는 선택을 했고 내가 그러는 사이 대런은 우리가 처음으로 만났던 집을 사 들이기 위해 애를 써왔다. 그는 우리 가족의 일을 더 좋은 방향 으로 이끌어나가기 위해 노력하는 사람이었다. 그렇지만 그는 하필 내가 그러지 말았으면 하는 방식만을 고집하며 자기 식대 로 일을 처리했다. 다시 한 번 이렇게 큰 결정을 내리는 데 있어 나를 배제한 것이었다.

모든 것이 다 견뎌낼 수 없을 정도로 큰 충격이었다. 나는 결 국 울음을 터트리고 말았다.

"당신 마음에 들어?" 그가 물었다. "그건 분명 행복해서 흘리 는 눈물이 맞겠지?"

"정말 예쁜 집이야." 내가 눈가를 닦으며 대답했다. 죄책감이 내 온몸을 다 삼켜버릴 것만 같았다. 부끄럽고 수치스러웠다.

대런이 두 팔로 나를 감싸 안았다. "당신에게는 오직 최고만 이 어울리니까." 그는 내 귓가에 이렇게 속삭이더니 서재 문을 발로 차서 닫고는 오랫동안 그에게서 느껴보지 못했던 열정으 로 내게 뜨겁게 키스했다.

나도 그에게 키스했다. 그리고 그날 다섯 시간 만에 두 번째 로 또 다른 남자가 내 옷을 벗기기 시작했다. 그날 두 번째로 다 른 남자가 내 가슴에 입술을 갖다 댔고 나는 그날 두 번째로 내

다리 사이를 강하게 압박해 들어오는 다른 남자를 느꼈다. 그렇지만 이번에는 내 육체가 반응하는 것과 상관없이 나는 아무런 생각도 들지 않았다.

"당신과 나 사이에 비밀 같은 게 있는 건 정말 싫었지만……" 사랑을 나누고 나서 대런이 내 스웨터를 다시 입혀주며 이렇게 말했다. "그렇지만 당신 반응을 보니 정말 그럴 만한 가치가 있는 일이었군. 아마 다음 주말쯤이면 함께 가서 그 별장을 살펴볼 수 있을 거야."

"그래, 참 좋은 생각이야." 나는 이렇게 말하며 이제 눈물이 말랐는지 확인하고 얼굴에 웃음을 지어보였다. "정말 마음에 들어."

대런이 다시 내게 키스한 다음 방문을 열고 아이들에게 소리쳤다. "엄마도 우리 새 집에 대해 다 알게 됐다! 우리 모두 다 피자를 먹으며 축하하자!"

나는 피자를 한 입도 삼키지 못했다.

70

최선의 방법

월요일 아침 회사에 출근한 나는 마음속에 품고 있던 모든 것들을 다 털어버리려고 했다. 워릭 호텔과 대런, 바닷가 별장 등 모든 것들을 다 잊고 내가 기획하고 있는 새로운 프로그램에 집중했다. 아직 프로그램 이름이 정해진 건 아니지만 유명한 음악가들을 초청해 아이들에게 여러 가지 다른 형태의 정부에 대해 설명해줄 수 있는 노래를 만들어보겠다는 게 나의 계획이었다. 일단 시범 방송에서는 군주 정치에 대해 다룰 예정이었는데, 영국의 대형 팝스타인 엘튼 존과 작곡 문제로 협의 중이었다. 이 기획은 사실 지난 대통령 선거 때 바이올렛이 했던 말을 듣고 생각해낸 것이었다. 그때 바이올렛은 선거로 공주님이 될 사람을 뽑는 거냐고 내게 물었었다.

그렇지만 나는 엘튼 존의 대리인과 해야 할 중요한 통화나 제

70 최선의 방법 *459*

대로 된 서류로 작성해야 하는 기획안 등에 대해 제대로 집중할
수가 없었다. 나는 게이브와 나, 그리고 대런과 나 사이에 있었
던 일에 대해 이야기를 나눌 사람이 필요했다. 하지만 그러기에
는 내 자신이 너무 부끄러웠다. 나는 오빠인 제이슨이 나를 여
전히 사랑한다는 사실을 잘 알고 있었고 케이트가 여전히 내 제
일 친한 친구라는 사실도 알고 있었다. 그렇지만 나는 제이슨이
나 케이트가 나를 다른 눈으로 보게 되는 것을 원치 않았다. 내
가 무슨 일을 저지를 수 있는지 보여줬을 때 두 사람이 아주 조
금이라도 나에 대한 생각을 바꾸는 걸 견딜 수 없었기 때문이
다. 그리고 나는 두 사람이 그렇게 할 것이라고 생각했다. 내가
두 사람 입장이 된다 해도 아마 상대방에 대한 그동안의 생각이
바뀌게 되리라.

그렇지만 혹시 줄리아라면 이해해주지 않을까 싶었다. 함께
게이브의 사진 전시회에 다녀온 이후 줄리아는 줄곧 그에 대해
물어왔었고 결혼도 하지 않았으니까. 어쩌면 이런 모든 일들에
대해 내가 생각하는 케이트나 제이슨의 반응과는 다른, 별로 신
경 쓰지 않는 모습을 보여줄지도 몰랐다. 나는 그녀의 회사로
전화를 걸었다.

"루시!" 전화를 받은 줄리아가 외쳤다. "안 그래도 마침 전화
하려고 했었는데. 전해줄 소식이 하나 있어."

나는 전화기를 들고 몸을 돌려 창밖을 바라보았다. "좋은 소

식이야?"

"엄청나게 대단한 소식." 그녀가 말했다. "오늘 아침에 퇴사하겠다고 통보했어."

"새로 취직한 거야?" 내가 물었다. 줄리아는 지난 몇 개월 동안 새로운 직장을 찾고 있었지만 출판사의 미술 담당 책임자는 자리 자체가 드물었고 빈자리도 거의 나오지 않았다. 특히 줄리아가 어린이 책 관련 일을 계속 하고 싶어 했기 때문에 더욱 그랬다.

"취직했어." 그녀가 싱글거리며 웃는 소리가 여기까지 들리는 것 같았다. "루시 너는 지금 랜덤 하우스Random House 출판사 리틀 골든 북스Little Golden Books의 신임 미술 담당자랑 통화하고 있는 거야. 3주 안에 옮겨가게 되지!"

"와, 축하해!" 내가 말했다. "정말 대단하다. 바이올렛이 리틀 골든 북스에서 펴내는 책들을 얼마나 좋아하는데. 우리 집에도 스무 권 넘게 있어."

"그래, 바이올렛이 또 읽고 싶어 하는 책이 있으면 얼마든지 나한테 이야기해. 일단 일을 시작하게 되면 견본 책들을 받을 수 있을 테니까 말이야." 줄리아는 언제든 좋은 물건이 있으면 우리 아이들에게 아낌없이 선물하곤 했다. 아이들이 갖고 있는 책의 절반 정도는 아마 그녀가 선물한 것이리라.

"고마워." 내가 말했다. "바이올렛이 들으면 분명히 아주 좋아할 거야."

"그런데 나한테 뭐 할 말 있어서 전화한 거 아니야?" 줄리아
가 물었다. "나 혼자서만 떠들고 있었네."

"아, 뭐 괜찮아." 내가 말했다. "나는 그냥 안부나 전할까 하고
전화한 거니까."

나는 할 수 없었다. 줄리아에게조차 내가 무슨 일을 저질러
버렸는지, 내가 어떤 오해를 했는지, 게이브에게는 뭐라고 말을
했는지, 내가 얼마나 잘못했는지 고백할 수 없었다. 그리고 나
는 그런 모든 일들에도 불구하고 내 마음속 깊은 곳에서는 여전
히 대런을 떠나 게이브와 함께하고 싶어 한다는 사실 역시 고백
할 수 없었다.

게이브는 그 존재만으로 나를 살아 있도록 느끼게 만들어주
었다. 그런 감정을 어떻게 말로 표현할 수 있을까. 게이브와 함
께 있으면 온 세상이 더 크고, 온갖 가능성으로 가득 채워져 있
는 것처럼 보였다. 그리고 나는 더 똑똑하고 매력적이며 더 아
름다운 여자가 되었다. 게이브는 다른 사람들과는 전혀 다른 눈
으로 나를 바라보았다. 그는 내 마음 깊은 곳에 숨어 있는 모습
까지 다 이해했고 나를 바꾸려 들지 않았다. 게이브는 '나라는
사람 자체를' 원했고 대런은 나라는 사람 속에서 '자기가 원하
는 모습만을' 원했다. 아마도 이렇게 설명하는 것이 최선의 방
법이리라. 그리고 바로 그 때문에 나는 내가 가지고 있던 마지

막 자제력까지 잃어버리고 내 욕망에 굴복해 게이브에게 연락을 하고 그와 함께 있게 되었다. 그렇지만 만일 내 아이들이 상처를 입게 된다면 나는 내 자신을 용서하지 못할 것이다. 게이브에 대한 모든 감정을 다 포기하게 되더라도 말이다.

71

그 사람이 있는 곳

게이브와 만난 후 몇 주 동안 나는 그를 내 마음속에서 몰아내기 위해 애를 썼다. 하지만 이스라엘과 가자 지구 사이에서 벌어지는 일들은 신문 지면과 인터넷 소식란을 가득 채우고 있었다.

'게이브가 여기 있어!' 마치 온 우주가 계속 이렇게 이야기하고 있는 것 같았다. '게이브 생각을 해!'

나는 관련된 모든 사진에서 게이브의 이름이 있나 찾아보았다. 나는 특히 눈길을 끄는 어느 사진에서 게이브의 이름을 발견했다. 머릿수건을 둘러 쓴 다섯 명의 여인들이 모두 울부짖고 있는 사진이었다. 그중 한 사람이 손을 앞으로 내밀고 있는 모습은 마치 사진 밖에서 벌어지고 있는 어떤 일을 막으려고 하는 것처럼 보이기도 했다. 설명을 읽어보니 그건 살해당한 어느 팔레스타인 남자아이의 장례식이었다. 그 사진을 보고서야 나는 게이브가 예루살렘을 떠나 가자 지구에 있다는 사실을 알 수 있었다.

다시 몇 주가 흐르자 언론에서는 가자 지구에서 벌어지고 있는 분쟁을 실제 전쟁 상황이라고 부르기 시작했다. 나는 텔레비전에서 눈을 떼지 못했고 내가 보고 있는 사이에 전투라도 벌어지면 공포감에 휩싸였다. 그곳에는 수많은 아이들이 있었다. 어떤 아이들은 바이올렛처럼 초등학교 1학년쯤 되었거나 혹은 리엄처럼 유치원생 정도의 나이로 보였다. 나는 기자가 어느 여성과 대화를 나누는 장면을 보았는데 그 여성은 폭탄이 자기 집 어디에 떨어지더라도 아이들이 모두 한꺼번에 죽는 일이 없도록 밤마다 자신의 세 아이들을 따로따로 재운다고 말했다. 그리고 또 나는 살던 집이 모두 날아가버린 가족들도 보았다.

계속해서 뉴스를 보고 있는데 대런이 "뭐 다른 것 좀 봐도 되나?"라고 물으며 소파 위 내 옆자리에 앉았다.

"응, 그럼." 나는 이렇게 말하고 다른 곳을 틀었다. 그렇지만 나는 화면에 집중할 수가 없었다. 내 온 마음과 머리는 여전히 팔레스타인의 가자 지구에 가 있었다.

<u>72</u>
또 다른 사랑

게이브가 전화를 걸어왔을 때 나는 회사에 있었다.

"게이브." 내가 그의 이름을 불렀다.

"더 이상은 못하겠어." 그가 대답했다. "이제 그만 집으로 돌아가고 싶어."

심장이 터질 것처럼 두근거렸다. "무슨 일이 있는 거야?" 내가 물었다.

"이런 광경은 한 번도 본 적이 없어." 그가 내게 말했다. "여자들과 아이들이……" 그의 목소리가 갈라졌다. "나는 그냥 계속해서 네 생각만 해. 워릭 호텔에서의 일도. 너에게 함께 예루살렘으로 가자고 한 건 내 실수였어. 그냥 뉴욕에 계속 머무르라고 했어야 했어. 대런은 여전히 린다라는 여자와 그런 사이인가? 그 문제에 대해 대런과 이야기는 해봤어?"

나는 숨이 막혔다. 나도 그걸 원했었다. 대런이 여자 문제를 먼저 이야기해주기를 바랐었다. 그렇지만 이제는 아무 상관없었다. 나는 말을 돌렸다.

"게이브, 거기에서 아주 훌륭하게 일을 하고 있다는 거 잘 알아. 〈뉴욕 타임스〉 1면에 실린 네 사진을 봤어. 너는 무슨 일이 벌어지고 있는지 세상에 알리고 있는 거야. 너는 네 꿈을 훌륭하게 이뤄냈어."

게이브가 지친 듯 숨을 몰아쉬는 소리가 들려왔다. "나는 내가 정말 다른 세상을 만들 수 있을 거라고 생각했었는데, 그런데…… 루시, 그건 그냥 사진일 뿐이야. 나는 내 사진으로 아무것도 바꾸지 못했어. 세상은 여전히 엉망진창이라고. 그리고 지금은…… 내가 너무 많은 것들을 희생한 것이 아닌가 싶어. 네가 그리워. 나는 늘 네 생각만 해."

"나도 네가 그리워." 내가 말했다. "그렇지만 게이브, 만일 네가 돌아온다면…… 나는 아무것도 약속할 수가 없어……. 그러니 나를 위해서 돌아오지는 마. 게이브, 내게 선택의 여지는 없어. 대런은 나를 속인 게 아니야. 그는…… 그냥 나에게 집을, 우리가 처음 만났던 그 별장을 사주려고 했던 거야. 린다는 부동산업자였어." 나는 이렇게 말을 하면서 가슴이 찢어질 듯 아팠지만 그렇게 해야만 한다는 사실을 잘 알고 있었다. 나의 두 아이와 나의 인생을 위해서였다. 나에게는 결혼 생활에 집중하고 가족을 하나로 묶어서 이끌 책임이 있었다.

나는 게이브의 대답을 기다리며 그가 계속해서 숨만 들이쉬고 내쉬는 소리를 들었다.

"루시, 네가 원하는 게 그거야?" 그가 조용히 이렇게 물었다. "모든 것을 원래대로 되돌리는 거?"

나는 두 눈을 감았다. "아니야." 내가 말했다. "그런 게 아니야. 그렇지만 어쩔 수 없잖아. 이미 나는 네게 아이들을 떠날 수 없다고 말했어. 나는 우리 가정을 깨트릴 수 없어."

나는 그의 얼굴에 떠오를 고통을 머릿속으로 그려보았다. 나는 마음을 다잡으려고 노력했다.

"어쨌든 나는 다시 돌아가야 할 것 같아." 게이브가 말했다. 그의 목소리에는 온갖 감정이 잔뜩 묻어 있었다. "나 자신을 위해서 돌아가야만 할 거 같아. 곧 귀국 신청을 하려고 해. 잘 하면 여름이 끝나기 전에 집에 돌아갈 수 있겠지. 그리고…… 너에게 아무것도 기대하지는 않을게. 그렇지만 루시, 인생은 너무 짧아. 나는 네가 행복했으면 좋겠어. 나는 우리 둘 다 행복했으면 하는 거야."

나는 뭐라고 대답을 해야 할지 알 수가 없었다. 왜냐하면 나역시 우리 두 사람 모두가 행복하기를 바라고 있기 때문이었다. 나는 그저 그렇게 될 수 있는 방법을 따르려 하지 않을 뿐이었다. "좋아." 내가 말했다. "그러면 그때까지 몸조심해. 우리는…… 네가 돌아오면 그때 다시 이야기하자."

"사랑해, 루시." 그가 말했다.

나는 그와 같은 느낌은 아니었지만 그런 그의 말을 그대로 듣고 흘려버릴 수가 없었다.

"나도." 내가 속삭였다. 눈가에 눈물이 차오르기 시작했다. "나도 널 사랑해, 게이브." 그랬다. 과거에도 지금도, 나는 언제나 그를 사랑해왔다. 나는 그 사실을 이제야 깨달았다. 나는 대런 역시 사랑했지만 게이브와 내가 나누는 사랑과는 달랐다. 만일 내가 게이브를 만나지 않았더라면 아마도 대런은 나에게 차고 넘치는 사람이었을 것이다. 그렇지만 나는 결국 금단의 열매를 맛보고 말았다. 나는 새로운 세상을 깨닫게 해주는 나무에 열린 금단의 열매를 맛보았고, 세상에 또 다른 사랑이 얼마나 많은지 눈으로 확인하고야 말았다.

나는 내가 이런 모든 일들을 잊어버려야 하며 무슨 일이 일어나든 그냥 무시해야만 한다는 사실을 잘 알고 있었다. 내가 게이브를 더 좋아한다고 해도 그것이 다정하고 선량한 남자와 함께하고 있는 내 결혼 생활을 깨트릴 만한, 그리고 내 아이들에게 상처를 줄 만한 합당한 이유가 될 수는 없을 것 같았다.

나는 그날 회사를 조퇴하고 집으로 돌아와 손에 《채털리 부인의 사랑》을 쥔 채 소파 위에서 잠이 들었다.

73

배 속의 아이

세상을 살다 보면 미처 깨닫지도 못한 사이에 알아버리게 되는 것들이 있다.

리엄의 침대 위에서 아이에게 《생쥐에게 과자를 줘볼까요?If You Give a Mouse a Cookie》라는 제목의 동화책을 읽어주다가 8시 반에 그만 잠이 들어버렸을 때 알아차렸어야 했다.

생리 주기가 닷새가 늦어지고 다시 열흘이나 늦어졌을 때 알아차렸어야 했다.

그렇지만 나는 한밤중에 일어나 미처 화장실에 가지 못하고 침대 옆에 있는 쓰레기통을 붙잡고 토하기 시작했을 때까지도 내게 벌어진 상황을 알아차리지 못했다.

"아니, 루시!" 대런이 침대에서 벌떡 몸을 일으키며 말했다. "당신 어디 아픈 거야?"

나는 손으로 입가를 문질러 닦았고 그 사이 머릿속으로는 빠르게 상황을 파악하고 있었다. "나 임신한 것 같아." 내가 숨을 몰아쉬며 대런에게 말했다. "약상자에 임신 테스트기가 있던가?"

나는 냄새가 새어나오지 않도록 쓰레기통 안의 봉지를 꽉 묶었다. 또 다른 일들이 머릿속에서 기억이 나면서 나는 날짜를 계산해보기 시작했다. 게이브와 내가 함께했던 날, 그리고 그날 늦게 대런과 함께했던 때는 배란기가 아니었다고 단단히 믿고 있었지만 내가 뭔가 실수를 한 것이 분명했다.

온몸이 벌겋게 달아오르면서 오직 한 가지 생각만이 내 머릿속에 가득 찼다.

'도대체 누구의 아이란 말인가?'

"잠깐만, 당신 진담이야?" 대런이 물었다.

"당신이 별장을 사는 게 진담인 것처럼 이것도 진담이지." 나는 얼굴에 충격과 공포가 드러나지 않도록 애를 쓰며 대런에게 이렇게 대답했다.

대런이 침대 밖으로 뛰어 내려오더니 나를 힘껏 감싸 안았다. "이거 정말 환상적인데!" 그가 말했다. "이 집 전체를 꼬맹이들로 가득 채우게 되는 거잖아! 내가 항상 아이를 더 원했던 거 당신도 알지? 우리가 새로 장만하는 별장이 행운을 가져다준 게 틀림없어."

"분명 그럴 거야." 나는 그렇게 대답했지만 생각은 정반대였다. 머릿속이 빙글빙글 돌기 시작했다.

'이 사실을 대런에게 말해야 하나? 아니면 그냥 그대로 있을까?' 만일 말을 하면 그가 나를 떠날까 아니면 나를 쫓아낼까? 그렇게 되면 우리 가족은 산산조각이 나는 것이 아닌가? 나는 대런에게 이야기할 수 없었다.

'그렇지만 만일 배 속의 아이가 게이브의 아이라면 어떻게 하지?' 감히 대런이 게이브의 아이를 키우게 아무것도 모르는 척 내버려 둘 수 있을까.

"나 다시 토할 것 같아." 나는 대런에게 이렇게 말하며 화장실로 뛰어 들어갔다.

나는 내 인생이 이렇게 흘러가는 게 믿어지지 않았다. 무슨 막장 드라마 같았다.

나는 게이브가 곧 다시 뉴욕으로 돌아올 계획이라는 사실을 알고 있었다. 나는 기다리는 게 좋겠다는 결론을 내렸다. 굳이 지금 게이브에게 말을 할 필요는 없었다. 전화로 할 이야기도 아니었고 또 아직은 때가 아니었다.

내가 다른 선택을 했었더라면 어땠을까 하는 생각을 지금도 한다. 우리에게 주어진 시간이 얼마 없다는 걸 알았더라면, 우리가 이렇게 여기서 끝나게 될 거라는 사실을 미리 알았더라면, 임신 사실을 알았던 바로 그날 게이브에게 연락을 했을 텐데.

시간을 되돌릴 수 있다면, 그래서 그에게 전화를 걸 수 있다면 얼마나 좋을까. 어쩌면 게이브는 바로 미국으로 돌아왔을지도 모르고 그러면 그에게 그런 일은 결코 일어나지 않았을지도 모르는 것이다.

74

믿을 수 없는 일

한 사람의 인생을 뒤바꿀 수 있는 수많은 순간들이 있다. 어떤 순간들은 본인의 선택에 의해 만들어지지만 다른 순간들은 아마도 우주와 운명, 신, 더 높은 곳에 있는 힘이나 뭐든 그런 것들로 인해서 만들어지는 것 아닐까. 사실은 나도 뭐가 뭔지 잘 모른다. 지금까지 13년 동안 이 문제를 가지고 씨름해왔으니까.

그날은 화요일이었고 나는 택시를 타고 출근을 하던 중이었다. 어쩌면 내가 아직까지 게이브에게 아무런 말도 하지 않은 건 아직은 불확실한 상황이나 죄책감, 혹은 진실 때문이었는지도 모른다. 어쨌든 임신 사실을 확인한 후 몇 주 동안은 입덧이 너무 심해서 나는 지하철을 타고 출근을 하다가 옆자리의 낯선 사람에게 토하는 그런 불상사를 감수할 수는 없었다. 그래서 주로 택시를 탔다. 대런은 아예 대리 기사를 한 명 불러서 나를 출

퇴근시키겠다고 했지만 그건 너무 비용이 많이 들 것 같았다. 그 대신 나는 매일 아침 택시를 잡아타게 되었고 때로는 퇴근길에도 택시를 탔다. 누군가는 입덧을 보고 주로 오전에만 나타나는 증상이라고 했다는데 그건 너무 순진한 생각이다. 나는 언제나 가방에 비닐 주머니를 적어도 두 개 이상 넣고 다녔지만 다행히 택시 안에서 실제로 그걸 쓰게 되는 일은 지금까지는 없었다. 그런데 회사에서는 또 사정이 달랐다. 나는 어쩌면 내가 부하 직원을 겹쥐서 독신 생활로 내몰고 있는 것이 아닐까 생각하기도 했다.

택시 안에서 내 휴대전화가 울렸을 때 나는 몸이 놀라지 않도록 천천히 코를 통해 숨을 들이마시고 입으로 뱉어내고 있던 중이었다. 화면에 뜬 번호는 내가 모르는 번호였지만 그래도 혹시 바이올렛이나 리엄에 대한 일일 수도 있어 나는 전화를 받았다. 엄마가 된 후로는 이렇게 전화 받는 습관도 바뀌게 되었는데, 내가 정말 바라는 일이 하나 있다면 아이들이 나를 필요로 할 때 전화를 받지 못하는 일이 없었으면 하는 것이었다.

"여보세요?" 내가 전화를 받았다.

"루시 카터 맥스웰 씨 되십니까?"

"네, 그런데요." 내가 말했다. 그렇지만 페이스북 말고는 어디에도 이렇게 내 이름이 정식으로 다 올라 있는 경우는 없었다.

"저는 에릭 바이스라고 합니다." 전화를 걸어온 사람이 말했다. "저는 AP 통신사의 편집장입니다. 게이브리얼 샘슨 씨와 함께 일하고 있지요."

"아, 네."

"게이브가 다쳤다는 소식을 알려드리기 위해 이렇게 연락을 드렸습니다."

그는 잠시 말을 멈췄고 나는 순간 숨 쉬는 것도 잊었다.

"다쳤다고요? 하지만 크게 다친 건 아니겠지요?"

"게이브는 지금 예루살렘에 있는 병원에 입원해 있습니다."

그러자 그때부터 간신히 머리가 돌아가기 시작했다.

"잠깐만요." 내가 말했다. "그런데 왜 저한테 전화를 하신 건가요?"

전화기 너머로 에릭 바이스라는 남자가 깊게 한숨을 내쉬는 소리가 들려왔다. "게이브의 개인 신상 자료를 살펴봤는데 맥스웰 씨 이름이 그의 비상연락망과 의료 대리인에 올라가 있더군요. 그러니까 맥스웰 씨가 게이브의 가장 가까운 친구라는 말이겠지요? 몇 가지 결정을 내리는 데 있어 당신의 도움이 필요할 것 같아서 이렇게 연락을 드렸습니다."

"결정이라고요?" 내가 되물었다. "무슨 결정인데요? 게이브한테 무슨 일이라도 생긴 건가요?"

"죄송합니다만……" 바이스가 말했다. "다시 처음부터 설명을 드리겠습니다."

그는 내게 전후 사정을 들려주었다. 게이브는 가자 지구에 있었는데 그때 셰자이아Shejaiya 구역에서 전투가 벌어졌다고 한다. 게이브는 갑작스럽게 폭발이 일어났던 지점에 너무 가까이 있었기 때문에 미처 몸을 피하지 못했다. 이스라엘군 의무병이 현장에서 일단 응급조치를 했고 AP 통신사에서 그를 예루살렘에 있는 한 병원으로 이송했다. 그렇지만 그는 현재 의식을 잃은 상태로 아무런 반응이 없고 호흡기에 의존해 숨을 쉬고 있다는 것이다. 바이스는 내게 아마도 게이브가 회복될 수 없을 것 같다고 말했다. 게이브는 이미 사전에 DNRdo not resuscitate, 즉 심폐소생술이나 연명치료를 받지 않겠다는 각서를 써둔 상태였지만 그가 각서를 썼다는 사실을 확인했을 때는 이미 인공호흡장치가 연결된 후였다. 그래서 그 치료를 중단하기 위해서는 나의 동의가 필요하다는 것이었다.

"안 돼요." 나는 전화기에 대고 같은 말을 반복했다. "안 돼, 안돼, 절대로 안 된다고."

"저기요, 손님?" 택시 기사가 내게 물었다. "괜찮으십니까?"

"차를 돌려주세요." 내가 택시 기사에게 속삭이듯 말했다. "집으로 돌아가야겠어요."

나는 집으로 돌아와 침대 위로 몸을 던지고 몇 시간 동안이나 계속해서 울었다. 그리고 케이트에게 전화를 걸어 게이브에게 무슨 일이 벌어졌는지 대강의 사정을 말했다.

"당장 예루살렘으로 가봐야겠어." 내가 케이트에게 말했다. "내가 게이브를 다시 만나기 전에 호흡장치를 떼어버리라고 말할 수는 없어. 게이브가 낯선 사람들에게 둘러싸여 혼자 외롭게 죽어가도록 내버려둘 수는 없다고. 깨어나더라도 얼마나 혼란스럽고 충격이 크겠어. 그렇게 둘 수는 없어."

"거기는 지금 전쟁 중이야." 케이트가 말했다. 이야기를 계속하면서 사정이 어떤지, 뭘 어떻게 하면 좋을지 생각이 떠오르는 것 같았다. "그렇지만 텔아비브에 본사가 있는 회사랑 내가 함께 일하고 있는데, 지금은 평소처럼 업무가 진행되는 것 같아. 내 생각에 아마 우리가 생각하는 것처럼 상황이 위험하지는 않은 것 같다는 얘기야. 최소한 이스라엘 쪽은 안전하지 않을까 싶어."

"그리고 나 임신했어." 나는 나의 임신 사실도 케이트에게 알렸다.

"임신을 했다고?" 케이트는 갑자기 대화의 주제가 달라지자 당황한 듯 이렇게 되물었다. "도대체 언제…… 나는 네가 더 이상 아이는 원하지 않는다고 생각했었는데. 잠깐만, 잠깐만 끊지 말고 있어 봐."

케이트가 자기 사무실 문을 닫는 소리가 들려왔다.

"이제 됐어. 그래서 뭐가 어떻게 됐다고?"

"어쩌면 게이브의 아이일지도 몰라." 내가 조용히 말했다. "정확히는 잘 모르겠어." 나는 아직까지 케이트에게 우리에게 무슨 일이 있었는지, 워릭 호텔에서는 어떻게 되었는지 한마디도 해주지 않은 상태였다. 그러니 임신 사실도 역시 말해줄 수 없었다. 그렇지만 이제는 그런 것 정도는 아무런 상관도 없는 상황이 된 것 같았다. 나는 케이트가 필요했다. 누구든 기대고 의지할 수 있는 사람이 필요했다.

"아, 루시." 케이트가 말했다. "루시……" 케이트는 잠시 입을 다물었다가 다시 말했다. "왜 나한테 먼저 말을 안 했어? 아, 지금은 그런 말 할 때가 아닌 것 같다. 신경 쓰지 마. 그건 나중에라도 다시 이야기할 수 있으니까. 그러면 넌 내가 너랑 같이 예루살렘에 갔으면 좋겠어?"

나는 안도의 한숨과 흐느낌이 섞인 소리를 내뱉었다. "네가 정말 좋아." 내가 케이트에게 말했다. "미리 이야기 안 해서 미안해……. 넌 세상에서 제일 좋은 친구야."

"그걸 이제야 알았어?" 케이트가 말했다.

"그렇지만 내가 임신을 했든, 그곳이 전쟁 중이든 상관없이 예루살렘에는 나 혼자 가봐야 할 것 같아."

나는 대런에게 지금 상황을 설명하는 것이, 더군다나 워릭 호텔에서의 일을 빼놓고 알리는 것이 결코 쉽지 않으리라는 사실을 잘 알고 있었다. 그리고 어쩌면 아예 알리지 않는 편이 더 나을지도 몰랐다. 지금 내게 우리의 결혼 생활을 그대로 유지하는 게 더 중요하다면, 뉴욕에서 게이브와 관련된 필요한 절차를 해 결하고 그 사실을 에릭 바이스에게 전달해 예루살렘의 의사들 이 가장 필요하다고 생각되는 조치를 취하도록 하면 되는 문제 였다. 그렇지만 그렇게 하는 것이 더 적절하다는 걸 잘 알고 있 으면서도 나는 결코 그렇게 할 수는 없었다. 만일 배 속의 아이 가 게이브의 아이라면 더욱 더. 나중에 태어난 아이에게 아빠가 가장 나를 필요로 할 때 내가 그걸 무시해버렸다는 사실을 어떻 게 해명할 수 있을까.

"지금 나랑 장난하자는 거야?" 대런이 물었다. 그가 퇴근해서 집으로 돌아오자마자 그를 방으로 데리고 가 사정을 설명하자 그는 믿을 수 없다는 표정으로 나를 바라보았다. "지금 나한테 임신한 아내를 비행기를 태워 전쟁이 벌어지고 있는 한복판으 로 보내라는 거야? 그래서 옛날 남자 친구를 만나게 해주라고?"

대런이 그런 식으로 말할수록 내 결심은 더 단단해질 뿐이었 다. "여기, 알려진 것처럼 그렇게 위험한 곳은 아니야." 내가 말 했다. "그리고, 대런, 나는 지금 당신에게 허락을 받겠다는 게 아 니라고."

"아, 그러니까 기어이 가시겠다고? 나는 그냥 입 다물고 있어 라 이거야?" 대런은 침대 앞을 왔다 갔다 했다. "그 빌어먹을 개 자식이 왜 하필 당신을 대리인으로 설정한 거야?"

나는 충격으로 눈을 크게 치켜떴다. 대런이 한 말은 저주나 악담까지는 아니었지만 그의 목소리에는 그와 비슷한 가시가 돋쳐 있었다.

"내가 그렇게 하고 싶다고 말하고 있잖아." 내가 말했다. "내가 꼭 해야만 하는 일이라고. 안 그러면 나는 이번 일을 평생 후회하게 될 거야." 나는 목이 메어왔다. 그리고 대런에게 그렇게 이야기하는 동안 혹시나 이번 일로 내 결혼 생활이 끝장나게 될지도 모른다는 생각을 했다. 나는 게이브에게 나 때문에 뉴욕으로 돌아와서는 안 된다고 말했었다. 그리고 내가 그를 선택하도록 만들지 말라고 부탁도 했었다. 그렇지만 결국 일이 이렇게 되고 나니 그때 그를 선택했다면 어떻게 되었을까 하는 생각이 들지 않을 수 없었다.

"당신은 지금 거기가 전쟁 중이라는 걸 알고나 있는 거야? 비행기가 뜨기는 뜬대?"

나는 이미 대런이 집에 오기 전에 그 문제를 확인해두었다. "이스라엘 항공은 운항을 해." 내가 떨리는 목소리를 감추며 이렇게 말했다. "그리고 나는 가자 지구로 가는 것도 아니고, 이스라엘 측은 방어 장비나 준비도 잘 갖춰져 있다니까 나는 별일 없을 거야."

"배 속의 아이에게 무슨 일이라도 생기면?"

"이스라엘의 응급의료진은 여기보다 솜씨가 더 뛰어나." 내가 말했다. "인터넷에서 다 확인해봤어." 지금은 배 속의 아이가 게이브의 아이일지도 모른다는 사실을 대런에게 말해줄 때가 아니었다. 그리고 과연 그런 적절한 때가 오기나 할지 나도 의심스러웠다.

나는 대런이 마음을 가라앉히는 모습을 볼 수 있었다. 그리고 지금 상황을 머릿속으로 계산하며 이 말씨름에서 그리 쉽게 나를 이길 수 없다는 사실을 점차 깨달아가는 모습도 확인했다.

"부탁이야, 나를 믿어줘." 내가 말했다. "이번 일은 내가 꼭 해야만 하는 일이야."

대런은 잠시 손으로 이마를 문질렀다.

"하늘에 맡기는 수밖에." 그가 마침내 이렇게 말했다. "당신이랑 그 남자 사이에 도대체 무슨 일이 있었던 건지 잘 모르겠어. 어떻게 그 남자가 당신을 자기 인생 속으로 다시 끌어들일 수 있는지도 잘 모르겠고. 이미 10년 전에 헤어진 사람이잖아. 아마 당신이 잊을 수 없는 뭔가가 있는가 보지. 그렇게 꼭 가야만 한다면 가. 그렇지만 나는 당신이 가능한 빨리 돌아왔으면 좋겠어. 늦어도 일요일까지는 말이야. 어쨌든 거기는 안전하지가 않으니까."

"좋아." 내가 말했다. 만일 내일 떠나게 된다면 예루살렘에 사흘은 머물 수 있을 것 같았다. 나는 더 있고 싶었지만 만일 내가 다시 돌아왔을 때 나의 결혼 생활을 깨트리지 않고 그대로 유지

하고 싶다면 이쯤에서 타협할 수밖에 없다는 사실을 나는 잘 알고 있었다. 그리고 그렇게 화를 내는 와중에서도 결국 내 의견을 따라주는 걸 보면 대런은 정말로 좋은 사람임에 분명했다. 사실 모든 것이 이렇게 힘든 이유도 어쩌면 그 때문이 아니었을까. 그가 형편없는 인간이었다면 더 쉽지 않았을까.

어쨌든 그렇게 해서 나는 일요일 아침에 돌아오는 걸로 왕복 비행기 표를 예약했다. 나는 짐을 꾸렸고 케이트에게 전화를 걸어 내 계획을 이야기해주었다.

게이브와 나 사이에 그렇게 여러 가지 일들이 일어나고 결국 우리의 인생이 이런 식으로 흘러가게 될 줄은 꿈에서도 상상하지 못했다.

75

신의 계획

다른 승객들과 함께 비행기 일등석에 오르고 보니 옆자리에 나이 든 정교회 여인이 한 사람 앉아 있었다. 무늬가 들어간 실크 스카프로 머리를 감싸고 목 뒤로 둘러 묶은 이 여인은 내가 자리에 앉자 나를 향해 환하게 웃어보였다.

나도 그녀를 보고 웃어주었지만 동시에 숨을 천천히 몰아쉬는 데 집중할 수밖에 없었다. 헛구역질이 올라오는 것을 막고 목구멍 안쪽에서 느껴지는 짠맛을 잊어버리기 위해서였다. 그렇지만 아무런 소용이 없었다. 승객들이 계속 비행기에 오르는 동안 나는 결국 비행기 화장실로 달려가 무릎을 꿇고 토하고 말았다. "부디 이스라엘까지 가는 도중에 아무 일도 없게 해주세요." 나는 입을 씻고 닦아내며 큰 소리로 이렇게 말했다.

내가 다시 자리로 돌아오자 여인은 서툰 억양의 영어로 "괜찮으세요?"라고 물어왔다. 아마 내 안색이 무척이나 창백했기 때문일 것이다.

"임신 때문에요." 나는 손을 배 위에 올리면서 이렇게 말하고는 다시 덧붙였다. "아이가 있어서." 나는 그 여인이 영어를 얼마나 이해할 수 있는지 알 수 없었다.

여인은 고개를 끄덕이더니 자기 가방을 뒤졌다. 그리고 이스라엘어가 적혀 있는 사탕 봉지 하나를 꺼냈다. "도움이 될 거예요." 여인이 말했다. "비행기에 타면 꼭 이걸 먹지요."

나는 사탕 하나를 코에 대고 냄새를 맡아보았다. "이거 생강인가요?" 내가 물었다.

여인은 어깨를 으쓱해 보였다. 아마도 '생강'이라는 말을 알아듣지 못하는 것 같았다. "도움이 될 거예요."

나는 크게 나쁠 건 없을 거라고 판단하고 사탕 하나를 입 안에 넣었다. 그리고 사탕을 빨아먹기 시작하자 정말로 조금씩 기분이 나아지기 시작했다. "감사합니다." 내가 여인에게 말했다.

"나는 아이가 다섯 있어요." 여인이 내 배를 가리키며 말했다. "아이를 가질 때마다 늘 힘들었어요."

"전 이번에 세 번째예요." 내가 말했다.

"유대인인가요?" 여인이 물었다. 아마도 왜 내가 임신을 한 상태로 전쟁의 한복판에 있는 이스라엘로 가고 있는지 그 이유를 알고 싶어 하는 것 같았다.

"아니요." 내가 대답했다.

"그러면 당신……" 여인은 잠시 단어를 생각하다가 하고 싶은 단어를 찾았는지 이렇게 말했다. "당신 남자가 이스라엘에 있나요?"

나는 여인이 남편이라는 말 대신 남자라고 말하는 걸 듣고는 조금 당황했다.

"네, 그래요." 내가 말했다. "기자인데 병원에 입원해 있어요. 가자 지구에서 크게 다쳤어요."

그렇게 말하는 순간 나는 눈가에 눈물이 차오르는 것이 느껴졌다. 케이트와 대런 말고 나는 어느 누구에게도 게이브에 대해, 그리고 그에게 무슨 일이 일어났는지에 대해 이야기를 한 적이 없었다.

그 여인이 두 팔로 나를 감싸고 히브리어인지 이디시어인지로 뭔가를 계속 읊조린 것이 기억이 난다. 비록 알아들을 수는 없었지만 나는 기분이 편안해졌다. 이렇게 고백하기에는 당혹스럽지만, 나는 여인의 어깨에 얼굴을 묻고 울었고 여인은 그런 나를 토닥여주었다. 간신히 마음을 진정시키고 나자 여인은 내 손을 잡아주었다. 이윽고 기내식이 나왔고 여인은 아무런 말도 없이 내 팔을 토닥여주었다. 마치 '다 잘 될 거야'라고 이야기하는 것 같았다.

몇 시간 잠이 들었다가 깨어보니 누군가 기내용 담요를 내게 덮어준 걸 알게 되었다.

"감사합니다." 내가 여인에게 말했다.

"신께서는 늘 계획이 있으세요." 여인이 말했다. "그리고 아이는 언제나 신의 축복이지요."

내가 여인이 한 말을 하나라도 믿고 있는지는 나도 잘 모르겠다. 나는 신이 인간을 위한 계획을 갖고 있다는 말 자체를 좋아하지 않는다. 그리고 아이를 갖는 일이 축복이 되지 못하는 경우도 당연히 있다고 생각한다. 그렇지만 그때 그 여인의 믿음과 조용하지만 단단한 모습은 나에게 큰 힘이 되었다. 우리는 무대 위의 배우에 불과하며, 누군가 다른 사람이 지시하는 대로 움직일 뿐이라는 믿음은 어쩌면 마음이 평온해질 수 있는 근간이 되는지도 모른다.

게이브에게 일어난 일도 신의 계획이었을까? 이 세상에 신이 존재하기는 하는 것일까?

76

DNR 각서

비행기는 예정된 시간에 텔아비브 공항에 도착했다. 나는 대런에게 아무 일 없이 잘 도착했다고 알린 후 곧장 택시를 잡아 타고 병원으로 향했다. 내가 도착했다는 소식을 게이브에게 휴대전화 문자로 알릴 수 없는 것도, 또 지금 어디 있고 어디를 가야 만날 수 있는지 전화를 걸어 물어볼 수 없는 것도 참 묘한 기분이 들게 했다. 지금은 전화를 걸 사람도 이야기할 사람도 없었다. 오직 나와 배 속의 아이뿐이었다.

"네가 함께 있어서 정말 기뻐." 나는 배를 내려다보며 중얼거렸다. 또 다른 생명체가 나와 함께 있으면서 이 일을 같이 겪어나간다고 생각하니 어쩐지 조금 덜 외로운 것만 같았다.

병원에 도착하니 보안요원 두 사람이 모든 사람들의 짐을 조사하고 있었다. "입원실에 가야 하는데요." 나는 내 짐을 보안요원들에게 내밀며 그 사람들이 영어를 알아들을 수 있는지조차 생각해보지 않은 채 정신없이 이렇게 외쳤다.

"안내 창구는 저쪽입니다. 거기 직원이 도와드릴 겁니다." 보안요원 한 사람이 금속 탐지기를 통과한 나에게 내 짐을 돌려주며 이렇게 말했다. 그는 자기 뒤편에 있는 책상 하나를 가리켰다.

나는 여행 가방을 질질 끌고 안내 창구를 향해 정신없이 달려갔다.

"저기요." 나는 책상 앞에 서자마자 이렇게 말했다. "환자를 면회하러 왔어요. 환자 이름은 게이브리얼 샘슨이에요." 창구의 여자는 내 상태가 얼마나 좋지 않은지 알아차린 것 같았다. 10시간 반이 넘는 비행과 시차에 눈은 붉게 핏발이 서고 머리며 옷은 엉망진창으로 흐트러져 있었으리라. 여자는 그 즉시 컴퓨터를 뒤져 게이브의 입원실을 찾아주었다.

"8층으로 가세요." 창구의 여자가 말했다. "집중치료실입니다. 입원실은 802호예요." 여자가 엘리베이터 쪽을 가리켜 보였다.

8층을 누르고 나서 나는 워릭 호텔에서 게이브가 묵고 있던 객실이 몇 호실이었는지 기억해보려고 했다. 나는 두 눈을 감고 엘리베이터 단추를 누르는 게이브의 손가락을 마음속으로 그려보았다. 6층이었나, 아니 5층이었던가? 눈물이 내 뺨을 타고 흘렸다. 그 순간 나는 깨달았다. 만일 게이브가 죽는다면 우리의 추억을 간직하는 건 온전히 나 혼자만의 일이 될 것이다. 온 세상에서 유일하게 나 혼자 그 일들을 경험한 사람이 될 것이다. '더 잘 해내야 해. 그와의 일이라면 그 어떤 일도 쉽게 잊어버릴 수는 없어.'

엘리베이터가 8층에 도착했다는 신호음이 들리고 문이 열렸다. 나는 책상을 앞에 두고 있는 여자에게로 가서 게이브리얼 샘슨을 면회하러 왔다고 전했다. 여자는 고개를 끄덕이더니 나에게 일단 자리에 앉으라고 권했다. 얼마 지나지 않아 의사들이 모습을 드러냈다. 그러자 여자는 전화기를 집어 들고 이스라엘어로 뭐라고 빠르게 이야기하기 시작했다.

"잠깐만요." 내가 말했다. "전 게이브를 만나고 싶은데요. 지금 당장 만나볼 수 있나요?"

여자는 송화기 부분을 손으로 가리더니 이렇게 말했다. "금방 만나보실 수 있습니다. 그런데 그 전에 먼저 의사 선생님들이 전할 말이 있다고 합니다."

여행 가방과 함께 큰 핸드백을 가지고 온 나는 그 짐들을 끌고 관공서에서 흔히 볼 수 있을 것 같은 회색 의자로 가서 그 위에 앉았다. 나는 두 눈을 감고 내가 게이브를 처음 만났을 때를 기억하려고 애를 썼다. 그때 게이브가 흰색 티셔츠를 입었던가? 아니면 회색이었나? 거기에 주머니는 달려 있었나? 왼쪽에는 상표나 뭐 그런 게 있었고? 그 셔츠의 목 부분이 약간 V자 형태로 되어 있었던 건 확실하게 기억이 났다.

누군가 내 앞에서 헛기침을 하는 소리를 듣고 나는 눈을 떴다. "맥스웰 부인?" 남자가 이렇게 물었다. 그 남자는 흰색의 의사복 차림이었는데 꼭 제이슨이 입는 실험복 같았다.

나는 고개를 끄덕이고 자리에서 일어섰다. "제가 루시 맥스웰입니다만……" 나는 손을 내밀며 이렇게 말했다.

남자가 내 손을 잡고 흔들었다. "요아브 샤미르라고 합니다." 그가 말했다. "샘슨 씨를 담당하고 있는 신경과 전문의입니다." 그의 영어는 '알' 발음만 빼면 나무랄 데 없이 완벽했다.

"게이브를 돌봐주셔서 감사합니다." 내가 말했다.

샤미르 선생 뒤에 서 있던 여자 두 명이 한 걸음 앞으로 나왔다.

"다프나 미즈라히입니다." 둘 중에서 키가 큰 여자가 자기를 소개했다. 그녀의 영어는 샤미르 선생보다 더 능숙했다. "집중치료실 담당 전문의입니다."

나는 미즈라히 선생과도 악수를 했다. "만나서 반갑습니다." 나는 건성으로 인사를 했다.

나머지 여자도 자기소개를 했다. 그녀는 의사복 대신 환한 빛깔의 여름옷을 입고 있었고 어깨에는 스카프를 맵시 있게 두르고 있었다. "쇼사나. 쇼사나 벤-아미라고 합니다." 그녀가 말했다. "여기에서 사회복지사 일을 하고 있지요. 우리 네 사람이 이야기를 나눌 수 있는 곳을 준비해두었으니 함께 가시지요." 쇼사나의 억양은 영국식이었다. 나는 그녀가 영국에서 태어나 최근에 이스라엘로 이주했는지, 아니면 부모님 중 한 사람이 영국인이라서 2개 국어를 하며 자란 건지 궁금했다.

나는 세 사람을 따라나섰다. 장거리 비행과 시차, 그리고 어딘지 모르게 초현실적인 상황들 사이에서 나는 마치 모든 것이 꿈인 것처럼 몸이 둥둥 떠다니는 느낌이었다. 들리는 소리 역시 귀가 솜뭉치로 막혀 있는 듯 몽롱하게 들려왔다.

우리 네 사람이 어느 작고 조용한 방에 자리를 잡고 앉자 미즈라히 선생이 "무슨 일이 있었는지 들으셨습니까?"라고 내게 물었다. 방에는 탁자 하나와 의자 몇 개, 그리고 전화기 한 대가 놓여 있었다.

"대강은요." 내가 발치에 핸드백을 내려놓으며 대답했다.

"사정을 좀 더 알고 싶으신지요?" 미즈라히 선생이 다시 물었다. "진료 기록을 가져왔습니다만."

나는 모든 걸 다 알고 싶어 하는 편이다. 보통은 그렇게 좀 더 많은 정보가 있을수록 상황을 더 냉정하게 볼 수 있기 때문이다. 그렇지만 이번만은 아니었다. "그냥 빨리 게이브를 만나보고 싶은데요." 내가 말했다.

미즈라히 선생이 고개를 끄덕였다. "금방 만나시게 될 겁니다. 그렇지만 그 전에 먼저 좀 알려드릴 것이 있어서요."

내 건너편에 앉아 있던 샤미르 선생이 입을 열었다. "잘 알고 계시는 것처럼 친구 분께서는 대단히 심각한 상황에 처해 있습니다. 두부외상을 입으셨는데, 혹시 검사 결과를 보고 싶으신가요?"

나는 깊은 한숨을 내쉬었다. "그냥 한 가지만 말씀해주세요." 내가 말했다. "게이브가 다시 깨어날 확률은 얼마나 되나요? 그렇게 될 수 있다면 시간은 얼마나 걸리게 되지요?"

의사 두 사람이 서로 눈짓을 했다. "뇌 아랫부분이 손상을 입었습니다." 샤미르 선생이 말했다. "신체의 기본적인 기능들을 담당하고 있는 부분이지요."

"그러니까 음식을 삼킨다거나 숨을 쉰다거나 하는 기능 말입니다." 미즈라히 선생이 보충 설명을 해주었다.

"그렇지만 다시 회복할 수 있지 않나요?" 내가 물었다. '희망은 한 마리 새. 나의 영혼 위에 걸터앉아 가사 없는 곡조를 노래한다.' 게이브도 컬럼비아대학교를 다닐 때 이 에밀리 디킨슨의 시를 배웠던가? 나는 기억이 나지 않는다. 제발 기억해낼 수 있었으면.

두 사람이 다시 서로를 흘끗 바라보았다. 미즈라히 선생이 먼저 입을 열었다. "샤미르 선생과 내가 둘이서 뇌사 상태인지를 확인했습니다." 그녀가 말했다. "친구 분의 뇌는…… 이제 제 기능을 다하지 못합니다."

"그렇지만 다시 깨어나게 되면요?" 내가 물었다. "부러진 다리나 목감기처럼 다시 회복될 수 있지 않나요?" 텔아비브 공항에서 택시를 타고 병원까지 오면서, 나는 게이브가 내 목소리를 듣고 깨어나는 상상을 했다. 그리고 완전히 회복되어 행복하게 내 품 안에 안기는 상상도 했다.

샤미르 선생이 나를 똑바로 바라보았다. 그의 갈색 눈동자가 쓰고 있는 안경 너머로 확대되어 보였다. "샘슨 씨는 지금 뇌사 상태입니다." 그가 말했다. "무슨 말인가 하면, 다시는 절대로 혼자 힘으로는 호흡을 할 수 없다는 뜻입니다. 아무것도 먹지 못하고 말도 할 수 없습니다. 다시 일어나 걷는 것은 물론이고요. 정말 죄송합니다."

'샘슨 씨는 지금 뇌사 상태입니다.' 엄청나게 묵직한 메스꺼움이 내 온몸을 훑고 지나갔다. 나는 겁에 질려 사방을 둘러보다가 방 한쪽 구석에 있는 쓰레기통을 발견하고 달려갔다. 헛구역질이 시작됐다. '뇌사, 뇌사 상태, 아무것도 할 수 없습니다.' 게이브는 이제 돌아오지 않는다. 영원히. 그렇지만 내 몸이 그런 사실을 거부했다. 아니, 모든 것을 다 거부하고 있었다.

위 근육이 물결처럼 수축하며 할 수 있는 한 그 안에 든 모든 것들을 다 게워내려고 했다.

미즈라히 선생이 나에게로 다가와 옆에 무릎을 꿇고 앉았다. "깊게 심호흡을 하세요." 그녀가 말했다. "자, 코로, 이렇게."

나는 시키는 대로 했다.

"자, 이제 한 번 더." 미즈라히 선생이 나를 도와 일으켜주고 다시 자리까지 데리고 왔다. 나는 울지는 않았지만 정신이 멍했다. 마치 내 의식이 둘로 쪼개진 것 같은 그런 느낌이었다. 감정을 느끼는 부분이 내 몸에서 스스로 떨어져나가 천장에 붙어서는 네 사람의 모임을 지켜보고 있는 것 같았다.

쇼사나가 잠시 방을 나가더니 물을 한 잔 가지고 왔다. "좀 쉬시겠어요?" 쇼사나가 물었다.

나는 고개를 저었다. 나는 마치 로봇이 된 것 같았다. 육신과 입이 기계적으로 움직였다. "죄송합니다." 내가 세 사람을 향해 말했다.

"사과까지 하실 필요는 없습니다." 쇼사나가 내 손을 자기 손으로 토닥여주며 말했다.

"임신을 해서……" 나는 설명을 하려고 애를 썼다. "그런데 어쨌든 상태가 계속 안 좋은 것 같네요."

"임신한 지 얼마나 되셨나요?" 미즈라히 선생이 물었다.

"8주가 약간 넘었어요." 내가 대답했다.

그녀는 고개를 끄덕이더니 내 바로 옆 빈 의자에 앉았다.

"생명 유지 장치를 계속 돌릴 수는 있습니다." 미즈라히 선생이 내게 말했다. "얼마나 오래 가동할지, 그리고 어떤 위험 부담이 따르는지에 대해 서로 의논도 할 수 있고요. 그렇지만 이렇게 가족이나 친구 분들을 만나게 되면 전 항상 사랑하는 사람이 진정으로 원하는 게 뭘지 한번 신중하게 생각해보라고 말합니다. 남은 인생을 어떻게 살고 싶어 할까, 이런 거 말이지요." 그녀는 탁자 위로 손을 뻗어 서류철 하나를 집어 들고는 종이 한 장을 꺼냈다. "이게 바로 AP 통신사에서 우리에게 보내 준 샘슨 씨의 DNR 각서 사본입니다."

각서를 받아든 나는 게이브의 서명을 확인했다. 익숙한 필체였다. 모든 글자의 각도가 한 방향을 향해 기울어져 있었다. 날짜는 2004년 10월 3일이었다. 나는 각서를 읽기 시작했지만 이내 그만두었다. 나는 이 각서가 의미하는 바를 잘 알고 있었다. 나는 여전히 정신이 멍했고 마치 여기 이 자리에 있지 않은 것처럼 그저 기계적으로 반응하는 느낌이었다. 이제 뭐라고 말을 해야 하나. 나는 내가 이렇게 혼자 있는 게 너무 싫었다. 게이브가 지금 나와 함께 있다면 얼마나 좋을까.

"언제 게이브를 만나볼 수 있을까요?" 내가 물었다.

"미즈라히 선생님이 지금이라도 데려가줄 수 있어요." 쇼사나가 말했다. "그렇지만 당신은 저와 함께 남아서 이야기를 더할 수도 있고요. 뭐든 하고 싶은 이야기가 있으시면 말이지요." 그녀는 내게 비닐봉지 하나를 내밀었다. "여기 샘슨 씨의 카메라가 있어요. 휴대전화랑 지갑도요. 집 열쇠와 호텔 열쇠도 함께 들어 있습니다. 사고 당시 갖고 있던 물건들이에요." 나는 비닐봉지 안을 들여다보았다. 게이브의 휴대전화는 박살이 나 있었지만 카메라는 놀라울 정도로 멀쩡했다. 그래도 진흙 같기도 하고 피 같기도 한 것이 렌즈 여기저기에 말라붙어 있었다.

나는 거칠게 숨을 몰아쉬었다. 모든 것이 너무 갑작스러웠다. 멍해 있던 내 온 정신이 게이브가 남겨두고 간 물건들을 향해 집중되었다. 이것들도 내가 다 알아서 해야 하나? 잠시였지만 나는 대런이 나와 함께 있어주기를 바랐다. 대런이라면 뭘 어떻게 해야 할지 잘 알고 있으리라. 아니면 케이트라도 옆에 있었으면. 나는 케이트에게 전화를 걸기로 결심했다. 그렇지만 그전에 먼저 게이브를 만나봐야 했다. 내가 여기까지 온 건 바로 그 때문이었으니까. 그를 보기 위해 이렇게 먼 거리를 날아온 것이니까.

"감사합니다." 나는 쇼사나에게 이렇게 말했다. "그렇지만 나는 그저 게이브가 보고 싶을 뿐이에요. 지금 당장 볼 수 있을까요?"

"그야 물론이지요." 그녀가 이렇게 말하며 자리에서 일어나더니 내 여행 가방을 집어 들었다.

"우리는 더 강해져야 해." 나는 배 속의 아이를 향해 이렇게 중얼거렸다. 아니, 어쩌면 나 자신에게 한 소리일지도 몰랐다. 나는 쇼사나와 미즈라히 선생을 따라 방을 나섰다. 샤미르 선생은 다른 쪽을 향하며 언제든 이야기를 더 나누고 싶으면 부르라고 말했다.

내가 고개를 끄덕였고 그는 떠났다.

나는 갑자기 가던 걸음을 멈췄다. "한 가지 더 있어요." 내가 복도에 서서 말했다.

쇼사나가 걸음을 멈추더니 나를 쳐다보았다. "네?"

나는 다시 한 번 깊게 숨을 몰아쉬었다. 나는 내가 이런 질문을 하고 있다는 게 믿기지 않았다. "아이의 친아버지가 누군지 알려면 임신을 한 후 얼마나 지나야 하나요?"

미즈라히 선생도 발걸음을 멈췄다. 그녀는 잠깐 내 배를 보고 나서 다시 내 얼굴로 시선을 돌렸다. "임신 8주차에도 혈액을 가지고 확인할 수 있습니다." 그녀가 말했다. "아이의 성별 역시 확인할 수 있고요."

나는 손에 든 비닐봉지를 더 단단히 움켜쥐었다. 게이브가 내게 남긴 물건들이었다. "감사합니다." 내가 말했다.

미즈라히 선생이 다시 앞장서서 우리를 게이브에게로 안내했다.

77

운명과 선택

나는 게이브가 있는 입원실로 들어갔지만 잠시 멈춰 서서 문틀에 몸을 기대야만 했다. 갑자기 치밀어 오르는 구역질을 참아내느라 애써야 했기 때문이다.

게이브의 목에는 호흡을 위한 관이 하나 연결이 되어 있었다. 바짝 말라 여기저기 갈라진 입술과 머리에 감겨 있는 붕대가 보였다. 감겨 있는 눈 아래에는 자줏빛 멍 자국이 보였고 팔꿈치에서 손목까지 부목副木으로 고정된 왼팔도 눈에 들어왔다. 사방에서 연결된 관과 삑삑거리는 기계장치들 사이에 있는 것은 분명 게이브였다. 게이브가 거기 있었다. 그의 가슴이 오르락내리락하는 것이 확실하게 보였다. 그는 살아 있는 것이다. 나는 의사들이 무슨 말을 했는지 기억했지만 무시했다.

"게이브." 나는 숨을 몰아쉬었다. 병실에는 피와 땀에 방부제가 섞여 있는 듯한 쇠 냄새와 약 냄새가 가득했다. 나는 그의 침대 옆에 무릎을 꿇고 앉아 그의 손을 잡았다. 게이브의 손가락에서 느껴지는 온기는 마치 나를 안심시키려는 듯했다. 나는 그의 손을 들어 내 얼굴에 갖다 대면서 그의 엄지손가락이 내 입술을 어루만져주기를, 그의 목소리가 다시 한 번 들려오기를 간절히 바랐다.

나는 우리가 나눴던 마지막 대화를 생각했다. 우리가 서로 사랑한다고 말했던 그 대화. 나를 힘들게 하지 말고 그냥 예루살렘에 머물러 있으라고 말했던 그 대화. "그 말 취소할게." 내가 게이브에게 말했다. "그러려고 한 말은 아니었어. 그냥 돌아와. 돌아와, 게이브. 제발 나를 떠나지 마."

아무런 일도 일어나지 않았다. 게이브는 움직이지 않았다. 몸을 움찔하거나 눈을 깜빡이지도 않았다.

가슴속에서 솟아오르는 흐느낌을 참을 수가 없었다. 입 밖으로 울음이 터지자 목이 메면서 갈비뼈가 아파왔다. 나는 온몸을 벌벌 떨면서 입원실 바닥 위로 허물어졌다.

언제 들어왔는지 쇼사나가 옆에 와서 내 어깨에 손을 얹었다. "맥스웰 부인." 그녀가 말했다. "루시."

나는 게이브 대신 쇼사나를 바라보았다. 나는 온몸을 쥐어짜는 듯한 이 울음을 멈춰보려고 노력했다. 쇼사나가 나를 바닥에서 일으켜 세웠다.

"잠시 좀 걷도록 하죠." 그녀가 말했다. "혹시 여기 함께 있어 줄 사람이 있나요?"

나는 고개를 흔들었다. "아니요, 아무도 없어요." 나는 간신히 이렇게 대답했다. 케이트 생각이 났다. 케이트가 오늘 밤 비행기를 탈 수 있을지 한번 물어볼까. 내가 부탁한다면 그녀는 아마 이곳으로 와줄 것이다. 나는 떨리는 숨을 몰아쉬었다.

"괜찮아질 거예요." 쇼사나가 나를 입원실 밖으로 이끌어 복도 쪽으로 안내하며 이렇게 말했다. "면회 시간이 거의 다 끝났어요. 가서 좀 쉬시는 게 어떨까요? 오늘 당장 무슨 결정을 내릴 필요는 없으니까요."

"알겠어요." 내가 대답했다. 내 몸의 상태만큼이나 내 목소리도 떨리는 것이 느껴졌다.

"호텔까지 타고 갈 차가 필요하신가요? 아니면 호텔이 아니라 샘슨 씨의 아파트로 가시겠어요?" 쇼사나가 물었다.

나는 호텔을 미리 예약해두었지만 비닐봉지 안에 들어 있는 게이브의 아파트 열쇠를 생각했다. 내 휴대전화에는 우리가 워릭 호텔의 침대에서 함께 누워 있을 때 게이브가 직접 입력해준 그의 아파트 주소가 저장되어 있었다. 나는 그곳에 반드시 가야만 할 것 같은 기분이 들었다. "차가 있다면……" 내가 말했다. "정말 도움이 되겠네요."

쇼사나는 고개를 끄덕이더니 몇 분 뒤 내 여행 가방을 가지고 돌아왔다. "같이 밖으로 나가서 택시 기사를 만나도록 하지요." 그녀는 내게 명함을 한 장 내밀었다. "보통은 이렇게까지 하지는 않는데, 이건 내 개인 연락처예요. 뭐든 필요한 게 있으면 언제든 연락을 주세요. 뒷장에는 휴대전화 번호도 적어두었어요."

"고맙습니다." 나는 그렇게 말하며 명함을 핸드백 안에 집어넣었다.

쇼사나가 내 여행 가방을 들고 반대 방향으로 움직였고 나는 그런 그녀를 따라 회전문을 통과해 주차장으로 나갔다. 문득 어떤 생각이 내 머릿속을 빠르게 떠올랐다가 사라졌다. 만일 이것이 내 소원을 들어주는 운명의 방식이라면, 게이브와 대런 사이에서 고민하지 않게 운명이 나를 이렇게 이끈 것이었다면, 나는 더 이상 이런 세상에서 살고 싶은 생각이 들지 않았다.

게이브는 어떻게 생각할까? 가자 지구에서 취재를 하겠다고 한 건 그의 선택이었을까? 언제, 어디서, 그리고 어떻게 그런 사진들을 찍겠다고 선택을 했을까? 게이브는 자신의 선택으로 이곳에 왔을까, 아니면 그냥 예정된 운명이었을까? 그의 운명이 막을 내린 걸까, 아니면 우리의 운명이 막을 내린 걸까? 그 문제에 대해서는 나도 나름대로의 생각을 가지고 있었지만 무엇보다 나는 게이브의 생각이 간절하게 듣고 싶었다.

78

끝까지 읽을 수 없는 책

택시 기사는 목적지까지 가는 동안 구불구불한 거리 몇 곳을 지나가며 내게 조금이라도 시내 구경을 시켜주려고 했다. 나는 이스라엘에 온 게 이번이 처음이었고 내가 와 있는 곳의 의미를 생각하면서 조금쯤 더 관심을 보이는 것도 좋다고 생각했지만, 내 머리는 여전히 희뿌연 안개가 덮여 있는 듯했다. 병원 침대 위에 누워 있는 게이브의 모습이 계속 내 머릿속에서 어른거렸다. "샘슨 씨는 지금 뇌사 상태입니다"라는 샤미르 선생의 말도 마찬가지였다. '그 일은 이제 더 이상 생각하지 마.' 나는 속으로 이렇게 되뇌었다. '지금 할 수 있는 일에만 집중해. 마음 단단히 먹고 게이브의 아파트에 대해서만 생각해.' 그 아파트는 익숙한 분위기를 풍길까? 혹은 편안한 집 같은 느낌일까? 그곳에 가면 전에는 몰랐던 게이브의 새로운 모습에 대해 알게 될까? 지금 당장은 알고 싶지 않은 것들을 보게 되면 어떻게 하지? 나는 순간 그렇다면 호텔로 가는 것이 더 좋지 않을까 생각했지만 택시는 이미 달리고 있는 중이었다. 그리고 솔직히, 나는 게이브가 살던 곳을 보고 싶었다. 그의 흔적으로 나를 감싸 안고 싶었던 것이다.

"아, 레하비아Rehavia." 게이브의 아파트 주소를 알려줬을 때 택시 기사는 이렇게 말했었다. "아주 좋은 곳이지요."

기사의 말은 틀리지 않았다. 주변 환경이 아주 근사했고 조용하면서도 사람들의 마음을 끌 만했다. 나는 내가 병원에서 보고들은 것들 대신 온 신경을 지금 차 옆으로 스치고 지나가는 건물들에만 집중했다. 나는 만일 내가 '그래, 너와 함께 예루살렘으로 갈게'라고 대답했다면 지금쯤 어떻게 되었을까 상상해보았다. 시장에서 장을 보고 작은 가게에서 커피도 마시고 그랬을까? 함께 지내는 생활이 만족스러웠을까, 아니면 모든 것이 다 견디기 어려울 정도로 힘들었을까? 꽉 막혀 있던 멍한 머릿속으로 나는 바이올렛과 리엄을 떠올리며 격한 아픔을 느꼈다. 아이들을 떠나온 지 불과 하루도 채 되지 않았지만 나는 벌써부터 아이들이 그리웠다. 아이들을 안을 수 있다면, 그 작은 몸에서 나오는 온기를 느낄 수 있다면 얼마나 좋을까. 아이들이 팔로 내 목을 감싸 안아줄 때의 그 느낌도 간절했다. 결국 나는 아이들을 결코 떠날 수 없었을 것이다.

택시가 게이브가 살았던 아파트 건물 앞에 도착했다. 나는 가방들을 들고 아파트 입구에 서서 건물을 바라보았다. 석조로 만들어진 아름다운 아치형 입구는 금속으로 된 정문과 나무문으로 된 이중문으로 되어 있었다. 나도 이렇게 생긴 건물을 선택했을까? 단단하면서도 편안하고 마치 몇 백 년이라도 가족들을 지키고 안전하게 보살펴줄 수 있을 것 같은 건물이었다. 나는 비닐봉지 안을 뒤적여 열쇠 뭉치를 찾았다. 그리고 여러 열쇠를 넣어본 끝에 정문과 뒤의 나무문을 여는 열쇠를 찾을 수 있었다. 나는 계단을 따라 3층으로 올라갔다. 그리고 다시 게이브의 아파트 집 문에 맞는 열쇠를 찾느라 씨름을 했다.

집 안으로 혼자 들어가니 갑자기 내가 무슨 무단 침입자라도 된 듯한 느낌이 들었다. 나는 게이브가 가자 지구에 가기 전까지 예루살렘에 머물렀던 시간은 얼마 되지 않았다는 사실을 잊고 있었다. 그리고 이곳에 머물러 있었을 때도 분명 미친 듯이 일만 했을 것이다. 게이브의 아파트는 정리가 거의 되어 있지 않은 상태였다. 책이 담긴 상자들은 열려만 있었지 책은 그대로 상자 안에 있었고, 사진이 든 액자 몇 개는 벽에 제대로 걸려 있는 게 아니라 그냥 기대어 세워져 있었다. 화려한 색상과 무늬의 바닥 깔개들은 내가 터키의 전통 시장에서 본 것들과 비슷했다. 그 밖에 갈색 소파가 하나, 각종 전자 제품과 전선이 쌓여 있는 나무 책상 하나, 그리고 의자가 하나 있었다. 나는 게이브가 그 의자에 앉아 모니터를 들여다보며 찍어온 사진의 색감을 조절하고 명암을 올리며 편집하는 모습을 그려보았다. 우리가 함께 살던 시절에도 했던 그런 일들. 나는 최선을 다해 병원이 아닌 이 아파트에 있는 게이브의 모습을 생각했다. 그는 살아 있었고 자신이 그토록 바라던 일을 하며 빙그레 웃고 있었다. 적어도 내 마음속에서는 그랬다.

나는 게이브의 침실 문을 밀어서 열었다. 그리고 그가 나에게 떠나겠다고 말했던 밤 내가 그에게 집어던졌던 바로 그 담요가 개어진 채 침대 위에 놓여 있는 것을 보았다. 나는 그 담요를 집어 들고 뺨에 갖다 댔다. 희미하지만 여전히 게이브의 체취가 느껴졌다. 침대 옆 작은 탁자 위에는 《우리가 볼 수 없는 빛All the Light We Cannot See》이라는 제목의 책이 한 권 있었다. 나는 그의 침대 위에 앉아 책갈피 대신 종이 한 장이 끼워져 있는 것을 보았다. 254쪽. 거기까지가 그가 읽을 수 있었던 전부였다. 이제는 절대로 그 책을 끝까지 읽을 수는 없으리라. 게이브의 인생은 무엇인가에 가로막혀 그렇게 갑자기 중단되었다. 영사기에 들어 있던 필름이 중간에 갑자기 끊어져 끝까지 볼 수 없게 되어버린 것처럼. 게이브가 제대로 마무리 짓지 못한 일들이 너무나 많았다. 절대로 끝낼 수 없고 다시는 알 수도 없고 볼 수도 없는 일들도 너무나 많았다.

"이 책은 내가 마저 다 읽을게." 내가 큰 소리로 말했다. "게이브, 너를 위해서 내가 이 책을 다 읽을게."

나는 그렇게 말하고 그가 표시를 위해 끼워 넣은 종이를 살펴보았다. 바로 그날 오후, 우리가 페이시스 앤 네임스에서 먹고 마셨던 영수증이었다. 나는 손끝으로 거기에 적힌 날짜를 쓰다듬었다. 설사 그때 내가 게이브를 볼 수 있는 시간이 이것으로 마지막이라는 사실을 알았더라도 내가 뭔가 다르게 행동했을 거라고는 생각하지 않는다. 다시 그때로 돌아간다 해도 나는 그곳에서 그에게 내 몸을 밀착했을 것이고 그의 호텔 객실에서 그와 사랑을 나누고 또 나누었을 것이다. 그리고 나는 여전히 그에게 그를 따라 예루살렘으로 갈 수는 없다고 말했을 것이다.

여전히 나는 내가 만일 그때 그를 따라가겠다고 했다면 상황이 어떻게 달라졌을까 생각하는 일을 멈출 수 없다. 내가 집에서 그를 기다리고 있게 되었다면 그는 밖에서 좀 더 조심하지 않았을까? 내 배 속의 아이가 어쩌면 그의 아이일지도 모른다는 사실을 알았더라면 더 조심하고 주의하지 않았을까?

나는 내 배를 쓰다듬었다. 정말로 그날 오후에 있었던 일로 이 아이가 생겨난 걸까?

나는 다시 아파트 거실로 나가 주변을 살펴보다가 주방으로 향했다. 냉장고는 거의 비어 있었고 머스터드mustard와 맥주 몇 병이 들어 있을 뿐이었다. 찬장에는 커피 원두 봉지 하나와 찻잎이 반쯤 든 상자가 하나 있었다. 프레첼 봉지도 두 개 있었는데 하나만 뜯고 나서 다시 집게로 막아놓은 것이 보였다. 나는 게이브가 그렇게 프레첼을 좋아하는지도 알지 못했다. 그에 대한 일인데, 왜 나는 그런 사실을 몰랐을까?

거실로 돌아와 그의 책상에서 스마트폰 충전기를 발견한 나는 내 전화기를 꽂아 충전을 시작했다. 책상에는 카메라 두 대와 태블릿 PC가 있었다. 나는 그의 노트북은 그가 있던 가자 지구 어딘가에 있을 거라고 생각했다. 그걸 다시 찾을 방법을 생각해봐야 하나. '아마도 AP 통신사에서 도와줄 수 있을 거야'라고 나는 생각했다. '전화를 해야겠다. 케이트에게도 전화를 하고 대런에게도 잊지 말고 꼭 전화를 해야겠다.'

전화기 전원이 다시 들어올 만큼 충전이 되자마자 문자와 음성 녹음 메시지가 도착했다는 신호음이 쉬지 않고 울려대기 시작했다. 엄마와 제이슨, 케이트, 대런, 줄리아, 회사 등등. 나는 게이브의 책상 서랍을 열어 뭔가 쓸 만한 종이와 볼펜이 있는지 찾아보았지만 서랍 속에는 봉투 말고는 아무것도 들어 있지 않았다. 봉투 겉면에는 '게이브리얼 샘슨의 최종 유언장'이라고 적혀 있었다.

나는 입술을 깨물며 봉투를 열었다. 그가 직접 쓴 글씨가 종이 한 장을 가득 채우고 있었다. 나는 그 유언장이자 편지를 지금도 간직하고 있다.

나, 게이브리얼 빈센트 샘슨은 건강하고 정상적인 정신과 육체 상태로 이 유언장이 나의 최종 유언장인 동시에 내가 이전에 작성한 모든 내용들은 다 무효가 됨을 확인한다.

　나는 애덤 그린버그를 내 유언 집행인으로 지명한다. 만일 그가 이 일을 할 수 없거나 하기를 원하지 않는다면 대신 저스틴 킴을 지명한다.

　대학 친구였던 애덤이나 저스틴은 무슨 일이 일어났는지 알고 있는 건가? 게이브의 상사가 그들에게 연락을 했을까? 안 그러면 내가 애덤에게 연락을 해야 했다.

　나는 유언 집행인이 나의 죽음과 장례식, 그리고 나와 관련된 모든 청구서와 부채에 관련된 모든 비용과 세금, 기타 비용들을 나의 계좌를 통해 처리할 것을 지시한다.

　나는 루시 카터 맥스웰에게 내 모든 창작물, 내가 찍은 모든 사진과 나의 책《저항》, 그리고 내가 지금까지 작업해온 새로운 책과 관련된 모든 저작권과 권리를 양도한다. 나의 새 책은 내 노트북 컴퓨터 안 '새로운 시작'이라는 이름의 폴더 안에 저장이 되어 있다. 나는 루시 카터 맥스웰에게 내 모든 저작권의 소유권에 대한 모든 권한을 완전히 양도한다.

이 부분을 읽었을 때 나는 놀라지 않을 수가 없었다. 이건 뉴욕의 전시회 때 허락 없이 내 사진들을 전시했던 일에 대한 일종의 사과의 표시인 걸까? 나는 이 유언이 나의 남은 인생을 그와 영원히 묶어두려는 의도라는 사실을 깨달았다. 아마도 나는 그의 저작권이 모두 만료되기 전에 먼저 세상을 떠날 것이다. 게이브는 유언장을 작성할 때 그런 점까지 염두에 두었던 걸까? 그는 할 수 있는 한 최선을 다해 우리 두 사람을 함께 묶어두려고 한 것이었을까?

모든 비용과 세금, 그리고 부채를 청산하고 난 나의 나머지 현금 자산은 두 자선 단체, 9/11 추모 기념관 및 박물관the National September 11 Memorial & Museum과 화요일의 아이들Tuesday's Children에 균등하게 배분해 기부한다.
만일 루시 카터 맥스웰이 내가 지니고 있던 물건들 중 원하는 게 있다면 모두 원하는 대로 양도한다. 그렇지 않을 경우 내 유언 집행인이 적절한 곳을 찾아 모두 기부해주기 바란다.
2014년 7월 8일부로 이 모든 내용이 사실임을 확인한다.

그날이 그가 가자 지구로 떠난 날일까? 그는 그렇게 새로운 분쟁 지역으로 떠날 때마다 새로운 유언장을 작성한 걸까, 아니면 이번만은 평소와 다르게 행동한 것일까?

게이브와 나누고 싶은 이야기가 너무나 많다. 지금 물어보고 싶은 질문도, 진즉에 물어봤어야 했던 질문들도 너무 많다. 그리고 그에게 하고 싶은 이야기도. 그러나 나는 그의 유언장을 다 읽고 나서 그가 세상을 떠나기 전에 물어봐야 할 질문 한 가지를 결정했다. 그가 대답해줄 수 없다 해도, 그가 내가 하는 말을 들을 수 없다 해도 꼭 물어봐야만 했다.

　나는 쇼사나가 내게 준 명함을 꺼내 들고 그녀의 번호를 눌렀다.

　"병원에서는 친부 확인 검사를 얼마나 빨리 해줄 수 있을까요?" 내가 물었다.

<u>79</u>

마지막 인사

다음 날 아침 나는 병원에서 쇼사나를 만났다. 쇼사나는 산부
인과 전문의와의 진료를 예약해주었고 그 전문의는 나를 검사
한 후 친부 확인 검사를 하는 데 동의했다. 그리고 미즈라히 선
생도 게이브의 혈액을 채취하는 지시를 내렸다.

전화로 이야기했을 때 쇼사나는 검사 결과가 나올 때까지 얼
마나 시간이 걸릴지 잘 알지 못했다. "확인을 한번 해보겠습니
다." 그녀가 말했다. "그렇지만 아무리 생각해도 시간이 좀 걸릴
것 같은데요. 그리고 내일 밤부터는 안식일이 시작되고요."

나는 이스라엘 사람들이 지키는 안식일에 대해서 새까맣게
잊어버리고 있었다. 그렇지만 일단 검사만 하고 나면 일요일 아
침까지는 결과를 받아볼 수 있을 거라는 대답을 들었다. 그러면
충분할 것 같았다. 그리고 입원실의 기계장치들도 게이브를 그

때까지는 버티게 해줄 수 있을 터였고 나도 그때까지는 그와 함께 머물 수 있었다.

그렇지만 우주는 뭔가 다른 계획을 갖고 있었다. 미즈라히 선생은 혈액 검사실에서 우리를 만났다. "지금은 괜찮습니다만 샘슨 씨는 좀 힘든 밤을 보냈습니다." 그녀는 인사를 나누자마자 이렇게 말했다.

"죄송하지만 게이브리얼이라고 불러주세요." 나는 미즈라히 선생과 쇼사나에게 이렇게 부탁했다. 이제 두 사람도 우리의 비밀을 알게 되었으니 게이브를 그렇게 딱딱하게 부르는 일이 그들에게도 좀 어색하게 느껴졌으리라. "무슨 일이 있었나요?"

"고열이 치솟았어요." 그녀를 따라 검사실 안으로 들어가자 그녀는 이렇게 말했다. "당직을 서던 레지던트는 폐혈증이 진행되고 있는 것 같다고 생각을 했는데, 항생제 투여를 늘리고 해열 진통제를 투여했더니 열은 가라앉았고 지금은 안정된 상태입니다."

"폐혈증이요?" 내가 물었다. 분명히 말을 들어놓고도 무슨 상황인지 잘 알 수가 없었다.

"불행한 일이지만 저렇게 생명 유지 장치의 도움을 받는 환자들에게 이따금 일어나는 일입니다. 굉장히 심각한 감염 증세지요. 그렇지만 게이브리얼은 최소한 지금은 일단 그 상태를 피한 것 같습니다."

"그 폐혈증이라는 것 때문에……" 내가 물었다. "언제든 세상을 떠날 수 있다는 건가요?"

"생명 유지 장치에 의지하고 있으면 수많은 위험과 직면하게 됩니다." 그녀가 대답했다.

나는 그 위험이 뭔지 다 이야기해달라고 할까 생각했지만 그 대신 이렇게 물었다. "부탁드린 검사 결과는 오늘 알 수 있을까요? 아니면 내일이라도? 나는 그걸 알리기 전에 게이브가 세상을 떠나는 걸 볼 수는 없어요." 나는 목이 메어오는 걸 느끼며 내가 게이브에 대한 결정을 내리기 전에 다른 이유로 그가 세상을 더 빨리 떠나버리면 어쩌나 하는 생각을 했다. 게이브가 폐혈증에 걸리거나 외부로부터의 다른 감염 때문에 세상을 떠날지도 모른다고 생각하니 몸이 부들부들 떨려왔다. 그런 일이 일어나도록 내버려둘 수는 없었다. 절대로.

"어떻게 도와드릴 수 있을지 알아보겠습니다." 미즈라히 선생이 말했다.

그런 다음 친절한 눈매에 꽁지머리를 한 한 남자가 내 혈액을 채취해가며 할 수 있는 한 빨리 결과를 알려주겠다고 약속했다. 검사를 마친 후 우리는 게이브에게로 갔다.

게이브, 우리가 함께 여기에 있어. 오늘 아침은 내가 어제보다 더 나아진 것 같지? 어제처럼 허물어지지 않았잖아. 나는 마음을

다 잡고 있어. 너를 위해, 배 속의 아이를 위해 더 강해질 거야. 나는 지금 나에게 닥친 일을 내가 책임지고 해내야만 하는 업무로 생각하려고 해. 나는 내가 할 수 있는 한 최선을 다할 거야.

내가 입원실에 도착했을 때 너를 지키고 있던 간호사가 하는 말이 네가 내 말을 들을 수 있을 거래. 샤미르 선생이 네 뇌의 상태에 대해 했던 말을 잘 기억하고 있지만 그 간호사는 그런 거에 상관없이 너한테 말을 하라고 그러더라. 그래서 그렇게 했지.

네게 우리에 대한 이야기를 하고 네가 다시는 대답해줄 수 없는 질문들을 던졌어. 그리고 아이에 대해서도 알렸지. 배 속의 아이가 우리 아이일까? 어쩌면 아닐 수도 있겠지.

그렇다고 해서 지금보다 뭐가 더 나빠질 수 있을까? 나는 잘 모르겠어.

나는 지금 네 손을 잡고 있어. 내 손길이 느껴지니?

병원에서는 원래 네가 바라던 대로 이렇게 너를 이런 기계장치에 연결하면 안 되는 거였는데, 아무도 사정을 몰랐대. 그래서 너는 병원으로 오게 되었대. 이제는 내가 허락하기 전까지는 기계장치들을 끌 수 없어. 나는 지금 너에게 화를 내지 않으려고 무지 애를 쓰고 있는 중이야. 그렇지만 게이브, 넌 도대체 무슨 생각으로 나를 이런 상황에 몰아넣은 거니? 어떻게 나에게 너를 죽여달라는 부탁을 할 수 있어? 그런 선택이 나에게 어떤 영향을 미치게 될지 생각이라도 한번 해본 거야? 게이브, 나는 남은 인생 내내 이 일을 마음속에 품고 살아가야 할 거야. 그리고 꿈속에서도 끊임없이 이 일을 되새기고 또 되새기게 되겠지. 꿈속에서도 환자용 침대의 뻣뻣한 이불을 느끼고 기계장치에 의지한 너의 규칙적인 숨소리를 듣게 될 거야.

혹시 침대 위로 올라가 네 옆에 좀 누워도 괜찮을까? 조심해서 올라갈게. 네 몸에 연결된 장치는 어느 것 하나 건드리지 않을 거야. 네 부러진 팔도 신경을 쓸 거고. 나는 그저…… 너를 다시 한 번 안아보고 싶을 뿐이야. 네 가슴에 이렇게 머리를 기대고 있으니 정말 좋다. 뭐, 언제나 그랬었지만 말이야.

지금의 나를 만든 건 바로 너야. 너도 그걸 알고 있니? 너와 9월 11일의 그 사건이 지금의 나를 만들었지. 개인으로서의 나와 내가 지금까지 한 선택들은 다 너와 그 사건에서 영향을 받은 거야.

네 뺨에 키스해도 괜찮을까? 나는 그냥 다시 한 번 너를 내 입술로 느껴보고 싶어서 그래.

이제는 다시 너를 위해 할 수 있는 일은 없겠지, 그렇지?

그렇다면 그 사실을 그냥 받아들일 수밖에 없겠구나.

<u>80</u>
아들에게 쓰는 편지

내 아들에게.

언제쯤 너에게 이 편지를 전해줄 수 있을지 모르겠다. 아마 네가 성년이 되는 해에 그렇게 할 수 있지 않을까? 아니면 네가 대학을 졸업하면? 어쩌면 내가 죽은 후에야 너에게 전해질 수 있도록 은행의 대여금고 같은 곳에 안전하게 보관해두거나, 네가 이 모든 사실을 알아도 괜찮을 만큼 완전한 어른이 될 때까지 기다려야 할지도 모르지. 어쨌든 이 비밀은 그냥 묻어두기에는 너무나 중요한 일이라서 말이야.

지난 이틀 동안 무슨 일이 벌어졌는지 누군가에게는 꼭 이야기를 하고 싶구나. 그 이틀은 지금까지의 내 인생에 있어 가장 힘든 시간이었어. 그리고 나는 나의 일부인 네가 지금까지 나와 함께해준 것에 얼마나 감사하고 있는지 몰라. 네 누나를 임신했을 때 태아의 의식에 대한 글을 하나 읽은 적이 있어. 그 글에 따르면 아직 태어나기도 전인 아이의 의식 깊은 곳 어딘가에 자신만의 기억과 기록이 남는 일이 가능하다는 거야. 하지만 혹시 그렇지 않다 해도, 나는 내 기억을 너와 나눌 거야. 왜냐하면 네 아버지와의 마지막 시간들은 반드시 기억 속에 남아야 하기 때문이지.

어제 나는 네 아버지가 누군지 알게 되었고 오늘 아침 나는 그를 죽게 만들었단다. 나는 그때 네 아버지와 함께 있었어. 그는 내 어깨에 자기 머리를 기대고 있었고 나는 그의 머리카락에 키스했지.

전담 의사인 미즈라히 선생이 들어오더니 내게 마음의 준비가 되었느냐고 물었어.

나는 그렇지 않다고 말하고 싶었지만 그저 고개만 끄덕였단다.

"해야 할 일을 하시는 겁니다." 미즈라히 선생이 그렇게 말하더구나.

네 아버지는 뇌사 상태였어. 가자 지구에서 폭발이 있었을 때 거기에 휘말렸지. 그는 결국 다시는 깨어나지 못했어. 나는 그 문제에 대해 미즈라히 선생과 이야기하고 또 이야기했지만 상태가 나아지리라는 기대는 전혀 할 수 없었어.

나는 다시 고개를 끄덕였어. 내가 해야 할 일을 하고 있다는 걸 잘 알면서도 몹시 힘이 들었지. 정말이지 모든 결정을 포기하고 싶을 만큼 힘든 일이었어.

미즈라히 선생이 잠시 나를 바라보았어. 나는 그녀의 두 눈동자에 가득한 동정심을 볼 수 있었지. 나는 이 일을 맡게 된 것이 다른 누구도 아닌 바로 미즈라히 선생이라는 사실이 다행스럽게 느껴졌어. 그녀는 굉장히 나에게 친절했거든. 나뿐만 아니라 네 아버지에게도 그랬어. "계속 안고 계셔도 됩니다." 미즈라히 선생이 나에게 그렇게 말하더구나.

나는 두 팔로 네 아버지를 감싸 안고 머리를 그의 머리에 기댔지. "이제 됐나요?" 내가 이렇게 물었어.

선생이 고개를 끄덕였어.

나는 두 눈을 감고 그의 머리카락에 입술을 맞췄어. 미즈라히 선생이 그의 몸에서 생명 유지 장치를 제거하는 걸 도저히 두 눈 뜨고 지켜볼 수는 없었단다. 바로 내 옆에 있던 기계에서는 발작적으로 삑삑거리는 소리가 났고 내 심장도 비슷하게 뛰었어. 장치를 제거할 때 울리는 경보음이 다시 한 번 길게 울려 퍼지더니 마침내 소리가 멈췄어. 나는 두 눈을 뜨고 미즈라히 선생을 바라보았지. 기계장치가 조용해지면서 심장 박동을 나타내는 화면 속 표시도 더 이상 위아래로 움직이지 않았어. 그리고 마지막으로 길고 거친 숨소리가 들리더니 이내 아무 소리도 나지 않고 조용해졌어.

완벽한 적막이었지.

네 아버지가 세상을 떠난 거야.

눈물이 앞을 가리더구나. 나는 그에게 사과를 했어. 하고 또 했지. 그런 일을 할 수밖에 없었던 내가 미웠어. "미안해." 내가 이렇게 속삭였어. "미안해, 미안해, 정말 미안해."

오랜 세월 네 아버지와 나는 운명이나 자유 의지에 대해, 그리고 숙명과 개인의 결정에 대해 이야기를 나누곤 했어. 내 생각에 이제는 그 해답을 알 것만 같구나. 그건 나의 선택이었어. 처음부터 끝까지 모두 다 나의 선택이었어. 그리고 물론 네 아버지의 선택이었지. 우리는 그렇게 서로를 선택한 거야.

지금 너와 나는 함께 네 아버지의 아파트에 와 있단다. 비록 그는 세상을 떠났지만 나는 이렇게 그에게 둘러싸여 있지. 어디서든 그를 만날 수 있어. 태양이 떠오를 때 침실 창문으로 들어오는 황금빛 햇살 속에서도, 바닥에 깔려 있는 깔개의 자주색과 푸른색 안에서도, 주방 찬장 안에 쟁여 놓은 커피 원두의 향기 속에서도. 이제 네 아버지는 다시는 커피를 마시지는 못하겠지만 그를 위해 우리가 대신 마실 수 있겠지. 너하고 나 둘이서.

내가 세상에 없을 때 네가 이 글을 읽게 된다면, 네 아버지 이름을 꼭 찾아보기 바란다. 바로 게이브리얼 샘슨이야. 아버지의 예술 작품들을 찾아봐. 2012년 첼시에 있는 조셉 랜디스 화랑에 전시했던 사진들을 말이야. 나는 네가 네 아버지의 사진들에서 그가 이 세상을 얼마나 깊이 생각했는지 볼 수 있기를 바란다. 그리고 네 아버지와 내가 얼마나 서로를 느끼고 생각했었는지를. 네 아버지는 예술가였어. 뛰어난 감각에 정말로 총명하고 아름다운 예술가였지. 자신이 찍는 모든 사진들을 통해 이 세상을 더 아름다운 곳으로 만들기 위해 애썼어. 그는 국경과 인종, 그리고 종교를 초월해서 자신이 찾아낸 사연과 이야기들을 나누고 싶어 했어. 그리고 실제로 그렇게 했지. 그렇지만 대신 자기 생명을 바칠 수밖에 없었어.

네 아버지는 완벽한 사람은 아니었어. 그걸 그 사람도 알았어야 했는데. 그리고 나도 물론이고. 그는 때로 자기만 생각하는 자만심 강하고 이기적인 사람이었고 동시에 희생이 고귀한 것이라고 생각하는 사람이었지.

네 아버지는 너의 존재에 대해서는 아무것도 몰랐어. 내가 이야기를 했어야 했는데. 그랬더라면 뭔가가 달라지지 않았을까? 네 아버지가 너에 대해 알았더라면 사고방식이나 태도가 달라지고, 스스로 위험을 무릅쓰고 전장 한가운데로 몸을 던지는 일 같은 건 하지 않았을지도 모르지. 그냥 내 상상일 뿐이지만 말이야. 네가 있는데 자신의 인생을 내던져 희생하려 했을까? 그렇게는 생각되지 않아. 아니, 그렇지만 어쩌면 아무것도 달라지지 않았을지도 몰라. 아무것도 바뀌지 않았을지도 모를 일이지.

너는 사랑으로 잉태된 아이야. 나는 네가 그걸 꼭 알아줬으면 좋겠어. 내가 이 편지를 쓰고 난 후 어떤 일이 벌어지든, 네가 이 편지를 읽었을 때쯤 우리의 인생이 어떻게 달라져 있든, 그리고 네가 누구를 '아빠'라고 부르며 자라게 되든, 그건 분명한 사실이야. 내가 네 아버지를 얼마나 사랑했었는지 네가 알아주기를 바랄 뿐이야. 시간과 공간, 그리고 모든 논리를 초월하는 열정이 있었어. 나는 네가 그런 사랑을 찾게 되기를 바란다. 모든 것을 다 감수할 수 있는 그런 강렬한 사랑 말이야. 그 사랑을 통해 네가 조금은 미친 듯한 감정을 느껴도 좋아. 그리고 만일 네가 그런 사랑을 찾게 된다면, 그 사랑을 꼭 품에 안도록 해라. 그리고 절대로 놓치지 마. 그런 사랑에 빠지게 된다면 아마 네 마음이 상처를 입고 아플 때도 있을 거야. 그렇지만 동시에 자신이 무한한 능력을 지닌, 천하무적이 된 듯한 기분도 느낄 수 있을 거야.

이제 네 아버지는 세상을 떠났어. 나로서는 이런 기분을 다시 또 느낄 수 있을지 모르겠구나. 그가 그랬던 것처럼 누가 또 나로 하여금 특별하고 선택받았다는 기분을 느낄 수 있도록 해줄까. 누가 또 내가 훌륭한 사람이라는 기분을 느낄 수 있도록 만들어줄 수 있을까. 그런 기분을 느껴볼 수 있었다는 것 자체로 나는 내 자신이 대단한 행운을 누렸다고 생각해. 네 아버지를 만날 수 있어서, 그리고 너를 가질 수 있어서 나는 행복한 사람이야.

너는 아직 세상의 빛을 보지는 못했지만, 내 아들아, 나는 이미 너를 사랑하고 있단다. 그리고 네 아버지 역시 그가 어디에 있든지 너를 사랑한다는 사실도 알아주렴.

감사의 말

내가 훗날 《라이트 위 로스트The Light We Lost》라는 제목으로 탄생하게 될 소설의 첫 번째 초고를 썼던 건 2012년의 일이었다. 영원하리라 여겼던 어떤 관계가 끝나버린 다음이었다. 그 후 4년 동안 나는 다른 원고들을 마감하는 사이사이 남는 시간마다 이 소설을 조금씩 완성해갔다. 그 4년은 내 인생에서 가장 혼란스러운 시기였다. 그 기간 동안 나는 사랑과 상실, 숙명과 결정, 그리고 야망이나 후회에 대해 아주 많은 생각들을 했다. 그리고 내 자신의 세상이 너무 버겁게 느껴지기 시작할 무렵에 이렇게 루시의 세상을 만들어내는 기회를 갖게 되었다. 이 점에 대해서 감사하고 또 감사하는 마음이다.

그 기쁨과 슬픔이 공존했던 4년 동안 나를 아낌없이 지지해준 친구들과 가족들에게 심심한 감사의 마음을 전하고 싶다. 그리고 내 인생 속에서 만난 모든 놀라운 사람들에게 감사의 마음을 전한다. 특별히 나의 변변치 않은 초고가 제대로 된 소설로 탄생할 수 있도록 도와준 특별한 사람들에게도 역시 감사의 마음을 전한다.

에이미 어윙Amy Ewing은 앞부분의 스물여덟 쪽 가량을 읽고 계속 작업을 진행하라고 나를 격려해주었고, 지구상 최고의 글쟁이들인 마리아나 베어Marianna Baer와 앤 헤르츨Anne Heltzel, 마리 루트코스키Marie Rutkoski, 엘리엇 슈레퍼Eliot Schrefer는 늘 그렇듯 이 이야기를 몇 번이고 반복해서 읽으며 내가 올바른 방향으로 갈 수 있도록 잘못을 지적하고 또 용기를 북돋워주었다. 탈리아 베나미Talia Benamy와 리자 카플란 몬타니노Liza Kaplan Montanino의 평가, 그리고 이후 이어진 수많은 대화들은 그 가치를 헤아릴 수 없을 정도다. 그리고 나만을 위한 전담 독자들의 대표라 할 수 있는 새라 포겔맨Sarah Fogelman과 킴벌리 그랜트 그리코Kimberly Grant Grieco는 어머니이자 아내로서의 루시 모습에 대해 통찰력 있는 의견을 제시해주었다. 덕분에 이 책의 최종 원고를 완성하는 데 큰 도움을 받았다. 내 자매들인 앨리슨 메이 산토폴로Alison May Santopolo와 수지 산토폴로Suzie Santopolo는 병원 관련 문제에 대해 전문가로서의 의견을 잘 제시해주었고, 이모인 엘렌 프랭클린 실버Ellen Franklin Silver는 텔레비전 방송 제작에 대한 정보를 제공해주기도 했다. 아티아 파웰Atia Powell과 코너 파웰Conor Powell은 팔레스타인 가자 지구에서의 취재 활동과 관련된 나의 질문에 충분한 답을 주었다. 제프Jeff의 머리카락과 세탁기에 대한 이야기를 나에게 해주었던 바리 루리 웨스트버그Bari Lurie Westerberg는 내가 그 이야기를 적절하게 각색해 소설 속에 등장시킬 수 있도록 허락해주었다. 그리고 특히 닉 쉬프린Nick Schifrin에게는 수만 번의 감사 인사를 전한다 해도 모자랄 것이다. 그는 나와 함께 칵테일 잔 밑에 까는 냅킨 위에 소설의 결말 부분을 정리해주었고 언론 분야에 종사하는 게이브라는 인물에 현실감을 부여해주었다. 그리고 예루살렘이 등장하는 부분을 고쳐주기도 했다. 또한 나와 함께 레하비아에 가기도 했으며 최소한 세 차례 이상 이 책의 모든 장면들을 읽고 검토해주었다. 내가 이야기를 어떻게 전개해나갈지 고민할 때는 직접 내용을 제안하기도 하며 내가 더 깊은 의미를 지닌 글을 쓸 수 있도록 도와주었다.

그렇지만 나의 출판 대리인인 미리엄 알트슐러Miriam Altshuler와 편집자 타라 싱 칼슨Tara Singh Carlson, 이 놀라운 두 여성이 없었다면 이 소설은 여전히 내 컴퓨터 속에서 그저 원고로만 잠자고 있었을 것이다. 두 사람이 나와 내 작업을 위해 해준 일들에 대해 진심으로 감사의 마음을 전하며, 내 인생에서 두 사람을 만나게 된 것 자체를 하늘에 감사한다. 특히 루시와 게이브, 그리고 대런의 이야기를 더 훌륭하게 다듬는 데 도움을 준 타라의 통찰력과 선견지명은 놀라울 정도다. 내 원고를 지지해주고 완벽하게 편집해준 일에 대해서도 감사의 마음을 전한다. 아이반 헬드Ivan Held, 샐리 킴Sally Kim, 헬렌 리처드Helen Richard, 에이미 슈나

이더Amy Schneider, 안드레아 피블스Andrea Peabbles, 칼리 바이드Kylie Byrd, 클레어 설리번Claire Sullivan을 비롯한 펭귄과 푸트넘 출판사의 모든 담당 직원들에게 고마움을 전한다. 특히 리 버틀러Leigh Butler, 톰 더셀Tom Dussel, 그리고 할 페센든Hal Fessenden은 나에게 이 소설《라이트 위 로스트The Light We Lost》를 전 세계에 소개할 수 있는 기회를 주었다.

그렇지만 무엇보다도 이 두 사람이 없었더라면 나는 감히 내가 책을 쓸 수 있다는 생각 자체를 절대로 할 수 없었을 것이다. 어머니 베스 산토폴로Beth Santopolo와 이제는 이 책을 볼 수 없는 아버지 존 산토폴로John Santopolo에게 감사와 고마움의 마음을 전하고 싶다. 두 분은 단 한 번도 나의 꿈이 쓸모없는 것이라고 하신 적이 없으며 언제나 '무슨 일'이 있든 용기를 가지고 앞으로 나아가라고 격려해주셨다. 결코 그저 당연하게만 받아들일 수 없는, 고마운 모습이었다.

누군가가 누군가의 황홀한 빛이 되는 순간

장두영 (문학평론가)

처연할 만큼 아름다운

그들의 첫 만남, 첫 키스 그리고 그 마지막 선택

운명의 강렬함

'열정적 사랑'을 묘사한 수많은 작품은 저마다의 개성적인 방식으로 사람과 사람이 만나는 순간을 그려낸다. 작품의 성공 여부는 그러한 만남의 순간에 관한 소설적 형상화가 독자의 뇌리에 얼마나 인상적으로 기억되는가에 달려 있다.

때로는 아름답게, 때로는 충격적으로 그려진 열정적 사랑의 첫 출발은 소설의 마지막 책장을 덮고 나서 한참이 지나서도 뚜렷이 뇌리에 흔적을 남겨야 한다.

이런 기준에서 볼 때 질 산토폴로의 장편 《라이트 위 로스트》는 적어도 좀처럼 잊기 힘든 강한 인상 남기기에 성공한 작품이다. 루시와 게이브 두 사람의 운명적 만남을 9/11 테러가 발생한 뉴욕에 연결시켰기 때문이다.

이 소설은 역사적 사건(9/11)의 순간에 운명적으로 만난 달콤하고도 쓰디쓴 사랑에 관한 이야기다. 그러므로 이 소설에서는 역사적 실제 사건 자체가 아니라 그 사건이 주인공의 인생에 얼마나 강렬하게 다가왔으며, 이후의 삶에 어떠한 영향을 주었는지를 주목해야 한다. 그리고 나아가 그러한 주인공의 경험이나 생각이 얼마나 공감을 이끌어내고 있는지를 따져보아야 한다. 몇 가지 점에서 9/11의 소설적 활용은 문제적이면서도 영리한 선택이었다고 할 수 있다.

우선 이 소설은 역사적 사건이 지닌 위력적인 충격파를 개인의 삶에 대응시킨다. 세계 유일의 초강대국인 미국의 심장부에 테러를 감행하는 일을 누가 감히 상상이라도 할 수 있었을까. 그래서 두 사람의 첫 만남이 얼마나 강렬한 애정의 강도를 지니고 다가왔는지 긴 부연이 필요하지 않다.

그런 루시와 게이브의 사랑이 아름답기만 한가 하면 그렇지 않다. 수많은 사람들이 죽어가는 절대적인 암흑과 상처 속에서 새롭게 시작된 사랑이 절대 그럴 리가 없다. 여기에는 쉽게 극복할 수 없는 '죄책감'이 한구석에 도사리고 있다. "꽤 오랫동안 그때 일만 생각하면 마음이 그리 편치 않았다. 불타고 있는 도시를 내려다보며 첫 키스를 나눈 것, 그리고 그런 순간에 누군가에게 그렇게 빠져버릴 수 있었다는 사실이 내내 마음에 걸렸던 것이다."

소설이 한참 진행된 시점에서, 오바마 대통령이 오사마 빈 라덴 사살 작전 성공을 국민들에게 알리는 에피소드에서 루시와 게이브가 안도하며 기뻐하는 모습은 그동안 그들의 마음에 얹혀 있던 죄책감의 무게를 새삼 확인시켜준다.

이러한 죄책감은 소설 속 인물들에게 열정적 사랑의 촉매제로 작용하기도 한다. 테러 사건을 목격하는 그들 앞에는 암묵적이지만 금기가 펼쳐져 있고, 그들 두 사람은 금기를 위반한 것이 된다. 에로티즘의 본질이 금기의 위반에서 비롯한다는 사실을 떠올리면, 뒤이어 펼쳐지는 두 사람의 연애와 섹스가 소설 속에서 왜 그토록 강렬하게 제시되는지 조금은 이해할 수 있으리라. 거대한 죽음의 공포 앞에서 생존에의 의지 또한 비례적으로 강렬해진다. 나아가 자신의 종족을 보존시키고자 하는 갈망 또한 더욱 강렬해진다. 본능적인 갈구의 수준에서 이루어지는 두 사람의 결합이 처절하고 애잔하게 느껴지는 것은 바로 이런 이유에서다.

프로스트가 노래한 '가지 않은 길' 그리고 루시의 '선택'

《라이트 위 로스트》가 전면에 내세우는 테마는 '선택'의 문제다. A를 선택할 것인가, B를 선택할 것인가. 선택의 기본 형식을 소설 속에 옮겨보면 무척 단순하고 명백하다. 이별 후 새롭게 찾아온 대런을 선택할 것인가, 아니면 떠나간 옛 애인 게이브를 다시 선택할 것인가. 작품 초반에 펼쳐진 루시와 게이브의 운명적인 만남은 분량이 그리 길지 않고, 대신 대런이 나타나 그와의 연애가 훨씬 많은 분량을 차지하는데, 반복적으로 루시는 대런과 게이브를 '비교'하면서 선택을 하기 위해 망설이는 듯한 모습을 보인다. 성향이 아주 다른 두 가지 사랑을 놓고 무엇을 고를 것인지 따져보는 연애 심리가 이 소설을 이끌어 가는 주된 동력이다.

게이브와 대런의 사랑의 차이는 소설 속에서 재미있게 표현된다. '젤리 실험'과 '낮소 시간차 반응'에 비유되거나, 한번 번지면 삽시간에 타올라 걷잡을 수 없는 '들불' 같은 사랑, 안정적이면서도 편안하고 만족감을 주는 '난롯불' 같은 사랑, 모든 것을 다 태울 듯 뜨겁게 타오르기는 하는데 딱 정도를 지키는 '모닥불' 같은 사랑이라 표현되기도 한다.

비유뿐만이 아니라 소설 속에서 언급된 로버트 프로스트의 시 〈가지 않은 길〉은 두 가지의 사랑 앞에서 망설이는 루시의 마음을 단적으로 보여준다. 이 점에서 《라이트 위 로스트》는 사랑에 심한 상처를 입어본 사람이 공감할 수 있는 소설이 된다. 누군가와 이별한 후 헤어진 옛 연인과 다시 만나면 어떻게 될까? 이런 '가정법'을 허구적으로 실행해주는 것이 이 소설이 선사하는 대리 만족의 중요한 기능이다.

막상 선택은 쉽지 않다. 열정적 사랑의 화신인 게이브 못지않게 대런에게도 대런만의 넘치는 매력이 있기 때문이다. 그가 열정적이지 않은 것이 불만이라고? 아니다. 그는 버킷리스트를 차근차근 이루어가는 실천가 타입이다. 심지어 루시가 무심코 버킷리스트에 적어놓은 "그냥 파리에 가서 주말을 마음껏 즐기고 오기"도 오랫동안 치밀하게 계획하여 성사시켜주는 '연애의 이벤트'에 능한 사랑꾼 타입이기도 하다. 자나 깨나 세계 평화를 소망하는 게이브가 이러한 자상함과 로맨틱함을 과연 절반이라도 따라갈 수 있을까 싶다.

영화로도 재현될 뉴요커들의 삶도 감상 포인트

이 소설에서는 루시와 대런의 이야기가 상당히 많은 분량을 차지하며 내용도 무척 흥미롭다. 무엇보다 뉴요커의 라이프 스타일을 엿볼 수 있는 호기심 충족과 대리 만족의 측면에서다. 이미 이 작품은 영화화가 결정되었다고 하니 이 점이 무척 눈여겨볼 감상 포인트가 될 것이 분명하다. 대학 졸업 후 사회에서 자리를 잡아가는 그들의 생활을 통해서 뉴요커가 무엇을 먹고, 어디서 자고, 무슨 거리를 걸어 다니는지 보게 된다. 작품 속 그들이 방문하는 카페나 식당, 휴양지 목록을 만들어보고 싶고, 그들의 옷과 구두, 향수도 이름을 기억해두고 싶다. 뉴요커의 육아 전쟁이나 여성으로서의 사회적 활동에 관한 인식도 눈여 겨볼 대목이다.

《라이트 위 로스트》의 공간 설정에서 뉴욕은 매우 중요하다. 소설의 첫 장면부터 소설의 배경은 '뉴욕'이었고, 게이브가 AP 통신사의 기자가 되어 떠날 때, "진정한 변화를 이끌어내고 싶 다면 뉴욕을 떠나야 한다"고 말하듯, 소설에서는 뉴욕이냐, 그 렇지 않느냐가 중요하다. 뉴욕을 떠났다가 뉴욕으로 돌아오는 게이브뿐만 아니라, 잠시 파리나 기타 다른 곳으로 갔다가 뉴욕 의 일상으로 돌아오는 루시와 대런, 그리고 작품의 결말에서 뉴 욕을 떠나기를 선택하는 루시의 모습까지, 한시도 뉴욕과 끈을 놓지 않는다. 그러하기에 뉴요커의 생활이 생생하고 치밀하게 묘사되는 것은 지극히 자연스러운 일이다.

또한 루시와 대런의 이야기에서는 겉으로 보이는 평온하고 안락한 생활 이면에 지속적으로 꿈틀거리는 불안이 소설적 긴 장을 자아낸다. 간혹 게이브와 연락을 주고받고, 만나기도 하 고, 게이브가 나오는 꿈을 꾸기도 하는 루시. 대런에게 친밀감 을 느끼고 고마워하고, 그에게 사랑한다 말하지만 마음 한구석 에서는 만약 게이브라면 어떻게 했을까를 계속해서 되묻는 루 시. "게이브라면 절대로, 절대로 하지 않을 그런 일이야." 여기 에 덧붙여 분쟁 지역을 돌아다니는 게이브에게 혹시 안 좋은 일 이 벌어지면 어떡하나 싶은 불안감까지 겹쳐지면서, 루시가 안정된 생활을 누리면 누릴수록 불안감은 점차 고조되는 아이러 니한 상황이 펼쳐진다.

특히 이 소설이 회상의 문체로 이루어져 있다는 점도 불안의 고조에 크게 기여한다. 루시가 '가지 않은 길'을 가게 된다는 것 은 프롤로그에서 이미 암시되어 있었다. 마지막 순간, '선택'을 내려야 하는 바로 그 순간 프롤로그에서 "지금 이곳에서 어떤 아름다움을, 그리고 어떤 빛을 찾을 수 있을지 모르겠지만 나는 포기하지 않을 거야. 당신을 위해 절대로 포기하지 않겠어"라고 미리 선언해 놓았다. 가지 않은 길이란 어떤 것이며, 그녀가 내 려야 하는 선택이란 도대체 무엇일까가 담담한 회고를 통해 시 종일관 유지되고 있었기에 그들의 첫 만남과 첫 키스, 그들의 마 지막 선택이 그처럼 처연하게 다가오는 것이다.

게이브에게 엿보이는 오이디푸스 콤플렉스적 성향

이 소설에서는 여러 문학 작품이 언급되고 때로는 몇 구절이 인용된다. 이러한 외부의 텍스트는 《라이트 위 로스트》라는 내 부의 텍스트를 이해하고 해석하는 데 영향을 미치고, 풍부한 해 석의 여지를 남긴다. 소설 속에서 언급된 이야기보다 훨씬 더 많은 이야기를 함축할 수 있는 효과적인 기법이다. 인용된 작품 목록은 이 책의 말미에 잘 정리되어 있으니 같이 첨부되어 있는 배경음악 목록과 함께 참고하면 더 좋겠다. 그런데 정작 중요한 작품은 그 목록에 없다. 바로 그리스 비극 작품이다.

게이브는 현대판 오이디푸스다. 그는 어린 시절을 회상하면서 아버지처럼 되지 않겠다고 맹세하는데, 이는 부친 살해(어디까지나 신화적인 상상력이다)의 욕망을 드러내는 전형적인 모습이다. 폭력을 행사하던 아버지로부터 자신이 사랑하는 어머니를 지켜내는 것이 그의 소망이었다. "아버지와 함께 산다는 건 (중략) 아마도 2차 세계대전 중에 영국 런던에 사는 것과 똑같았을 거라는 생각이 들 때가 있어." 아버지의 폭력이 전쟁과도 같았다고 회상하는 게이브가 분쟁 지역을 사진으로 담아내서 폭력의 잔인성을 고발하는 직업을 택한 것은 가정 폭력을 휘두르던 아버지와의 대결 의식이 확대된 결과로 해석할 수 있다.

아버지의 학대를 견디던 시절 '만화경'을 들여다보며 위로를 삼던 것도 훗날 게이브가 사진기자가 되는 것과 연결된다. 작은 구멍을 통해서 빛의 향연을 들여다보고 황홀해하던 어린아이는, 조리개와 렌즈를 통해 들어온 빛을 인화지에 고정시키는 '빛의 기계'에 매료될 수밖에 없었다. 어린 게이브를 위해 천장에 색유리를 붙여 온 집 안을 만화경처럼 꾸며주었고, 빛의 예술에 관한 영감을 불어넣어주었던 어머니는 그에게 영원한 사랑의 대상이다. 어린 시절 만화경을 들여다볼 때 옆에 있던 어머니처럼, 이제 성인이 되어 카메라로 세상을 보는 게이브 옆에는 루시가 있으니, 루시는 게이브의 어머니, 곧 영원한 사랑의 대상이다.

어린 시절 어머니가 색유리에 반사된 빛을 보여주어 아버지의 어두운 그늘로부터 그를 지켜주었던 것처럼, 어두움이 절정에 달했을 때 그의 곁에 서 있어준 루시는 게이브에게 빛을 선물해준 셈이다. 게이브가 자신의 작품 밑에 '빛으로 가득한 한 여인이 손을 대니 모든 것들이 더 환하게 빛난다. 루시, 환하게 빛나는 그녀는 나의 빛'이라고 적어놓은 것에서 '루시'를 '어머니'로 바꾸어도 전혀 어색하지 않다.

게이브의 입장에서 이 소설을 보면, 오이디푸스 콤플렉스를 가진 남자가 자신의 어머니를 닮은 여성을 사랑하고 잊지 못해 그녀의 주변을 따라다니는 이야기가 된다. 잃어버린 어린 시절의 빛을 찾아서, 영원히 마음 한구석에서 어머니를 사랑하는 한 남자의 이야기가 되는 것이다.

그리스의 비극 〈안티고네〉를 연상케 하는 그 '빛'

작품의 결말에서 대런은 루시가 게이브에게 가지 않기를 원한다. 법과 질서의 상징이 그녀에게 명령한 것이다. 바로 여기서 목록에 올라 있지 않은 또 하나의 작품인 그리스 비극 〈안티고네〉가 떠오른다. 국왕 크레온은 폴리네케스의 시신을 짐승의 밥이 되도록 길바닥에 방치하라고 명하며, 그의 시신을 거두는 자에게 사형을 내리겠다고 경고한다. 그럼에도 안티고네는 자신의 양심에 따라 오빠인 폴리네케스의 시체를 매장하겠다고 '선택'하고 결국 비극적인 죽음을 맞이한다. 루시는 선택을 내리기까지 어떠한 고민을 했던가. 게이브에게 달려가면 결혼 생활이 파탄을 맞이하리라는 것을 잘 안다. 어쩌면 두 아이의 양육권도 뺏길지 모른다. 이 지점에서 루시는 안티고네를 닮았다. 시체 매장이라는 소재가 생명 유지 장치라는 현대 의학에 관한 소재로 약간 변형되었을 뿐이다.

루시와 안티고네의 선택은 정말 빛이 필요한 자에게 빛이 되어주는 일이다. 설령 누군가에게 빛이 되어주는 선택을 함으로써 자신의 모든 것을 잃고, 심지어 자신의 죽음마저 초래하게 될지라도 그것은 마음속 깊은 곳에서 우러나온 선택의 결과이기에 '반드시 그러해야만 하는' 절대적인 양심의 명령이다. 그녀는 사회적 비난과 파멸의 위협 앞에서 그저 누군가의 죽음을 애도하는 권리를 선택했을 뿐이며, 누군가를 사랑하는 마음을 속이지 않았을 뿐이다.

사회적인 위신이나 비난, 법과 질서를 초월한 차원의 절대적인 명령을 따르는 그녀들의 모습을 두고 우리는 '인간에 대한 예의'이자 진정한 윤리라고 부를 수 있을 것이다. 그러한 마지막의 선택이야말로 소설《라이트 위 로스트》가 그토록 찾아 헤매던 바로 그 '빛'이 아닐까.

또 하나의
강렬한 사랑 이야기

2001년 9월 11일, 이슬람 극단주의 세력의 지원을 받은 일단의 테러리스트들이 여러 대의 항공기를 납치해 미국 영토 내여러 곳에서 동시다발적인 자폭 테러를 자행한다. 이 자폭 테러로 인해 가장 큰 피해를 입은 곳은 세계 자본주의의 상징이라고할 수 있는 미국 뉴욕 맨해튼의 세계무역센터 건물이었다. 흔히 쌍둥이 빌딩으로 불리던 이 무역센터가 완전히 붕괴되면서 3,000여 명에 달하는 사망자가 발생했다. 역사상 최악의 테러가 일어났던 이날을 기점으로 미국의 역사는 완전히 달라지게된다.

이 소설의 두 주인공이며 뉴욕 컬럼비아대학 4학년이던 루시와 게이브가 처음 인연을 맺게 된 날도 바로 그날이었다. 그날 두 사람은 대학 기숙사 지붕 위에서 무너져버린 쌍둥이 빌딩의 비극을 함께 목도한 후, 자신들의 인생을 좀 더 의미 있는 것으로 만들어나가기로 다짐한다. 그리고 자연스럽게 열정적인 사랑에 빠지게 된다.

이 열정적인 사랑의 직접적 계기는 함께 목도한 충격적인 사건이었다. 그리고 충격적인 사건 앞에서의 사랑이 불편할 사람들을 위해 작가는 루시의 입을 빌어 '꽤 오랫동안 그때 일만 생각하면 마음이 그리 편치 않았다. 그런 순간에 누군가에게 그렇게 빠져버릴 수 있었다는 사실이 내내 마음에 걸렸다'고 고백하면서 동시에 '타인의 죽음 속에는 남은 사람들을 살아남도록 이끄는 무엇인가가 있었던 것이 아닐까. 우리는 그날 죽지 않고 살아남고 싶었다'라는 솔직한 심정도 덧붙인다.

보통의 사람들이 그러하듯, 루시와 게이브의 사랑도 그리 순탄하게만은 이어지지 않는다. 두 사람의 첫 만남 이후, 소설의 나머지 부분은 두 사람의 인연이 어떻게 이어졌다가 끊어지고, 또 어떻게 마무리가 되는지를 보여주며 조금은 뜻밖의 반전과 함께 끝을 맺게 된다.

이 소설은 지금은 많이 언급되지 않는 용어이지만, 언뜻 보면 '여피yuppie', 즉 도시의 젊은 전문직 종사자들의 평범한 사랑 놀음에 충격적인 사건 하나를 배경으로 끼워 넣은 것처럼 보일 수도 있다. 하지만 등장인물들에 대한 생생한 심리묘사와 실제로 주변에서 일어날 것만 같은 현실감은 이 소설을 달리 보이게 만들고 독자들에게 감동을 심어주는 힘으로 작용한다.

게이브의 이별 통보 앞에 속절없이 무너진 루시는 자신의 의지에 따라 '세상을 바꿀 수 있을 것 같은' 직업을 선택하고 만족하며 산다. 하지만 평범하고 안정된 생활을 바라는 남편 대런과의 사이에서 다양한 갈등을 겪는다. 남편이 가져다주는 경제적인 안정과 사랑, 그리고 관심에 대해서 진심으로 고마워하면서도 여전히 뭔가 채워지지 않는 갈증에 목말라한다. 옛 연인에 대한 마음을 완전히 끊지 못하는 것이다. 게이브는 어린 시절 폭력적인 아버지 밑에서 상처를 받고 거기에 성인이 된 이후에 겪은 9/11 사건까지 겹치며 '더 나은 세상을 만들기 위해' 사랑하는 연인 곁을 떠나게 된다. 온 세계의 분쟁지역으로 뛰어든 게이브는 실제로 겪게 되는 참상에 조금씩 처음의 열정과 용기를 잃어버린다. 이윽고는 자신의 무력함을 호소하며 모든 것을 포기할 것 같은 모습까지 보인다. 이런 모든 것들이 평범한 우리 자신의 모습을 떠올리게 만든다.

작가 질 산토폴로가 계속해서 묘사하는 주변 등장인물들의 모습들 역시 지나치게 낯설거나 작위적이지 않으며 평범한 모습이기에 더욱 가슴에 와 닿는다. 이상주의자인 게이브와의 사랑이 결국 아픔으로 끝날 것이라며 현실적인 조언을 해주는 친구들, 결혼식을 앞둔 딸의 마음을 헤아리고 다독이는 어머니의 모습, 그리고 엄청난 지원이나 도움은 아니지만 자신이 현재 서 있는 위치에서 힘들어하는 옆 사람에게 해줄 수 있는 모든 것을 다 해주고 싶어 하는 따뜻한 마음을 보이는 여러 사람이 그렇다.

이 소설의 등장인물들 중에 여러 가지 복잡한 심정이 들게 만드는 건 다름 아닌 루시의 남편 대런이다. 때로는 조금은 자기중심적이며 이기적인 모습에 혀를 차다가도, 그런 모습의 밑바탕에는 결국 한 사람만을 향한 변치 않는 애정이 있다는 걸 확인하면 이해가 가기도 한다. 또 그러면서도 왜 조금 더 사랑하는 사람과 공감하려 하지 않을까 하는 안타까운 생각이 들기도 한다. 혹시나 이 소설의 속편이 나온다면, 마지막에 드러난 루시와 게이브의 비밀을 대런이 어떻게 받아들일지, 그리고 평범한 남자로서 어떤 반응을 보일게 될지가 제일 궁금하다.

세상을 살아가면서, 그리고 점점 나이를 먹어가면서 어쩔 수 없다고 생각하면서도 동시에 받아들이기 어려운 것이 바로 '무뎌짐'이다. 마침 주한미군을 위한 AFN 라디오 방송을 듣고 있었기에 9/11 사건 당시 모든 정규 방송을 중단하고 숨 가쁘게 상황을 전달하던 미국 앵커나 기자의 목소리를 한동안은 생생하게 기억하고 있었다. 하지만 17년이 지난 지금은 당연히 아무것도 기억이 나지 않는다.

어디 이런 사건이나 사고뿐일까. 사람에 대한 감정도, 어떤 사물에 대한 집착이나 열정도 언제 그랬었나 싶을 정도로 세월이 흐르면서 점점 희미해지고 무뎌져 가는 게 우리 보통 사람들의 일상일 것이다. 감내해야만 하는 고통을 생각한다면, 어쩌면 그런 망각이야말로 신의 또 다른 선물이라고 생각하면서도, 때로는 '나'라는 사람의 감정이라는 것이 이렇게나 얄팍한 것이었나 하는 자괴감에 빠질 때도 많다.

그런 점에서 본다면, 이 소설의 등장인물들은 어쩌면 처음의 순수함과 진심을 간직하려고 열심히 노력하는 그런 사람들일지도 모른다. 비록 세월의 더께와 함께 조금씩 잊혀져가고 무뎌져가더라도, 적어도 잊지 않으려는 노력을 게을리하지 않는 사람들이니까.

책을 번역할 때마다 일종의 립서비스처럼 덧붙여지는 언론의 보도 내용보다는 원서에 대한 인터넷의 일반 독자들의 목소리에 조금 더 귀를 기울이는 편이다.《라이트 위 로스트The Light We Lost》의 여러 평가들은 과연 예상을 벗어나지 않았다. 순수한 사랑 이야기와 그 결말에 초점을 맞춰 눈물짓는 사람들이 있는가 하면, 그저 그런 진부한 남녀관계에 대한 이야기에 상징적인 사건을 끼워놓았을 뿐더러 주인공들의 행동이나 심리가 이해가 가지 않는다는 반응들도 있었다. 그렇지만 어쩌면 진부하다는 말 자체가 이 소설의 내용이 우리의 일상과 가깝게 맞닿아 있다는 뜻일지도 모른다. 누구나 살아가면서 남들에게 도저히 이해받지 못할 그런 행동이나 심리를 보일 때가 분명히 있을 테니까.

작가는 운명이나 숙명의 의미를 결코 가볍게 보지 않으면서도 동시에 인간의 결단력과 의지의 중요성 역시 잊지 않는다. 우리의 인생을 이끌어가는 건 과연 어느 쪽일까? '무뎌짐'이라는 어쩔 수 없는 숙명일까, 아니면 잊지 않으려는 우리 자신의 의지일까?

소설 본문에서도 한 번 언급되었던 셰익스피어의 《줄리어스 시저》의 한 대목을 읽으면서 함께 생각해보았으면 한다.

> 지금 절정에 오른 우리의 사기도 곧 꺾일 수 있소.
> 인간사에도 밀물과 썰물이 있는 법,
> 밀물을 타게 되면 행운에 이를 수 있거니와
> 만일 그렇지 못하게 되면 우리의 인생 항로는
> 얕은 여울에 부딪쳐 불행을 맞이하게 될 것이오.
> 우리는 지금 밀물이 꽉 들어찬 바다 위에 떠 있으니
> 우리에게 유리한 이 물결 위에 올라타지 못한다면
> 우리의 거사는 필경 실패하고 말 것이외다.

부 록

★ 작품 속 루시와 게이브가 인용한 문학 작품들

★ 작가와의 대화

★ 작가가 선택한 소설을 읽을 때 들으면 좋은 노래들

★ 생각 노트

작품 속 루시와 게이브가 인용한 문학 작품들

이 소설 속에서 루시와 게이브의 관계를 설명하는 데 희곡이나 시의 인용구들이 대단히 중요한 역할을 하고 있다. 비교적 정확하게 언급된 것과 그렇지 않은 것들을 다 포함해서 소설 속에 등장한 순서에 따라 루시와 게이브가 인용했던 문학 작품들을 아래에 소개해본다.

- 《줄리어스 시저Julius Caesar》_윌리엄 셰익스피어William Shakespeare

- 《타이터스 앤드러니커스Titus Andronicus》_윌리엄 셰익스피어William Shakespeare

- 《일리아스The Iliad》_호메로스Homeros

- 〈가지 않은 길The Road Not Taken〉_로버트 프로스트Robert Frost

- 〈페르세포네의 전설the Persephone myth〉,《신화: 신들과 영웅들에 대한 영원한 이야기들Mythology: Timeless Tales of Gods and Heroes》중에서_이디스

해밀턴Edith Hamilton

- 《로미오와 줄리엣Romeo and Juliet》_윌리엄 셰익스피어William Shakespeare

- 《더 기버: 기억 전달자The Giver》_로이스 로우리Lois Lowry

- 《아서왕의 전설Le Morte d'Arthur》_토마스 말로리경Sir Thomas Malory

- 〈피그말리온과 갈라테아 이야기The story of Pygmalion and Galatea〉, 《변신
  이야기Metamorphoses》 중에서_오비디우스Ovidius

- 〈너와 함께 있을 때의 내 몸이 나는 좋아i Like My Body When It Is With Your〉
  _E. E. 커밍스Cummings

- 〈소네트 30번Sonnet 30〉_윌리엄 셰익스피어William Shakespeare

- 《채털리 부인의 사랑Lady Chatterley's Lover》_D. H. 로렌스Lawrence

- 《생쥐에게 과자를 줘볼까요?If You Give a Mouse a Cookie》_로라 누메로프
  Laura Numeroff 글, 펠리샤 본드Felicia Bond 그림

- 〈희망은 한 마리 새Hope is the thing with feathers〉_에밀리 디킨슨Emily
  Dickinson

- 《우리가 볼 수 없는 모든 빛All the Light We Cannot See》_앤서니 도어Anthony
  Doerr

✦ 작가와의 대화

《라이트 위 로스트The Light We Lost》는 대단히 솔직하면서도 감동적인 소설입니다. 어떤 계기로 이 소설을 집필하게 되었나요?

좀 안타까운 일이지만 이 책을 쓰게 된 첫 번째 계기는 바로 나 자신의 끝나버린 관계였어요. 나는 어떤 사람과 3년 동안이나 관계를 이어갔는데, 당시에는 이 관계가 평생 동안 이어질 거라고 생각을 했어요. 그리고 모든 것이 끝이 났지요. 그렇게 무너진 내 인생을 다시 추스르고 나 자신을 위한 새로운 미래를 꿈꾸려고 애를 쓰던 와중에 이 소설의 초고를 쓰기 시작했습니다. 나와 비슷하게 사랑과 이별을 겪는 한 여인에 대한 이야기였죠.

물론 주인공인 루시는 나하고는 달라요. 그리고 그녀와 게이브와의 관계 역시 나의 경험과는 다릅니다. 그렇지만 내가 《라이트 위 로스트The Light We Lost》에서 풀어놓은 감정들, 즉 사랑과 상실, 그리고 배신과 후회, 희망 혹은 절망의 감정들은 모두 내가 경험을 했었고 좀 더 확인해보고 싶어 했던 감정들이에요. 그리고 이 소설을 통해 나는 그런 감정들을 좀 더 파고들어 확인해볼 수 있었고요.

이 소설을 쓰면서 느낀 가장 흥미로웠던 점은 내가 이 이야기의 일부를 사람들에게 소개했을 때 그들이 보여준 가장 일반적인 반응이 내가 의도했던 것과 비슷했다는 점이었습니다. '나도 루시가 어떤 기분인지 알 수 있어. 나도 그런 사랑이나 상실을 경험했다면 아마 그렇게 느꼈을 거야.' 이런 식이었지요. 이 소설을 쓰면서 나는 비록 사람들이 모두 다 서로 다르고 모든 관계가 다 독특하지만 거기에 분명 우리 모두가 다 공감할 수 있는 공통분모가 있다는 사실을 알 수 있었어요. 사랑과 상실은 결국 모든 감정을 다 아우르는 그런 존재라고나 할까요.

《라이트 위 로스트The Light We Lost》 전에는 주로 아이들이나 청소년들을 대상으로 한 작품 활동을 하셨지요. 어떤 계기로 이런 성인용 소설을 집필해야겠다는 결심을 하게 되었습니까?

성인들을 대상으로 한 소설을 쓰는 건 사실 특별히 뭘 의식하고 결정한 일은 아니에요. 나중에 《라이트 위 로스트The Light We Lost》로 완성이 되는 초고를 쓰기 시작했을 때 앞서 언급했던 그런 일들도 있었고, 주제나 상황적인 문제 때문에 주인공으로 성인들을 등장시키게 된 거예요. 결국 나는 어른들의 문제에 천착하고 있었거든요. 교육자 입장에서 아이나 십 대 청소년을 주인공으로 한 책에 그런 주제들을 포함시킬 수는 없었으니까요.

그러면 집필 방식에는 어떤 차이점이 있었습니까? 성인들을 대상으로 하기 때문에 작업에 변화를 주어야 했나요?

사실 집필이나 작업 방식에서 큰 변화는 없었어요. 열 살과 열한 살 아이가 나오는 소설에서 열다섯 살 청소년이 나오는 소설, 그리고 다시 서른다섯 살 어른이 나오는 소설을 쓰게 된 건데, 일단 이렇게 등장하는 주인공들을 결정하고 나면 나머지는 그걸 따라서 쓰면 되니까요. 물론 사용하는 단어나 표현, 시점이나 기준 같은 것들은 바뀌어야 하겠지만 굳이 그런 걸 심각하게 의식을 하면서 작업을 하지는 않아요. 주인공의 관점을 따라 이야기가 자연스럽게 전개가 되고 결국에 가서는 주인공의 나이도, 또 독자들의 나이도 크게 문제가 되지는 않는 거죠.

루시는 매우 의지가 강하고 늘 최선을 다하는 인물로 그려집니다. 소설 속에서 루시를 그려나가는 일은 어렵지 않았는지, 또 자신의 모습이 얼마나 투영이 되었는지 궁금합니다.

열두 살이 되었을 무렵부터 대학에 들어갈 때까지 나는 연극이나 뮤지컬, 그리고 글쓰기 활동을 많이 했어요. 그런 활동들이 연기와 흡사하다는 생각을 많이 했었는데요, 그러면서 허구적인 인물을 만들어내고 거기에 이야기를 덧붙이는 단계로 넘어가게 되었지요. 내가 알고 있는 정보들을 바탕으로 해서 그 인물이 각기 다른 상황 속에서 어떻게 행동하고 반응할지에 대해서도 연구하게 되고요. 또한 내가 개인적으로 경험했던 일들이나 비슷하게 느꼈던 감정들도 들어가게 되는데, 그때는 주인공이나 인물의 성격에 맞춰 감정이나 반응을 바꾸기도 해요. 그렇게 보면, 루시와 루시의 인생 속에는 나 자신의 여러 모습들이 투영되어 있다고도 볼 수 있겠네요. 물론 그렇기 때문에 루시의 이야기뿐만 아니라 내가 쓴 이야기 속의 모든 등장인물들에는 나의 모습이 상당 부분 투영되어 있는 거지만요. 루시의 경우는 내가 하지 못했던 일들을 하기도 하고 둘이 비슷한 일을 겪었을 때도 전혀 다르게 반응하기도 하지요. 그렇지만 가끔 루시가 실제 인물이고 우연히 어떤 모임 같은 곳에서 만난다면 서로 친구가 될 수도 있을 거라는 상상을 하기도 해요.

게이브와 대런의 성격이 만들어졌던 과정도 궁금하군요. 소설 집필이 진행되어 가면서 변화가 있었습니까?

물론 그랬죠! 우선은 내가 알고 지내는 몇몇 남자들로부터 중요한 부분들을 빌려왔고 또 때로는 완전한 창작을 통해 두 사람의 성격을 구성해가기 시작했어요. 거기에 내가 만들어낸 개성을 부여하고 두 사람만의 서로 다른 신념과 믿음도 만들어갔죠. 나는 게이브와 대런이 아주 많은 면에서 서로 완전히 다른 사람으로 보이기를 바랐지만, 그러면서 동시에 루시가 그런 두 사람 모두에게 끌리는 것이 자연스러운 일처럼 느껴지기도 바랐어요. 그 과정에서 물론 성격의 변화도 있었지요. 사실은 아주 많이 있었습니다. 게이브는 집필이 진행되어 가면서 더 친절하고 상처받기 쉬운 성격이 되었고 대런은 성격적인 결함이 조금씩 더 드러나게 되었어요. 다행히 마지막에는 둘 다 그런 성격들 속에서 균형을 잡는 그런 인물들이 되지만요.

그렇군요. 그렇다면 작가 입장에서는 어느 쪽을 더 응원하시나요? 게이브인가요, 아니면 대런인가요?

이 질문에는 약간 편법을 써서 대답을 하고 싶군요. 나는 루시를 응원하겠어요. 나는 루시가 자기의 잠재력과 가치를 깨닫고 남자들과 상관없는 인생을 살아가기를 바랍니다. 두 남자뿐만 아니라 어쩌면 남자와는 전혀 무관한 독립적인 삶도 괜찮겠지요.

작가인 당신도 2001년 9월 11일 당시에 컬럼비아대학에 재학 중이었지요. 그때의 경험이 이 소설에 투영되었나요? 비슷한 경험을 했던 건가요?

나는 물론이거니와 수많은 내 친구들이 함께 경험했던 실제 사건에 대해 소설을 쓰는 건 정말 흥미로운 경험이었어요. 우리 모두는 그때 일에 대해 조금씩 다른 기억들을 갖고 있는데 어쩌면 그게 가장 놀라운 부분이 아닌가 싶어요. 루시와 게이브처럼 나도 셰익스피어 강의를 듣고 있었고 나중에 같이 수업을 들었던 사람들과 이야기를 해보니 모두들 각기 다른 방식으로 서로 다른 내용들을 기억하고 있었습니다. 사실 소설을 창작하는 입장에서는 조금 다행이었던 것이, 그렇게 되면 아무리 실제 사건이었다고 해도 굳이 일일이 다 정확한 상황을 확인할 필요는 없게 되니까요.

개인적인 기억을 이야기하자면, 방금 언급했던 것처럼 2001년 9월 11일 아침에 셰익스피어 강의를 듣고 있었어요. 그러다 원 기숙사 꼭대기 층으로 올라갔고 창문 밖을 내다본 후 그 즉시 몸을 돌려 엘리베이터를 타고 내려와버렸어요. 내가 본 광경에 큰 충격을 받고 완전히 압도되어버린 거지요. 아마도 나는 내가 만들어낸 주인공들만큼 그렇게 용감한 사람은 아니었었나 봐요.

이 소설의 마지막을 어떻게 장식할지 처음부터 미리 생각해두었습니까?

그렇지는 않아요. 몇 가지 결말을 만들어두고 어느 시점에서는 이렇게 끝을 내려고 했다가 또 어느 시점에 가서는 저렇게 끝을 내는 게 어떨까 생각을 했죠. 그리고 책을 다 읽을 때까지 독자들이 그 결말을 짐작할 수 있는 게 좋을지, 아니면 전혀 모르는 게 좋을지는 작가 입장에서는 확실히 말하기가 어려워요.

아동용 책의 편집 일도 겸하고 있다고 알고 있는데, 자기가 직접 이야기를 창작하는 것과 다른 사람들의 이야기를 편집하는 것에는 어떤 차이점이 있습니까? 그리고 어느 쪽이 더 일하기 편한가요?

글을 쓰는 일과 편집하는 일은 나로서는 아주 다른 작업이에요. 글을 쓴다는 건 사실 무에서 유를 창조하는 과정이니까요. 편집은 이야기를 통해 드러난 누군가 다른 사람의 생각을 이해하고 다듬으면서 그런 생각이 가장 분명하고 솔직하게 드러나 독자들에게 전달이 되도록 돕는 일이고요. 글쓰기가 더 좋을 때도 있고 편집이 더 좋을 때도 있습니다만, 둘 다 내가 대단히 좋아하는 일이에요.

《라이트 위 로스트The Light We Lost》이후 계획은 어떻게 되시는지?

새로운 인물들을 주인공으로 한 이야기를 막 시작한 참이에요. 멀지 않은 장래에 또 다른 한 편의 소설로 탄생하기를 바라는 마음입니다.

✦

작가가 선택한
소설을 읽을 때 들으면 좋은 노래들

- 〈더 라이징The Rising〉_브루스 스프링스틴Bruce Springsteen

- 〈특별한 인생Life Less Ordinary〉_카본 리프Carbon Leaf

- 〈너의 이야기A Case of You〉_조니 미첼Joni Mitchell

- 〈평범한 기적Ordinary Miracle〉_사라 맥라클란Sarah McLachlan

- 〈조심, 조심해서Handle with Care〉_제니 루이스Jenny Lewis, 더 왓슨 트윈

  스The Watson Twins

- 〈나는 바위입니다I am a Rock〉_사이먼 앤 가펑클Simon & Garfunkel

- 〈1월의 노래January Hymn〉_12월 당원들The Decemberists

- 〈키리에Kyrie〉_미스터 미스터Mr. Mister

- 〈할렐루야Hallelujah〉_루퍼스 와인라이트Rufus Wainwright

- 〈아메리카America〉_사이먼 앤 가펑클Simon & Garfunkel

- 〈버스비 버클리 드림스Busby Berkeley Dreams〉_더 마그네틱 필즈the Magnetic Fields

- 〈우주인을 찾아서Looking for Astronauts〉_더 내셔널The National

- 〈멀리, 저 멀리로Come Sail Away〉_스틱스Styx

- 〈귀향Homeward Bound〉_사이먼 앤 가펑클Simon & Garfunkel

- 〈아들과 딸들Sons & Daughters〉_12월 당원들The Decemberists

1. 이 소설은 2001년 9월 11일에 시작됩니다. 그날, 미국의 역사는 물론 루시의 인생 전체가 바뀌게 되었지요. 당신은 지금까지 살아온 인생에서 결코 잊을 수 없는 그런 날이 있었나요?

2. 루시는 자신과 게이브의 사랑을 '모든 것을 감수할 수 있는 강렬한 사랑'이라고 표현했습니다. 당신도 살면서 그런 감정을 느껴본 적이 있나요? 자신의 첫사랑을 혹시 기억하고 있는지요? 그때 그 상대에 대해 지금은 어떤 생각을 하고 있습니까?

3. 이 소설은 우리가 매 순간 내리는 결정과 선택이 우리 자신을 얼마나 다른 삶으로 이끌 수 있는지 파고듭니다. 루시는

자신이 내린 선택들을 후회하고 있을까요? 당신은 자신의 인생을 극적으로 바꾼 선택을 해본 적이 있나요? 만일 그렇다면, 그것은 어떤 선택이었으며 지금은 그 선택에 대해 어떻게 생각하고 있나요?

4. 루시와 이야기할 때, 오빠인 제이슨은 조슬린과의 사랑을 바로 반응하는 급격한 폭발 실험으로, 그리고 바네사와의 사랑과 결혼은 시간에 따라 천천히 용액의 색이 바뀌는 실험에 비유했습니다. 그리고 루시에게 '누군가를 사랑하는 데는 수많은 방식이 있다'고 말합니다. 제이슨의 생각이 맞다고 생각하나요? 만일 당신이라면 자신의 인생에서 어떤 방식의 사랑을 선택하겠습니까?

5. 소설 속 등장하는 두 남성 게이브와 대런 중 누구에게 더 호감이 가나요? 만일 당신이 루시라면 마지막에 누구를 선택하겠습니까?

6. 루시와 루시의 친구 케이트는 인생에서 마주치게 되는 남녀관계를 불에 비유합니다. 들불 같은 사랑도 있고 난롯불이나 모닥불 같은 사랑도 있지요. 그런 비유가 적절하다고 생각하나요? 혹시 당신이 주변에서 만나길 원하는 관계는

어떤 종류의 불일까요?

7. 본문 중에서 루시는 '한 사람의 인생을 뒤바꿀 수 있는 수많은 순간들이 있다. 어떤 순간들은 본인의 선택에 의해 만들어지지만 다른 순간들은 아마도 우주와 운명, 신, 더 높은 곳에 있는 힘이나 뭐든 그런 것들로 인해서 만들어지는 것 아닐까'라고 생각합니다. 운명과 자유 의지에 대한 루시의 접근 방식에 대해서는 어떻게 생각하나요? 당신은 운명을 믿습니까? 만일 믿는다면 그 이유는 무엇인가요?

8. 이 소설 속에서 결혼 생활은 어떻게 그려지고 있습니까? 게이브와 루시가 다시 만났을 때 어떤 기분이 들었나요? 게이브에 대한 루시의 반응이 조금 충격이었나요?

9. 소설 속 루시는 아이들을 사랑하는 어머니인 동시에 텔레비전 방송국에서도 성공적인 경력을 쌓아가며 가정과 직장 모두에서 균형 잡힌 인생을 살고 있습니다. 그것도 남편인 대런이 항상 도와주는 것이 아닌데도 말이지요. 당신이라면 대런이 요구하는 루시의 인생을 그대로 받아들일 수 있을까요? 자신의 아내를 찾기 위해 특정한 목록이나 기준을 만들었던 대런의 행동에 대해서는 어떤 생각이 드나요?

그런 대런의 행동이 루시에게 어떤 영향을 미쳤다고 생각 하세요?

10. '빛Light'이라는 주제로 열린 게이브의 사진 전시회에 대해서는 어떤 느낌을 받았나요? 조금 충격이었나요? 게이브의 예술은 그의 인생의 방식을 어떻게 만들어갔을까요? 또 루시의 인생에는 어떤 영향을 미쳤을까요?

11. 이 소설이 마무리되는 방식에 대해서는 어떻게 생각하세요?

옮긴이 우진하

　성균관대학교 번역 테솔 대학원에서 번역학 석사 학위를 취득했다. 한성 디지털대학교 실용외국어학과 외래 교수를 역임했으며, 현재는 출판 번역 에이전시 베네트랜스에서 전속 번역가로 활동 중이다. 옮긴 책으로는《노동, 성, 권력》《구스타프 소나타》《빌리지 이펙트》《동물농장─내 인생을 위한 세계문학 5》《고대 그리스의 영웅들》《내가 너의 친구가 되어줄게》《성의 죽음》등이 있다.

라이트 위 로스트

1판 1쇄 | 2018년 8월 31일
1판 3쇄 | 2018년 9월 17일

지은이 | 질 산토폴로
옮긴이 | 우진하

펴낸이 | 임지현
펴낸곳 | (주)문학사상
주소 | 경기도 파주시 회동길 363-8, 201호(10881)
등록 | 1973년 3월 21일 제1-137호

전화 | 031)946-8503
팩스 | 031)955-9912
홈페이지 | www.munsa.co.kr
이메일 | munsa@munsa.co.kr

ISBN 978-89-7012-991-4 03840

이 도서의 국립중앙도서관 출판예정도서목록(CIP)은 서지정보유통지원시스템 홈페이지(http://seoji.nl.go.kr)와 국가자료공동목록목록시스템(http://www.nl.go.kr/kolisnet)에서 이용하실 수 있습니다. (CIP제어번호 : CIP2018024063)

인생의 선택에 대한 아름답고도 진지한 탐구. 누군가의 꿈의 성취는 어떻게 행복과 불행을 동시에 가져다줄 수 있는가. — 〈셀프어웨어니스〉

《라이트 위 로스트The Light We Lost》를 읽는 것은 인생의 선택에 대해 아름답고 감동적인 숙고의 시간이다. 사랑과 의미 있는 인생에 대한 추구, 그리고 그 결과로 만들어지는 우리의 미래를 생각하면 우리는 과연 어떤 선택을 내려야 하는가. — 베타니 체이스, 《사라져버린 것The One That Got Away》의 저자

질 산토폴로는 사랑이 만들어낼 수 있는 긴장감과 매혹을 훌륭하게 그려냈다. 나는 책의 첫 장부터 매료되었고 단숨에 읽어 내려간 후 결국 흐르는 눈물을 참을 수 없었다. 재기발랄하면서도 로맨틱한, 그리고 진한 감동을 주는 이 책을 통해 나는 인생의 희로애락을 모두 다 느낄 수 있었다. — 르네 칼리노, 〈USA 투데이〉 베스트셀러 《우리가 이방인이 되기 전에Before We Were Strangers》의 저자

가감 없이 과거를 떠올리게 하면서도 때로 숨도 못 쉴 만큼 우리의 심장을 무너트리는 질 산토폴로의 《라이트 위 로스트The Light We Lost》는 우리가 맺는 관계 속의 운명과 선택의 갈림길을 파고드는 흥미진진한 이야기를 선사한다. 사랑과 상실의 가식 없는 모습 속에서 질 산토폴로는 인연과 진정한 사랑의 존재에 대한 의문을 던진다. 끝없이 질주하는 감동 속에서 우리는 마지막까지 숨 쉴 틈 없이 이 책을 읽게 될 것이다. — 카르마 브라운, 《나와 함께 가는 길Come Away with Me》의 저자

질 산토폴로의 이 첫 장편소설은 숨 쉴 틈 없이 매혹적으로 이어지는 사랑의 이야기로, 21세기의 시작을 뒤흔든 커다란 사건을 배경으로 하고 있다. 빛과 희망으로 채워진 이런 사랑의 이야기를 우리 모두는 고대해왔다. — 브렌다 보윈, 《사랑에 빠진 8월Enchanted August》의 저자

감동적이면서 가슴이 먹먹하다. 전 세계를 울음바다에 빠트릴 소설. — 새라 모건, 《5번가의 기적Miracle on 5th Avenue》의 저자

이 책을 데이비드 니콜스의 《원 데이One Day》정도와 비교할 수 있을까. 그렇지만 여기에는 좀 더 로맨틱하면서도 현실적인 그 무엇인가가 있다. 독자들을 빠져들게 할 만한 책." —〈북리스트〉

이 세상에 사랑보다 더 매혹적인 존재가 또 있을까? 자신의 본격적인 첫 장편소설을 통해 질 산토폴로는 두 연인의 13년 동안의 험난한 인생의 여정을 따라간다. 무엇이 영원하고 무엇이 유한한가? 또 운명으로 느껴졌던 사랑은 어떻게 나를 배신하는가? 아름다운 문장으로 결코 쉽게 잊을 수 없는 질 산토폴로의 《라이트 위 로스트The Light We Lost》에는 살아 숨 쉬는 심장이 있다. — 캐롤라인 래빗, 〈뉴욕 타임스〉 베스트셀러 《그대의 모습Pictures of You》의 저자

가슴을 울리는 놀라운 소설……. 로버트 레드포드와 바바라 스트라이샌드 주연의 영화 〈추억The Way We Were〉을 떠올리게 하는 감동. 뜨거운 눈물이 전혀 아깝지 않은 소설. —NBC 뉴욕 〈위크엔드 투데이 인 뉴욕〉

강렬하면서도 깊은 감동을 전해주는 소설……. 질 산토폴로는 우리 각자의 개인적인 인생과 사랑이 이 험난한 세상에서 벌어지는 온갖 사건들에 의해 어떻게 흘러갈 수 있는지 생생하게 보여주고 있다. — 낸시 세이어, 《더 아일랜드 하우스The Island House》의 저자

질 산토폴로의 이 놀라운 장편소설은 루시와 게이브의 인생을 따라 끝없는 감동과 함께 질주하는 뜨거운 사랑의 이야기다. 두 사람은 2001년 9월 11일에 만났고 그날의 사건은 두 사람의 인생을 바꾸어놓는 동시에 영원히 사라지지 않는 그림자를 드리운다. 열정과 안정, 그리고 꿈과 현실을 두 사람은 과연 어떻게 조화시킬 수 있을까? 나를 압도하고 매혹시킨 이 소설을 통해 나는 내가 그동안 내렸던 결정과 선택을 다시 한 번 되돌아보게 되었으며 주변 사람들과 친구들의 선택에 대해서도 생각해보게 되었다. 그들은 과연 꿈과 현실을 조화시킬 수 있었을까? 그리고 그 꿈이 내가 가장 사랑하는 사람과의 결합을 막게 된다면 우리는 과연 어떻게 할 것인가? — 델리아 에프론, 소설 《시라쿠사Siracusa》의 저자